# UM VERÃO EM PARIS

SARAH MORGAN

# UM VERÃO EM PARIS

Tradução
William Zeytounlian

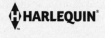

Rio de Janeiro, 2022

Título original: One summer in Paris
Copyright © 2019 by Sarah Morgan

Todos os personagens neste livro são fictícios. Qualquer semelhança com pessoas vivas ou mortas é mera coincidência.

Direitos de edição da obra em língua portuguesa no Brasil adquiridos pela Editora HR LTDA. Todos os direitos reservados. Nenhuma parte desta obra pode ser apropriada e estocada em sistema de banco de dados ou processo similar, em qualquer forma ou meio, seja eletrônico, de fotocópia, gravação etc., sem a permissão do detentor do copyright.

Direitos exclusivos de publicação em língua portuguesa cedidos pela Harlequin Enterprises II B.V./ S.À.R.L para Editora HR Ltda.

A Harlequin é um selo da HarperCollins Brasil.

Contatos: Rua da Quitanda, 86, sala 218 — Centro — 20091-005
Rio de Janeiro — RJ
Tel.: (21) 3175-1030

Diretora editorial: *Raquel Cozer*
Editora: *Julia Barreto*
Copidesque: *Marina Góes*
Revisão: *Natália Mori e Julia Páteo*
Design de capa: *Osmane Garcia*
Imagem de capa: *Shutterstock*
Diagramação: *Abreu's System*

---

CIP-Brasil. Catalogação na Publicação
Sindicato Nacional dos Editores de Livros, RJ

M846v

Morgan, Sarah
    Um verão em Paris / Sarah Morgan ; tradução William Zeytounlian. – 1. ed. – Rio de Janeiro : Harlequin, 2022.
    416 p. ; 21 cm.

    Tradução de: One summer in Paris
    ISBN 978-65-5970-208-4

    1. Romance americano. I. Zeytounlian, William. II. Título.

| 22-79938 | CDD: 813 |
| | CDU: 82-31(73) |

---

Meri Gleice Rodrigues de Souza – Bibliotecária – CRB-7/6439

Para Susan Swinwood, com amor e gratidão.

"A verdadeira viagem de descoberta não consiste
em buscar novas paisagens,
mas em possuir novos olhos."

MARCEL PROUST

# 1

Naquele Dia dos Namorados, Grace Porter despertou, alegremente casada e afortunadamente ignorante de que isso estava prestes a mudar.

Desceu até a cozinha, colocou fatias de queijo sobre o pão fresco que assara no dia anterior, pôs frutas e legumes crus nas marmitas e conferiu a lista.

Número quatro: *Lembrar Sophie do jantar.*

— Não se esqueça de que eu e seu pai vamos sair hoje à noite. Seu jantar está na geladeira.

Grace ergueu o olhar. A filha, Sophie, mandava mensagens pelo celular.

— Hum...

— Sophie!

— Eu sei! "Sem celular na mesa...", mas é urgente. Amy e eu estamos escrevendo uma carta para o jornal sobre a construção que querem fazer na fronteira da cidade. O papai prometeu que vai publicar. Acredita que eles vão fechar o abrigo de cães? Eles vão *morrer* se alguém não fizer alguma coisa e este alguém sou eu. Pronto. *Terminei.* — Sophie finalmente ergueu o olhar. — Mãe, eu posso fazer meu próprio almoço — acrescentou.

— Ele incluiria frutas e legumes frescos?

— Não. E é por isso que eu mesma preferiria fazer — disse Sophie, dando um sorriso que não iluminou apenas seu rosto, mas o humor de Grace também. — Você está começando a falar que nem a Mônica, o que é um pouco assustador.

Sophie era como o Sol, capaz de deixar o mundo mais iluminado. Por anos, Grace esteve pronta para que a filha se rebelasse, usasse drogas ou caísse de bêbada depois de alguma festa proibida com amigos, mas isso nunca aconteceu. Parecia que a genética de Sophie favorecia o lado da família do pai, o que era um alívio. Se Sophie tinha um vício, era por causas pelas quais lutar. Ela detestava injustiça, desigualdade e qualquer coisa que considerasse desonesta, especialmente em relação aos animais. Era a defensora de todos os cachorros do mundo, principalmente dos mais desfavorecidos.

Grace foi rápida na defesa da amiga.

— A Mônica é uma mãe incrível.

— Talvez, mas tenho certeza de que a primeira coisa que a Chrissie vai fazer quando chegarmos na Europa no verão vai ser se empanturrar de batata frita para compensar todos os anos que a mãe a impediu de chegar perto de fritura — disse Sophie, terminando de comer o mingau de aveia. — Você disse algo sobre jantar?

— Você esqueceu que dia é hoje?

Grace fechou as marmitas e colocou uma perto de Sophie e a outra dentro da própria bolsa.

Sophie se levantou da cadeira e pegou a tigela vazia.

— Dia dos Namorados. O dia em que todos se dão conta de que ninguém me ama.

— Eu e seu pai amamos você.

— Sem querer ofender, mas vocês não são jovens, descolados e sarados.

Grace tomou um gole de café. Até que ponto deveria falar?

— Ainda é o Sam?

O sorriso de Sophie desapareceu como se alguém o tivesse desligado no interruptor.

— Ele está saindo com Callie. Os dois ficam pra lá e pra cá de mãos dadas. Ela fica me mandando uns sorrisinhos arrogantes. Conheço a Callie desde os 3 anos de idade, não entendo por que ela está fazendo isso. Tipo, beleza, os dois namorarem é uma droga, mas é a vida. Mas parece que ela está *querendo* me machucar.

Grace sentiu algo queimar no peito. Poderia ser azia, mas era a maternidade. Como mãe, seu papel era dar apoio dos bastidores, mas isso era como ser forçada a assistir a uma peça muito ruim sem o consolo de saber que poderia ir embora no intervalo.

— Sinto muito, querida.

— Relaxa. — Sophie colocou a tigela na lava-louças e em seguida a que o pai havia deixado ao lado. — Nunca teria dado certo. "Sophie e Sam" soa cafona, não acha?

A dor de Sophie deslizou para dentro de Grace e se assentou em seu âmago.

— Em breve você vai para a faculdade. Depois de um mês na Califórnia você nem vai lembrar que ele existe. Vai ter toda uma vida pela frente e todo o tempo do mundo para conhecer alguém legal.

— Vou estudar, me formar com as notas mais altas e cursar direito para aprender como processar gente filha da p…

— Sophie!

— Há… gente que não é muito legal. — Sophie sorriu, puxou a mochila para um dos ombros e jogou o longo rabo de cavalo sobre o outro. — Não se preocupe, mãe. Os meninos me tiram do sério. Não quero namorar.

*Isso vai mudar*, pensou Grace.

— Bom dia, mãe, e feliz aniversário de casamento. Vinte e cinco anos sem gritar quando o papai deixa as meias jogadas no chão e o prato em cima da lava-louças é uma conquista e tanto. Você vai encontrar com a Mimi hoje?

— À tarde. — Grace deslizou o computador para dentro da bolsa. — Fiz macarons que nem os que ela comprava em Paris. Você sabe que sua bisavó é uma formiguinha.

— É porque ela viveu em Paris durante a guerra e não tinha comida. Às vezes ficava tão fraca que não conseguia dançar. Que loucura, né? Consegue imaginar?

— Deve ser por isso que conta essas histórias para você. Não quer que você fique acomodada.

Grace abriu a caixa que havia fechado cuidadosamente naquela manhã, revelando os macarons enfileirados em um arco-íris perfeito.

Sophie emitiu um som parecido com um ronronado.

— Uau. Será que não posso peg...

— Não — disse Grace, fechando a caixa. — Mas talvez eu tenha colocado uns na sua marmita.

Ela tentou não pensar no açúcar ou em como Mônica reagiria à inclusão de calorias extras numa refeição diária.

— Você é demais, mãe.

Sophie beijou a bochecha da mãe, e Grace sentiu um calor fluir pelo peito.

— Hum, está precisando de algum favor, mocinha? O que você quer?

— Não seja desconfiada — disse Sophie, pegando o casaco. — Poucas pessoas ensinariam francês numa casa de repouso para idosos. Eu acho você incrível, só isso.

Grace se achou uma impostora. Não fazia aquilo por caridade, mas porque gostava das pessoas. Elas sempre ficavam tão contentes em vê-la que isso fazia Grace se sentir importante.

Era vergonhoso pensar que, em sua idade, ainda podia se sentir carente.

— O Clube de Francês deles é a mélhor coisa da minha semana. Como hoje é Dia dos Namorados, me permiti ser criativa. — Ela pegou a pilha de cardápios que havia criado. — Os funcionários vão colocar toalhas vermelhas e brancas nas mesas do restaurante, serviremos pratos franceses, vou botar música… E, conhecendo sua bisavó, certamente vai ter dança. O que você acha?

— *Oh-lá-lá*, acho ótimo. Só não esquece que a média de idade dos amigos da Mimi é 90 anos. Não vai fazer o pessoal infartar, ok? — disse a filha, sorrindo.

— Tenho quase certeza de que o Robert está de olho nela, acredita?

— Essa Mimi é uma danada. Espero ser que nem ela quando tiver 90 anos. Ela tem um brilho malicioso nos olhos… Deve ter sido divertido morar com ela quando você era menor.

Ter Mimi morando com ela foi o que salvou a vida de Grace. E este, é claro, foi o motivo para Mimi ter se mudado para a casa dela. Mas Grace nunca de fato havia conversado com Sophie sobre aquela época.

— Ela é uma em um milhão. Você vai ficar bem sozinha essa noite? — perguntou Grace, conferindo se estava tudo ok na cozinha. — Tem comida na geladeira. É só esquentar.

— Tenho 18 anos, mãe. Não precisa se preocupar comigo. — Pela janela, Sophie viu um carro encostar na frente da casa. — A Kate chegou. Preciso correr. Tchau.

Dizer a Grace para não se preocupar era como pedir a um peixe para não nadar.

Dois minutos depois de Sophie partir, Grace colocou o casaco, pegou as chaves e foi para o carro, onde ligou o aquecedor e partiu.

Quatro vezes por semana, Grace ensinava francês e espanhol na escola pública da cidade. Além disso, dava aulas de reforço para crianças e, às vezes, para adultos que quisessem melhorar suas habilidades de linguagem.

Pegou o mesmo caminho de sempre, viu as mesmas casas, as mesmas árvores, as mesmas lojas. A paisagem cotidiana só mudava com as estações, mas Grace não se importava. Gostava da rotina e da previsibilidade. Sentia-se confortável e segura ao saber o que aconteceria em seguida.

Havia caído bastante neve durante a noite, cobrindo telhados e jardins com placas brancas espessas. Naquele cantinho do estado de Connecticut, a neve tendia a durar muitas semanas. Algumas pessoas gostavam, mas Grace não era uma delas. Em março, o inverno parecia um hóspede que havia prolongado a estadia. Ela mal podia esperar pelo sol e pelos vestidos leves, pernas de fora e drinques gelados.

Ainda estava sonhando com o verão quando o celular tocou.

— Oi, Gracie.

A voz de David ainda a fazia derreter por dentro, forte e áspera, mas suave o bastante para aliviar as dores da vida.

— Oi, bonitão. Acordou cedo hoje.

*E deixou o prato do café da manhã em cima da lava-louças.*

— Uma correria no trabalho.

David era editor no jornal da cidade, o *Woodbrook Post*, e nos últimos tempos andava ocupado graças ao enorme sucesso do time de tênis feminino, a formação de um coral infantil municipal e o assalto ao posto de gasolina da cidade, no qual os únicos objetos roubados foram uma caixa de rosquinhas e uma garrafa de rum. Quando a polícia conseguiu localizar o responsável, as provas do crime já haviam sido consumidas.

Sempre que lia o jornal, Grace se lembrava de todos os motivos pelos quais morava naquela pitoresca cidade com apenas 2.498 habitantes.

Diferente de outros jornalistas que sempre visavam alvos maiores, David nunca demonstrara desejo de trabalhar em outro lugar além daquela cidadezinha pela qual ambos se apaixonaram.

A seu ver, ele era a voz da comunidade. Era obcecado por notícias de um modo geral, mas acreditava que o interesse maior das pessoas era saber o que se passava na própria cidade. Então ele sempre brincava que, para preencher todas as páginas de uma edição, bastava passar a tarde num churrasco de quintal, ouvindo as fofocas. Era amigo do delegado e do chefe dos bombeiros, o que lhe garantia os maiores furos.

É claro que, sendo Woodbrook um lugar de que a maioria das pessoas nunca ouviu falar, havia mais furos no salão do alfaiate do que nas ruas, e isto convinha a Grace.

Ela reduziu a velocidade ao se aproximar de um cruzamento.

— Feliz Dia dos Namorados e feliz aniversário de casamento, meu amor. Ansiosa para o jantar hoje à noite.

— Preciso reservar algum lugar?

Só um homem para achar possível conseguir uma mesa em um Dia dos Namorados sem planejar com antecedência.

— Já reservei, querido.

— Ótimo. Devo chegar mais cedo em casa. Preparo alguma coisa para a Sophie comer, para você não ter trabalho com isso hoje.

— Já cuidei disso. A geladeira está cheia de comida. Pode ficar tranquilo.

Houve uma pausa.

— Você é uma Mulher-Maravilha, Grace.

Ela sorriu.

— Eu te amo. — Para Grace, a família era a coisa mais importante no mundo.

— No caminho de volta, vou passar na loja e comprar alguma coisa de aniversário para o Stephen. Ele disse que não quer festa, mas acho bom comprar algo, não acha?

Grace esperou uma brecha no tráfego e virou para a escola.

— Acho, sim. Por isso comprei na semana passada, quando saí para fazer compras. Está embaixo da cama do quarto de hóspedes.

— Você já comprou?

— Não quis que você tivesse que se preocupar com isso. Lembra aquela foto ótima do Stephen com a Beth e as crianças?

— Aquela que eu tirei na Feira de Verão?

Ela estacionou e tirou o cinto de segurança.

— Mandei imprimir e comprei a moldura. Ficou ótima.

— Que… atenciosa…

— Está embrulhadinha, você só precisa assinar o cartão. — Grace se esticou para pegar o casaco e a bolsa. — Cheguei na escola, ligo mais tarde. Você parece cansado. Você *está* cansado?

— Um pouco.

Grace se deteve com uma perna para fora do carro.

— Você tem trabalhado muito ultimamente, David. Precisa desacelerar. Não tem nada que você precise fazer em casa, então talvez fosse bom deitar e descansar antes de sairmos.

— Não sou idoso, Grace — disse ele, soando mais afiado do que de costume.

— Eu só estava tentando mimar você.

— Desculpa, não quis ser grosso, só estou com a cabeça meio cheia. Vou pedir um táxi para hoje à noite, assim a gente pode beber sem se preocupar com a volta.

— Já reservei o táxi para as sete.

— Você se esquece de alguma coisa de vez em quando?

— Você sabe que eu tenho listas para tudo… Sem elas eu não sou ninguém.

Ocorreu-lhe que, se morresse, alguém poderia pegar sua lista de "Coisas a Fazer" e continuar seguindo a rotina dela sem problema algum.

O que isso dizia sobre Grace? Uma vida deveria ser algo único, não? Alguém que visse as listas seria capaz de aprender algo sobre *ela*? Saberiam que amava o perfume de rosas e que fazia maratonas de filmes franceses quando estava sozinha em casa? Saberiam que escutava concertos para piano de Mozart enquanto cozinhava?

— Tem *alguma coisa* que você precise de mim?

Grace deu um sorriso que a filha diria ser muito parecido com a expressão maliciosa de Mimi.

— Consigo pensar em algumas coisas... Mostro mais tarde.

David desligou e Grace foi andando para a escola, acenando no caminho para alguns pais que deixavam ali suas cargas preciosas.

Vinte e cinco anos. Ela estava casada havia vinte e cinco anos. Sentiu uma pontada de orgulho.

*Toma essa, universo.*

Ela e David formavam o time perfeito. Tiveram altos e baixos como qualquer casal, mas resolveram tudo juntos. Grace se tornou a pessoa que queria ser e, se uma vozinha de vez em quando a lembrava de que, no fundo, era alguém ligeiramente diferente, ela a ignorava. Tinha o casamento que queria. A vida que queria.

O dia merecia uma comemoração especial, e ela havia feito reservas no Claude Bistrô, um restaurante francês elegante na cidade vizinha. O Claude humano era do Texas, mas, vendo uma brecha de mercado, cultivou um sotaque e projetou o restaurante a partir do que assistiu em algum filme francês.

Mesmo Grace, purista e francófila, tinha que admitir que o lugar era encantador. Adoraria levar Mimi lá, mas a avó já não gostava de comer fora.

O bistrô era o cenário perfeito para a surpresa que Grace havia planejado. Tivera um trabalhão, mas fora cuidadosa em não deixar pistas ou sinais.

Por sorte David vinha trabalhando muito nos últimos meses, caso contrário teria sido impossível manter sua pesquisa em segredo.

Abriu as portas e entrou na escola.

As crianças de sua classe estavam naquela idade em que tudo relacionado a sexo ou namoro é tratado como engraçado ou constrangedor, por isso estava segura de que o Dia dos Namorados evocaria muitas risadinhas.

Não se enganou.

— Escrevemos um poema para você, para comemorar seu aniversário de casamento.

— Um poema? Que sorte a minha. — Grace torceu para lerem a versão censurada. — Quem vai ler para mim?

Darren subiu na cadeira e pigarreou.

— Vinte e cinco anos é coisa pra dedéu. Mais que a maioria dos ladrões ganha quando vão pro beleléu.

Grace não sabia se ria ou se escondia o rosto com as mãos.

Quando voltou ao estacionamento na hora do almoço, sentia-se exausta e aliviada por só trabalhar no turno da manhã. O trajeto de carro até a casa de repouso onde a avó morava lhe daria tempo para despressurizar. Era um caminho pitoresco por meio de florestas e vilarejos pacatos. No outono, ficava tomado de turistas admirando as cores do pôr do sol sobre a folhagem, mas, naquele momento, as árvores e colinas estavam cobertas de neve. A estrada seguia a curva do rio que tendia a encher com o degelo da neve.

Grace passou pelo santuário natural, virou à direita para a estrada que levava à Casa de Repouso Rio Veloz e estacionou o carro.

Quando Mimi anunciou a decisão de morar ali, Grace tinha ficado aterrorizada.

Além do amor pela dança e por todos os prazeres hedonistas, a avó tinha sido uma fotógrafa famosa. Viajara o mundo com sua câmera em uma época que era raro mulheres solteiras fazerem isso. Mimi ficara famosa por suas fotos da Paris pós-guerra, e Grace sempre se maravilhou com a capacidade da avó de capturar as lutas íntimas das pessoas em um único quadro. A personalidade vívida e exuberante de Mimi contrastava com as fotografias sombrias e atmosféricas de ruas lavadas de chuva ou de casais agarrados num abraço desesperado. As fotos contavam uma história que a avó raramente compartilhava em palavras. Uma história de fome e privação. De medo e perda.

A última coisa que Grace esperava era que a avó viajada e cosmopolita quisesse morar num lugar como a Rio Veloz. Tentou dissuadi-la da ideia. Se Mimi alcançasse a idade de não conseguir mais se cuidar sozinha, então moraria com Grace e David.

Mas Mimi insistiu que havia desfrutado demais da própria independência para conseguir ficar sob o cuidado de parentes, mesmo que esses parentes fossem sua amada neta. Então, ela se antecipara e pagara a casa de repouso sem que Grace pudesse opinar.

Isso tinha sido cinco anos antes, e, em poucas visitas, Grace entendera por que a avó havia escolhido aquele lugar.

A clínica era um verdadeiro refúgio. Em dias movimentados, a própria Grace fantasiava morar ali. Tinha academia, piscina, spa e um salão de beleza que Mimi amava. Mas o melhor eram as pessoas. Eram interessantes, amigáveis e, graças à excelente administração, o local tinha ares de comunidade.

A avó vivia num chalé de dois quartos com vista para o gramado que conduzia à margem do rio. No verão, com portas e janelas abertas, era possível ouvir o som da água. Mimi transformara um dos quartos em câmara escura onde ainda produzia suas próprias fotografias. O quarto em que dormia parecia um camarim de dançarina, com uma parede inteira de espelho e uma barra que usava para alongamentos.

A porta da frente se abriu antes que Grace levantasse a mão para tocar a campainha.

— O que você acha? *Je suis magnifique, non?* — A avó deu uma volta e imediatamente alcançou algo em que se equilibrar. — Ops!

— Cuidado! — disse Grace, segurando sua mão. — Talvez esteja na hora de parar de dançar, Mimi. Você pode perder o equilíbrio.

— Se vou cair, prefiro que seja dançando. A não ser que eu caia da cama transando. O que também seria aceitável… ainda que improvável, a não ser que os homens daqui tomem jeito.

Grace deu risada e largou a bolsa. Adorava o olhar travesso da avó.

— Não mude nunca.

— Estou velha demais para mudar… e por que faria isso? Ser quem se é deveria ser a grande habilidade de todos — disse Mimi, ajeitando o vestido. — E então, o que você acha?

— Este é o vestido que você usava quando estava no balé em Paris? — Grace vira fotos da época. A avó, absurdamente delicada, em posição *en pointe*, o cabelo amarrado para cima. Segundo Mimi, meia Paris foi apaixonada por ela, e Grace não tinha dificuldades em acreditar nisso. — Não sabia que você ainda tinha ele.

— Não tenho. É uma cópia, Mirabelle fez para mim. Ela é muito talentosa. Claro que, quando eu era mais jovem, minhas pernas não eram esqueléticas como agora, por isso ela fez mais longo.

— Você está incrível. — Grace se inclinou e beijou a avó na bochecha. — Preparei tudo para o Clube de Francês. Preciso ajudar o pessoal a ajeitar as coisas, mas quis vir aqui te dar isto primeiro — disse ela, entregando a caixa de macarons que amarrara com uma linda fita. — Eu que fiz.

— Presentes feitos à mão são os melhores do mundo. — Mimi deslizou os dedos sobre a fita de seda. — Tive um par de sapatilhas de balé com fitas dessa mesma cor. — Ela abriu a caixa com um entusiasmo que noventa anos neste planeta não foram capazes de diminuir. — Ah, Grace. São idênticos aos que eu comprava em Paris. Ficavam nas vitrines que nem joias.

Certa vez um dito cujo saiu lá de casa de fininho pela manhã para comprar uma caixa desses para o café... comemos na cama.

Grace adorava ouvir as histórias do passado multicolorido da avó.

— Como ele se chamava?

Mimi estaria falando do homem que a engravidou? Grace tentou por muito tempo convencer a avó a falar sobre o homem misterioso que foi seu avô, mas ela nunca tocava no assunto. *Foi só um carinho*, era tudo o que dizia.

Como de costume, a avó foi lacônica.

— Não lembro o nome dele. Só lembro dos macarons.

— Você é uma mulher perversa, Mimi.

Grace pegou a caixa e a fechou. Era estranho não saber nada sobre o avô. Será que ainda estaria vivo?

— Desde quando querer se divertir um pouco é perversão? E por que você está fechando a caixa? Eu ia comer um.

— Você vai comer vários no Clube. Tem mais de onde vieram esses.

— Gosto de curtir o momento. — Mimi abriu a caixa outra vez e pegou um. Mordeu-o delicadamente e fechou os olhos. — Quem vive bem o presente nunca se arrependerá do passado.

Grace se perguntou se ela estaria pensando em Paris ou no homem que lhe levara macarons na cama. Sabia que a avó tinha histórias que não contava, lembranças das quais às vezes não gostava de pensar. Grace conseguia entender. Havia momentos em que ela também preferia não pensar em certas coisas.

— Está gostoso?

— Excelente. — Mimi abriu os olhos, alcançou o casaco e uma echarpe de seda. A escolha do dia foi azul-pavão. — Como vai Sophie?

— Furiosa com a possibilidade de fecharem o abrigo de animais. Ela está escrevendo cartas e ligando para qualquer pessoa que atenda o telefone.

— Admiro gente disposta a lutar pela causa em que acredita, ainda mais quando essa pessoa é sua bisneta. Você devia estar orgulhosa, Grace.

— Eu estou… mas não sei se o jeito dela tem muito a ver comigo. Ela puxou ao David.

— Fique tranquila. Ela não tem nada a ver com sua mãe — disse Mimi, parecendo ler a mente dela.

A avó então passou o braço pelo de Grace e as duas saíram da cabana em direção à casa principal.

— Quando ela vai vir me visitar?

— No fim de semana.

— E David? — perguntou Mimi, e sua expressão ficou mais branda. — Ele passou aqui rapidinho ontem e consertou minha maçaneta. Esse homem é perfeito, sempre arruma tempo para todo mundo. Já falei que ele fica mais bonito a cada dia? Aquele *sorriso*…

Grace se apaixonara justamente por aquele sorriso.

— Eu sei. Tenho sorte.

Mimi parou de caminhar.

— Não, querida. *Ele* é que tem sorte. Você passou por tanta coisa e ainda assim tem uma família dessas… Tenho orgulho de você. Você que segurou as pontas, Grace. É uma excelente mãe.

Ninguém torcia por ela mais que a avó. Grace a abraçou ali mesmo, sem se importar com quem quer que visse. Só quando abraçava a avó era que se dava conta de sua fragilidade, e isso a assustava. Não era capaz de imaginar a vida sem Mimi.

— Eu te amo.

— É claro que ama. Eu sou o glacê nesse bolo velho que é a vida.

Grace soltou a avó.

— Eu e David comemoramos vinte e cinco anos hoje. Você se esqueceu?

— Meus ossos rangem e tenho varizes, mas minha memória está ótima. Sei muito bem que dia é hoje, seu aniversário de casamento! Fico feliz por você, querida. Toda mulher deveria amar profundamente ao menos uma vez na vida.

— *Você* não amou. Nunca ficou na tentação de se casar? Nem quando descobriu que estava grávida?

Mimi passou a echarpe no pescoço e deslizou o braço pelo de Grace.

— Eu não era do tipo que se casa. Você, por outro lado, sempre foi. Espero que esteja usando sua lingerie mais sexy para comemorar.

— Eu me recuso a discutir minha lingerie com você, mas *aceito* dizer que marquei um jantar. É nele que vou dar o presente.

— Estou com inveja. Um mês inteiro em Paris. O sol nos paralelepípedos, os jardins… Paris tem uma atmosfera especial, você se lembra? O clima de lá se entranha na gente, está no ar que a gente respira…

Mimi parecia falar consigo mesma, e Grace sorriu.

— Eu lembro… mas só estive lá uma vez, e muito rapidamente. Você nasceu lá. Viveu lá.

— Verdade. E *vivi* para valer! — Mimi nunca ficava tão empolgada quanto ao falar de Paris. — Eu me lembro de uma noite que tiramos as roupas e…

Grace parou junto à porta do salão de jantar.

— Mimi! Você está prestes a aparecer em público. Não escandalize todo mundo, ok? Não queremos chocar o pessoal com suas histórias pecaminosas.

— Pecado é o tédio. Nunca se é velho demais para um pouco de emoção. Eu estaria fazendo um favor — disse ela, e de repente estalou os dedos e olhou para Grace, triunfante. — Pierre! É isso.

— Pierre?

— O homem que comprou os macarons. Fizemos amor a noite inteira.

Grace ficou intrigada.

— Onde vocês se conhecerem? O que ele fazia da vida?

— Ele foi assistir a uma apresentação minha, mas não tenho ideia do que ele fazia da vida. Não conversamos. Não estava interessada na vida dele... só no vigor.

Grace balançou a cabeça e ajeitou a echarpe da avó.

— Você devia ir até lá.

— A Paris? Estou velha demais. Deve estar tudo diferente. As pessoas que eu amei... se foram. — A avó olhou ao longe e então balançou a cabeça. — Hora de dançar.

Ela abriu a porta e adentrou o salão como uma *prima ballerina* subindo ao placo.

Foram saudadas por um coro de vozes animadas, e Grace esvaziou a bolsa sobre a mesa. Tinha parado para comprar baguetes na rua principal da cidade. Não eram crocantes e perfeitas como as que havia comido na França, mas eram o mais próximo que podia achar na área rural de Connecticut.

Enquanto os funcionários ajudavam a preparar as mesas, Grace selecionou a música.

— Edith Piaf? — perguntou Mimi, deslizando graciosamente para o centro do salão e acenando para Albert.

Muitos outros se juntaram a eles e logo o salão estava repleto de pessoas balançando.

Quando se sentaram para comer, bombardearam Grace com perguntas.

Tudo certo para a surpresa de David? Como exatamente ela contaria sobre a viagem que planejara? E Grace contou tudo, sabendo o quanto o pessoal gostava de fazer parte do complô.

Foi David quem teve a ideia de, em vez de darem presentes nos aniversários de casamento, se proporcionassem experiências. Ele batizou isso de "Projeto das Boas Memórias". Segundo ele, a ideia era preencher o HD de Grace com muitas coisas boas para cancelar todas as experiências ruins da infância.

Era a coisa mais romântica que alguém havia dito a ela.

No ano anterior, tinham passado um final de semana nas cataratas do Niágara. Tinha sido ótimo, mas Grace estava decidida a fazer algo maior e melhor naquele ano.

A tarde passou rápido, e ela estava limpando as coisas quando sua amiga, Mônica, apareceu para dar aula de ioga.

Grace e Mônica se conheceram quando estavam grávidas. Ninguém entende as ansiedades da maternidade melhor do que outra mãe, e foi bom poder conversar com Mônica, ainda que a amiga a fizesse, por vezes, se sentir inferior.

Mônica era obcecada por um estilo de vida saudável. Culpava a carne vermelha por metade dos males do mundo. Era uma mulher vibrante, que cultivava seus próprios legumes e verduras em casa e ensinava ioga. Insistia que toda a família era vegetariana, mas David jurava de pé junto ter visto um dia o marido de Mônica devorando um filé de costela de meio quilo na churrascaria da cidade vizinha. Tinham socializado uma vez em casais, em um jantar que consistiu inteiramente em lentilhas e depois do qual David não foi capaz de sair do banheiro por vinte e quatro horas.

*Nunca mais*, gritou ele lá de dentro. *Ela é* sua *amiga*.

Grace, cujo próprio estômago parecia um convés de navio em meio a uma tempestade, concordou, e daquele dia em diante a amizade permaneceu só entre elas. Encontravam-se para um café, almoço ou eventual dia de spa.

Apesar das reservas de David, Grace adorava Mônica, uma mulher de bom coração. O fato de ensinar ioga na clínica de repouso era exemplo disso.

Grace ajudou a amiga a preparar os equipamentos na sala de exercícios.

— Como vai Chrissie?

— Ansiosíssima. Não sei o que ela vai fazer se não passar na primeira opção de faculdade. Andei fazendo uns exercícios de meditação com ela, mas não está funcionando muito.

— Sophie também está estressada. Elas só vão ter notícias disso no mês que vem.

As duas meninas torciam por vagas numa das oito principais faculdades do país. Grace e Mônica sabiam que ficariam muito decepcionadas se não entrassem.

— Chrissie quer ir para a Universidade Brown, disse que adora o programa deles, mas eu queria algo mais perto. — Mônica tirou o moletom, revelando os braços perfeitamente torneados. — Quero poder visitar de vez em quando — disse ela, lançando um olhar de culpa. — Me desculpa. Foi insensível da minha parte.

Grace adoraria que a filha também cursasse uma faculdade da Costa Leste, mas Sophie estava louca por Stanford e empolgada para ir à Califórnia. Grace não queria impedi-la ou persuadi-la a mudar de escolha. Ficava contente por Sophie ter confiança de voar para longe do ninho.

— Você pensa bastante sobre isso? Em como vai ser quando ela for embora? — Mônica desenterrou o microfone que usava para dar aula. — Chrissie ainda parece tão novinha. Todd está apavorado com a partida dela, mesmo que a gente realmente não tenha motivos pra achar que ela vai sair dos eixos. Ela é uma menina tão firme, tão sensata. Como David está levando a situação?

— Ele parece tranquilo. Não conversamos muito sobre isso.

Grace não queria estragar os últimos meses de Sophie em casa trazendo a partida dela à tona. Vinha escondendo a ansiedade, não queria transmiti-la à filha. Ela e David *não* eram da responsabilidade de Sophie. Então permaneceu firme em sua postura, mesmo com amigas.

— Vai ser uma mudança, é claro, mas estamos ansiosos para ter um tempo para nós.

Longos dias de verão se projetavam adiante, apenas ela e David. Sem Sophie entrando na cozinha para assaltar a geladeira. Sem roupas jogadas pela casa ou livros abertos em cima dos móveis. Sem cartas indignadas espalhadas pelo balcão da cozinha e prontas para serem enviadas.

Mas Grace sabia que a partida de Sophie deixaria um buraco enorme em sua vida. Havia momentos em que ficava apavorada só de pensar nele, mas cabia a ela e David preenchê-lo.

— Vocês dois são tão tranquilos — disse Mônica, prendendo o microfone ao top. — Quando a Chrissie levantou essa ideia de ir para a Europa com Sophie neste verão, pensei que Todd fosse explodir. Eu disse que ela não é mais criança e que queria passar tempo com as amigas, mas também estou um pouco preocupada. Você não acha que a gente deveria propor algo menos arriscado?

— Eu tinha a mesma idade quando fui pela primeira vez a Paris. Foi uma experiência inesquecível.

Grace foi inundada de lembranças. As ruas de Paris depois da chuva, o sol filtrado pelas árvores do Jardim das Tuileries, seu primeiro beijo de verdade sob o luar, o rio Sena cintilando ao fundo. O vislumbre de uma vida tão distante a deixou zonza. Aquela empolgação de saber que havia um mundo inteiro lá fora a sua espera.

Philippe.

O primeiro amor.

E então o telefonema que mudou tudo.

Parecia tanto tempo antes.

— Mas elas também vão a Roma e Florença. — Mônica parecia incerta. — Ouvi coisas ruins de Florença. Roubaram a bolsa da filha da Donna e ela disse que não ousavam sair em menos de duas, mesmo de dia. Ficavam ligadas o tempo todo. E se alguém colocar algo na bebida delas? Não quero Chrissie colocando nenhum veneno para dentro, ela nem sequer tomou antibióticos na vida.

Grace voltou do passado. Tinha bastante certeza de que Chrissie se envenenaria por conta própria quando estivesse na faculdade.

— Elas são ajuizadas, Mônica. Se arranjarem problemas, o que não deve acontecer, vão ligar para a gente. David e eu vamos ficar um mês em Paris.

A ideia soava exótica. De súbito, Grace sentiu como se a porta tivesse aberto apenas um pouco. Parte dela sempre sofreria de saudade dos dias em que a filha se abrigava no casulo protetor da família, mas havia muitas coisas pelas quais se empolgar no futuro.

As possibilidades se estendiam diante dela.

Os pais de David morreram cedo e ele não tinha mais parentes, então dizia que Grace e Sophie eram seu mundo. Grace ficava feliz com isso, porque sentia o mesmo. E também tinha a Mimi. Ela sorriu. *Seu glacê.*

A ideia de passar um mês na Europa, em que cada dia seria inteiramente deles, a deixava quase avoada. Ficariam o tempo que quisessem na cama, desfrutariam de longos cafés da manhã na varanda do hotel, passeariam sem rumo. Teriam tempo e energia para o sexo, sem se preocupar com a possibilidade de serem interrompidos por Sophie.

Sentiria saudade da filha, mas, quanto mais pensava no assunto, mais empolgada ficava com a ideia de passar mais tempo com David.

À mesa do jantar, levantou o assunto com o marido.

— Andei pensando em tudo que podemos fazer depois que Sophie for para a faculdade…

O restaurante estava cheio e os dois estavam envoltos no burburinho baixo das conversas, o tilintar das taças e o eventual som de risadas. Velas tremulavam sobre as mesas e a prataria brilhava.

— Ainda não sabemos para onde ela vai. — David pegou um pouco de seu *boeuf bourguignon*. O aroma de ervas e vinho tinto pairava sobre a mesa. — Pode ser que ela não passe.

— É claro que ela vai passar, David. Sophie é inteligente e dedicada. Nossa bebê cresceu.

Uma salva de palmas estourou atrás deles. Um homem ajoelhado numa perna estendia uma aliança a uma mulher em prantos. Grace também aplaudiu e em seguida voltou com o olhar para David. Esperava que ele lhe desse uma piscadinha ou talvez revirasse os olhos pelo clichê da cena pública, mas ele não estava rindo. David encarava o casal com uma expressão que Grace não era capaz de interpretar.

— Seremos só nós dois — disse ele, observando o homem colocar a aliança no dedo da mulher. — Já pensou nisso?

Grace se revirou na cadeira, ficando de costas para o casal e de volta a seu confit de pato, que estava delicioso.

— É claro que já. Pensei também em tudo que podemos fazer. Estou ansiosa, você não?

Grace estava tão empolgada com seu próprio rompante de otimismo que levou algum tempo para perceber que David não respondeu. Ele continuava a encarar o casal.

— David?

Ele baixou o garfo.

— Eu me sinto velho, Grace. Como se os melhores dias de minha vida tivessem ficado para trás.

— O quê? David, que *loucura*. Você está no auge! Não sei se ajuda, mas Mimi acha que você está mais atraente do que nunca.

Grace achava o mesmo. Em geral, é difícil ver a mesma beleza que se vê em estranhos na pessoa que está envelhecendo ao seu lado, mas, ultimamente, Grace se via reparando na largura dos ombros de David e no sombreado da barba por fazer e pensando *hum, que lindo*. A idade dera a ele um *gravitas* que ela achava irresistível.

A expressão dele se suavizou à simples menção de Mimi. Surgiram as ruguinhas nos cantos dos olhos, o prenúncio do sorriso que Grace tanto amava.

— Você anda discutindo meu sex appeal com sua avó?

— Você sabe como ela é. Juro que, se eu não fosse casada com você, *ela* seria. Não, na verdade... acho que o casamento é uma instituição muito rígida para a Mimi. Ela não gostaria de se prender. Ela dormiria com você, o descartaria e nem sequer lembraria seu nome. Paris é asfaltada com pedaços de todos os corações que Mimi partiu.

E logo eles estariam lá. Aquele, talvez, fosse um bom momento para contar a David, que remexia na faca, pensativo.

— Ainda me lembro do dia em que Sophie nasceu. Não acredito que ela esteja saindo de casa.

— É natural se sentir assim, mas devíamos estar orgulhosos. Criamos uma pessoa inteligente, boa e autossuficiente, o que era nosso dever. Ela pensa por si mesma e agora vai viver a própria vida. É assim que as coisas têm que ser.

O fato de que a vida de Grace não fora nada parecida com aquilo a deixava ainda mais determinada em oferecê-lo à filha.

David largou a faca.

— Um marco como esse nos faz dar uma boa analisada na vida. Andei pensando na gente, Grace.

Contente, ela assentiu com a cabeça.

— Também andei pensando na gente e achei que devíamos comemorar o começo dessa nova fase. Pensei em um jeito perfeito para o nosso verão *não* passar em branco, querido. Feliz aniversário de casamento, David.

E, com isso, ela entregou o pacote que tinha escondido debaixo da mesa. O papel era todo feito de pequenas fotos de pontos turísticos de Paris. A Torre Eiffel. O Arco do Triunfo. O Louvre. Levou duas horas de pesquisa para encontrar as imagens certas na internet.

— O que é isso?

— É minha surpresa de aniversário de casamento. Sempre viajamos e criamos novas lembranças, certo? Esta vai ser especial, e quem sabe você não se inspira a trabalhar um pouco no livro?

David vinha escrevendo um livro desde que se conheciam, mas nunca terminou. Ele tirou o papel devagar, como se não soubesse bem se queria saber o que havia por baixo.

— Uma viagem?

O casal na mesa ao lado olhava intrigado para eles. Ela os conhecia vagamente, daquele jeito que todo mundo se conhece em cidades pequenas. Os rostos eram sempre familiares. Primo de alguém. Tia de alguém. Marido de alguém.

David tirou do envelope o mapa de Paris que Grace encomendara pela internet.

— Aham! — disse ela, ridiculamente contente consigo mesma. — Está tudo reservado. Vamos ficar o mês de julho inteiro. Você vai *amar*, David.

— Um *mês*?

— Se está preocupado com o tempo longe do trabalho, não fique. Já conversei com o Stephen e ele achou a ideia ótima. Você tem trabalhado demais, julho é um mês meio parado e…

— Espera. Você conversou com o meu *chefe*?

David esfregou o maxilar como se tivesse levado um tapa. Manchas rubras apareceram nas bochechas dele, e Grace não foi capaz de distinguir se eram por raiva ou vergonha.

— Eu precisava saber se você podia tirar folga.

Talvez Grace não devesse ter feito aquilo… ainda que Stephen tenha sido muito educado.

— Grace, você não tem que cuidar de cada detalhe de meu dia.

— Achei que você fosse gostar. — Ele não ia ver os outros objetos na caixa? Havia um bilhete do metrô de Paris, um cartão-postal da Torre Eiffel e um panfleto do hotel que reservou. — É uma viagem *nossa*. Vamos passar o verão juntos desbravando a cidade. Vamos poder jantar em mesinhas na calçada nos cafés, assistindo ao mundo passar enquanto decidimos como queremos nosso futuro. Só nós dois.

Ela estava determinada a ver a nova fase da vida como uma aventura, uma celebração, não um momento de arrependimentos e nostalgia.

Seria estranho ir a Paris com David? Não, claro que não. Sua última ida tinha sido havia décadas, era parte de um passado no qual Grace não se permitia pensar.

— Você devia ter falado comigo disso, Grace.

— Bem, eu queria que fosse surpresa...

Ele parecia enjoado. Grace começava a sentir o mesmo. A noite não estava saindo como ela havia imaginado. David fechou a caixa.

— Você já reservou tudo? Sim, é claro que já. É *você*.

— O que você quer dizer com isso?

Ora, ela deveria pedir desculpas por algo que era uma das suas maiores qualidades? Ser organizada era *bom*. Ela havia crescido com o oposto disso, e sabia como era ruim.

— Você faz tudo... mesmo eu sendo perfeitamente capaz de fazer por mim mesmo. Você não precisa comprar o presente de meu chefe, Grace. Eu dou conta.

— Sei que dá, mas fico feliz em poder fazer para que você não tenha o trabalho.

— Você organiza cada detalhezinho de nossas vidas.

— Assim não esquecemos de nada, ora.

— Entendo por que isso é importante para você, mesmo.

O tom de voz de David era gentil e a empatia em seu olhar fez Grace se contorcer no lugar. Era como entrar num salão lotado e descobrir que um botão da camisa estava aberto.

— Não precisamos falar de coisas ruins hoje, é uma noite especial.

— Talvez precisemos. Devíamos, talvez, ter conversado sobre o assunto há muito tempo.

— É nosso aniversário de casamento, David. É uma comemoração. Você se preocupa que eu esteja fazendo coisas demais? Tudo bem, David. Eu *gosto* de fazer. Não é um problema.

Ela estendeu o braço por cima da mesa, mas ele recuou com a mão.

— É um problema para *mim*, Grace.

— Por quê? Você é um homem ocupado e eu adoro mimar você.

— Você me faz sentir... — Ele esfregou o queixo. — Incapaz. Às vezes eu me pergunto se precisa de mim.

Grace gelou por dentro, como se tivesse pulado de um penhasco.

— Como você pode dizer uma coisa dessas? Você sabe que não é verdade.

— Sei? Você planeja cada detalhe de nossas vidas. É a mulher mais independente que conheço. Em que exatamente *eu* contribuo com nosso casamento?

Em qualquer outra circunstância ela teria respondido "com um sexo incrível" e os dois cairiam no riso, mas, naquela noite, David não estava rindo, e tampouco Grace tinha vontade.

As pessoas na mesa mais próxima observavam atentamente a conversa deles, mas ela não se importava.

— Você contribui muito! David...

— Temos que conversar, Grace. — Ele empurrou para o lado o prato com a refeição pela metade. — Eu não ia falar sobre isso esta noite, mas...

— Mas o quê? Sobre o que você quer conversar? — O mal-estar se enraizava dentro de Grace. David estava diferente. Ele sempre era seguro, confiante e confiável. Ela quase sempre sabia em que ele estava pensando. — Por que você está esfregando o queixo?

— Porque está doendo.

— Você devia ir ao dentista. Talvez tenha um abscesso ou algo do tipo. Marco a consulta amanhã de manhã... — Ela parou no meio da frase, depois acrescentou. — Ou você mesmo pode marcar, se preferir.

— Eu quero um divórcio, Grace.

Um zumbido estranho passou pelos ouvidos dela. A música e os ruídos da cozinha haviam distorcido as palavras de David, certo? Não era possível que ele tivesse dito o que ela achava ter ouvido.

— Oi?

— Divórcio — disse David, puxando a gola da camisa como se o estivesse estrangulando. — Essas palavras me deixam nauseado. Nunca quis machucar você, Grace.

Então ela não tinha escutado errado.

— É porque comprei um presente para o Stephen?

— Não — disse ele, puxando novamente a gola. — Eu não devia estar fazendo isto agora. Não planejei. Eu devia...

— É porque a Sophie está indo embora? Sei que você está preocupado...

O pânico lhe apertou o coração. Espremeu-o. E mais um pouco. Os pulmões. Grace não conseguia respirar. Ia desmaiar em cima do *confit* de pato. Já conseguia imaginar a notícia na edição do dia seguinte do *Woodbrook Post*: "Asfixiada, mulher cai de cara no próprio jantar".

— Não é por causa da Sophie. É por nossa causa. As coisas não vão bem há algum tempo.

Havia algo nos olhos de David que Grace jamais tinha visto. Piedade. Sim, havia tristeza, culpa também, mas era a piedade que a despedaçava.

Era David. O David *dela*... que tinha chorado no dia do casamento de tanto que a amava, que a amparou quando a filha começou a abrir caminho no mundo e que permaneceu a seu lado na alegria e na tristeza. David, seu melhor amigo e a única pessoa que a conhecia de verdade.

Ele jamais ia querer vê-la sofrer, ainda mais por causa dele. Sabendo disso, o desespero de Grace se metamorfoseou em medo. Ele não queria magoá-la, mas o faria mesmo assim. E isso queria dizer que era sério. David havia optado por magoá-la a ficar a seu lado.

— Não estou entendendo. O que não tem ido bem, David?

Se houvesse algo de errado, Grace saberia, certo? Ela e David formavam uma equipe desde sempre. Sem ele, ela teria entrado em colapso muitos anos antes.

— Nossas vidas ficaram… sei lá. Chatas. — A testa dele reluzia de suor. — Previsíveis. Trabalho no mesmo lugar, vejo as mesmas pessoas e volto para casa todos os dias para…

— Para mim — completou ela, porque era fácil demais terminar a frase. — O que você está dizendo, então, é que *eu* sou previsível. Que *eu* sou chata.

Como as mãos tremiam, Grace as colocou sobre o colo.

— Não é você, Grace. Sou eu.

David tomar para si a culpa não ajudava.

— Como pode ser tudo você? Você é casado comigo e está infeliz… quer dizer que estou fazendo algo errado. — Outro problema é que Grace *amava* o fato de a vida deles ser previsível. — Eu fui criada com a imprevisibilidade, David. Acredite, não é grande coisa.

— Sei como você foi criada.

É claro que ele sabia.

Ela era, *de fato*, chata? Meu Deus, era verdade?

Era verdade que era um pouco obcecada com serem bons pais para Sophie, mas isso também era importante para David.

Ele soltou outro botão da camisa e gesticulou para que o garçom trouxesse mais água.

— Por que está tão quente aqui? Não estou me sentindo muito bem… não lembro o que eu estava dizendo…

Grace também não se sentia muito bem.

— Você estava dizendo que quer um divórcio.

Nunca acreditou que esta palavra surgiria em uma conversa entre ela e David, e queria que não tivesse surgido naquele momento, em um lugar público. Pelo menos duas pessoas no bistrô tinham filhos que eram alunos dela... o que era uma pena, devido à natureza daquela conversa.

*A mamãe disse que você vai se divorciar, sra. Porter, é verdade?*

— Grace...

David bebeu um gole d'água e ela notou que a mão dele tremia. Ele parecia pálido, enjoado.

Grace tinha certeza que, se olhasse no espelho, acharia o mesmo de si.

E Sophie? Ficaria arrasada. E se ficasse triste demais para viajar no verão? O timing era péssimo, horrível.

Mônica provavelmente culparia a carne vermelha. *Tem testosterona demais.*

— Podemos conversar com alguém, se você achar que vai ajudar. Vamos trabalhar no que for preciso, independentemente do que seja.

— Consertar nosso casamento não é algo que você possa colocar em sua "lista de coisas a fazer", Grace.

Ela sentiu as bochechas corarem porque era exatamente o que estava planejando.

— Somos casados há vinte e cinco anos, David. Não há nada, absolutamente *nada*, que não possamos consertar.

— Eu estou saindo com uma pessoa.

Essas palavras foram como um soco no estômago.

— Não!

Grace engasgou. Ela havia rachado por dentro. Estava quebrada. Partida. Como um vaso de porcelana que David tinha jogado contra o armário.

— Não, David. Diz que não é verdade.

Ela ia vomitar. Vomitaria ali mesmo, naquele bistrozinho francês, em frente a uma plateia de umas cinquenta pessoas.

Conseguia imaginar a reação das crianças na sala.

*A senhora gorfou?*

*Sim, Connor. Eu gorfei, mas não teve nada a ver com o pato.*

David parecia pior do que ela.

— Eu não planejei isso, Grace.

— Sua intenção é que eu me sinta melhor com essa desculpa?

Grace tinha milhares de perguntas.

*Quem é a mulher? Ela a conhecia? Há quanto tempo estava rolando?*

No final, fez apenas uma:

— Você a ama?

David esfregou a testa com os dedos.

— Eu… sim. Acho que sim.

Grace quase se curvou de dor. Não era só sexo. Havia sentimentos. Sentimentos fortes.

Era a traição máxima.

Ela ficou de pé, mesmo que as pernas parecessem ser feitas de água e não concordassem com a decisão. Grace, porém, não queria que a cidade inteira testemunhasse mais daquela conversa. Não por ela, mas por Sophie. Quanto teriam ouvido? Seria abordada no mercado?

*Ouvi dizer que o David não ama você. Que difícil…*

— Vamos embora.

— Grace, espere!

David tirou algumas notas apressadamente e as jogou sobre a mesa sem contar.

Grace já estava quase na porta, com a caixa repleta de planos parisienses sob o braço. Não tinha ideia de por que pareceu tão importante levá-la consigo. Talvez não quisesse deixar seus sonhos soltos por aí. O verão feliz que passara meses planejando não aconteceria. Em vez disso, passariam dias fazendo a partilha de bens e propriedades, consultando advogados.

Grace teve um choque de realidade.

David era o amor de sua vida. A base sólida sobre a qual construíra um mundo maravilhosamente seguro e previsível. Sem ele, a coisa toda ruiria.

Sentia-se transportada para longe de si. A mente estava em outro lugar, mas o corpo continuava no bistrô, seguindo o fluxo. Ela foi sorrindo e se despedindo — *boa noite, sim, obrigada, estava uma delícia* — como se a vida não estivesse desmoronando.

David pressionou o peito com a mão outra vez e balançou a cabeça quando o garçom lhe ofereceu o casaco.

— Grace, não estou me sentindo muito bem…

*Sério?*

— Por mais estranho que pareça, eu também não estou me sentindo muito bem.

Ele esperava ter a simpatia dela?

— Estou sentindo um… não consigo…

E, nesse segundo, David cambaleou e caiu, mandando um carrinho e uma arara de casacos aos ares. O peso do corpo emitiu um som horroroso ao bater no chão.

Grace não conseguia sair do lugar.

Era esse o efeito do choque? Transformar alguém num objeto imóvel, congelado?

Um silêncio varreu o restaurante. Grace se deu conta apenas vagamente de que alguns clientes estavam de pé para enxergar melhor o que acontecia. Com terror e ansiedade nos olhos, os garçons se viraram para encará-la.

David estava no chão com a testa coberta de suor e os olhos esbugalhados.

Ele se agarrava à gola da camisa e pressionava o peito com a mão.

Seus olhos encontraram os de Grace, que neles viu terror.

*Socorro… socorro…*

— Liguem para a emergência — disse ela, fascinada com a naturalidade de seu tom.

Grace tinha treinamento em primeiros-socorros, mas corpo e mente estavam paralisados com a informação de que o homem com quem fora casada por um quarto de século não a amava mais.

E que tinha sido infiel. Que tinha transado com outra mulher. Várias vezes, muito provavelmente. Quanto tempo aquilo estava rolando? E onde? Na cama deles ou em outro lugar?

A garganta de David emitiu um ruído forte e Grace examinou a própria resposta com um misto de espanto e curiosidade. Estava mesmo considerando não o ressuscitar?

*Meu nome é Grace Porter e eu assassinei meu marido.*

Não, não era assassinato. Um assassinato era premeditado. Aquilo era… oportunismo.

Se ele morresse, ela nem saberia a quem contar a notícia. Teria que ficar olhando ao redor no velório para ver se identificava alguma mulher chorando mais do que ela.

Captando vagamente os ruídos e terror ao redor, Grace abaixou o olhar e o encarou pelo que pareceram minutos, ainda que não passassem de poucos segundos.

Aquele era o homem que amava. Tiveram uma filha juntos. Grace imaginou que envelheceriam juntos.

Se David estava entediado com a vida, por que não dissera nada?

A injustiça da situação quase superou o senso de dever. David nem sequer lhe deu uma chance de consertar as coisas. Tinha decidido pelos dois. Como ele era capaz de *fazer* uma coisa assim?

Enquanto as sirenes começavam a soar ao longe, David emitiu um som engasgado e fechou os olhos.

Grace despertou da inércia.

Não seria capaz de deixar outra pessoa morrer, mesmo com a sensação de que esta pessoa havia lhe apunhalado o coração.

Ela se ajoelhou ao lado dele, conferiu o pulso e a respiração, colocou as mãos sobre o peito dele e começou a comprimir.

*Um, dois, três... cacete, David... cacete, David...*

Contava enquanto bombeava. Em seguida, fechou o nariz dele e soprou ar pela boca, tentando não pensar que aqueles lábios haviam beijado outra mulher.

A primeira coisa que faria quando chegasse em casa seria trocar os lençóis.

O som das sirenes ficou mais alto. Grace quis que viessem mais rápido. *Não queria* que David morresse. Seria uma saída fácil para ele, e ela não queria lhe conceder isso.

Ela queria respostas.

# 2

## *Audrey*

A centenas de quilômetros de distância, em Londres, Audrey estava no meio dos estudos para uma prova de química quando a porta de seu quarto abriu de repente.

— Qual vestido, o verde ou o rosa? — perguntou a mãe, uma nota do mais absoluto pânico na voz. — O verde tem o decote maior.

Audrey não tirou o rosto da tela do computador. *Por que a mãe não batia à porta?*

— Estou estudando.

Tinha dias em que detestava a própria vida, e aquele era um deles. Era uma luta entender cada palavra. Quem quer que tivesse montado seu cérebro, tinha feito um trabalho porco.

— É Dia dos Namorados. Você devia ter arrumado um encontro. Na sua idade, eu era a maior festeira.

Audrey sabia muito bem quão festeira era a mãe.

— Minhas provas começam em maio.

— Você quer dizer julho.

— Já vão ter acabado em meados de junho. — Por que a ignorância da mãe sobre isso a incomodava tanto? Àquela altura, já devia ter se acostumado. — Essas provas são importantes, mãe.

As provas enlouqueciam Audrey, que era péssima em exames. Tampouco ajudava os professores ficarem repetindo que os resultados afetariam diretamente o futuro deles. Se era esse o caso, a vida dela estava acabada.

Os pais de todo mundo na sala ficavam em cima. *Você está estudando bastante?*

*Será que você devia sair em dia de escola?*
*Não, você não precisa de pizza e refrigerante.*

Audrey queria alguém que demonstrasse essa preocupação, que lhe desse essa atenção. *Qualquer tipo* de preocupação e atenção serviriam, na verdade. Queria que a mãe lhe fizesse cafuné, trouxesse chá e dissesse palavras de incentivo, mas, como não fazia nada disso, Audrey desistira de esperar.

Tinha 6 anos quando descobriu que a mãe não era igual às outras.

Enquanto os pais dos coleguinhas esperavam do lado de fora da escola, Audrey ficava sozinha, à espera da mãe que frequentemente não vinha.

Detestava ser diferente dos demais, por isso começou a voltar sozinha para casa. A escola tinha normas rígidas de só liberar alunos aos cuidados de um adulto, mas Audrey deu um jeito de contornar a regra. Ela sorria e acenava com a mão vagamente em direção a um grupo de mães para os funcionários acharem que a sua era uma delas. Então deslizava em meio ao grupo e, uma vez fora do campo de visão, voltava para casa. Não era longe e ela decorou o caminho. Vire na caixa de correio vermelha. Vire de novo na árvore grande.

Dia após dia, Audrey entrava na casa vazia, abria a mochila e lutava para fazer a lição de casa. Sempre que tirava o livro da mochila, sentia uma sensação ruim na barriga. Sua caligrafia parecia uma aranha enlouquecida jogada no papel, e Audrey nunca conseguia organizar seus pensamentos de modo que fizessem sentido por escrito. Os professores entravam em desespero. Ela também. Esforçava-se, mas não tinha resultados, então parou de tentar. Que sentido fazia?

Quando tentou contar à mãe que estava com dificuldades para ler, a sugestão foi que assistisse a televisão, então.

Finalmente, depois de anos entregando trabalhos malfeitos e perdendo prazos, uma professora nova na escola insistiu que Audrey fizesse um teste.

Os resultados revelaram uma dislexia severa. De certa maneira, o diagnóstico causou alívio. Significava que ela não era burra. Por outro lado, ainda se *sentia* burra, só que agora uma burra com rótulo.

Davam-lhe tempo a mais nas provas, mas ainda era tudo uma luta. Precisava de ajuda, mas, quando a mãe chegava do trabalho, costumava pegar no sono no sofá.

Por anos, Audrey acreditou que a mãe dela simplesmente era mais cansada do que as demais. À medida que ficava mais velha e observadora, foi percebendo que os pais dos amigos não bebiam uma ou duas garrafas de vinho todas as noites. Às vezes, a mãe chegava bem tarde. Nesses dias, Audrey sabia que ela tinha começado a beber mais cedo. Como ela conseguia dar conta do trabalho como gerente de escritório, Audrey não fazia ideia, mas agradecia a Deus por conseguir.

Alcoólatra funcional. Audrey tinha pesquisado na internet e descoberto uma descrição exata da mãe. Mas não contou a ninguém porque era vergonhoso demais.

Os dias mais felizes eram os que alguma colega de escola a convidava para lanchar ou dormir em casa. Audrey podia observar as mães e ocasionalmente os pais dos outros curtindo juntos uma refeição caseira ou o momento do dever de casa, e se perguntava por que a mãe dela não sabia que as coisas deveriam ser assim. Tentava não pensar na geladeira vazia ou nas garrafas empilhadas atrás da porta dos fundos. Ainda mais constrangedor eram os homens que a mãe trazia para casa depois das bebedeiras pós-trabalho. Por sorte, as visitas pararam depois que conheceu o Ron. Audrey estava depositando todas as fichas nele.

— Suas provas acabam em junho? — perguntou a mãe, que se inclinou sobre a borda da mesa, amassando uma pilha de papéis. — Eu não fazia ideia. Você devia ter me contado.

*Você devia saber.* Audrey resgatou os papéis.

— Não achei que você fosse se interessar.

— Como assim? É claro que me interesso. Sou sua mãe.

Audrey foi cautelosa o bastante para não reagir.

— Legal. Bem…

— Você sabe que ando ocupada planejando o casamento. Se suas provas acabam em junho, quer dizer que você vai estar por aqui o verão inteiro.

Não se Audrey pudesse evitar.

— Não vou estar aqui no verão. Vou viajar.

Ela tomara a decisão de viajar no calor do momento, impulsionada pelo terror profundo de ficar em casa após o casamento da mãe. Tinha economizado dinheiro do trabalho aos sábados no salão de cabeleireiro e escondido dentro de um ursinho que tinha desde a infância. Não confiava que a mãe não o usaria para comprar bebida, e aquele dinheiro era sua única esperança para o futuro. Sempre que se sentia prestes a afundar na escuridão, olhava para o ursinho que deixava, todos os dias, bem no meio da cama. O bichinho não tinha um olho e o pelo estava desbotado, mas era como um amigo para ela. Um cúmplice em seu plano de fuga. Ela achava que já tinha o suficiente para comprar a passagem para algum lugar; qualquer coisa seria melhor do que ficar presa naquele ciclo cansativo e repetitivo em que vivia com a mãe. Chegando lá, arrumaria um emprego e pronto.

— Que ótimo. É que comigo e Ron recém-casados, bem… você sabe… — disse ela, dando um cutucão conspiratório em Audrey.

Sim, Audrey sabia. As paredes da casa eram finas. Provavelmente sabia demais para uma garota da idade dela.

Percebeu que a mãe não perguntou para onde viajaria nem com quem. Tudo o que lhe importava era que Audrey não estivesse por perto para atrapalhar seu interlúdio romântico.

Mesmo que não devesse, machucava, mas Audrey estava acostumada a lidar com emoções conflitantes. E, para ser honesta, estava aliviada que a mãe e Ron estavam se casando. Ron a tratava bem e, se o casamento vingasse, Audrey não se sentiria mais responsável por ela.

Uma vida completamente nova estava a seu alcance.

— Vou passar o verão em Paris.

A ideia lhe surgira como um flash na semana anterior. Paris era linda nessa época do ano. Os homens eram atraentes, o sotaque, sexy, e, se falassem besteira, o que na sua experiência ela sabia que a maioria falava, não teria importância porque ela não entenderia. E o melhor de tudo: estaria longe de casa.

A primeira coisa que faria quando tivesse a própria casa seria colocar um trinco na porta.

A mãe se afundou na cama de Audrey, ignorando a pilha de roupas para lavar.

— Você fala francês?

— Não. É por isso que quero ir para a França. — Na verdade não era, mas a desculpa parecia tão plausível quanto qualquer outra, e a mãe de Audrey não era do tipo de pessoa que examinava as coisas em profundidade. — Preciso aprender outro idioma.

— Vai ser bom para você, viver um pouco! Na sua idade…

— Sim, já sei que na minha idade você estava vivendo o melhor momento de sua vida.

— Não precisa falar nesse tom, Audie. Só estou dizendo que só se é jovem uma vez.

Na maior parte dos dias, Audrey sentia como se tivesse 100 anos.

— Preciso voltar ao livro, ok? Tenho prova amanhã.

A mãe se levantou e deu um abraço em Audrey.

— Eu te amo e tenho orgulho de você. Eu devia dizer isso mais vezes.

Audrey ficou tão ereta na cadeira que pensou que a coluna ia quebrar. O cheiro do perfume da mãe era tão forte que quase a sufocou.

Parte dela queria mergulhar nos braços da mãe, permitir que cuidasse dela ao menos uma vez na vida, mas Audrey sabia que era melhor não baixar a guarda. Em poucos minutos, a mãe estaria gritando com ela, jogando coisas e dizendo palavras maldosas. Audrey nunca entendeu por que as maldosas soavam mais altas do que as de carinho.

— Você está muito tensa — disse a mãe ao soltá-la. — Beber alguma coisa vai ajudar a relaxar?

— Não, obrigada.

Audrey sabia que a mãe não estava oferecendo uma xícara de chá.

— Abri uma garrafa de vinho. Posso trazer uma taça.

O vinho explicava aquele brilho nos olhos e o bom humor. Explicava o perfume também.

— Você já comeu? — perguntou Audrey.

— O quê? Não. — Linda alisou o vestido na altura do quadril. — Não quero engordar. O que você está estudando?

Audrey piscou. A mãe nunca havia demonstrado o menor interesse no que Audrey fazia da vida. Em uma ocasião de visita dos pais à escola, quando discutiram sobre áreas de conhecimento e universidades, Audrey foi a única a comparecer sozinha. Como de costume, mentiu e disse que a mãe estava no trabalho. Soava muito melhor do que admitir que a mãe não dava a mínima e que a única vez que o pai esteve presente foi na concepção. Estava tão acostumada a mentir que ela mesma não se lembrava da verdade.

Ela pigarreou.

— Química orgânica.

Uma matéria na qual ela levaria a pior. Tinha escolhido a área de ciências para evitar ter que ler e escrever, mas ainda assim era preciso ler e escrever bastante. Quando terminasse a escola, nunca mais estudaria.

A mãe conferiu o reflexo no espelho sobre a escrivaninha de Audrey.

— Acho essa moda de coisas orgânicas uma besteira. É só uma desculpa para os supermercados cobrarem mais.

Audrey permaneceu sentada com os ombros encolhidos, afundada em tristeza, enquanto encarava a tela do computador. *Vai embora. Só vai embora!* Às vezes, achava difícil acreditar que ela e a mãe tinham algum parentesco. Em geral sentia-se como se a cegonha a tivesse deixado na casa errada.

— Mãe...

— Você sempre foi lenta em aprender, Audrey. Tem que aceitar isso. Mas veja pelo lado bom, você é bonita e tem um... — A mãe passou as mãos por debaixo dos seios para identificar o que dizia. — É só arrumar um chefe homem que ele nem vai notar que você não sabe separar sílabas.

Audrey imaginou a entrevista.

*Quais você considera serem suas melhores qualidades?*

*São essas duas aqui que balançam.*

Jamais.

Se algum colega de trabalho tocasse em seus seios, Audrey quebraria o braço do infeliz.

— Mãe...

— Não estou dizendo que a faculdade não seja *divertida*, mas hoje em dia todo mundo é bacharel. Não tem nada de especial. Você paga uma fortuna por algo que, no final, não significa nada. Experiência de vida é o que importa.

Audrey respirou fundo.

— Vai com o verde.

Ela estava exausta. Não conseguia dormir. Os estudos a consumiam.

Meena, sua amiga, a havia ajudado a criar uma planilha com todas as provas. Programaram alarmes no celular de Audrey porque ela morria de medo de ler a planilha errado e perder o dia. Também imprimiram uma versão ampliada e prenderam na parede porque, desde o dia que a mãe bebeu uma garrafa de uísque e decidiu que era uma boa ideia jogar o computador dela no lixo, Audrey não queria correr o risco de armazenar as coisas no laptop.

*Vocês, adolescentes, passam tempo demais na frente dessas telas!*

O calendário em cima da escrivaninha era cheio de Xs que Audrey marcava ao final de cada dia. Cada um a aproximava do dia em que terminaria a escola e iria embora de casa.

A mãe continuava por ali.

— Você não acha que o Ron ia preferir o rosa? Ele mostra um pouco da lingerie, o que é sempre bom.

— Não é bom! Parece que você se esqueceu de colocar uma roupa! As "roupas de baixo" têm esse nome por um motivo, sabe? Espera-se que você as use *embaixo* das roupas. — Explodindo em desespero, Audrey finalmente desviou o olhar da tela. O cabelo da mãe estava todo bagunçado de pôr e tirar vestidos. — Vista o que *você* prefere. Não dá para passar a vida toda tentando agradar aos outros, sabe?

Audrey jamais se imaginaria perguntando a um homem o que vestir. Ela vestia o que gostava. Suas amigas vestiam o que gostavam. Um meio-termo entre se encaixar e se destacar.

— Eu quero que ele me ache bonita — disse Linda, fazendo beicinho.

Audrey também queria que Ron achasse sua mãe bonita. Queria que Ron tomasse conta dela para a própria Audrey não precisar fazer isso.

— O verde — disse ela. — O verde, com certeza.

Nenhum dos homens com os quais a mãe saiu tinha durado tanto quanto Ron.

Audrey gostava dele. A resposta predileta dele a qualquer coisa era: "Contanto que ninguém morra, vai ficar tudo bem". Audrey queria acreditar nisso.

— Pare de beber. Sobriedade é sexy. Ficar bêbada, não.

— Do que você está falando? Eu bebi, sim, mas *não* estou bêbada.

Com o coração batendo forte, Audrey fez uma pausa antes de acrescentar:

— Você bebe muito, mãe. Além da conta. — E o maior medo dela era que Ron se cansasse disso. — Talvez fosse bom procurar um médico ou...

— Por que eu iria ao médico?

— Porque você tem um problema.

— É você que tem problema, mas não dá pra conversar com você nesse mau humor.

A mãe saiu do quarto batendo a porta.

Sentindo-se mal, Audrey encarou a porta. Era por isso que não costumava tocar no assunto. Como a mãe podia achar que não tinha um problema? Alguém naquela casa era louca e Audrey começava a achar que talvez fosse ela mesma.

Agora a mãe estava triste. E se ela ficasse mal e bebesse tudo que houvesse em casa? De tempos em tempos, Audrey percorria todos os cômodos atrás de garrafas escondidas. Havia algum tempo não o fazia.

Estressada, pegou uma barra de chocolate do esconderijo que mantinha atrás dos livros escolares e tentou voltar aos estudos, mas não conseguia se concentrar. Desistindo, saiu do quarto e ouviu a mãe chorando alto no banheiro.

*Droga*. Ela bateu à porta.

— Mãe? — O choro ficou mais alto. A angústia se revirava no estômago de Audrey. Era como se tivesse engolido uma pedra. — Mãe?

Ela tentou a maçaneta, e a porta se abriu. Linda estava sentada no chão, apoiada na banheira, uma garrafa de vinho na mão.

— Eu sou ruim pra você. Uma péssima mãe.

— Ah, mãe.

As entranhas de Audrey estavam em um nó. Aflição, angústia e um pouco de desespero. Acima de tudo, desamparo e medo. Não sabia como lidar com aquilo. Certa vez, em pânico, ela chegara a ligar para o serviço para filhos de alcoólatras, mas perdera a coragem e desligara sem dizer nada. Não queria falar sobre o assunto. Não era *capaz* de falar sobre o assunto. Seria desleal. Apesar de tudo, amava a mãe.

Ela não estava sozinha, mas se sentia assim.

Com o rímel manchado embaixo dos olhos, a mãe olhou para ela.

— Eu te amo de verdade, Audrey. Você me ama?

— Claro que sim.

Apesar da boca seca, conseguiu pronunciar as palavras. Era frequente. A mãe bebia, dizia a Audrey que a amava, ficava sóbria e esquecia tudo.

Audrey acabou desistindo de que um dia a mãe dissesse aquelas palavras sóbria.

— Me dê a garrafa, mãe — pediu ela, tirando-a das mãos de Linda.

— O que você vai fazer com ela?

Audrey despejou a bebida na pia antes que pudesse mudar de ideia, dando de ombros para os pedidos aflitos da mãe.

— Não acredito que você fez isso! Eu só estava tomando um golinho, só isso, para ganhar confiança para hoje à noite. O que fiz para merecer uma filha como você? — Linda começou a soluçar novamente, pelo visto esquecendo que, poucos instantes antes, amava Audrey. — Você não entende. Eu não quero perder Ron. Não dou certo sozinha.

Audrey colocou a garrafa vazia no chão.

— É claro que dá. Você tem um bom emprego.

O qual temia que a mãe pudesse perder se não ficasse limpa. O que aconteceria nesse caso? Ron sabia que ela era alcoólatra? Iria embora assim que descobrisse?

Agarrou-se à ideia de que não. A esperança, descobriu ela, era a lâmpada que a guiava pela escuridão. Era preciso acreditar que havia algo a frente.

Pegou um pacote de lenços e, delicadamente, tirou os borrões de rímel do rosto da mãe.

— Você tem olhos bonitos.

A mãe deu um sorriso trêmulo, a maldade das palavras de antes dissipada.

— Você acha?

A vulnerabilidade que Audrey viu nela fez seu estômago embrulhar. Ela era a adulta da relação na maior parte do tempo, e a responsabilidade a aterrorizava. Não se sentia apta para o papel.

— Com certeza. As pessoas usam lentes de contato para conseguir esse tom de verde.

Linda tocou o cabelo de Audrey.

— Eu detestava ser ruiva na sua idade. As pessoas não paravam de me provocar. Queria ser loira. Não implicam com você?

— Às vezes.

Com traços mais sutis que os de Linda, Audrey reaplicou a maquiagem da mãe.

— E como você aguenta?

— Eu sei cuidar de mim mesma. — Audrey ajeitou o cabelo da mãe, recuou um passo e admirou o próprio trabalho. — Pronto. Você está linda.

— Você é muito mais forte do que eu era.

— Você também é forte. Só se esqueceu disso.

*E ajudaria se parasse de beber*, pensou, mas não disse mais nada. A mãe agora estava calma, e Audrey não queria fazer ou dizer algo que mudasse isso. As duas viviam no fio da navalha. Um deslize e ambas se cortariam.

Tocando as bochechas com a ponta dos dedos, Linda se examinou no espelho.

— Melhor você voltar aos estudos. Obrigada pela ajuda.

Era como se aquele arroubo de emoções nunca tivesse acontecido.

Audrey voltou para o quarto e fechou a porta.

Queria chorar, mas sabia que ficaria com dor de cabeça e aí sim não iria bem na prova. E, se não passasse na prova, não iria bem nos exames finais. Ela não tinha ido tão longe para tropeçar na última hora. Mais alguns meses e nunca mais precisaria estudar.

Meia hora depois, um estrondo de gargalhadas anunciou que Ron tinha voltado para casa. Audrey colocou os fones, aumentou o volume de um rock pesado e bloqueou tudo o que pudesse acontecer na sala do andar de baixo. Só relaxou definitivamente quando olhou pela janela e viu a mãe e Ron saindo de mãos dadas da casa.

*Não estrague tudo, mãe.*

Quando teve certeza de que a área estava limpa e que a mãe não voltaria para pegar a bolsa, o casaco ou qualquer outra coisa, arriscou descer as escadas.

Ouviu um cachorro latindo na rua e dois vizinhos aos gritos. Não sabia quem eram. Não era esse tipo de rua, onde todo mundo se conhece. Naquele subúrbio londrino em particular, as pessoas iam e vinham sem nunca conversar com os vizinhos. Era possível morrer sem que alguém soubesse. Era uma das regiões mais baratas da cidade, o que basicamente significava que você pagaria o dobro em relação a qualquer outra parte do país e seu dinheiro valia pela metade.

A chuva caía, turvando a vista da janela.

Hardy, o cachorro que tinham adotado, estava encolhido no calor da cozinha, mas, quando viu Audrey, saudou-a como uma amiga que não via havia anos.

Ela se ajoelhou e o abraçou.

— Você é a única coisa daqui que vai deixar saudade. Você é meu melhor amigo, e queria poder levar você comigo, sabia? — disse, dando risada quando ele lambeu seu rosto. — Espero que ela saia da cama o bastante para alimentá-lo quando eu tiver ido embora. Se não, arranhe a porta. Ou morda as canelas do Ron. Quer comida?

Hardy balançou o rabo.

Ela colocou comida no pote dele, trocou a água e estava pensando no que comer quando o celular vibrou. Era Meena perguntando se poderia ir até lá para estudarem juntas. Audrey e Meena tinham entrado juntas na escola em que estudavam dois anos antes, numa idade em que todos já estavam estabelecidos em grupos e panelinhas.

Para Audrey, a amizade delas era uma das melhores coisas na escola.

Como era provável que fosse ter a casa inteira para si por várias horas, Audrey mandou uma mensagem respondendo que sim. Ela nunca, jamais cogitaria convidar uma amiga se a mãe estivesse em casa. Meena era a única que ia, mas só quando a casa estava vazia. Os pais dela eram médicos e a amiga tinha o tipo de vida estável com a qual Audrey só podia sonhar. Tinha tios, tias e primos. Audrey queria se enxertar na família deles.

Conferiu a geladeira.

Exceto por duas garrafas de vinho, estava vazia.

Tinha pedido à mãe que comprasse leite e queijo, mas, em vez disso, Linda comera as poucas coisas que Audrey havia guardado no dia anterior.

Cansada, Audrey pegou a garrafa de vinho aberta e despejou na pia. Era como tapar o sol com uma peneira, mas mesmo assim não conseguia deixar de tentar ajudar.

Como não tinha tempo de fazer compras, abriu o congelador. Por sorte, as pizzas que havia comprado no dia anterior continuavam lá. Colocou-as no forno e resgatou o pacote de biscoitos de chocolate que deixava escondido para casos de emergência.

No momento em que a campainha tocou e ela abriu para Meena, percebeu que havia algo errado. A amiga entrou correndo.

— O que foi?

— Nada. Só fecha a porta, rápido.

— Por quê? — Audrey espiou a rua e viu duas garotas encostadas contra uma parede. Reconheceu-as de imediato. Eram do mesmo ano que ela na escola. — O que essas hienas querem?

— Minha carcaça. Para o jantar. Fecha a porta, Aud.

Audrey sentiu algo quente e incontrolável queimar dentro de si.

— Elas seguiram você de novo? O que disseram?

— O de sempre. — Apesar do frio, o rosto de Meena estava suado. Os olhos pareciam gigantescos por detrás dos óculos. — Mas não importa. São só palavras. *Por favor* não diga nada.

— Importa, sim.

Levando junto todas as emoções que surgiram no encontro prévio com a mãe, Audrey saiu de casa e atravessou a rua antes que Meena pudesse impedi-la.

— Qual é o problema de vocês? — perguntou à garota mais alta, que Audrey sabia ser a líder do grupo.

A menina se chamava Rhonda, e ela e Audrey tinham embates constantes. Rhonda cruzou os braços.

— Não sou eu quem tem problema. Você quem devia parar de sair com aquela débil mental. Precisa repensar suas amizades.

— Isso aí — ecoou a mais baixinha ao lado. — Precisa repensar suas amizades.

Audrey a encarou. Não foi capaz de se lembrar do nome dela. Era uma rata que se escondia à sombra de Rhonda.

— Quando você tiver opinião própria pode opinar. Até lá, cale a boca. — Voltou a olhar para Rhonda. — Não preciso repensar nada. E dado que Meena tira dez em todas as matérias, a única débil mental da história está aqui de pé na minha frente.

Rhonda ergueu o queixo.

— Ela devia voltar para o lugar de onde veio.

— Ela é daqui, sua babuína acéfala. Ela nasceu a um quilômetro de distância de você, mas você é idiota demais para saber isso. Aliás, quem se importa?

— Por que você está defendendo ela? Não é assunto seu, Audrey.

— Minhas amigas não são assunto meu? Você está me zoando?

Audrey sentiu os últimos fios que sustentavam o autocontrole se desfazerem. Avançou um passo e teve a satisfação de ver a outra garota recuar.

— Você não devia estar aqui.

— É você que não devia estar aqui. Essa rua é minha. O muro é meu. Não preciso de um monte de babacas encostadas nele. — Audrey apunhalou o peitoral de Rhonda com o dedo. — Some daqui, Rhonda. Se você chegar perto de Meena outra vez, juro que vou acabar com você.

— Você e mais quem?

— Não preciso de mais ninguém. Eu sozinha já dou conta do recado. Agora vaza de volta para o lugar de onde *você* veio, que deve ser o esgoto.

Com uma carranca feia que passara horas aperfeiçoando diante do espelho, afastou-se das duas. Elas ainda a chamaram de alguma coisa, ao que Audrey mostrou o dedo e continuou caminhando.

Encontrou Meena com o celular na mão, tremendo como um filhote de corça.

— Achei que elas fossem matar você.

— Você bota pouca fé em mim — disse Audrey, olhando para o celular de Meena. — Por que você está ligando para a emergência?

— Achei que você precisasse de reforços.

— Não estamos num filme de ação, Meena. Desliga esse celular. E pare de tremer. Você parece um filhotinho de gato que jogaram numa poça.

Meena esfregou os próprios braços.

— Eu queria ser que nem você. Engraçada, e todo mundo gosta de você.

— Ah, é? Bem, eu queria ser que nem você. Você tem cérebro e uma vaga em Oxford.

— Eu preferiria ser popular e bem integrada. É patético, eu sei. Aquelas duas disseram que só consegui a vaga por cota.

— Bem, aquelas garotas são umas víboras burras para cacete que precisam dizer algo para se sentirem melhor porque têm um lixo de vida. Mas *você...* — Audrey pegou a mão de Meena e a balançou. — Você vai ter o mundo a seus pés. E como vai me deixar arrumar seu cabelo, ainda vai estar linda quando isso acontecer. Você tem que se orgulhar, ok? Você é, tipo, *insanamente* inteligente. Não consigo nem soletrar "engenharia", que dirá estudar isso. Fico me gabando de você para todo mundo. *Minha amiga Meena vai para Oxford.*

— Você não me odeia por isso?

— *O quê?* Não dá uma de louca. Morro de orgulho de você. Por que eu odiaria você?

Meena pareceu levemente angustiada.

— Por que estudar é muito difícil para você.

— A vida também é difícil para você. Eu não preciso lidar todos os dias com as pessoas despejando um monte de merda em cima de mim. — Tentando não pensar na própria vida, Audrey deu de ombros. — Todo mundo tem que lidar com alguma coisa, né? Você me ajuda e eu ajudo você.

— Ninguém vai me ajudar em Oxford — disse Meena, limpando as gotas de chuva dos óculos. — Queria que você também fosse para lá.

— Não, não queria. Você vai conviver com uma galera inteligente, que diz coisas inteligentes e faz coisas inteligentes. Agora, pare de se deixar abalar por essas duas, ok? Fique brava, não com medo. Se não conseguir *ficar* brava, finja que está. Você tem que ser mais maldosa do que elas. Precisa ser a Meena-má.

Audrey caiu na gargalhada com a própria piada, e Meena a acompanhou.

— Meena-má. Gostei.

— Ótimo. Porque no momento você é uma Meena boazinha demais. Agora anda, vamos comer.

Meena a seguiu até a cozinha e sentiu o cheiro no ar.

— Pizza?

— De cogumelos com azeitona.

— Delícia. Bem, exceto pelas azeitonas, mas eu posso tirar.

Meena jogou a mochila no chão da cozinha e tirou o casaco. Seu cabelo longo estava encharcado. Estava de calça jeans e uma blusa preta da irmã. Audrey adoraria ter uma irmã com quem dividir roupas, mas o que amaria de verdade seria ter alguém com quem dividir o fardo que era a mãe.

Audrey observou enquanto a amiga enviava uma mensagem.

— Está escrevendo para quem?

Meena corou.

— Para minha mãe. Prometi que ia avisar quando chegasse bem.

— Você mora a, tipo, duas ruas daqui.

— Eu sei, eu sei que é constrangedor. Mas ou é isso ou ela me trazendo de carro até aqui. O que é ainda mais constrangedor.

Audrey sentiu uma pontada de inveja.

— Eu acho legal que ela se importe tanto. Você tem a melhor família.

— Aud...

— O quê?

— Está cheirando a queimado.

— Merda. — Audrey atravessou a cozinha correndo e abriu o forno. — Está tudo bem. Talvez tenha queimado um pouco, mas não totalmente. Pega os pratos?

Meena abriu o armário.

— Você está nervosa com a ideia de sair de casa e morar sozinha?

— Não.

Ela praticamente já morava sozinha. Ninguém se importava com o que ela fazia, não tinha horário para chegar em casa ou regras. Audrey chegara à conclusão de que viver sozinha de verdade seria uma evolução.

— E você? — perguntou ela, atirando a pizza sobre a mesa.

— Um pouco, mas vai ser bom ter um pouco de independência. No momento minha mãe está obcecada em me fazer comer coisas saudáveis enquanto estudo, daí traz lanches saudáveis de hora em hora. Ela não sai de cima de mim.

A mera ideia de alguém trazendo lanches, quem dirá saudáveis, quase fez Audrey sangrar de inveja.

Meena tirou os livros da mochila e os empilhou na mesa, ao lado dos pratos.

— Melhor começarmos. Meu tio vai vir me buscar às nove e meia.

— Posso ir andando com você, se quiser.

— Mas aí você teria que voltar sozinha.

— E? — perguntou Audrey, que ia sozinha a toda parte. — O que você quer beber?

— Qualquer coisa.

Meena caminhou até a geladeira e a abriu antes que Audrey pudesse impedi-la.

— Eita, o que rolou aqui? Por que sua geladeira está vazia?

— Minha mãe estava descongelando. Estava cheia demais, precisamos esvaziar. — disse Audrey, a mentira saindo fácil, como sempre.

*Sim, sra. Foster, está tudo bem em casa.*

*Minha mãe não pôde vir à reunião de pais porque está trabalhando.*

Era capaz de controlar a história que contava. Menos fácil de controlar era a vergonha. Esta se agarrava a ela como suor. Aterrorizada que esta fosse visível, virou-se.

— A pizza está esfriando. Melhor a gente comer.

— Você tem sorte. Sua mãe te dá a maior liberdade.

Audrey ativou seu sorriso costumeiro.

— Aham, é ótimo.

Por que ela simplesmente não contava a verdade a Meena e às amigas? Em parte porque, tendo começado uma história, era difícil se livrar dela; mas principalmente porque era constrangedor admitir que a mãe achava uma garrafa de vinho mais importante do que a filha. O que isso dizia sobre Audrey? No mínimo, que ela era uma pessoa impossível de ser amada.

— Já decidiu o que vai fazer no verão?

Audrey abriu uma latinha de refrigerante. Nunca havia comida em casa, mas sempre tinham misturas para drinques.

— Paris. Vou arranjar um emprego e um lugar para morar.

— Nossa, Hayley vai passar mal de inveja. Você precisa postar fotos mais legais do que as dela. Você já viu o Instagram dela? "Vou passar um mês na piscina em Saint-Tropez no verão desse ano. Hashtag Amo Minha Vida." — Meena comeu a pizza queimada e lambeu os dedos.

— Aham, e criei minhas próprias hashtags. Hashtag Desgraçada Metida, Hashtag Espero Que A Piscina Deixe Seu Cabelo Verde ou quem sabe Hashtag Te Odeio. Meu único problema é que não consigo soletrar nenhuma delas.

— Eu posso digitar se você prometer que vai postar pelo menos uma foto bem metida de você em Paris. Como você vai se comunicar? Você não fala francês.

Audrey mordiscou a pizza.

— Sei falar que estou com fome e "Que gato!". O resto vai ser só na linguagem corporal. Essa é universal.

— Você acha que vai transar por lá? — perguntou Meena, puxando o queijo que se esticava do próximo pedaço de pizza. — Você já transou, né?

Sem querer confessar o fracasso total que era em matéria de sexo, Audrey deu de ombros. Não sabia por que escreviam tantos livros sobre amor e paixão. Estava na cara que havia algo de errado com ela.

— É que nem fazer academia. Dá para fazer o físico sem ter que usar o cérebro. Não que eu tenha exatamente um cérebro que possa usar.

— Para com isso! Você sabe que não é verdade. Mas você está comparando transar com andar na esteira? O que aconteceu com o romance? E Romeu e Julieta?

— Os dois morrem. Nada romântico — disse Audrey, dando uma mordida na pizza. — Além disso, Julieta não era muito esperta.

— Ela só tinha 13 anos.

— Mas acho que, mesmo se ela não tivesse bebido aquele veneno, não teria chegado até a terceira idade.

Meena deu risada.

— Você devia escrever isso na prova. Então, quer revisar a matéria?

— Você se importa? Sei que você não precisa…

— Eu preciso, sim. E adoro sua companhia. Você me faz rir. Pelo que quer começar? Física? Sei que é difícil para você por causa dos símbolos. Também é difícil para mim, e olha que eu nem tenho dislexia. Mas, sempre que abro o livro, meu cérebro fica a um átomo de explodir.

Audrey sabia que não era verdade, mas ficou comovida com a tentativa da amiga de fazê-la se sentir melhor.

— Acho que consegui assimilar um pouco. Faz uma pergunta e vamos descobrir. Coloco música? — perguntou ela, terminando a pizza e pegando o celular. — Estudo melhor com música.

— Adoro vir aqui, sabia? Sua casa é tão sossegada. Aonde sua mãe foi hoje?

— Saiu.

— Com o Ron? — Meena observou Audrey escolher uma música e dar *play*. — *Isso sim* é romântico. Tantos anos viúva, com saudade de seu pai, e agora está apaixonada de novo. Parece coisa de filme.

"Viúva" soava muito melhor do que "divorciada três vezes".

Perder o marido em circunstâncias trágicas atraía a empatia e compreensão das pessoas. Ter se divorciado três vezes atraía suspeita e descrença.

Audrey havia entendido que, com uma vida como a dela, tinha permissão para um pouco de licença poética. Como tinham se mudado para aquela região de Londres só dois anos antes, era improvável que alguém descobrisse a verdade.

— Amo essa música. Os livros podem esperar um pouco — disse ela, ficando de pé. — Vamos, Meena-má. Vamos dançar. Mostre do que você é feita.

Audrey aumentou o volume e dançou pela cozinha, o cabelo esvoaçando ao redor do rosto. Meena se juntou a ela e logo as duas estavam gritando e dando risadas.

Por dez gloriosos minutos, Audrey foi uma adolescente sem qualquer preocupação na vida. Não importava que reprovasse nos exames ou que o resto de sua vida estivesse arruinado. Não importava que a mãe preferisse beber a estar com ela. Só importavam a batida e o ritmo da música.

Se ao menos o resto da vida pudesse ser assim também...

# 3

—Quer que eu entre com você? — perguntou Mônica, estacionando do lado de fora do hospital. — Você está tremendo.

Estava? Grace se sentia alheia a tudo, mesmo às reações do próprio corpo. Era difícil acreditar que três dias tinham se passado desde aquela noite no restaurante.

— Você é uma ótima amiga, Mônica, mas agradeço. Eu preciso fazer isso sozinha.

Grace olhou para os próprios pés e percebeu que calçava sapatos diferentes. Um azul-marinho, o outro, preto. Evidência clara de que estava desmoronando. "Surtando", diria Sophie.

— Ainda não acredito nisso. Quer dizer, é o *David*. Vocês dois formam o casal perfeito. Ele é um cara de família. Leva a Sophie para nadar todos os sábados e faz churrasco no quintal.

— Agora você não está ajudando, Mônica.

Deveria voltar para casa e trocar os sapatos? Aquilo ofendia seu senso de ordem.

— Eu estou com tanto ódio que poderia estrangular o David com minhas próprias mãos — disse a amiga, dando um soco no volante. — Como ele *pôde* fazer isso com você?

Como? Por quê? Quando? Seu cérebro dava voltas.

O que Grace tinha feito? O que *não* tinha feito?

Ela sempre achou que era o amor da vida de David. Que era a única.

Descobrir o contrário revirou todas as lembranças. O que era real e o que não era?

— Pelo visto ele está entediado com a vida — disse ela, sentindo a boca seca. — E, dado que sou grande parte da vida dele, imagino que…

— *Não venha* me dizer que você é entediante — disse Mônica entredentes —, porque a gente sabe que não é o caso.

— Ele disse que organizo cada detalhezinho de nossas vidas, e é verdade. Eu gosto de ordem e previsibilidade. Sempre vi isso como uma coisa boa.

— E é! Quem quer viver no meio do caos? Não faça isso com você mesma, Grace. Não ache que o problema é você, ok? A verdade é que você é tão competente que feriu o ego dele.

— Eu acho que não. David é muito seguro de si, muito confiante. Acho que o fiz se sentir… desnecessário. Mas não tem a ver com masculinidade, nem nada. Ele não é assim.

— Não compra essa, ok? Ele está tendo a típica crise de meia-idade. A filhinha dele está saindo de casa e, de repente, se sentiu velho. Ele encarou a própria mortalidade… Nos últimos dias, de forma literal, inclusive. É um clássico.

Grace encarava através da janela, se lembrando do rosto de David na noite do jantar.

— Ele não comprou um carro esporte nem pintou o cabelo. Não pediu demissão. A única coisa que parece ter mudado é a mulher na vida dele.

Imagens passavam pela cabeça de Grace como se ela sem querer tivesse clicado num site pornô. Ela queria cobrir os olhos. Reiniciar o cérebro. Com frio, puxou o casaco para mais junto de si.

Mônica aumentou o aquecedor.

— Você faz ideia de quem seja?

— Não. — Grace olhou para a amiga. — Como eu não desconfiei que isso estava acontecendo, Mônica?

— David é o último homem no mundo que a gente suspeitaria de estar tendo um caso, então não tinha por que você ficar investigando. Mas você precisa perguntar quem é logo.

— Os médicos disseram que ele não pode se estressar.

E ela sabia, no fundo, que estava adiando o momento em que teria de ouvir os detalhes. Um nome tornaria a situação real.

Mônica bufou.

— *Ele* não pode se estressar? E você? Ele é o homem que escolheu contar à esposa que queria se separar no jantar de comemoração de vinte e cinco anos de casado! Qualquer outra mulher não o teria ressuscitado na hora que ele caiu duro.

— Passou pela minha cabeça não ressuscitar. — Grace talvez não devesse ter confessado isso. — O que isso faz de mim?

Mônica esticou o braço e pegou sua mão.

— Faz de você humana, graças a Deus.

O coração de Grace batera freneticamente enquanto o de David falhava.

— Eu congelei, não consegui me mexer… Por sei lá quanto tempo… Pensei que não seria capaz.

— Mas foi — disse Mônica gentilmente.

— E se eu entrar no quarto e ela estiver lá?

Mônica engoliu em seco.

— David não seria indelicado a esse ponto, né?

— Ele está apaixonado por outra mulher, Mônica. Acho que a delicadeza foi para o espaço. — Grace torceu a lapela do casaco. — No jantar ele ficou o tempo todo mexendo no queixo. Pensei que fosse alguma coisa no dente, mas no final era um indício de infarto e eu não entendi.

— Por favor, não vai me dizer que você está se culpando!

— David ficou tão estressado com a ideia de me machucar que acabou infartando. Mesmo terminando o casamento, ele conseguiu ser um cara fundamentalmente decente.

— Grace, *pelo amor de Deus*. Ele foi um rato impiedoso e filho de um… — Mônica se deteve e ergueu a mão em desculpas. — Foi mal, mas não consigo ouvir você o defendendo. Como a Sophie está reagindo?

O ácido corroía o estômago de Grace. Talvez devesse ir ao médico.

— Eu ainda não contei…

— O quê? Grace, ela…

— Ela precisa saber, eu sei. Mas contar que o pai teve um infarto e estava no hospital pareceu suficiente para o momento. Ela está triste, morrendo de preocupação. Não consegui piorar ainda mais as coisas, sabe? Ela idolatra o pai. Sempre foram superpróximos.

— Você precisa contar, Grace.

— Eu tinha esperanças de que a gente consertasse tudo e eu não precisasse contar.

— Ele teve um caso. O que poderia ser consertado?

— Sei lá.

Era uma pergunta que nunca imaginou ter que se fazer.

— Não tem como, Grace. Você nunca seria capaz de confiar de novo nele. Você precisa dar um pé na bunda do David. É isso o que eu faria se o Todd tivesse um caso.

A cabeça de Grace girava. Até o momento ela não havia considerado que todos a seu redor teriam uma opinião. Independentemente do que fizesse, ela seria alvo de fofocas e julgamentos. Sabia, por experiência própria, que as pessoas tendiam a pensar que a maneira delas era a única certa.

— Preciso ir.

— Diga a ele o quanto a machucou. Diga o que está sentindo.

Grace não queria que lhe dissessem o que fazer.

O fato de ter sentido vontade de se afastar de Mônica naquele momento a fez se sentir solitária como nunca antes na vida.

— Se ele se estressar e morrer a culpa vai ser minha.

Culpa. Remorso. Responsabilidade.

Um lodo horrendo de emoções se revirou dentro dela, as mesmas emoções de quando seus pais morreram. Grace sabia que não era preciso estar diretamente envolvida para se sentir responsável. Ela teve que conviver com esses sentimentos, e David era o único que sabia.

David, que não estava mais a seu lado.

David, que agora compartilharia segredos com outra pessoa.

Perder essa intimidade era a parte mais dolorosa.

Um fluxo constante de pessoas atravessava a porta giratória do hospital e Grace os observou, tentando imaginar suas histórias. Eram visitantes? Pacientes?

Depois de passar mal no restaurante, David foi levado ao hospital mais próximo e operou às pressas a artéria coronária. Ou seriam *as artérias*? Grace não conseguia lembrar. Sentou-se numa cadeira fria e dura no corredor gelado e sentiu como se alguém a tivesse arrancado de sua vida confortável e lhe jogado numa cela de cadeia.

Em algum momento da madrugada, o médico foi até ela, mas suas palavras entraram por um ouvido e saíram pelo outro, como um rio de corredeira. Ouviu *obstruída* e outros termos técnicos que não significavam nada para ela. Tentou prestar atenção, mas sua mente se recusava a se concentrar em algo por mais do que alguns minutos antes de voltar para David pedindo o divórcio.

— David devia contar à Sophie — disse Mônica. — Quem está tendo um caso é ele, afinal.

Grace se forçou a se mexer.

— Mais tarde eu penso nisso. Pode ser que ele receba alta amanhã.

— Nossa, já? Por favor, não me diga que está pensando em levar ele para casa.

Grace se deteve com a mão na porta.

— Não sei. Estou vivendo isso tudo um minuto de cada vez.

— Você acha que ele vai querer ficar...

— Com ela? Também não sei. Mas, se ele quiser voltar para casa, não acho que tenho muita opção.

— É claro que tem! — disse Mônica em um acesso de raiva, mas logo em seguida se segurou. — Eu posso fazer alguma coisa? Estou me sentindo inútil.

— Você já está ajudando. — Na verdade, não estava, mas não era culpa da amiga. Ninguém podia fazer nada. — Obrigada pela carona.

Grace deslizou para fora do carro e caminhou lentamente até o hospital. Foi a caminhada mais longa de sua vida. Mônica tinha razão: eles precisavam contar a Sophie. Não tinham mais como adiar.

— Olá, sra. Porter — disse a enfermeira encarregada da ala cardiológica, saudando-a de sua mesa.

Nos últimos dias, Grace praticamente viveu no hospital. Não surpreendia que todos a conhecessem.

— Oi, Sally. Como ele está hoje?

— Melhor. A dra. Morton foi vê-lo pela manhã e prometeu aparecer para trocar uma palavrinha com os dois assim que você chegasse. Vou avisar que está aqui.

A enfermeira pegou o telefone e Grace entrou no quarto.

David estava de olhos fechados e tinha a pele pálida, mas nem um infarto foi capaz de deixá-lo feio.

Grace se lembrou do que ele havia dito sobre os melhores dias de sua vida terem ficado no passado. Lembrar disso era como ser apunhalada. O que ele estava dizendo, no fundo, era que não havia nada no futuro para eles. Que a vida com ela não lhe parecia suficiente.

Forçando-se a avançar, Grace caminhou até a cadeira ao lado da maca.

David abriu os olhos:

— Grace.

Ela colocou a bolsa no chão.

— Como você está?

— Péssimo. Imagino que você esteja achando que isso aqui é uma punição. Eles colocaram um stent, falaram para você?

Falaram? Talvez. Grace estava torcendo para que David não fizesse mais perguntas quando, por sorte, a dra. Morton entrou. A filha de Elizabeth Morton era aluna de Grace, e as duas sempre se viam nos eventos da escola.

— Oi, Grace. Como você está?

— Bem, obrigada.

"*Bem*" na medida que se pode esperar de uma mulher que foi largada pelo marido no dia em que comemoravam vinte e cinco anos de casados. A dra. Morton sabia? Será que a fofoca já tinha se espalhado muito? Grace tentou lembrar quem estava no restaurante naquela noite.

— Ei, o paciente sou eu — disse David, arriscando uma piada, sem sucesso.

Era a imaginação de Grace ou o sorriso da dra. Morton diminuiu quando olhou para ele?

*Ah, meu Deus*, pensou Grace. *Ela sabe*.

A ideia de sororidade deveria ter animado Grace, mas não foi o caso. Ela detestava imaginar as pessoas fofocando sobre ela. Era pessoal demais. Humilhante demais.

Todos tentariam imaginar por que David Porter havia escolhido sair do casamento. Olhariam para ela e ficariam especulando. *Grace é reclamona? É ruim de cama?*

Talvez todo mundo também a achasse entediante.

Suas gotículas de confiança se evaporavam como água sob o sol.

Clínica e eficiente, a dra. Morton virou as anotações.

— Você vai ter alta amanhã, com data de retorno de acompanhamento. — Ela deu alguns conselhos gerais e, depois, acrescentou: — Muitos pacientes ficam com vergonha de perguntar, por isso, de um jeito ou de outro, eu sempre toco no assunto do sexo.

O rosto da médica era inexpressivo, mas Grace soube que jamais seria capaz de encontrá-la na porta da escola sem se lembrar desta conversa.

Não queria que a dra. Morton falasse de sexo, mas aparentemente os desejos de Grace não valiam mais nada, então ela se agarrou ao acento da cadeira até o plástico afundar sob seus dedos.

— Seria bom se pegassem leve no próximo mês.

A dra. Morton começou a elaborar, e Grace tentou se transportar mentalmente para outro lugar. Emergiu do transe ao ouvir a médica dizer:

— Depois disso, você está liberado.

Grace sentiu ainda mais raiva. Ele estava liberado, mas e ela? David se remexeu.

— Obrigado.

— Não fique tão cabisbaixo. As pessoas se recuperam disso e vivem bem.

A médica traçou os planos para a alta e deixou o quarto com um aceno de cabeça final para Grace.

— Sem sexo por um mês, hum? — disse Grace. — Acho que vai ser difícil para a pessoa com quem você anda dormindo.

Ela viu o choque nos olhos de David e, em seguida, as bochechas dele corarem.

— Você está com raiva. Eu entendo.

— Você *entende*? Você não tem como fazer o que fez e ainda sair como o bonzinho, David. Não foi um acidente ou um acontecimento aleatório que vivemos e do qual você tem direito de se arrepender, ok? Você *escolheu* esse caminho. Você sabia o que aconteceria com a gente. Comigo. Mas fez mesmo assim.

Porque *queria* isso.

Não era a primeira vez que alguém não a amava o suficiente a ponto de resistir à tentação. Sentimentos que lutou muito para dominar voltavam à vida dentro dela.

— Eu não planejei isso, Grace. Eu estava infeliz, ela estava lá e... bem, só aconteceu.

Foi a pior coisa que ele poderia ter dito.

— Você já ouviu falar em autocontrole, David?

Ele se revirou na cama.

— Não precisa me dizer como autocontrole é importante para você. Já sei disso.

— Mas eu não sabia como era desimportante para você.

— Grace…

— Você não me contou que estava infeliz. Você sequer nos deu uma chance.

Quanto mais pensava no assunto, mais Grace percebia que não estava apenas com raiva. Estava furiosa. Era quase um alívio. A raiva era um combustível. Era mais fácil lidar com ela do que com o luto e a confusão.

— Tudo o que você está falando é verdade e eu estou péssimo, ok?

— Eu também estou péssima. A diferença é que você merece isso, e eu não.

Ela se deteve. David estava tão pálido que ela temeu que ele estivesse infartando outra vez. Mas como podia se preocupar tanto com o bem-estar de um homem que não tinha dado a mínima para o dela?

O amor desafia a lógica.

— Grace…

— Você sabe o que é amar alguém, imaginar que é recíproco e então descobrir que era tudo mentira? Faz a gente questionar tudo. — Ela ouviu a própria voz falhar diante das emoções. — Todas as coisas que vivemos juntos, fico pensando quantas foram de verdade.

— Todas foram de verdade. Elas *são* de verdade.

— O que é verdade é que, em algum momento, você começou a sentir algo diferente e não quis dividir comigo. Fiz salada com frango e molho diet. — Ela esvaziou a bolsa e colocou os potes na mesa ao lado da maca. — Você recebeu algumas mensagens. Rick, do clube de golfe, ligou desejando melhoras.

— Tá.

David não mencionou o fato de que Grace aplicara os primeiros-socorros. Não que ela quisesse agradecimentos, mas um pouquinho de reconhecimento por ter mantido a cabeça fria diante de uma emergência e ter salvado a vida dele seria bom.

*Obrigado, Grace. Foi muito generoso de sua parte me ressuscitar depois de eu dizer que você é chata. Fico feliz que não tenha optado por me deixar morrer.*

Ele a observou com cautela.

— Stephen ligou?

— Sim. Desejou melhoras e disse que você não precisa ter pressa para voltar ao trabalho. Lissa disse que traria algumas coisas do escritório. Você deixou a bolsa e o computador lá.

— Muito gentil da parte dela.

— Sim.

Grace gostava de Lissa. Tinha se formado alguns anos antes de Sophie e fora aluna de Grace de francês e espanhol. Lissa batalhou muito nos estudos depois que o pai a abandonou. Grace ficou muito feliz quando ela se formou no ensino médio e David ofereceu um estágio na redação no jornal. Era ótimo vê-la se sair tão bem.

Ficou imaginando se Stephen e Lissa sabiam do caso dele.

— Precisamos conversar com Sophie.

David pareceu ficar em pânico.

— Estou com medo dessa parte. Você acha que seria melhor se viesse de você?

— Ué, você não disse que estava cansado de me ver fazendo tudo? Não, David. Está aí a oportunidade de fazer uma coisa sozinho. Foi você quem desistiu do casamento, acho que está em melhor posição de explicar os motivos à nossa filha. Faça hoje à noite, quando ela vier visitar, ok? Ela precisa saber que a amamos e que sua decisão não tem nada a ver com ela.

— Hoje à noite? — repetiu ele, ficando ainda mais pálido. — Não estou me sentindo muito bem, Grace.

— Não me importo. Eu não quero que ela descubra por outra pessoa.

— Ninguém mais sabe.

— Você é jornalista, David. De todos, deveria ser o primeiro a saber como é difícil esconder informações.

Ele lançou um olhar longo e profundo na direção dela e, depois de alguns segundos, Grace desviou os olhos.

*Maldito.*

Ela dobrou e esticou os dedos. Maldito David por escolher aquele momento para lembrá-la da informação que ele escondia. Para lembrá-la do que ela lhe devia.

— Ninguém sabe — disse ele. — Fomos cuidadosos.

— Cuidadosos? — perguntou ela, imaginando ele se esgueirando por aí. — Vocês alugavam quartos de motel e pagavam em espécie? Usavam camisinha?

As bochechas dele ficaram vermelho-escuro.

— Isso é pessoal.

— Eu sou sua *esposa*!

— Sim, eu usei camisinha. Não sou estúpido.

Estúpido talvez não, mas descuidado e insensível pelo casamento e sentimentos dela? Com certeza. Grace queria tomar banho e se esfregar inteira.

— Em algum momento você pensou em mim?

Ele pareceu exausto.

— Eu pensei em você o tempo todo, Grace.

— Mesmo enquanto transava com outra mulher? Isso não é elogioso. — Grace respirou fundo. — Como ela se chama?

Ele fechou os olhos por um instante.

— Grace...

— Me diz, David! Você me deve isso.

Ele desviou o olhar. Lambeu os lábios.

— Lissa.

— Lissa? — Ela o encarou e sentiu um rompante de alívio. Não conhecia nenhuma Lissa, então não corria o risco de reconhecê-la ou de se encontrarem acidentalmente por aí. — Onde ela mora?

Com os olhos cansados e tristes, David virou a cabeça.

— Você sabe onde ela mora.

— Não sei. A única Lissa que eu conheço é a… — Grace se deteve. — Espera. Você quer dizer… *a* Lissa. A *nossa* Lissa?

— Quem mais?

— Ah, meu Deus.

Grace despencou na cadeira quando as pernas se recusaram subitamente a fazer o trabalho delas.

— Lissa é como uma filha para nós, David… Como uma filha para mim — corrigiu-se. — Claramente é algo diferente para você. — Grace se lembrou do dia em que Lissa se formou no ensino médio. Depois de todo apoio que Grace dera a ela, aquilo era como uma dupla traição. — Ela é uma criança!

— Ela tem 23 anos. Não é criança.

Grace não era capaz de absorver aquilo. Não havia imaginado que as coisas pudessem piorar, mas pioraram, e muito.

Enjoada, ela se levantou, mas quase caiu de novo na cadeira. Precisava ir embora dali.

— Você precisa arranjar algum lugar para ir quando receber alta. Não quero você em casa.

— E para onde eu vou?

— Não sei. Para onde você estava pensando em ir? Ou tinha planos de colocar a Lissa em nosso quarto de hóspedes? Que família grande e feliz, não é mesmo?

Ele pareceu doente.

— Vou procurar um hotel.

— Por quê? Ela não quer você na doença? Só na saúde? — Grace pegou a bolsa. — Vou trazer a Sophie aqui mais tarde. Você vai poder dar as boas notícias a ela.

— Eu ficaria melhor fazendo isso junto com você. Precisamos manter as coisas civilizadas, Grace.

— Não me sinto muito civilizada no momento, David. Você está sozinho nessa de dizer à nossa filha que está transando com alguém que ela considera uma amiga.

Ela saiu do quarto, deu um jeito de sorrir para as enfermeiras no balcão e mergulhou na escadaria. Todas as pessoas pegavam o elevador, e o eco dos passos de Grace de alguma forma enfatizava sua solidão. Conseguiu chegar até o térreo antes de perder o controle. Soluçando, ela desmoronou sobre um degrau.

A Lissa? *A Lissa?*

Grace pensou no sorriso radiante e na forma como o rabo de cavalo dela balançava ao caminhar. Ela usava calças jeans que pareciam pintadas no corpo e tops que mostravam seus seios fartos e deslumbrantes.

Era tudo tão *sórdido*. O que eles diriam aos pais de Lissa? Grace estava no comitê de caridade com a mãe dela. Ela jamais seria capaz de olhar outra vez nos olhos da mulher.

Como David tinha sido capaz de fazer aquilo com ela? Com eles? Sempre foram uma coisa só. Uma família. E ele destruiu tudo.

Perdida em um mundo de tristeza e lembranças, Grace demorou a ouvir o som de passos e perceber que alguém descia as escadas em sua direção. Ficou em pé rapidamente, passou as mãos no rosto e desceu o último lance de escada.

Sophie voltaria em breve da escola. Ela precisava estar em casa para fazer comida e confortá-la quando o pai destruísse a vida dela.

# 4

— Como foram a provas, querida?
Audrey ajustou a temperatura da água e direcionou o esguicho para que corresse pelo cabelo da cliente, longe dos olhos. Se as provas fossem sobre lavagem de cabelo, ela tiraria dez.

— Não muito bem, sra. Bishop.

Aos 13 anos, ela começara a trabalhar no salão algumas horas aos sábados. A princípio tinha sido como uma desculpa para sair de casa, mas Audrey ficou surpresa com o quanto gostava. A melhor parte era conversar com as clientes, que eram surpreendentemente sinceras com ela. Depois de cinco anos, muitas eram quase da família.

— Detesto aquele momento após a prova em que todo mundo fica conversando sobre as respostas e eu sei que fui mal. A temperatura da água está boa para você?

— Está perfeita, querida. Mas eu tenho certeza de que você não foi mal.

Audrey tinha certeza do contrário. Tinha certeza de que se atrapalhara com pelo menos duas perguntas na última página. Tinha confundido *discuta* e *defina*.

Independentemente do ponto de vista, o período de provas tinha sido uma merda, mas pelo menos chegara ao fim.

Despejou xampu na palma da mão e começou a ensaboar o cabelo da sra. Bishop. O cabelo era fino em cima, por isso Audrey foi delicada.

— Não vou passar duas vezes porque seu cabelo está um pouco seco, ok? Vou fazer uma hidratação, se for tudo bem pela senhora.

— O que você quiser, amada. A especialista aqui é você.

— Como vai Pogo? — Audrey se confundia com fatos quando estavam num livro, mas não tinha problemas em se lembrar dos detalhes mais ínfimos da vida das pessoas. Sabia tudo sobre seus animais de estimação, filhos e doenças. Pogo era o labrador da sra. Bishop, o amor de sua vida. — O que o veterinário falou do calombo?

— Não era nada sério, graças a Deus. Um cisto. Ele tirou.

— Que bom, imagino seu alívio.

Audrey enxaguou cuidadosamente o cabelo da cliente.

— O que você vai fazer agora que as provas acabaram? Vai trabalhar aqui em tempo integral no verão? Todas torcemos para que sim.

Era tentador. Audrey gostava do trabalho e adoravas as clientes. Para algumas delas, os dez minutos que passavam com Audrey no lavatório eram os únicos em que podiam relaxar durante a semana. Em determinado momento as clientes começaram a pedir para serem atendidas por Audrey, porque adoravam sua massagem capilar.

Ninguém antes havia dito que Audrey era boa em algo.

Mas ficar no salão significava continuar em casa, e ela não via a hora de ir embora.

— Vou viajar.

Ela passou o produto no cabelo da sra. Bishop e massageou delicadamente.

— Ah, que delícia, querida. Você sempre faz a pressão perfeita. Devia fazer um curso de massagem.

Audrey usou a ponta dos dedos na testa da sra. Bishop.

— Os clientes provavelmente seriam velhos safados.

A sra. Bishop estalou a língua.

— Não estou falando desse tipo de massagem, mas de massagem de verdade. Para estresse. Tem muitos lugares que oferecem.

— Acho que eu deveria começar por mim mesma.

— Bem, acho que você seria fantástica. E poderia maquiar também. — Philippa Wyatt, que vinha a cada seis semanas para tingir o cabelo, se juntou à conversa de sua cadeira em frente ao espelho. Tinha o cabelo segmentado e envolvido em papel-alumínio. Parecia um frango prestes a ser assado.

— Como vão os preparativos para o casamento, sra. Wyatt?

— Olha, minha filha muda de ideia a cada cinco minutos. Uma hora quer bolo de fruta. Um minuto depois quer de pão de ló.

— Hum, adoro bolo de pão de ló.

Audrey terminou a massagem capilar e enxaguou os produtos. Envolveu a cabeça de Alice Bishop numa toalha quente, trocou seu robe e a conduziu de volta ao lavatório.

— Obrigada, querida. — A mulher apertou uma nota contra a mão de Audrey.

— Muito obrigada! Não precisa...

— Eu quero. É minha forma de agradecer.

Quando a cliente se sentou na cadeira, Audrey colocou a nota no bolso e colocou a cabeça para dentro da sala de funcionárias.

— Ellen? A sra. Bishop está pronta para você.

Ellen era a dona do salão. Audrey gostava de muitas coisas nela, principalmente o fato de não a obrigar a dividir as gorjetas. *Você quem ganhou, então é sua*, sempre dizia.

— Certo. — Ellen estava terminando uma xícara de café. — Almoçamos juntas mais tarde? Milly pode nos cobrir.

— Queria dar uma voltinha na hora do almoço. Preciso esvaziar a cabeça depois dessas provas.

Era mais ou menos verdade. A outra metade da verdade era que a geladeira estava vazia de novo, o que Audrey só percebeu tarde demais. Bêbada, Linda tinha jogado tudo fora, alegando estar vencido.

Ficar um dia sem comer não faria mal, mas ela não queria chamar atenção.

Uma hora mais tarde, pegou a bolsa e foi caminhar no parque da região.

Estava cheio de gente curtindo o sol. Algumas pessoas estavam nos bancos e outras, de mangas arregaçadas, esparramadas sobre a grama.

Muita gente almoçando, também. Fatias de pão crocante, presunto fresco, pacotes de salgadinhos, barras de chocolate.

A barriga de Audrey roncou.

Será que existia assalto de sanduíche? Bem, sempre havia uma primeira vez para tudo. Ela podia muito bem pegar um e sair correndo. Uma definição completamente nova de fast food.

Talvez devesse usar a gorjeta que a sra. Bishop dera para comprar comida, mas estava guardando cada centavo para seu plano de fuga.

Tentando ignorar a comida ao redor, pegou o celular e continuou a busca por um emprego de verão em Paris.

Pela manhã, tinha refinado a busca a duas opções.

Uma família em Montmartre queria uma *au pair* que falasse inglês, com experiência em cuidados de criança. Audrey nunca havia cuidado de crianças, mas cuidava da mãe, o que, em sua opinião, mais do que a qualificava para o trabalho, mesmo que ainda precisasse convencer o potencial empregador sem revelar mais detalhes do que o necessário.

Ergueu a cabeça e observou o parque ao redor. Havia um leve zumbido à distância, e ela avistou alguém cortando grama. Era junho e o ar estava adocicado com o aroma das flores.

Ao longe, conseguia ver a pista de corrida. Audrey ia até lá de vez em quando. Gostava de correr. Talvez porque lhe desse a sensação de escapar da própria vida.

Imaginou-se vagando por Paris sob o sol do verão com duas crianças adoráveis a reboque. Ou poderiam ser duas crianças pentelhas. De um jeito ou de outro, a vida que via pela frente era muito mais atraente do que a que vivia agora.

Não teria mais que se preocupar com o estado da casa quando chegasse.

Não teria mais que se preocupar com a mãe porque esse seria o trabalho de Ron.

Audrey se sentiu tonta só de pensar em repassar a responsabilidade e ficar liberada de tudo.

O homem deitado perto dela na grama colocou o sanduíche comido pela metade no chão.

Não o pegar custou a Audrey mais autocontrole do que ela imaginava ter.

Tirou os sapatos e se voltou novamente para o celular.

Um cirurgião dentista precisava de uma pessoa para atender ligações e marcar as consultas. Era verdade que Audrey não falava francês, mas haveria vantagens em não compreender as especificidades do trabalho odontológico.

Estava prestes a fechar o aplicativo quando uma foto lhe saltou aos olhos.

Ela trouxe o celular para mais perto e leu a legenda.

Uma livraria na margem esquerda do Sena procurava alguém para ajudar em meio-período durante o verão.

Audrey bufou. Trabalhar numa livraria? Se existia trabalho pior, ela desconhecia. Detestava livros. Detestava ler.

Estava prestes a dispensar o trabalho quando algo captou seu olhar.

Ali dizia que a acomodação estava incluída? Sim, dizia.

Audrey encarou o telefone. A acomodação era um aspecto da viagem que a preocupava. Como encontraria um lugar para ficar se não falava francês, não conhecia Paris e tinha o dinheiro contado?

Seu coração disparou, levando junto a imaginação.

Um trabalho com acomodação resolveria todos os seus problemas. Mas numa livraria? Olhando uma segunda vez, viu que se tratava de um sebo. Ou seja, um lugar cheio de livros que as pessoas doaram? Hum... Aquele conceito a agradava.

Mas que tipo de pessoa estariam procurando?

Alguém sério e inteligente. Audrey não era nem uma coisa nem outra, mas poderia fingir, se necessário. Estava acostumada a apresentar um personagem às pessoas. Amarraria o cabelo para trás. Compraria óculos, talvez, para parecer mais inteligente. Tentaria não falar muito nem fazer piadas, dando menos chances de revelar seu verdadeiro eu.

— Ei! Audie! — chamou Meena, que apareceu na frente dela. — Eu estava mesmo imaginando se você não estaria por aqui.

Meena trabalhava no mercado da rua de cima e às vezes o almoço das duas coincidia.

— Você está atrasada.

— Estava sendo agredida verbalmente por um cliente que não conseguia encontrar sua marca preferida de tomates enlatados.

Audrey não imaginava como uma lata de tomates poderia ser motivo de atrito, mas sabia que as pessoas ficavam bravas por motivos diferentes.

— A fúria dos tomates.

— Nem brinca. Fiquei com medo de ele jogar o pacote em mim, e era um pacote com várias latas, tá? Eu teria morrido. — Meena se sentou ao lado dela e abriu a lancheira. — Cadê seu almoço?

— Já comi — disse Audrey, colocando o celular no colo. — O que você trouxe aí?

— Não sei — disse Meena, e começou a investigar. — *Pakora*, arroz, iogurte... para absorver a picância da pimenta.

— O cheiro está ótimo. O que vai nela?

— Legumes e amor — disse Meena, sorrindo. — Foi a explicação que a minha mãe me deu quando eu era pequena. Eu achava que dava para comprar amor no mercado, junto com as cenouras.

— Não consigo acreditar que sua mãe é médica e ainda assim faz sua comida todos os dias.

— É. Tipo, fazer comida é um negócio importante na minha família, sabe? Minha mãe diz que cozinhar é calmante. Eu também acho. Às vezes, acho que é a comida que mantém a minha família unida.

Audrey não tinha inveja da vaga em Oxford de Meena, mas tinha da família dela.

— A sua irmã ainda é boa em francês?

— Minha irmã vai bem, mas minha prima é melhor. Tira as melhores notas em tudo. — Meena comeu uma colherada de iogurte. — É irritante a facilidade que ela tem para idiomas.

— Estou querendo me candidatar a um emprego, mas meu francês não é bom o suficiente. Você acha que ela me ajudaria?

— Claro que sim. Se não, não vou ajudá-la com física. — Meena se inclinou e tentou ler o celular de Audrey. — Qual é a vaga?

— É numa livraria em Paris. O salário é uma porcaria, mas oferecem acomodação em um estúdio.

Com o dinheiro que tinha guardado do trabalho no salão, ela poderia pagar a passagem até Paris e se manter por duas semanas, talvez três, se comesse apenas uma refeição por dia. Aí precisaria mesmo achar um emprego.

Era verdade que não sabia nada sobre as margens do Sena e que com certeza se confundiria, porque diferenciar a mão esquerda da direita era uma das grandes lutas de sua vida. Mas ela daria um jeito.

Meena parou de mastigar.

— Espera. Você vai ter um apartamento só para você e vai trabalhar em uma livraria, é isso mesmo? Que legal! Mas se seu francês não é bom o suficiente para se candidatar à vaga, como você vai fazer quando chegar lá?

A mesma coisa que fazia a vida inteira:

— Eu vou me virar.

— Você é tão corajosa. O que eles estão pedindo como teste?

— Tinha esperanças de que você me dissesse isso. Seu francês também é bem bom.

Audrey empurrou o celular na direção de Meena, que leu o anúncio rapidamente.

— Você precisa escrever uma redação sobre por que os livros e a leitura são importantes.

— Droga.

Meena limpou os dedos.

— Pensei que você detestasse livros e leitura.

— Eu detesto. Prefiro ver filmes. — Sua paixão secreta era assistir a animações, mas nunca admitiria algo tão infantil. — Claro que não vou dizer isso a eles. Sua prima gosta de livros?

— Aham, ela está sempre lendo alguma coisa.

— Ótimo. Se ela puder escrever a redação para mim, vai ser muito bom. Você acha que pode pedir para ela hoje?

— Claro. — Meena espiou dentro da lancheira. — Por que minha mãe coloca tanta comida para mim? Se eu comesse tudo isso, ficaria do tamanho de um prédio. Todo dia tenho que jogar fora para ela não descobrir que não comi tudo e se ofender. Não sei se você quer um pouco. Quer?

— Pode ser. — Audrey teve que se segurar para não cair de cara na lancheira como Hardy fazia com sua tigela de ração. — Tudo por você, minha amiga.

Então comeu o restante do almoço de Meena e tentou bolar uma maneira de convencer a mãe dela a adotá-la.

Estava voltando para o salão quando recebeu uma mensagem da mãe.

Volte para casa. É uma emergência.

Audrey parou junto à porta. Ellen estava cortando cabelo. Milly atendia o telefone. O salão estava lotado. E havia a sra.

Dunmore, que sempre marcava horário aos sábados pois gostava que Audrey lavasse seu cabelo.

Dividida, olhou de novo para o celular.

Emergência, para a mãe dela, era ficar sem gim.

Sábado era o dia mais movimentado no salão. Ela era parte da equipe. Não ia decepcioná-las.

Desligou o celular e entrou no salão.

Mais tarde, ao chegar em casa, encontrou Linda esperando à porta, o rosto devastado pela tristeza e o hálito cheirando a álcool.

— Ron e eu terminamos.

O coração de Audrey foi ao chão.

— Mas o casamento é daqui a uma semana. O que aconteceu?

Ela entrou em casa e fechou a porta, ansiosa para manter os problemas familiares bem trancados.

— Eu o afastei. Todo mundo me abandona. Ninguém me ama.

Audrey lutou para continuar calma.

Estava vivendo seu pior pesadelo. Tinha depositado toda a fé em Ron.

— Por que vocês brigaram?

— Por nada!

— Deve ter tido algum motivo.

— Nem consigo lembrar — disse Linda, gesticulando com a mão como quem dispensa algo. — Alguma besteira. Eu disse que era óbvio que ele não me amava e que ia me deixar. Daí ele me deixou.

— Ele... — Audrey engoliu em seco. — Ele disse *mesmo* que queria terminar? Talvez ele só precisasse respirar um pouco. — Ela mesma precisava de ar sempre que estava perto da mãe. — Você ligou para ele?

— Para quê? Ele ia me deixar em algum momento, então talvez melhor que seja agora — disse Linda, afundando no sofá.

— Você tem razão. Eu preciso assumir o controle da minha vida.

Audrey sentiu um lampejo de esperança. Era algo, pelo menos.

— Ótimo. Vamos marcar um médico. Vou com você e...

— Comecei arrumando seu quarto.

— O quê?

— Seu quarto estava uma bagunça. Costumo fazer vista grossa, mas decidi que de hoje em diante vamos virar a página.

O coração de Audrey batia forte. Não era ela quem precisava virar a página.

— Você limpou meu quarto?

— Não só limpei. Joguei umas coisas fora. Você é adulta, Audrey. Não precisa daquele lixo todo. Enchi dois sacos de coisas que você devia ter jogado fora anos atrás.

Audrey encarou a mãe e foi inundada por uma premonição terrível.

Certamente a mãe não teria...

Ela não podia...

Audrey saiu da sala correndo e subiu a escada tão rápido que tropeçou duas vezes.

Por favor não, *não*, não. Ela não podia ter feito aquilo.

Audrey abriu a porta do quarto e encarou a cama.

— Mãe? — perguntou com a voz rouca. — Cadê meu ursinho?

# 5

## Grace

Quando os pais de Grace morreram, foi impossível escapar da piedade dos outros. Ela a envolvia como tentáculos que apertavam cada vez mais até que não conseguisse mais respirar. Também houvera especulações, é claro, sobre o que exatamente tinha acontecido naquela noite, mas ninguém falou o que pensava diretamente a ela. Todos a tratavam com cuidado. Pisavam em ovos, dirigiam-lhe olhares preocupados, sussurravam entre si: *ela está bem?*

Naquele momento acontecia o mesmo.

— Um pão de levedura? — perguntou Clemmie, que embrulhou o pão e entregou a Grace com um olhar de piedade. — Como você está?

— Ótima — mentiu Grace.

Tinha aprendido muito sobre si mesma desde que David foi embora. Aprendeu que conseguia sorrir mesmo chorando por dentro. Aprendeu que conseguia conversar alegremente mesmo que tudo que mais quisesse fosse dizer à pessoa para cuidar da própria vida.

— Você emagreceu um pouco.

Grace pagou pelo pão.

— Perdendo um pesinho para o verão.

— Deve estar sendo uma barra...

Viu aquele mesmo olhar umas dez vezes por dia nas semanas seguintes à partida de David. Costumava adorar a cidadezinha que eles haviam transformado em lar, mas agora a detestava. Em uma cidade grande, ela teria passado despercebida, mas, ali, era como uma mancha de vinho num carpete branco. Todos sabiam o que acontecera, e cada encontro rasgava um pouco mais sua carne e suas emoções. Grace sentia como se estivesse caminhando nua por um arbusto espinhoso.

Se David não fosse o editor do jornal, sua transgressão provavelmente teria sido manchete.

*Editor abandona esposa entediante.*

Nos dias que seguiram o ocorrido, até seus alunos evitaram contato visual. Nenhum perguntou como tinha sido o jantar de Dia dos Namorados e todos se comportaram especialmente bem, como se tentassem evitar chamar sua atenção.

Muitos deles provavelmente tiveram Lissa como babá.

Todo mundo presumia que o caso devia ser a pior parte, mas, para Grace, o pior era perder David.

Ser deixada não era algo leve. Era uma tortura, despedaçava o corpo e a alma. Às vezes, Grace olhava para si e ficava surpresa por não estar sangrando. Um trauma como aquele devia pelo menos deixar cicatrizes, não?

Sentia saudade do silêncio dele, da presença familiar de alguém ao seu lado na cama. Sentia saudade até das coisas que a incomodavam, como David sempre esquecendo a chave de casa. Acima de tudo, sentia saudade do humor delicado e dos conselhos sábios. Grace parecia uma videira que perdeu a sustentação. Sem alguém em quem se amparar, ela era apenas um emaranhado horroroso e incapaz de se desembaraçar.

Seus pensamentos eram uma esteira rolante sem fim de "e se". E se ela tivesse usado uma lingerie mais sensual? E se tivesse programado mais noites a sós, em quartos de hotel? Não, não teria ajudado. Ele já a achava organizada demais. Ela podia ter incentivado *David* a programar essas noites fora, o que sabia que não teria acontecido. Parte do motivo para ela organizar tudo era justamente porque David não o fazia. Ele preferia ser mais relaxado e espontâneo, e Grace sabia que essa postura não ajudava quando se quer reservar um hotel em um dia movimentado.

Lissa o lembraria de tomar o remédio para o colesterol?

Nah, provavelmente estará preocupada demais o lembrando de tomar o Viagra.

— Ela veio aqui ontem — disse Clemmie, baixando o tom de voz como as pessoas fazem quando estão falando sobre alguma coisa escandalosa. — Ainda não consigo acreditar. Quer dizer, a *Lissa*. Sem querer ofender, mas tem algo meio nojento nisso tudo.

Por que as pessoas dizem "sem querer ofender" antes de dizer algo claramente ofensivo?

— Preciso ir, Clemmie.

Se o fato de Sophie estar prestes a terminar a escola não a impedisse, consideraria mudar de cidade.

Mas Clemmie não foi afetada pela tentativa de Grace de encerrar a conversa.

— Tipo, é evidente o que *ele* viu *nela*. Lissa é bonita, nenhum cara recusaria a oferta, né? A culpa é dela.

*A culpa é dele.*

O David com quem Grace se casou jamais teria um caso, mas ela não conhecia mais o homem com quem se casou. David era um mistério para ela.

Era deprimente ser parte de um clichê tão desesperador, mortificante pensar que ela era o assunto da cidade.

— Aqui… — disse Clemmie, colocando duas rosquinhas numa sacola que entregou a Grace. — Por conta da casa.

Para coroar, ela ainda estava com cara de quem precisava se afogar em açúcar.

<hr>

— Oi, mãe.

Quando Grace chegou, Sophie estava sentada à mesa da cozinha fazendo lição de casa. Tinha perdido aquele sorriso alegre e confiante que fazia parte de sua personalidade. Agora, transparecia cautela, como se estivesse sempre conferindo se a vida não ia lhe sentar outra bofetada ou se tudo bem sorrir.

— Aconteceu alguma coisa? Você está pálida.

— Esqueci a maquiagem — respondeu, colocando o pão de levedura e as rosquinhas sobre a mesa. Quando era criança, Grace havia aprendido a esconder os sentimentos. Era profissional em guardar segredos. Então por que achava tão difícil fazer isso agora? — Tem frango na geladeira, pensei em completar com uma salada.

— Delícia.

O celular de Grace tocou enquanto ela enxaguava os tomates. Ao dar uma olhada para a tela, deixou cair metade dos tomates dentro da cuba.

— É seu pai.

Sophie ergueu o queixo.

— Não quero falar com ele.

O fato de Sophie sempre ter sido a princesinha do papai dificultou as coisas quando a desilusão arrancou o brilho da relação dos dois. A filha não dera muita bola ao descobrir que o Papai Noel e a Fada dos Dentes não existiam, mas quase ruiu ao descobrir que o pai não era o homem que ela acreditava ser.

Grace resgatou os tomates e os fatiou com mais violência do que o necessário.

— Ele ainda é seu pai, querida.

Lembrou-se de sentir o mesmo choque quando descobriu a verdade sobre os próprios pais. A confusão e a decepção em perceber que eram humanos e imperfeitos. Em alguma medida, todo mundo espera que os pais sejam mais capazes do que nós mesmos. Que estejam acima dos fracassos que nos afligem.

Era assustador perceber que os adultos estavam desnorteados porque, se os pais não tinham respostas, em quem uma criança devia se amparar?

— Não precisa lembrar. Não consigo pensar em outra coisa.

Sophie empurrou a lição de casa para o lado e se encostou na mesa. Desde o dia horrível que David saiu do hospital, a filha pairava em torno de Grace como um escudo protetor.

Era comovente, mas também estressante, porque Grace tinha que controlar cada movimento e reação. Tinha que manter a compostura. Independentemente de quão brava ou triste estivesse com David, não poderia dividir isso com a filha.

A reação de Sophie foi pior, muito pior, do que Grace havia imaginado. Mesmo que tivesse sido David a dar a notícia, Grace insistiu em estar junto, pois não confiava nele em lidar de forma sensível com as emoções da filha. No final das contas, ele tinha conseguido, aos trancos e barrancos, como um bêbado que sai esbarrando nas cadeiras do bar. Murmurou algo sobre como as pessoas mudavam com o tempo. Começou a dizer alguma coisa sobre ele e Grace terem se afastado com o tempo, mas viu algo na expressão dela e confessou ter sido sua a decisão. Quando começou a falar de Lissa, foi difícil decidir qual dos três ficou mais constrangido. Foi torturante.

Nos dias seguintes, em meio a acessos de fúria, Sophie ricocheteou pela casa entre lágrimas e raiva. *Que nojento. Repugnante. Ela tinha que deixar a escola. Todos falariam disso. Nunca mais queria ver o pai.*

Passados alguns dias de choro contínuo, Sophie voltou à escola, jurando nunca na vida confiar em um homem.

Juntas, atravessaram os meses seguintes com muita dificuldade.

A única luz naqueles dias sombrios foi a notícia de que Sophie havia sido aceita em Stanford.

Grace mostrou apenas o orgulho e a alegria. Manteve a consternação e o medo escondidos.

Como ela daria conta? O que faria quando Sophie fosse embora? Estava encarando uma vida que em nada parecia com o que tinha planejado para si. Era como caminhar na natureza selvagem sem mapa.

David foi morar com Lissa na noite em que recebeu alta do hospital, e os dois agora dividiam o pequeno apartamento de um quarto dela do outro lado da cidade.

Sophie misturou o molho para a salada.

— Decidi que não vou viajar nesse verão.

— O quê? Por quê? Você estava tão ansiosa por isso.

— Não vou deixar você aqui. — Sophie cortou a salada com violência, como se cada uma das folhas a tivesse ofendido pessoalmente. — A não ser que você ainda considere ir a Paris.

— Sozinha?

— Por que não? — perguntou Sophie, resgatando uma folha que caiu sobre a mesa. — As pessoas viajam sozinhas direto.

Grace não viajava sozinha desde os 18 anos. Todas as viagens que fez nos últimos vinte e cinco anos foram com David.

Deveria se sentir constrangida por isso? Talvez *devesse* ter viajado sozinha. Mas por quê, quando achava viajar com David tão mais atraente? E não era como se os dois tivessem como bancar várias férias por ano.

— A viagem foi ridícula de cara. Mesmo que eu cancele o hotel, ainda vou perder uma fortuna com os voos.

— Então por que cancelar? Você merece um mimo. Eu realmente acho que você deveria ir, mãe.

Mas não seria um mimo. Seria um lembrete cruel de tudo que ela havia perdido. Ficaria imaginando como seria se os dois estivessem juntos. Grace tinha achado que construiriam lembranças juntos. Não lhe ocorrera que essas lembranças não incluiriam David.

— Eu talvez faça algo diferente no final do verão.

Sophie colocou a salada no centro da mesa.

— Se você não for, eu também não vou.

Quando foi que a filha ficou teimosa assim?

— Você planeja essa viagem há meses. As coisas mudaram para mim, mas não precisam mudar para você.

— Sério mesmo? — perguntou Sophie, ajeitando os pratos.

— Meu pai está transando com minha amiga e você acha que as coisas não mudaram para mim? Todo mundo na escola sabe, e a maioria acha nojento e repugnante o que, aliás, é verdade. Tipo, é meu *pai* e estou tendo que pensar nele... — Ela deu de ombros. — Deixa para lá. Os professores ficam me perguntando como estou. Uma humilhação.

Cada palavra que Sophie pronunciou feriu ainda mais o coração machucado de Grace. Pela primeira vez na vida, chegou perto de odiar David.

— Vamos superar isso tudo.

Ela ficou surpresa com como soou forte, e Sophie também pareceu surpresa.

— Não entendo como você pode ficar tão *calma*.

— Estou fazendo meu melhor nessas circunstâncias difíceis. É tudo o que a gente pode fazer, querida. Você precisa seguir em frente com as coisas que vinha fazendo antes de isso tudo acontecer.

Sophie deslizou na cadeira e empurrou a salada em direção de Grace.

— Não.

Era assustador perceber que uma parte ínfima e carente dela *queria* que a filha passasse o verão em casa. *Não me deixe.* Grace, porém, não daria ouvidos à sua criança interior.

— Discutiremos isso outra hora.

Sentaram-se para comer. Grace ficou aliviada de ver Sophie voltar a se alimentar normalmente. Ela quase não tinha comido nas semanas depois que David foi embora.

— Ouvi dizer que o Sam vai dar uma festa. Você vai?

— Não. — Sophie cortou o frango. — Ele ainda está com Callie. E não me olhe desse jeito, pois não estou nem aí. Escolhi ter uma carreira, não namorar.

— Você pode ter os dois.

Grace serviu mais salada no prato e, silenciosamente, amaldiçoou David.

— A carreira é uma coisa que se pode controlar. Vou terminar a faculdade e arranjar um emprego incrível. Vou crescer tanto que os homens vão tropeçar no meu dedão.

Grace deixou o garfo de lado.

— Não deixe o que aconteceu atrapalhar sua vida. Não quero que você abdique do amor e de uma família por causa disso.

Sophie apunhalou um pedaço de frango.

— Você teria se casado com meu pai sabendo que isso ia acontecer? Tipo, vocês ficaram uma *eternidade* juntos e ele jogou tudo fora como se fosse nada. Valeu a pena?

Grace lembrou o começo do relacionamento deles. A noite que os uniu. Ela e David eram as únicas pessoas que sabiam das circunstâncias exatas. Pensou na felicidade que haviam compartilhado.

— Valeu, sim. Tivemos muitos anos felizes. — Um dia, talvez, ela seria capaz de rememorar esse passado com carinho. — Se eu não tivesse conhecido seu pai, não teria tido você. Às vezes você é um saco, é claro, mas na maior parte do tempo se sai bem.

Grace ficou aliviada quando viu a filha lhe lançar um sorriso.

Sophie se levantou para recolher os pratos e se deteve ao ter a atenção atraída por um movimento do lado de fora da janela.

— Papai está aqui!

— Oi? — Com o coração batendo forte, Grace também se levantou. — Por quê?

— Provavelmente porque não atendemos o telefone.

A última coisa de que precisava era uma visita surpresa de David. A sensação era de que o universo a estava testando para ver quão longe podia ir até quebrar.

— Suba as escadas e faça sua lição de casa, Sophie.

Sophie cruzou os braços.

— Não vou deixar você sozinha.

A partida do pai a aproximara da mãe. Ela tinha escolhido um lado, a despeito de Grace ser cautelosa em não incentivar esse comportamento.

Não queria que Sophie cortasse David de sua vida.

Ele não tratou do divórcio desde aquela noite sombria e horrível em fevereiro, mas Grace imaginava que ele levantaria o assunto em algum momento. Independentemente do que acontecesse, ele sempre seria o pai de Sophie.

— Por favor, Sophie.

— Mãe…

— *Sophie!*

— Tá — disse Sophie, pegando o notebook e subindo as escadas. — Nem queria ver ele mesmo.

Grace pensou em todas as vezes que Sophie ouviu o pai chegar em casa. Atravessava a casa correndo, deixando-a repleta de gritos exultantes: *Papai, papai.*

Odiando o fato de estar nervosa, Grace abriu a porta. Parecia injusto ser ela a se sentir daquela forma. Fazia semanas que não o via, e o primeiro pensamento foi que David não parecia o mesmo.

Ele sempre estava de barba feita. Agora, porém, seu queixo estava escurecido de restolho. Em outro homem, a impressão seria de desleixo. David, porém, ficava irritantemente bonito. Os toques grisalhos no cabelo também lhe caíam bem. Tinha os ombros largos e fortes. Grace *tinha* se amparado naqueles ombros. E queria se amparar naquele exato momento, mas, como David era a causa de sua crise atual, o impulso não fazia sentido.

Se ele sofria, não dava sinais. Ela, por outro lado, tinha certeza de que o próprio sofrimento era visível como uma gota de sangue em neve fresca.

Se David olhasse de perto, provavelmente veria as noites insones, as lágrimas derramadas, as refeições não comidas.

Grace tomou nota mental de, daquele momento em diante, sempre usar maquiagem, mesmo na cama. Assim, nunca seria descoberta.

— Grace — disse ele com voz gentil. David poderia usar aquele tom com a vítima de um acidente de trânsito. *Sinto muitíssimo por ser o portador de más notícias.* — Podemos conversar?

— Você devia ter ligado.

— Eu liguei. Você não atendeu. Por favor, Grace.

Por um milésimo de segundo, ela viu o velho David. O David que lhe deu apoio em momentos inacreditavelmente difíceis. O David que a compreendia.

Abriu mais a porta.

— Cinco minutos.

Ele passou a porta e teve os bons modos de se deter, esperando que ela lhe indicasse aonde ir, mesmo tendo morado ali por vinte e cinco anos. Os dois compraram juntos a casa e, quando pegaram as chaves, ele atravessou o umbral com ela no colo. Transaram em todos os cômodos da casa, incluindo a banheira.

— Vamos na cozinha — disse ela.

Reparou que ele espiou a sala de passagem.

— Você trocou o sofá de lugar.

— A luz estava desbotando o tecido.

Não queria lhe contar que tinha trocado as coisas de lugar na esperança de não sentir a falta dele sempre que entrasse num dos aposentos.

Ele esperou que ela se sentasse para também se sentar.

— Cadê Sophie?

— Lá em cima estudando.

— Como ela está?

— Como você acha que ela está?

— Não sei. Ela não fala comigo.

Pela primeira vez, Grace percebeu que ele também parecia cansado.

*Sexo demais*, pensou, amarga.

— Foi um choque para ela. Você precisa dar um tempo.

David encarou as próprias mãos.

— A última coisa que eu queria era ter magoado vocês duas.

— E ainda assim fez isso.

Ele ergueu o olhar.

— Você era realmente feliz com nosso casamento?

— Era. Eu gostava da nossa vida, David.

— Nossa vida era segura e previsível, e sei que você precisa disso. Mas um casamento precisa de mais do que de uma rotina imutável. Às vezes, sentia como se você me desejasse como apoio e muleta. Não como homem.

— Você está dizendo que a culpa é minha?

Ele espalmou as mãos.

— Não estou colocando a culpa em ninguém. Estou tentando fazer você me escutar e entender os dois lados.

— Por quê? Essa conversa era para ter acontecido antes de você ter tido um caso e ido embora.

Ele esfregou a testa com os dedos, como se tentasse aliviar a dor com massagem. Grace conhecia cada um dos gestos dele. Este queria dizer que David estava lidando com uma situação sem conserto.

— Você precisa de alguma coisa? — perguntou ele, abaixando a mão. — Dinheiro ou…

Ou o quê? A única coisa de que Grace precisava estava sentada a sua frente.

— Estou bem.

Ela ainda não sabia de fato por que ele estava ali. Foi quando o viu respirar fundo e entendeu que logo saberia.

Ele examinou algo sobre o balcão da cozinha.

— Você cancelou a viagem?

— Não.

Cancelar a viagem selaria definitivamente o término do casamento. Além disso, quando o fizesse, saberia que Sophie também cancelaria sua viagem. Ainda estava pensando em como resolver a situação.

— Ótimo. Que bom.

Que bom? O coração dela bateu em falso.

Ele tinha mudado de ideia? Era *por isso* que tinha vindo naquela noite, para achar um jeito de pedir perdão?

Era o primeiro passo para a reconciliação.

Grace conseguiria perdoá-lo?

Sim, provavelmente. Precisariam deixar tudo para trás, é claro. Sairiam da cidade e iriam a um lugar em que ninguém os conhecesse. Fariam terapia. Dariam um jeito naquela bagunça. Reconstruiriam a vida.

— Você não quer que eu cancele?

— Vou pagar a você o valor da minha passagem. Não quero que você perca o dinheiro. E assumo a reserva do hotel.

Gracie sentiu o cérebro funcionar em câmera lenta. Ele não queria levá-la a Paris. Estava oferecendo dinheiro por culpa.

Foi quando, de repente, se deu conta. Meu Deus, como era devagar.

— Você quer ir com Lissa.

Ele passou a mão na nuca.

— Grace…

— Você quer as passagens para levar a garota — disse ela, enfatizando a palavra *garota* — com quem está tendo um caso na nossa viagem de aniversário de casamento.

Ele pareceu tão enojado quanto ela.

— Sei que não é a coisa mais delicada de pedir a você. — O desconforto dele beirava as raias do desespero. — Mas, financeiramente, faz sentido. Você já reservou a viagem inteira e sei que vai perder dinheiro se cancelar.

Grace conseguia imaginar o tom da conversa que ele teve com Lissa.

David resistiu, Grace tinha certeza.

*Não posso esperar que minha esposa me dê as passagens que reservou para comemorar nosso aniversário de casamento para que eu viaje com a minha amante.*

Lissa talvez o estivesse testando, vendo até onde ele estava disposto a ir por ela.

Parte de Grace também queria saber a resposta.

Ele estava em guerra por dentro. O bem contra o mal. David, o cara bonzinho, estava tentando vestir a pele de bandido e descobria que não era confortável.

— No que você se transformou, David? O que aconteceu com o homem com quem me casei? — Ela se levantou rapidamente, temerosa de que os sentimentos tombassem na mesa entre os dois. — Vai embora. Eu disse cinco minutos, e eles já acabaram.

David dobrava e desdobrava os dedos.

— Sei que tem sido estressante para você, mas também tem sido para Lissa. — Ele lançou um breve olhar a Grace. Um olhar feroz. Um tanto desesperado. — Algumas pessoas na cidade nem falam mais com ela. Ela está ficando chateada. Ela é jovem, Grace. Está lutando para lidar com tudo isso.

Grace quase se engasgou.

— *Ela* está lutando?

— Também perdi muita coisa, ok? Perdi minha casa, meu lugar na comunidade e a relação próxima com minha filha.

— Ela não é um par de meias que você abandonou debaixo da cama. Você não a perdeu. Você escolheu algo diferente.

Mesmo pronunciando essas palavras, Grace estava pensando: *e eu?* Por que eu não estou na lista? Ela não tinha sido nem um pouco importante para ele?

Encarou-o de mais perto e viu que ele parecia abatido. Por que não tinha notado isso de cara? David talvez parecesse pior do que ela. Talvez ter uma namorada com a metade da idade dele estivesse sendo mais difícil do que ele imaginara.

— Você precisa ir embora agora.

Antes que ela pegasse uma frigideira e desse na cabeça dele. Isso daria a David a melhor manchete da carreira como editor. Uma pena que não estaria vivo para ler.

Ele se levantou.

— Me deixa reembolsar você, Grace. Não quero que perca o dinheiro.

— Não vou perder o dinheiro, porque não vou cancelar nada.

Era difícil saber qual dos dois parecia mais surpreso.

David não pareceria mais atordoado se ela *tivesse* lhe dado a bordoada na cabeça.

— Você não está pensando em ir, né?

— Sim, eu vou. Há séculos estou ansiosa por essa viagem. Por que eu cancelaria?

— Porque… — Ele pareceu perder as palavras, mesmo trabalhando com elas. — Você não… você nunca… Você viaja comigo. Sou eu quem cuida dos passaportes e…

— Posso tomar conta do meu próprio passaporte, David. E sim, no passado viajamos juntos, mas agora você tem uma nova companheira de viagem, por isso vou sozinha. Se a Lissa precisa de uma viagem para a Europa, vocês podem planejar uma sozinhos.

— Eu… você não é assim.

— Talvez a gente não se conheça tão bem quanto achávamos.

— Talvez não — disse ele, e respirou fundo. — Posso ver Sophie?

— Não. — Grace descobriu uma camada de aço desconhecida dentro de si. — Ela vai ficar chateada e tem prova amanhã.

— Eu sempre dei força nas vésperas de prova e…

— Talvez, mas no momento ela não acha a sua presença reconfortante. Ligue amanhã e, se ela estiver no clima de ver você, tudo bem. A decisão é dela.

Caminhou até a porta da frente e ficou aliviada quando David a seguiu. Tinha cogitado se ele não sairia correndo em direção à escada.

Com o olhar triste, ele parou junto à porta.

— Sei que você nunca vai me perdoar, Grace, mas não quis que as coisas acabassem assim.

Ela deu um empurrãozinho e fechou a porta entre os dois, não porque quisesse ser grosseira, mas porque não confiava na própria capacidade de não desatar em choro.

Grace sempre acreditou que podia controlar cada aspecto de sua vida, moldando o mundo à sua forma. Descobrir que não era esse o caso era tão assustador e doloroso quanto perder David.

Lágrimas rolaram por suas bochechas. Não podia deixar Sophie vê-la triste.

Esperou até o carro de David sumir de vista, gritou para a filha aonde estava indo e dirigiu até a única pessoa capaz de fazê-la se sentir segura.

# 6
## *Mimi*

Da janela da cozinha, Mimi viu Grace correr pelo caminho que conduzia a seu chalé.

As lapelas do casaco estavam abertas e o cabelo encaracolado pela chuva dava a impressão que as mechas estavam lutando umas contra as outras. Mas o que chamou a atenção de Mimi de verdade foi a expressão de Grace, que revelava tudo o que estava sentindo.

Instintivamente, Mimi pegou a câmera, mas logo desistiu. Gravara muitas coisas ao longo da vida, mas não gravaria a dor da própria neta.

Quando criança, Grace aprendera a esconder o que sentia da maioria das pessoas, mas nunca de Mimi. Era como se a avó tivesse a chave para lhe abrir a alma. Naquele momento, ela se parecia tanto com a mãe que Mimi ficou congelada. A lembrança a transportou para outra época. Era como ver Judy outra vez, como ter uma segunda chance.

Algumas mulheres não deviam ser mães. Mimi era uma delas.

*Sinto muito, foi tudo culpa minha.*

O pedido silencioso de desculpas não foi ouvido pela filha e, quando a neta ergueu os dedos para limpar as lágrimas da bochecha, Mimi viu apenas as diferenças entre as duas. O nariz era diferente. A boca era diferente. O rosto oval de Grace era mais fino do que o da mãe, ainda que a aparência de Judy tenha mudado perto do fim.

Para recuperar o equilíbrio, Mimi se agarrou ao balcão da cozinha.

Por que a vida tinha que trazer tantas tragédias?

Naquele momento, sentiu cada um de seus 90 anos e, por um milésimo de segundo, quis se deitar em posição fetal para deixar a vida fazer seu trabalho.

Quando Grace se aproximou, Mimi percebeu que, enquanto estivesse lúcida, nunca desistiria e deixaria a vida fazer o pior. Nunca abandonaria Grace.

Era um alívio perceber que a capacidade de lutar, que a raiva, que Mimi achara que a abandonara com boa parte da audição e visão antes perfeita, ainda estava ali.

Abriu a porta, ouviu o barulho da chuva e sentiu o cheiro de grama molhada.

O inverno foi empurrado de lado pela primavera, mas o sol ainda tinha que ressurgir da hibernação. Os dias eram todos úmidos, de céus nublados e pesados. O frio fazia os ossos de Mimi doerem. Sentia saudade dos dias quentes, quando poderia guardar os cobertores extras que agora mantinha por perto.

— Grace.

Grace foi direto para os braços de Mimi, que quase caiu. Era como se a tristeza a deixasse mais pesada. Conduziu-a ao lindo sofá azul que lembrava o céu do Mediterrâneo e o mar azul-celeste. Sentou-se nele e Grace, indo ao chão, chorou no colo de Mimi.

Fazia a mesma coisa quando criança, recordou Mimi. Quando a mãe a rejeitava, constrangia e assustava. Era doloroso de assistir. Mimi, também se sentindo assustada, acariciou o cabelo de Grace. Tinha visto muita coisa em seus 90 anos de vida, e não se chocava facilmente, mas aquela situação a chocava.

*Ah, David, como você foi capaz?*

David, que ela dizia ser o homem mais firme, previsível e confiável que conheceu na vida. Ele chegou perto de fazer Mimi acreditar em casamento.

Como seriam as coisas dali em diante?

Seria o carma? Grace estaria sendo punida pelos pecados de Mimi?

Ver Grace tão segura tinha lhe alegrado. Não esperava por isso, mesmo que devesse, pois sabia muito bem como a vida era capaz de mudar de rumo.

— Eu odeio ele. — A neta chorava como criança, encharcando a seda de lágrimas. — Eu odeio David com todas as minhas forças.

— Não, você não odeia — disse Mimi, segurando-a e acariciando seu ombro. — Você odeia o que ele fez.

— Dá no mesmo.

— Não dá. Você vai perceber isso em algum momento, mas talvez demore um pouco.

David tinha sido o porto seguro de Grace. Tinha lhe dado a estabilidade emocional que ela tanto queria. Ela havia prosperado sob a proteção do amor dele.

— Nunca vou perdoar, Mimi. A garota tem 23 anos. Fui *completamente* humilhada. As pessoas ficam presumindo coisas sobre mim em toda parte que vou. Ficam discutindo o que fiz errado.

— Você não fez nada de errado, Grace.

— Então por que ele fez isso?

Uma pergunta tão simples para uma situação tão complexa.

— Não sei.

— É porque eu não sou importante. Nunca fui importante.

— Isso não é verdade. — Mimi sabia que aquilo não dizia respeito apenas a David, então acrescentou: — Sua mãe estava doente. Foi diferente.

— Os motivos talvez sejam diferentes, mas não o resultado. — As palavras de Grace brotavam numa salva disforme, por entre os soluços. — Preciso estar feliz e recomposta perto da Sophie e manter a cara de paisagem na rua — disse, assoando o nariz. — As pessoas ficam olhando para mim imaginando o que fiz de errado.

— Você não fez nada de errado, Grace.

— Devo ter feito, senão ele não teria ido embora com outra mulher.

— Às vezes os homens agem de maneira egoísta... As mulheres também.

Mimi foi egoísta, não foi?

Não era algo que gostasse de admitir a si mesma, motivo pelo qual nunca conversou sobre o assunto com alguém. Nem mesmo com Grace. Sua família via apenas os fatos: que ela teve uma filha.

Não conheciam a história de seu coração.

Com os olhos feridos de tristeza, Grace a encarou.

— Ele me trocou, Mimi.

O coração de Mimi pareceu pesado no peito. Sabia que o comentário não era apenas sobre David.

— Não é tão simples assim.

— Não é? Ele está morando com a garota e agora preciso ir a Paris sozinha.

Entre soluços, as palavras soaram quase indistinguíveis.

O coração de Mimi se exaltou de leve, como um pássaro que paira numa corrente de ar.

— Você ainda vai a Paris?

— Não tenho opção... — disse Grace, que soluçou algumas vezes. — Se eu não for, a Sophie não vai viajar no verão. E não vou dar as passagens a David. Não sou tão evoluída.

— Ele pediu as passagens?

Mesmo um homem cego de paixão — porque Mimi se recusava a acreditar que se tratasse de amor — não seria capaz de algo tão cruel e sem consideração, certo?

— Ele pediu, mas eu disse que ia usar e não vejo outra saída que não envolva arruinar as férias de Sophie.

Ela ia viajar, Mimi sabia, porque Grace era uma excelente mãe. Uma mãe muito melhor do que ela mesma havia sido.

— Talvez você aproveite.

— Vai ser péssimo. Parece errado.

— Paris nunca é um erro. Ficar aqui seria pior.

Grace passou as mãos nas bochechas.

— Era para ser a viagem da minha vida com o homem que eu amo.

Mimi ignorou a dor no peito.

— Ainda pode ser a viagem da sua vida.

— Memorável porque vou estar sozinha na Cidade Luz? Paris é uma cidade para casais.

Mimi emitiu um som debochado.

— Paris é para todo mundo. Sem romantismos, Grace.

— Não viajo sozinha desde os 18 anos, Mimi. E naquela época eu fiquei com a família francesa que você indicou.

— Então chegou a hora de viajar sozinha outra vez.

— Reservei um hotel caro.

— *Quelle plaisir* — murmurou Mimi. — Nossa, que grande problema, não? Você vai, e vai me contar tudo nos mínimos detalhes! Talvez se surpreenda e se divirta.

A expressão de Grace dizia que as chances eram zero.

— Você quer que eu faça isso pela Sophie.

— Não, quero que faça isso por você mesma. Você vai, e vai mandar fotos a David para ele ver que idiota é.

— Não sei viver sem ele, Mimi.

Havia medo na voz de Grace, e Mimi sentiu o mesmo.

E se não fosse capaz de ajudar Grace a atravessar essa tempestade? Tinha fracassado com a própria filha. E se fracassasse com a neta também?

Mimi se obrigou a recuperar a compostura.

— Você sabe o que sempre digo… os homens são o chantili do bolo, nada mais. E com todas essas pesquisas sobre os malefícios do açúcar, talvez você fique melhor sem.

— Você não tem como entender. Nunca se apaixonou. Não imagina o que é essa sensação de perda.

Mimi sentiu a dor fatiá-la. Ela sabia exatamente como era a sensação.

— Não cometa o erro de achar que não é capaz de viver sem David. A vida talvez fique mais difícil e diferente, mas você vai conseguir.

Mimi havia conseguido. Em alguns momentos tinha achado, sim, que morreria sem ele, mas não morreu. Descobriu que um coração partido raramente era fatal. Pelo contrário, infligia uma tortura lenta e dolorosa.

Mimi era velha demais para fazer certas coisas, mas não tinha perdido a memória. Pensava nele com frequência. De dançar até a madrugada, os dois passeando pelas ruas de paralelepípedos, envoltos na escuridão de Paris, de longas noites entrelaçados de frente à janela aberta, deixando entrar o vento e os sons da rua.

Ele estaria vivo? Pensaria nela de vez em quando?

Consideraria Mimi o amor de sua vida ou seu maior erro?

Grace tateou em busca da bolsa.

— Sinto muito. Eu não devia estar fazendo isso com você. Você não precisava ter que lidar com isso.

— Estou oferecendo meus ouvidos e um ombro amigo, não é nada de mais.

Grace encontrou um lenço e assoou o nariz.

— É sim. Não tenho outra pessoa com quem falar. Não acredito que isso esteja acontecendo com a gente. Comigo. Me sinto impotente, sem controle.

E se sentir sem controle, sabia Mimi, era a coisa mais assustadora que podia acontecer com a neta.

Doeu no coração de Mimi fazer isso, mas ainda assim o fez:

— Levante-se, Grace. — Com os olhos vidrados de dor, Grace ergueu a cabeça. — Anda, em pé! — disse Mimi rispidamente. — Ficar assim prostrada se lamuriando só vai te dar dor de cabeça, e o único bom motivo para se ter dor de cabeça é ter bebido champanhe demais.

Ela deu um tapinha brusco no ombro de Grace. Queria acariciá-la e acalmá-la, mas sabia que nenhuma das duas coisas ajudaria. Confusa, Grace se levantou com dificuldade, ao que Mimi assentiu com a cabeça.

— Viu só? Você é capaz de se erguer sem ele.

Grace parecia instável e magoada.

— Você está me achando patética.

— Acho que você está se subestimando. Você não teve escolha quanto ao fim do casamento, mas tem escolha em relação ao que vem depois.

— Levantar a cabeça e mostrar ao David que estou bem sem ele, é isso?

— Não, acho que você devia levantar a cabeça e mostrar *a si mesma* que está bem sem ele. Você ama David, vai sentir saudade, mas você não depende dele para sobreviver. Você talvez o queira, mas não *precisa* dele, querida. Você é capaz. *Você.*

— Como?

Mimi pensou em si mesma. Nos dias longos e agonizantes em que forçou a si mesma seguir adiante. Nos pontos baixos da vida em que teve que lutar sozinha.

— Disciplina. Acorde de manhã. Tome um banho. Faça uma coisa de cada vez. Sei que é tentador se deitar e desistir de tudo, mas você vai resistir a essa vontade. Você sabe de tudo quando o assunto é resistir às tentações.

Grace respirou fundo.

— Não é a mesma coisa.

— É sim. Basta atravessar um segundo, depois outro, depois um minuto. Depois mais outro minuto. Não pense na extensão da jornada, só em cada passo. Um por vez. Até que algum dia vai parar e perceber que está gostando do que vê.

Grace soltou um sorriso pálido.

— Você está parecendo aqueles cartazes motivacionais.

— Adoro esses cartazes — mentiu Mimi.

Grace caminhou até a janela e olhou para o jardim.

— Não me acho capaz.

— Vá a Paris, Grace. Fique no hotel caro. Durma no meio da cama. Passeie pelo Jardim das Tuileries e sinta o sol batendo no rosto. Visite aquela livrariazinha onde eu passava tanto tempo.

— Livraria? Você? — perguntou Grace, e se virou para olhá-la. — Você nunca tinha tempo para ler.

— Na minha época, eu era conhecida por pegar uns livros — disse Mimi, soando vaga de propósito. — Você vai a Paris, Grace. E vai sorrindo.

— Eu tenho que fazer tudo isso *e* sorrir?

— Claro que sim. E quem sabe… — Mimi deu de ombros, ainda que o coração estivesse partido pela dor da neta. — Quem sabe não encontre um amor em Paris?

Afinal de contas, ela mesma tinha encontrado.

# Paris

# 7

# *Audrey*

Por que ela achou que Paris seria uma boa ideia?

Audrey percorreu a rua de paralelepípedos com a mochila nas costas. O suor colava as roupas dela ao corpo e fazia os sapatos deslizarem. Ela ia ficar com uma bolha gigante no pé.

Disse *"Excusez-moi"* pela milésima vez enquanto tentava atravessar a densa multidão de turistas. A prima de Meena havia lhe ensinado algumas outras frases, mas eram todas grosseiras, e Audrey não queria passar a primeira noite em Paris numa cela na delegacia.

A voz do navegador do celular lhe dizia que tinha chegado ao destino, mas ela não conseguia ver a livraria em parte alguma.

Checou o celular outra vez e conferiu o nome da rua.

Estava perdida.

Irritada e com muito calor, entrou numa lojinha que vendia bolsas. A mulher atrás do balcão lhe lançou um olhar desconfiado e encarou fortemente o cabelo de Audrey. O calor e o dia de viagem o haviam transformado num ninho de pássaro, mas ela não podia fazer nada até tomar um banho e usar seus produtos.

Audrey pensou consigo que não tinha importância o que a mulher estava pensando, afinal, ela passara a vida inteira sendo julgada pelas pessoas. Pessoas que a julgavam por ler devagar. Pessoas que a julgavam por ser ruiva. Pessoas que a julgavam por não querer ir à faculdade. Por que todos tinham que seguir o mesmo caminho e ser iguais? Audrey não entendia.

— *Bonjour*. Estou tentando encontrar este lugar. — Torcendo desesperadamente para que a mulher falasse inglês, esticou o celular na direção dela. — Você sabe onde é?

A mulher olhou para o celular de Audrey, acenou com a cabeça e explicou o caminho em um francês acelerado.

Audrey entendeu uma palavra a cada quatro e, mesmo essa uma, ela não sabia o significado.

*Tout droit?* O que aquilo significava? Nem tinha como procurar na internet, porque não sabia como se escrevia.

Envergonhada demais para admitir que não entendia o que a mulher tinha dito, murmurou palavras de agradecimento e saiu da loja. Pelos gestos da mulher, entendeu que devia seguir adiante na rua. Foi o que fez.

O tempo estava quente e a umidade deixava a pele grudenta. As pessoas estavam de vestido ou short e caminhavam lentamente, detendo-se em cada loja. Examinavam cestas cheias de produtos, reviravam-nos nas mãos, tentando entender se estavam em promoção. Havia lojas vendendo os inevitáveis souvenirs de Paris. Desenhos de Montmartre que pareceriam ridículos nas paredes de um quarto apertado em Londres, miniaturas da Torre Eiffel que serviriam de chaveiro por um mês e ficariam jogadas numa gaveta poeirenta até alguém decidir que não valiam mais a lembrança.

Pessoas que detestavam fazer compras na própria cidade pareciam felizes fazendo compras nas férias.

Mas Audrey não estava feliz. Sonhava com aquele momento havia séculos. Agora que estava ali, a sensação não era muito melhor do que em Londres.

Tinha desejado liberdade, mas não sabia que a liberdade era solitária assim.

Tinha desejado não ser responsável pela mãe, mas não imaginara que aquela azia de ansiedade permaneceria com ela mesmo depois de chegar à França.

Não conseguia parar de pensar no assunto.

No fim das contas, a mãe e Ron tinham se acertado. Linda contou a Audrey que a reação dele à briga foi querer ficar um tempo sozinho enquanto ela precisava de companhia e segurança. Ela automaticamente interpretou a necessidade de espaço dele como um sinal de que era o fim da relação.

A mãe prometeu tentar ser menos insegura e Ron prometeu nunca ir embora sem deixar clara sua intenção de voltar.

O casamento aconteceu, mas Audrey prendeu a respiração junto com o buquê de flores, morrendo de medo de que aquilo não durasse.

E se a mãe bebesse demais e Ron fosse embora definitivamente? Linda ligaria para Audrey? Podia estar prostrada no chão do banheiro naquele momento sem que Audrey soubesse.

Ela parou quando chegou numa praça movimentada.

O aroma delicioso de pizza e ervas frescas fluiu de um pequeno café lotado de gente em sua direção. Todo mundo parecia se divertir, menos ela.

Sua barriga roncou. Tudo o que tinha comido desde que partira de Londres tinha sido uma barrinha de cereais amassada que encontrou no fundo da bolsa.

Ignorando a dor nos pés, mudou a posição da mochila para aliviar os ombros doloridos e continuou caminhando. As ruas de paralelepípedos pareciam exóticas e bonitas nas fotos, mas eram menos charmosas quando se andava por elas.

Finalmente a encontrou, escondida num pátio, acessível por uma passagem estreita. A *Le Petit Livre* ficava perto do rio e dos cafés alinhados na calçada.

A porta era pintada num tom de azul brilhante e alegre, e a vitrine de ambos os lados estava repleta de livros de todos os tipos.

O nome da loja estava estampado em caligrafia cursiva nas janelas. Audrey abriu a porta e deu um pulo de susto quando um sino ressoou.

A loja cheirava a livro, poeira e couro, mas, na opinião dela, havia cheiros piores. Álcool. Fumaça. Comida vencida. Era capaz de listar uma outra dezena.

As estantes iam do chão ao teto. Ela olhou para cima, imaginando o que faria se alguém quisesse um livro lá do alto.

— *Entrez, entrez, j'arrive!*

Uma mulher emergiu dos fundos da loja. Tinha o cabelo branco, amarrado num coque elegante, e usava um vestido preto que esvoaçava por suas formas esguias.

Fascinada, Audrey a encarou. A concepção de glamour de Linda era aumentar o decote. Aquela mulher quase não tinha pele à mostra, mas, ainda assim, era a criatura mais glamorosa que Audrey já tinha visto na vida.

Confrontada com tamanha elegância despretensiosa, ficou ainda mais ciente de que precisava de um banho.

— *Je m'appelle Audrey.*

Era uma das frases que treinou um milhão de vezes. Sentiu-se bastante orgulhosa da pronúncia, especialmente quando o rosto da mulher se iluminou.

O nome da mulher era Élodie, e ela espalmou as mãos em boas-vindas e beijou Audrey nas duas bochechas.

Era estranho ser beijada por uma estranha, mas Audrey não tinha tempo para pensar muito a respeito porque Élodie estava falando em francês e gesticulando para os livros. Evidentemente estava dando a Audrey um resumo de suas responsabilidades, o que era muito constrangedor, porque ela não estava entendendo nada.

A mulher fez uma pausa e Audrey sentiu um rompante de frustração.

Ela, que em geral era bastante falante, não fazia ideia de como o ser em francês. Sentiu as bochechas esquentarem.

— Hum… não entendi tudo o que você disse… *ne comprenez.*

Como era a frase de quando não entendia? Ah, que ideia péssima tinha sido aquela. Intrigada, a mulher mudou para o inglês.

— A carta que você me mandou era em francês excelente.

Élodie tinha um sotaque pesado, mas era evidente que suas habilidades de linguagem eram muito superiores às de Audrey.

— Sou melhor escrevendo do que falando — disse Audrey, sorrindo. Tinha aprendido que um sorriso costuma distrair as pessoas do que estavam pensando. — Vou pegar o jeito rapidinho.

— Você vai ter aulas de francês enquanto estiver aqui?

— Com certeza.

Audrey não tinha intenção de ter aulas. Não só porque não tinha dinheiro, mas porque nunca mais queria estudar na vida. Seu plano era arrumar um emprego em algum salão de beleza e, trabalhando, talvez aprender algumas palavras.

— Você vai trabalhar pela manhã — disse-lhe Élodie enquanto mostrava a loja — e algumas tardes, quando Étienne estiver ocupado.

— Étienne?

Élodie a conduziu à pequena cozinha onde podiam fazer chá e apontou para o armário onde ficava o kit de primeiros-socorros.

— Étienne está estudando literatura francesa na Sorbonne. Há dois anos ele trabalha aqui à tarde, aos fins de semana e nas férias. Nossos clientes frequentes o adoram.

Audrey conseguia imaginá-lo. De óculos. Levemente pálido por ficar muito tempo em lugares fechados só acompanhado de livros. Provavelmente magro porque livros, o único peso que ele devia pegar, são leves. E arrogante. Devia olhar de cima para pessoas como ela.

Já sabia que ia abominar o bendito Étienne. Qualquer rapaz cuja ideia de diversão fosse passar a tarde trabalhando numa livraria não fazia seu tipo. Ele não saberia nada sobre lugares legais em Paris.

— Vocês têm clientes frequentes? Então não é só para turistas?

Ela olhou para as prateleiras. Nunca tinha visto tantos livros fora de uma biblioteca.

— Esta livraria está aqui há um século. Era da minha bisavó e é gerida pela nossa família desde então. Minha avó a manteve aberta mesmo durante a ocupação nazista. Escondeu os livros valiosos.

— Que legal.

Audrey ficou interessada. Esconder coisas era sua especialidade. Ou tinha sido, até ter sido imbecil o bastante para esconder o próprio dinheiro dentro do ursinho. Ainda não conseguia pensar nisso sem ficar com vontade de chorar. Todo o dinheiro que tinha guardado... no lixo. Se não fosse pela gentileza das clientes do salão, não estaria ali naquele momento. Quando ela comentou o que havia acontecido, todas se uniram em uma vaquinha e lhe deram o dinheiro como um "presente de despedida". Ellen discursou e Doris fez um bolo. Entregaram a Audrey um envelope cheio o suficiente de notas para ela conseguir comprar a passagem para Paris e algumas refeições. Foi a primeira e única vez que Audrey chorou em público.

Sentiu uma pontada repentina. O que elas estariam fazendo naquele momento?

Sentiu um nó na garganta e tentou se concentrar na livraria.

— Que interessante. Gosto de história.

Contanto que não precisasse escrever uma redação sobre o tema. O passado parecia tão mais interessante do que o presente, sempre tão desafiador — pelo menos no caso dela.

— Agora me deixe mostrar sua nova casa! — Élodie a conduziu até os fundos da loja e pegou uma chave. — Seus pais estão contentes de você passar o verão em Paris?

— Ah, sim. Eles me deram todo o apoio.

Audrey olhou para a caixa registradora, tentando imaginar com que frequência Élodie contava o dinheiro. Não que quisesse roubar ou coisa assim, só pegar emprestado o suficiente para sobreviver até arranjar um emprego. Então devolveria. Não fazia ideia de quanto dinheiro precisava para sobreviver, mas, como Paris era repleta de turistas, presumia que a resposta fosse "muito".

— O quarto é no alpendre. É pequeno, mas imagino que você vá achar confortável. Quando meus filhos eram pequenos, eles brigavam para ver quem ia dormir ali.

Audrey carregou a mochila pela escadaria estreita e se deteve junto a uma porta.

— Aqui?

— No andar de cima. Alugo o outro quarto para ter uma renda a mais, mas por enquanto está vazio. Duas pessoas vêm visitá-lo amanhã. Seu quarto é menor, mas tem vista dos telhados de Paris.

"Os telhados de Paris" soava melhor do que "as ruas dos fundos de Londres", que eram sua vista havia dezesseis anos.

Quando chegaram ao topo da escada, Audrey estava sem fôlego.

Élodie destrancou a porta e lhe entregou a chave.

— Bem-vinda a sua nova casa.

— Obrigada. Quer dizer, *merci*.

Audrey a seguiu quarto adentro. Não sabia muito bem o que esperar porque a única fotinho que tinha visto sugeria um cômodo pequeno e escuro. Só que o fotógrafo não havia feito jus ao lugar. Era pequeno, sim, mas tinha uma fileira de janelas e um generoso fluxo de luz.

Seu alívio deve ter ficado visível, porque Élodie sorriu.

— Perfeito, não?

— Totalmente perfeito.

Havia uma cama contra a parede. Não uma cama estreita como a que tinha em casa, mas uma generosa cama de casal com estrutura ornamentada, como em filmes franceses antigos. Contra outra parede, havia um grande sofá coberto por uma pilha de almofadas.

Havia um frigobar no canto do quarto, um *cook top* e um micro-ondas. Como Audrey não tinha planos de cozinhar muito, sabia que não precisaria de muito mais do que aquilo.

Seu prato favorito era torrada, e havia uma torradeira em cima do balcão.

— O banheiro é aqui.

Élodie acenou com a mão e Audrey colocou a cabeça do outro lado da porta.

O chuveiro, a privada e pia estavam apertadinhos num espaço tão pequeno que Audrey teria que encolher os ombros para não se machucar. Mas era tudo dela. Nunca tinha tido um banheiro só seu. Não teria que imaginar se a mãe estaria aos prantos no chão ou se haveria garrafas de bebida atrás da privada. Fechou a mão sobre a chave. Nunca antes pôde fechar a própria porta. A mãe invadia seu quarto quando queria. Pela primeira vez na vida, teria privacidade. Naquele momento, aquilo parecia tão valioso quanto dinheiro.

Sentindo-se adulta, colocou a chave no bolso. Talvez bastasse isso. Uma chave. Um lugar só para si. A capacidade de decidir o que fazer com o próprio dia. Tomar decisões que não fossem para compensar os erros dos outros.

Ela fechou a porta do banheiro e caminhou até as janelas. O piso de tábuas rangeu e Audrey teve que abaixar a cabeça na parte mais baixa do telhado, mas dali tinha vista do que parecia ser Paris inteira.

Abriu a janela e se inclinou para fora. Ouviu o ressoar de buzinas, gritos, cheiro de cigarro e ruas banhadas de sol. Para além dos telhados, conseguia ver a curvatura suave do rio Sena, o mármore do Louvre e, mais ao longe, a audaciosa profusão de metal que era a Torre Eiffel.

Do outro lado da rua estreita havia outro prédio, também cheio de apartamentos. Por uma das janelas, Audrey pôde ver estantes de livros, plantas acrobáticas e sofás. Por outra, avistou um quarto.

Percebeu que precisaria fechar as persianas, especialmente se trouxesse alguém para casa.

— É ótimo — disse ela, tirando a cabeça da janela. — Obrigada.

— Você pode descansar o resto do dia e começar amanhã — disse Élodie, caminhando até a porta. — Abrimos às nove da manhã e ficamos até às nove da noite, ok? Você consegue acordar cedo?

Audrey tinha acordado sozinha a tempo de ir para a escola durante a vida inteira. Nove horas da manhã era razoável, embora no fundo tivesse torcido por uma folguinha agora. Ainda assim, contanto que não precisasse ler os livros…

— Claro. Não vejo a hora.

Esperou até a porta fechar e então finalmente, finalmente, ficou sozinha.

Sozinha!

Espreguiçou os braços e rodopiou no lugar, absorvendo o espaço e o silêncio.

Sentindo-se inquieta e estranha, despejou o conteúdo da mochila na cama. Tudo amassado.

Repentinamente exausta, sentou-se perto das roupas.

Passara a maior parte do ano sonhando em sair de casa. Em ter seu próprio espaço. Viver longe da mãe. Esperava se sentir inebriada e eufórica, mas, em vez disso, Audrey se sentia…

Como se sentia?

Sozinha. Ela se sentia sozinha. Em casa pelo menos poderia ligar para Meena e chamá-la para comer pizza. Ali não conhecia ninguém exceto Élodie, e não parecia provável que se tornassem melhores amigas.

Pegou o celular e checou as mensagens.

Havia duas de Meena. Às vezes ela deixava áudios porque era mais fácil para Audrey, mas, na maior parte das vezes, esquecia e digitava.

Conheceu algum bonitão?

Já se apaixonou?

Sentindo-se um pouco melhor, Audrey sorriu e respondeu.

Cheguei faz 10 min.

Pouco depois, Meena respondeu.

Dá uma olhada no Facebook da Hayley. As fotos na piscina. Você precisa postar umas fotos legais de Paris para fazer inveja nela.

Audrey foi ver o perfil e viu um monte de fotos de Hayley toda metida numa praia, com o mar azul ao fundo. Quantas tentativas e quantos filtros eram necessários para conseguir aquele resultado?

Colocou o celular de novo na bolsa e se forçou a levantar.

*Fodam-se os outros e a vidinha virtual perfeita deles.*

Ela precisava sair e arranjar mais um emprego. Quando tivesse dinheiro, poderia começar a viver.

Audrey revirou suas blusas e calças jeans tentando encontrar algo que impressionasse a dona de um salão de beleza. No final, escolheu uma minissaia que estava menos amassada, botas e uma blusa de alcinha.

Prendeu o cabelo de qualquer jeito e aplicou a maquiagem com cuidado.

Deixando o resto dos pertences em cima da cama, pegou a bolsa, os óculos de sol e saiu batendo os pés pelas escadas, rumo ao dia claro em Paris.

Ela não queria uma vida perfeita na internet. Queria uma vida perfeita *de verdade*. E a única maneira de conseguir isso seria tirando a bunda do lugar e correndo atrás.

# 8

Grace emergiu do táxi para o forte sol de Paris.

O Hotel Antoinette era um prédio histórico datado de 1750. Ela o havia escolhido cuidadosamente pela localização, vista e grandiosidade. Originalmente, o local tinha sido o palácio de um membro da aristocracia francesa que perecera num fim terrível durante a revolução. O edifício ficou abandonado até uma grande rede de hotéis assumir sua renovação. Perto do Jardim das Tuileries e do Louvre, exibia seu esplendor renovado junto às margens do Sena.

Grace talvez devesse se inspirar no prédio que sobrevivera à revolução e ressurgira de modo tão espetacular. Talvez houvesse esperança para ela.

O voo longo a havia deixado cansada e com a sensação de sujeira. Precisava de um banho.

A recepcionista foi muito educada e fez seu *check-in* rapidamente.

— Vinte e cinco anos de casada, madame — disse a jovem, sorrindo ao devolver o passaporte a Grace. — *Felicitations*. Nós do Hotel Antoinette ficamos contentes em participar de sua comemoração especial.

Grace nem sequer cogitou falar que viajaria sozinha. Era da conta deles?

— Será um prazer oferecer um upgrade. — A garota ofereceu um panfleto brilhante que incluía dois cartões-chave. — Os senhores ficarão na Suíte Tuileries, com vista para os jardins e o rio. Fizemos reserva de jantar para dois em nosso restaurante.

— Obrigada, mas meu esposo se atrasou e só vai chegar amanhã. Talvez até depois.

Ou nunca.

Por que simplesmente não contava a verdade? Que estava sozinha...

— Vou alterar a reserva de hoje à noite — disse a recepcionista enquanto digitava no computador — para uma mesa perto da janela. Se a senhora não terá a companhia da visão do seu marido, pelo menos terá uma bela vista. Desejamos uma estadia romântica e incrível.

Exceto pelo fato de que não seria nem romântica, nem incrível.

O que Grace faria? Dançaria sozinha na sacada? Jantaria com um espelho na mão para encarar os próprios olhos?

Por outro lado, ainda tinha que comer, então talvez fosse, sim, ao restaurante do hotel.

Parecia ligeiramente menos desafiador do que tentar achar um restaurante em Paris cansada e com o fuso horário desregulado.

Deu um sorriso em agradecimento, murmurou algo sobre o dr. Porter ter algum compromisso de trabalho urgente — encontrar a amante, no caso — e atravessou o elegante saguão de mármore em direção ao elevador.

Sua suíte ficava no último andar. As janelas, em estilo francês, se abriam numa sacada que oferecia uma vista invejável de Paris.

Grace foi até ela e sentiu o sol lhe tocar o rosto.

*Feliz aniversário de casamento, David.*

Ele se lembrava de que Grace estava chegando naquele dia a Paris?

O que estaria fazendo?

Grace deu as costas para a vista.

Não queria pensar em David.

Para se distrair, voltou à suíte. Estava mais para apartamento do que para quarto, e era do mais puro bom gosto, decorado com uma elegância neutra, sem toques pessoais. Tons creme, pêssego claro e dourados mesclavam-se para criar uma atmosfera calma. Havia uma camiseira de jacarandá e quadros elegantes nas paredes. O lugar parecia caro, o que, obviamente, era. Hospedar-se ali estava custando uma pequena fortuna a Grace.

Ela fechou as portas da sacada e explorou sua residência temporária em Paris. Se ia gastar dinheiro, que ao menos aproveitasse.

O closet era maior do que seu quarto em Connecticut.

Grace não estivera ansiosa para viajar, mas naquele momento percebia como era bom não estar em casa, cercada de lembranças de David.

Abriu a mala e pendurou as roupas. Aflita com o silêncio, caminhou de volta à sacada e escancarou as portas, deixando o som entrar. Buzinas, gritos, sons da rua: a cacofonia geral que era Paris.

Recordando a primeira vez que estivera ali, fechou os olhos.

Grace tinha 18 anos e sua vida era tão confusa que não sabia como desemaranhá-la. Mas tinha conseguido. Criara para si a vida que sempre quis, e, desde então, jamais passara por sua cabeça que as coisas ficariam uma bagunça de novo.

Foi ao banheiro, e a opulência a fez engolir em seco. Era algo digno do Palácio de Versalhes, cheio de espelhos e dourados. Quase esperou encontrar Luís XIV deitado na banheira.

Havia duas pias. Grace colocou seus produtos de toalete perto de uma delas.

Os espelhos lhe permitiam que se visse de todos os ângulos.

Encarou o próprio reflexo e notou as olheiras. Estava com a pele amarelada, como se tivesse ficado guardada num lugar escuro por seis meses. O cabelo estava oleoso por causa da viagem e Grace se sentia esbaforida e cansada. Sentia-se velha.

Passara anos ignorando-as, mas agora via as linhas cravadas na pele e as faixas prateadas surgindo entre as mechas louras. Pensou em Lissa, com seus seios empinados, pele hidratada e perfeita, e instintivamente endireitou a postura.

Deu meia-volta, ciente de que não passaria muito tempo no banheiro. Os espelhos forçavam sua reflexão de modo literal e figurado. Era tentador passar o tempo inteiro ruminando o passado, mas Grace sabia que precisava seguir em frente.

Tudo o que queria era se deitar e dormir, mas era começo de tarde e ela sabia que, se dormisse, não conseguiria ajustar o sono depois. Então tirou da mala o restante das roupas, dobrando-as meticulosamente e colocando-as nas gavetas.

Se David estivesse ali, estaria observando com uma sobrancelha arqueada.

*Você não precisa ser organizada de forma tão obsessiva, Grace. Tudo bem deixar uma jaqueta na cadeira ou um par de sapatos no chão.*

A incapacidade dela de permitir alguma desordem em casa era quase uma piada entre os dois. Aquele era um hábito que permanecera com ela muito tempo depois da morte dos pais.

Xingando baixinho, abriu a gaveta que tinha acabado de preencher, puxou uma camisa e a jogou sobre a cama.

O coração acelerou na mesma hora. As mãos coçavam de vontade de pegá-la e dobrá-la novamente, mas, em vez disso, ela voltou à gaveta, pegou uma echarpe e jogou-a também.

— Viu só? — falou alto. — Consigo ficar de boa com isso se eu quiser, mas qual é o sentido? Para que serve viver na bagunça?

Grace tirou as roupas que usou na viagem e as jogou no chão.

Os funcionários do hotel a achariam uma louca.

Foi ao banheiro, tomou um banho e lavou toda a sujeira da viagem.

Achava que, àquela altura do campeonato, teria a vida toda traçada. A de David, é claro, ainda estava. Ele simplesmente mudou alguns detalhes: Grace, no caso. Era como vender uma casa e se mudar tranquila e imediatamente para outra, sem ter que ficar num aluguel temporário no meio-tempo.

O futuro dela, por sua vez, não estava resolvido. Diferente dele, Grace não tinha um amante esperando.

Como uma mulher faz para conhecer homens na idade dela? Imaginou-se fazendo um perfil na internet. O que diria de si mesma?

*Previsível, entediante, organizada.*

Ou talvez aprendesse a criar gosto pela condição de solteira e viajasse o mundo sozinha. Tinha lido uma matéria no avião: "Você não precisa de homem para ser feliz".

Grace não precisava de um homem qualquer. Precisava de David. Seu melhor amigo. Mas ele, pelo visto, não precisava dela.

E se ele e Lissa tivessem um filho? Sophie teria um meio-irmão e uma madrasta. E se ela escolhesse passar os feriados com o pai, Lissa e o novo bebê? Seria o fundo do poço para Grace.

Não! Ela não faria isso. Não ficaria triste imaginando o futuro.

Lutando contra os próprios pensamentos, secou o cabelo e mandou uma mensagem para Mimi e Mônica, avisando que tinha chegado bem. Em seguida, ligou para Sophie. Ela vinha se esforçando para não incomodar a filha, mas precisava ouvir a voz dela.

— Oi, mãe!

Sophie parecia transbordar de alegria. Havia som de conversa e risos ao fundo.

Grace sorriu.

— Oi, filha. Onde você está?

— Em um bar. Conhecemos um monte de gente legal. Estamos treinando nosso espanhol.

Um bar? Grace conferiu o relógio para ver que horas eram em Sevilha.

— Está se divertindo?

— Está incrível. Fomos numa festa bem legal ontem à noite.

Grace franziu a testa. Sophie nunca tinha sido muito festeira. Sempre quieta e estudiosa. O único rapaz por quem se interessou foi Sam.

— Cuidado, viu?

— Mãe, sou *eu* aqui. A única coisa que sei fazer é tomar cuidado.

O barulho ao fundo ficou mais alto, e Sophie teve que gritar para ser ouvida.

— É melhor eu desligar, mãe. Nos falamos em breve.

— Está bem! Te amo.

Sentindo mais saudade de David do que nunca, Grace desligou. Queria ter alguém com quem dividir suas ansiedades. Havia Mônica, é claro, mas a amiga era ainda mais preocupada do que ela.

Para se distrair, tirou o mapa que a avó havia lhe dado. Desejou que Mimi tivesse concordado em acompanhá-la, para mostrar ela mesma seus lugares prediletos de Paris.

Talvez saísse para caminhar antes do jantar, mas antes precisava se deitar por alguns minutos.

Grace acordou três horas depois, desnorteada e menos de quinze minutos antes da reserva para o jantar. Pulou da cama ignorando a onda de tontura que mesclava jet lag e meses de privação de sono. Colocou a maquiagem, pôs um vestido elegante, mas sem exagero, pegou a bolsa e desceu para jantar.

Sozinha.

É claro que ela podia ler um livro, mas esquecera o seu no avião e ainda não tinha comprado outro. Depois do jantar, procuraria a livraria de que a avó tinha falado, mas por ora teria que olhar pela janela tentando não dar sinais de que o marido a tinha abandonado.

No momento em que entrou no restaurante, deu-se conta de que aquilo era um erro.

Não era o tipo de lugar aonde mulheres solteiras iam para olhar pela janela. Era um lugar para jantares finos e românticos.

Estava prestes a dar meia-volta e retornar ao quarto quando o maître a viu.

— Madame Porter.

Como é que todo mundo sabia quem era ela? Tinha viajado para desaparecer, mas o hotel se orgulhava do serviço personalizado.

Grace o seguiu até a mesa colocada para eles junto à janela. Ela costumava amar viagens, amava a vista e os aromas dos lugares novos, as comidas locais, a falta de familiaridade com tudo e todos.

Mas, naquele momento, era incapaz de acessar o costumeiro sentimento de alegria.

Sentindo-se exposta, olhou o cardápio.

Pediu um steak e recusou a sugestão de vinho tinto.

O casal a seu lado, ambos naturalmente elegantes, riam de uma piada.

Outro casal perto ficava se beijando e dando as mãos por cima da mesa.

Grace pegou a água. Precisava de algo para amortecer a tristeza.

Algumas pessoas amavam viajar sozinhas. Ela claramente estava fazendo aquilo do jeito errado.

Ao final da noite mais torturante de sua vida, Grace saiu do restaurante e pegou o mapa de Mimi.

— Senhora Porter? — chamou o *concierge*, sorrindo para ela. — Posso ajudá-la?

Grace mostrou o mapa.

— Estou procurando uma livraria.

O *concierge* estudou as marcas no mapa e deu instruções.

Ao sair pela porta do hotel, sentiu o calor do sol. Já era noite, mas Paris inteira ainda estava banhada em luz do verão.

Grace ainda sentia aquela leve tontura pós-voo transatlântico, mas ajeitou a bolsa no ombro e seguiu o caminho junto ao rio.

As ruas estavam tão movimentadas quanto durante o dia. Alegrou-se um pouco quando viu os barcos noturnos passarem por ela. Música e risos flutuavam pela corrente, junto às embarcações.

*Philippe.*

A lembrança era tão viva que Grace parou de caminhar.

Tinha sido exatamente naquela época do ano. Estava desesperada para fazer um cruzeiro pelo rio. Nem ela nem Philippe tinham dinheiro, por isso pegaram o Batobus, o barco-táxi que parava em vários pontos do Sena.

Foi do rio que viu pela primeira vez o Museu d'Orsay, a Notre-Dame e o Louvre. Da água, era possível ver toda a fachada da famosa Grand Galerie e do Pavillon de Flore. Não havia guia turístico, é claro, mas ela não precisava porque estava com Philippe, nascido em Paris, que, abraçado a ela, dividia seu conhecimento sobre a cidade.

Os dois saíram para que ela pudesse ver a Torre Eiffel e em seguida voltaram no último barco. Ele a beijou enquanto o sol se punha por trás da famosa Pont Neuf, a ponte de pedra mais antiga sobre o rio Sena.

Grace piscou, surpresa que a lembrança continuasse viva depois de tantos anos. O que Philippe estaria fazendo agora?

Nunca o procurou ou tentou encontrá-lo nas redes sociais. O passado era uma porta pela qual nunca quis passar de novo. Grace só estava pensando nele porque estava em Paris.

*Estaria pensando nele se estivesse com David?*

Focando no presente, atravessou a ponte indicada pelo *concierge* e seguiu o rio até o outro lado, na direção da catedral de Notre-Dame e mais para longe da margem. Ali, as ruas eram de pedra, estreitas e escuras. Pessoas compravam sorvete, olhavam as vitrines das lojas e aproveitavam o sol tardio do verão.

Grace olhou o mapa e tentou se orientar. Empenhada em compreender onde estava, não notou o homem que se aproximava por trás até que ele a empurrasse.

Ela perdeu o equilíbrio e caiu em cheio nos paralelepípedos. Torceu o tornozelo e bateu com o ombro e a cabeça no concreto. Sentiu uma explosão de dor.

*É isso. É aqui que eu morro.*

Mesmo zonza, conseguiu imaginar a manchete.

*Corpo de esposa abandonada é encontrado em Paris.*

Um puxão no ombro a transportou de volta ao presente e Grace percebeu que o homem estava roubando sua bolsa.

— Não!

Todos os seus objetos de valor estavam naquela bolsa. Passaporte. Dinheiro. Documentos. Uma foto de Sophie sorrindo numa viagem para a praia.

O homem estava correndo.

— Pare!

Alguns turistas viraram a cabeça, mas ali não era Woodbrook, onde provavelmente todos o conheceriam. Ninguém sabia quem ele era nem se importava. Grace desejava o anonimato da cidade grande, mas, naquele momento, a cidade grande não era sua amiga.

Alguém passou correndo por ela. Grace ouviu a batida ritmada de botas nas pedras e uma garota se lançou contra o homem. O peso dela e a surpresa do ataque o fizeram cambalear. Gritando e xingando, ele caiu sobre os paralelepípedos. Com horror, Grace o viu direcionar um golpe contra a garota, mas ela lhe segurou o braço, torceu-o por trás das costas e se sentou sobre ele.

— *Merde...*

Ela disparou uma salva de palavras, das quais Grace não conhecia a maioria. Achava que tinha o francês fluente, mas parecia que precisava aprender alguns xingamentos.

A garota ficou encarando o ladrão, o que fez Grace pensar num filhotinho raivoso de tigre.

— Você se acha durão, é? Quem é que tá com a cara no chão agora, hein?

Sentindo-se machucada e incapaz, Grace lutou para se sentar. Perguntava-se se seria capaz de sobreviver um mês sozinha em Paris enquanto aquela moça, que devia ter a idade de Sophie, perseguia um criminoso.

— Isso foi tudo o que ele roubou?

A garota balançou a bolsa diante de Grace. Ao fazê-lo, perdeu o equilíbrio.

O homem se aproveitou da oportunidade, se contorceu e saiu correndo antes que ela pudesse agarrá-lo.

— Ah, merda… — A moça se levantou. — Eu devia ter dado um soco nele e acabado logo com isso. Está aí a prova de que soluções não violentas nunca funcionam.

Ela tinha olhos fortes e um formato decidido na boca. O cabelo, de um ruivo vibrante, caía sobre os ombros em cachos tresloucados. Para tirá-los dos olhos, tinha que colocá-los toda hora para trás. Estava usando a saia mais curta que Grace já tinha visto na vida e calçava um par de coturnos.

— Desgraçado. — Olhando com desconfiança, a garota limpou as pernas e entregou a bolsa a Grace. — Melhor você conferir se está tudo aí.

— Eu nem sei o que dizer.

Grace conferiu o conteúdo da bolsa, aliviada de tê-la recuperado em segurança. Tentando avaliar os danos, levantou-se. A cabeça e o ombro doíam, mas o pior dano tinha sido a seu orgulho.

— Você se machucou?

— Eu? Nada. Eu aterrissei em cima dele. Provavelmente ele vai passar alguns dias se lembrando disso.

Era evidente que isso a deixava contente, o que satisfez Grace também.

— Não sei como agradecer. Cheguei em Paris hoje. Tudo que tenho de importante está na bolsa. Se eu tivesse perdido...

A garota deu de ombros.

— Mas não perdeu, então tá tudo bem.

— A gente devia procurar um gendarme para prestar queixa.

— Para quê? A polícia tem assuntos mais importante para resolver. Aliás, não sei francês o bastante para contar o que aconteceu. Sei dizer meu nome e "não entendi o que você disse". Não faço ideia de como dizer "esse babaca roubou uma bolsa" em francês. Você sabe?

— Provavelmente eu diria de um jeito diferente, mas meu francês é bem bom.

— Sorte sua. Porque, se não segurar a bolsa direito, vai precisar dele — disse a garota, ajeitando a blusa. — Sua cabeça está sangrando. É melhor você entrar na loja. Vai poder se limpar lá dentro e chamar um táxi para voltar para onde está hospedada.

A cabeça e o tornozelo de Grace latejavam.

— Gentileza sua. Não sei seu nome.

— Audrey.

— Meu nome é Grace. Você é inglesa? Está aqui de férias? Trabalhando em Paris no verão?

— Aham, eu moro ali na livraria. — A garota gesticulou para o outro lado da rua. — Estava voltando para casa quando vi tudo. Você não me parece bem. Vai desmaiar ou algo do tipo?

— Não. — Grace analisou a gravidade da tontura. — Vou ficar bem, mas aceito sua oferta de me limpar antes de voltar ao hotel. Não quero chamar atenção.

Já conseguia imaginar a reação dos funcionários quando entrasse mancando e com a cabeça sangrando e as mãos esfoladas.

— É no final da rua. Está fechada, mas eu tenho a chave.

Audrey diminuiu a passada para Grace conseguir acompanhá-la.

— Você trabalha na livraria?

— Pelas manhãs. Meu pagamento por isso é um lugar para ficar durante minha estadia e dinheiro o bastante para comprar um croissant por dia. Se eu não achar outro emprego, vou acabar emagrecendo.

Parou diante da porta e Grace se deu conta de que se tratava da livraria que estava procurando quando foi assaltada. Encantada, olhou para as vitrines.

— Eu estava vindo para cá — explicou. — Minha avó é francesa. Costumava vir aqui quando vivia em Paris.

Grace ainda não entendia. Por que Mimi se interessaria por uma livraria?

— Bem, não sei se limparam o lugar desde aquela época — disse Audrey. — Você provavelmente vai ver os mesmos tufos de poeira que ela. Espero que não tenha asma ou coisa do tipo, pois senão vai morrer.

Audrey destrancou a porta e a abriu. Um sino tiniu alto. Ela deixou a bolsa no chão e pegou uma cadeira.

— Senta aqui. Vou pegar alguma coisa pra limpar sua cabeça.

Sentindo-se instável, Grace se sentou.

Audrey sumiu por uma porta e voltou com um kit de primeiros-socorros.

Ela despejou algo sobre uma gaze e limpou a cabeça de Grace. Suas mãos, se não muito delicadas, eram rápidas e eficientes.

— Então você não viaja muito?

— Viajo, mas em geral não sozinha.

— A regra número um é manter a bolsa sempre bem perto. Usar a alça atravessada no corpo.

Audrey jogou a gaze fora.

— E não pare no meio da rua para olhar o mapa. Isso praticamente grita turista. Estude o caminho antes de sair do hotel e, se precisar ver onde está, faça isso discretamente. Se você fala francês, é só pedir informação.

— Certo. — O que Grace tinha na cabeça? Não era a primeira vez que saía de Connecticut. — Eu ainda não acredito que você o pegou.

— Agradeça os vários anos que quase perdi o ônibus da escola. Meu tipo de prova favorito — disse Audrey, prendendo um curativo com esparadrapo na cabeça de Grace. — Agora vamos dar uma olhada nesse seu tornozelo. Acha que está quebrado?

Audrey era a adolescente mais competente que Grace já tinha visto. O que Sophie teria feito na mesma situação? Certamente não teria ido atrás do assaltante e o derrubado com poucos movimentos.

— Acho que não — disse Grace. — Você nocauteou o cara. Onde aprendeu a fazer isso?

— Fiz artes marciais na escola. Não saberia arremessar uma bola para salvar minha vida, mas tenho um chute giratório incrível. — Audrey passou os dedos sobre o machucado. — Está inchando um pouco. Aconteceu a mesma coisa com um amigo meu no Dia Esportivo do ano passado. Seria bom se você não botasse muito peso nele nos próximos dias. E coloque gelo.

Sentindo-se um pouco melhor, Grace olhou ao redor da livraria.

— Este lugar parece o paraíso.

— Tenho certeza de que o paraíso cheira melhor do que aqui. Além disso, o paraíso não devia ser ensolarado e cheio de drinques com guarda-chuvinhas dentro?

— Mas trabalhar numa livraria… é um sonho, não?

— Talvez. Mas eu estou aqui mais pelo apartamento.

— Mas se você não fala francês, como vai ajudar os clientes?

Audrey deu de ombros.

— Com língua de sinais? Estou aprendendo umas palavras. Baixei um aplicativo. Ele é bem bom.

— Bem, você parece conhecer bastantes xingamentos.

— É, uma amiga me ensinou algumas coisas úteis — disse Audrey, fechando o kit de primeiros socorros. — Como você aprendeu francês?

— Sou professora. Ensino francês e espanhol.

A expressão de Audrey se apagou, foi como ver uma porta se fechar.

— É melhor devolvermos você para onde está hospedada. Você consegue caminhar ou quer que eu peça um táxi?

A ideia de voltar ao hotel não agradava a Grace nem um pouco. Gostaria de ficar mais ali, mas sentiu que Audrey não queria mais sua presença. Tinha dito algo que a chateou?

— Posso comprar um livro, já que estou aqui?

— Claro, temos vários deles. Onde você está ficando?

— Hotel Antoinette.

Audrey enrugou o nariz.

— Aquele caro que parece um palácio.

— Esse mesmo — disse ela, e de repente teve uma ideia. — Você devia vir um dia para jantar comigo.

— Você está brincando. — Audrey guardou o kit no armário. — Aposto que seu marido ia adorar ter eu segurando vela durante uma viagem romântica.

— Meu marido não veio. Ele está em casa, com a mulher pela qual me abandonou depois de vinte e cinco anos juntos.

Grace não acreditava que tinha contado aquilo para uma estranha. Esperava que Audrey ficasse desconfortável, que desse alguma desculpa indicando que Grace podia ir embora, mas a garota não se mexeu. Ela inclinou a cabeça, prestando total atenção a Grace.

— Que droga. Então você veio sozinha?

— Era isso ou cancelar a viagem. Não acredito que acabei de contar isso.

Audrey deu de ombros.

— Amigos e parentes sempre têm uma opinião formada, sempre acham que precisam consertar as coisas por nós, opinar. Mas às vezes a gente só precisa de alguém que escute.

O desconforto da situação resumido em uma frase.

— Não costumo falar detalhes pessoais com pessoas que não conheço.

— Não se preocupe com isso. Eu trabalhava em um salão, e minha chefe dizia que quem trabalha em salão sabe mais dos problemas dos outros do que padres e psicólogos. — Audrey esfregou a testa com as costas da mão. — Fico feliz que você não tenha cancelado a viagem. Seu marido é um babaca, aliás. Tipo, acontece bastante, é claro. As pessoas se separam. As mulheres vinham direto ao salão querendo transformar o visual para se sentirem melhor. Mas não depois de vinte e cinco anos. Seria de se esperar que, depois de tanto tempo, a maioria das pessoas saberia o que quer.

— David sabia o que queria. Infelizmente não era eu.

*Ah, cala a boca, Grace!*

Para pensar em outra coisa, ela vasculhou as estantes.

— Espero que você esteja postando fotos felizes nas redes sociais só para deixá-lo com inveja. Hashtag Amo Minha Vida ou talvez Hashtag Incrível ser Solteira… esse tipo de coisa — continuou Audrey.

— Nesse momento eu não sei muito bem se amo minha vida nem se é incrível ser solteira. Eu gostava de ser casada com ele.

Pegou um livro e o folheou, mais para esconder a emoção do que por interesse.

— Ainda acho que você devia mostrar a ele que está se sentindo ótima. Viver bem é a melhor vingança, não?

— Não sou uma pessoa muito vingativa — disse Grace, devolvendo o livro à prateleira. — Nem estou vivendo bem.

— E daí? O propósito das redes sociais é mostrar para todo mundo a vida que você *queria* viver, não a vida que *de fato* vive.

A maioria das pessoas tem duas vidas. Uma que os outros veem e outra de verdade.

David também tinha duas vidas, não é mesmo? Com duas mulheres.

Grace se perguntou como era a outra vida de Audrey. Ela parecia incrivelmente jovem e incomumente madura ao mesmo tempo.

— Mas eu falei sério em relação ao jantar. Por favor, aceite o convite. — Ela tirou uma bela edição de *Madame Bovary* da estante. — Se não amanhã, qualquer outra noite.

— Um jantar naquele lugar custa, tipo, milhões de euros.

— Meu orçamento para essas férias incluía duas pessoas, e estou sozinha.

— Então seria meio como fazer um favor a você? — perguntou Audrey, sorrindo. — Porque eu poderia detonar um steak de primeira se isso fosse ajudar, mas devo avisar que deixei meu vestido de gala em casa.

Grace pensou no restaurante lotado. Não queria que Audrey se sentisse desconfortável, e ela mesma não tinha pressa em voltar lá sozinha.

— Podemos pedir pelo serviço de quarto. A suíte tem uma sacada. Podemos comer lá.

Ela abriu a bolsa e pegou dinheiro para pagar pelo livro.

— Você está na suíte? Uau, deve ser podre de rica — disse Audrey, enfiando o dinheiro no bolso. — Eu mesma devia ter roubado sua bolsa.

— Não sou. Passei um ano juntando dinheiro e, quando cheguei no hotel, me ofereceram um upgrade. Você não tem que colocar o dinheiro na caixa registradora?

— Vou colocar mais tarde. Jantar amanhã. — Audrey pareceu considerar a ideia. — Que pena desperdiçar um upgrade desse jeito, mas, mesmo assim, obrigada. Não vou recusar uma refeição de graça.

Grace olhou para as estantes ao redor, imaginando quanto o lugar devia ter mudado desde que Mimi esteve nele. Tirou algumas fotos para enviar à avó.

— Há quanto tempo você está aqui?

— Cheguei hoje. Amanhã é meu primeiro dia de trabalho.

Grace anotou o seu número de telefone em um papel e o deu a Audrey.

— Espero que dê certo. Mas se precisar de ajuda com tradução… ou qualquer outra coisa… me ligue.

Audrey deu de ombros.

— É só um monte de livros velhos, e livros não falam. Não pode ser tão ruim, né?

# 9

## *Audrey*

Podia ser ruim, sim.

O que era de se imaginar. Lá estava ela, Audrey Hackett, a garota que todos diriam ter menos chance de ser bem-sucedida nesse emprego, trabalhando numa livraria. E não era só isso. Ela era a *encarregada* da loja. Tinha as chaves no bolso. Podia contratar e demitir, ainda que seu escopo fosse limitado por ser a única pessoa ali.

Eram ela e um milhão de livros velhos.

Se ficasse parada ali, talvez o conteúdo dos livros entrasse em seu cérebro e a tornasse mais inteligente.

Rodopiou na cadeira. Isto a recordava do gira-gira do parque onde costumava se encontrar com Meena na hora do almoço. Sentiu um aperto no peito. Não sentia saudade do caos de casa, mas sentia saudade de Hardy, de Meena, é claro, e do movimento do salão.

A livraria era assustadoramente tranquila.

Como estava sozinha, levantou-se, posou em frente a uma das estantes e tirou uma selfie usando os óculos novos. Meena tinha digitado algumas hashtags no bloco de notas de seu celular para que Audrey as colasse junto à foto. *#Audreylivreira #amoParis*.

Pensou se não devia acrescentar *#mortadetédio* ao lado, mas concluiu que tinha muitas letras. Além do mais, sem chances de admitir que sua vida era menos do que perfeita.

Com sorte, sua antiga professora de inglês veria a postagem e sentiria vergonha de tê-la subestimado tanto. Ela já conseguia imaginar a conversa na sala dos professores: "Audrey, trabalhando numa livraria? Nossa, agora estou me sentindo péssima por não a ter apoiado mais".

Permitiu-se o pequeno devaneio no qual ganhava o prêmio Nobel de literatura e dava um discursão agradecendo aos professores por a terem motivado a provar que estavam errados.

A não ser pelo fato de que não estavam errados. Em que ela era boa de verdade?

Ela era boa em lavar cabelo e em fazer as pessoas rirem. Já tinham lhe dito que sabia escutar os outros. Não que fossem "habilidades vendáveis", aquelas que as agências de emprego procuram.

Em teoria, trabalhar numa livraria parecia impressionante. Uma pena que fosse tão emocionante quanto esperar o esmalte secar nas unhas. Audrey estava começando a ficar com medo de, no final das contas, não conseguir emprego num salão. Até o momento, todos que tinha procurado a recusaram. Estava riscando um a um de sua lista, e ainda havia mais alguns para visitar naquela tarde, mas estava começando a perder as esperanças. Tinha um salão elegante a poucos passos da livraria, mas Audrey não se dera ao trabalho de ir até lá. Um lugar como aquele nunca empregaria alguém como ela.

E se não conseguisse um emprego? O que ela ia comer?

A porta se abriu, o sino tocou e um idoso entrou na livraria. Algo na forma como ele se portava — endireitado, com a coluna reta — fez Audrey pensar que talvez tivesse sido militar havia muito tempo. Seu cabelo era branco e brotava em tufos desiguais de ambos os lados da cabeça. Os dedos de Audrey coçaram para alcançar a tesoura. Sabia que poderia melhorar a aparência dele.

— *Bonjour*.

Audrey torceu para que, impressionando-o com um sorriso, ele ficasse distraído e não perguntasse de livros. Por sorte, ele não pareceu querer ajuda. Saudou-a educadamente, caminhou formalmente até a seção nos fundos da loja e ficou ali vasculhando os livros por meia hora.

Curiosa, Audrey o observou selecionar um, folhear, devolvê-lo ao lugar e pegar o volume ao lado. Ele foi embora meia hora depois, lançando a ela um aceno de cabeça e um sorriso na saída.

Estranho demais. Ainda assim, pelo que Audrey pôde ver, ele não colocou nada nos bolsos. O que ele estava querendo com aqueles livros não era assunto dela.

Se queria tomar um banho de poeira, problema dele.

Audrey concluiu que, se os demais clientes exigissem dela tão pouco quanto aquele senhor, o trabalho talvez não fosse tão ruim. Ela era uma babá de livros, só isso.

Mas a sorte não durou.

Os próximos três clientes a entrar na loja falaram todos em francês e ficaram cada vez mais impacientes quando Audrey os olhou sem expressão em resposta às perguntas que faziam. Um dos homens ficou tão furioso que Audrey temeu que ele fosse estourar uma veia.

— É só um livro — murmurou ela, começando a ficar nervosa e afobada.

Pelo menos, quando uma pessoa gritava em seu idioma, ela era capaz de responder.

Quanto mais aquele homem gritava, mais burra ela se sentia.

No final, ele saiu batendo os pés e a porta.

— Tenha um bom dia o senhor também! — gritou Audrey à porta fechada, antes de cair na cadeira.

Começava a se perguntar se o apartamento de graça valia a irritação.

O próximo cliente era um senhor inglês na faixa dos 50 anos que obviamente não era adepto de barbeadores ou desodorantes.

— O que você tem sobre a Revolução Francesa?

Audrey deu uma olhada na planilha que tinham lhe dado. Como não entendeu, gesticulou vagamente:

— História francesa é por ali. Se não estiver na prateleira, não temos.

— Estou escrevendo um livro.

— Ah, que bom para você. — Audrey olhou ao redor. Tinha a impressão de que ali já tinha mais livros do que o suficiente, mas quem era para julgar? — Força. Tudo é possível se você tentar.

Mas ela não acreditava nisso nem um pouco. Se fosse verdade, seria capaz de ler até o final da página sem se esquecer do que tinha acontecido no começo. Mas guardou isso para si porque as pessoas precisavam de apoio, não da verdade. Se os professores fossem mais encorajadores, talvez ela tivesse se saído melhor.

Ou talvez se a mãe não preferisse uma garrafa de vinho barato à filha.

Audrey esfregou as costelas, tentando aliviar a azia de angústia e culpa que não cessava nunca.

Teria feito a coisa errada ao deixá-la? E se Ron não estivesse à altura da tarefa?

Audrey queria liberdade, desejava abrir as asas, mas sentia como se essas asas estivessem acorrentadas, impedindo-a de voar.

Para deixar de se preocupar com a mãe, pensou em Grace.

Ficou pensando no que ela estaria fazendo depois daquele incidente assustador. Sentia pena dela, ainda que em parte achasse reconfortante saber que lá fora tinha gente cuja vida também era uma porcaria. Normalmente, sentia como se fosse a única.

Se Audrey tivesse reservado uma viagem chique para Paris e seu marido a tivesse trocado por outra mulher, teria esvaziado a conta conjunta, matado o cara e depois saído de férias.

Talvez fosse por isso que aquele homem tenha tentado pegar a bolsa de Grace. Talvez ela estivesse com a cabeça em outro lugar.

Ao salvar Grace, por cinco minutos, Audrey se sentiu uma heroína pela primeira vez. Estava acostumada a resgatar a mãe, mas nunca ninguém lhe agradeceu por isso. E nunca ninguém a convidou para jantar num restaurante chique. Se comesse tudo o que pudesse, não teria que gastar dinheiro com comida por alguns dias. Seria como aquela cobra que vai digerindo lentamente sobre a qual Audrey tinha ouvido falar.

Uma mulher se aproximou do balcão.

— Você tem algo cobre a Coco?

Audrey olhou para ela sem entender.

— Coco? Tipo a fruta?

— Coco Chanel. A costureira famosa. A estilista.

— Ah, sim.

Estaria na parte de Moda ou Pessoas Famosas? Ela acenou com a mão.

— Tente ver naquela prateleira da direita.

— Você está apontando para a prateleira da esquerda.

Esquerda. Direita. Para Audrey era tudo igual.

— Meu gesto não tinha a ver com a posição da prateleira. Era mais geral. Cuidado com a escada, ela tem vida própria.

— Tenho medo de altura. Você poderia pegar para mim?

Audrey tinha mais medo de livros do que de altura, mas se levantou da cadeira e foi até a escada. Os títulos se misturavam em frente aos seus olhos. Ela piscou, esforçando-se em ler o que diziam, mas as letras estavam apagadas, o que dificultava ainda mais. Concluiu que livros antigos eram ainda mais difíceis de ler do que os novos. A poeira fazia seu nariz coçar.

— Não. Não temos nada. Sinto muito.

Desceu cambaleando a escada, espirrou duas vezes e encarou a cliente que parecia bastante insatisfeita.

Sua nuca pinicava de tanto suor.

No salão, as pessoas pelo menos pareciam contentes quando ela fazia o cabelo delas.

Acabou sendo a manhã mais longa de sua vida. No final das contas, Audrey se viu recebendo mais testas franzidas em desaprovação do que na escola. Sua maior habilidade, ser falante e amigável, não serviria aqui. Era difícil conversar quando todo seu vocabulário consistia em xingamentos.

À medida que a hora do almoço se aproximava, checou as horas no celular. Ela passaria mais uma tarde indo de salão em salão atrás de um emprego.

A porta se abriu novamente. O tinir do sino estava começando a deixar Audrey louca de nervoso.

Havia Paris inteira lá fora. Por que as pessoas perderiam tempo em uma livraria mofada, ela não fazia ideia.

Audrey se levantou, preparando-se para outro idoso, mas, dessa vez, era um rapaz de 20 e poucos anos.

Seu cabelo era escuro e algumas mechas caíam sobre a testa. Tinha os olhos mais azuis que Audrey já vira e a confiança desenvolta de alguém que ainda não tinha sido machucado pela vida. Usava calça jeans desbotada e justa, e o bíceps marcava o tecido da camiseta.

Sem chances de alguém com aquela aparência escolher passar tempo numa livraria, por isso Audrey presumiu que estivesse perdido. Torceu para que ele a levasse aonde quer que estivesse indo.

— Posso ajudar?

Era uma das poucas frases que ela sabia em francês, mas algo na forma como ele a encarava fez todas as palavras evaporarem da cabeça de Audrey.

— Sou Étienne.

Audrey o encarou.

— Tá de brincadeira.

Ela já tinha na mente uma imagem nítida de Étienne, e ele não se parecia nada com aquilo. Levou algum tempo até Audrey alinhar suas expectativas à realidade.

Esse cara com um sorriso sinuoso e sexy era o Étienne?

— Não costumo fazer piada com meu próprio nome. — Ele deu um sorriso largo e honesto. — E você deve ser a Audrey.

Ele falava um inglês perfeito, com um sotaque na medida para fazer os joelhos de Audrey vacilarem. Ele a fazia lembrar a estrela de um desses filmes estrangeiros chatos que a gente precisa assistir com legendas. Audrey odiava legendas. Dificilmente chegava ao final da primeira palavra quando todas já sumiam da tela.

— Sim, sou eu. — Ela estendeu a mão, ciente de que devia estar suja de segurar livros antigos. Por outro lado, se ele trabalhava ali, então devia estar acostumado. — Você não é como eu esperava.

Ela estava desesperada para enviar uma mensagem a Meena. *Conheci um cara supergato.*

— O que você esperava?

*Nerd e chato.*

— Uma pessoa diferente.

Boa, Audrey. O cara vai ficar apaixonado pela sua capacidade verbal. Étienne muito provavelmente devia estar achando ela uma estúpida, mas, por outro lado, ainda segurava sua mão de uma forma que a fazia derreter como sorvete num dia quente. Audrey foi atravessada por uma corrente elétrica. Uma conexão.

— Cheguei cedo para meu turno. Queria conhecer você. A maioria das pessoas que vem aqui é décadas mais velha que nós, então é bom ter algo em comum com quem vai trabalhar aqui.

— É mesmo.

A ideia de ter algo em comum com ele a animou.

Ele finalmente soltou a mão dela, tirou a mochila do ombro e puxou o notebook.

— Trabalhar aqui é ótimo porque dá tempo de estudar.

— Bom saber.

*Meu Deus, eu quero morrer.*

Se havia algo pior do que trabalhar numa livraria, era estudar enquanto se trabalha numa livraria.

— Espero conseguir terminar uma redação hoje à tarde quando as coisas estiverem calmas por aqui.

— Você tem que escrever uma redação? Durante as férias de verão?

— Estou fazendo umas aulas extras.

Claro que estava. Alguém com a aparência dele tinha que ter defeitos.

Étienne ligou o notebook.

— Está curtindo a livraria?

— Amando — mentiu Audrey. — Trabalhar aqui é um sonho.

— Também acho — disse ele, dando aquele sorriso outra vez. — Você gosta de ler?

— Todo mundo gosta, não?

A ideia de que os dois tivessem muito em comum sofreu uma morte súbita. Ainda assim, sendo bonito daquele jeito, importava? Contanto que ele não quisesse falar de livros, estariam bem. E se ele quisesse conversar sobre livros... bem, algumas garotas fingem orgasmos, ela podia muito bem fingir que gostava do assunto.

Ele digitou a senha e abriu um documento.

— Quais são seus autores prediletos?

— Ah, você sabe... — Acuada pelas frases densas em francês na tela dele, Audrey se embananou em busca de uma resposta. — Os de sempre.

— Os de sempre?

Audrey teve a mesma sensação congelante que acompanhava a pressão das provas. Seu cérebro travou, e ela não foi capaz de pensar em um único autor. Por que ele não perguntou sobre filmes? Era essa a ideia que ela tinha de relaxar, não ficar penando para ler um livro.

— São muitos para citar.

Ela se levantou, na esperança de que sua calça jeans justa o distraísse. Isto fazia dela uma pessoa superficial? Provavelmente, mas Audrey estava de boa com isso. Queria que suas relações fossem divertidas. Não queria drama nem intensidade. Sua vida já estava saturada disso.

Atravessou a loja para colocar um livro na prateleira. Por que, meu Deus, ele tinha que gostar de livros? O mundo claramente odiava Audrey. Quando ela o colocou na prateleira, Étienne franziu a testa.

— Precisa colocar em ordem alfabética. Na seção de Botânica.

Audrey sentiu as bochechas arderem. Não sabia o que era botânica e tampouco sabia soletrar a palavra. Sempre confundia os *bs* e os *ds*.

— Ele vai ficar bem aqui — disse ela, empurrando o livro em uma fenda na prateleira e captando o olhar intrigado dele. — O que foi?

— Nada. — Ele tirou uma mecha do rosto que imediatamente caiu no mesmo lugar. — Então, me fala de você. Você mora em Londres? Mora com seus pais?

— Aham e aham. — Ocorreu-lhe que ali, em sua nova vida, estava mentindo tanto quanto na antiga. — E você?

— Meus pais têm um apartamento em Paris que fica vazio durante o verão, quando eles vão para a casa deles em Côte d'Azur.

Audrey não fazia ideia de onde isso ficava, mas acenou a cabeça afirmativamente. Era óbvio que Étienne não tinha pais que ficavam caindo de bêbados por aí.

— Que ótimo.

Um apartamento em Paris seria bom. Conveniente. Melhor do que o dela, com certeza. Audrey não conseguia se imaginar transando naquela cama de ferro lá em cima. Além disso, o quarto era uma sauna.

— Você vai ficar aqui só durante o verão ou o ano inteiro?

— Por enquanto só pelo verão, mas talvez fique mais tempo.

Dependia do que aconteceria entre a mãe e Ron. Ainda não tinha se acostumado a não conferir a todo instante como ela estava. Audrey checava as mensagens toda hora. Até o momento, porém, nada tinha acontecido. Ela não tinha certeza se isso era bom ou ruim.

— Você vai para a faculdade?

*A pergunta que Audrey mais detestava.*

— Não, ainda não. Primeiro quero viver um pouco a vida.

Ela nunca mais voltaria a estudar.

Étienne pegou uma pequena pilha de livros na escrivaninha, que Audrey não havia tocado, e começou a devolvê-los nas prateleiras.

Agora pelo menos não teria que colocá-los no lugar errado.

— Valeu.

— Imagina — respondeu ele. — Então veio para aprender francês? É o que a maioria das pessoas faz. Trabalham aqui pela manhã e têm aulas à tarde e à noite. Você veio à França para isso, não? Para aprender a língua...

— Aham. E também pela cultura. Adoro arte.

Não era exatamente mentira, né? A verdade era que ela não sabia nada de arte. Talvez *pudesse* adorar.

— Já visitou o Louvre?

— Ainda não.

— Se quiser, posso ir com você — disse ele, mas então corou de leve e acrescentou: — Sem pressão, é claro.

Ela imaginou os dois caminhando juntos pelas ruas de paralelepípedos. Quem sabe dessem as mãos. Quem sabe voltariam para a casa dele...

— Claro. Se você tiver tempo. — Audrey foi cuidadosa para não parecer empolgada demais.

— Tem algo que você queira ver em especial?

— Nunca estive aqui, então qualquer coisa está valendo.

— É melhor escolhermos uma ou outra coisa. O Louvre é grande, e tudo vale a pena.

Ele sorriu para Audrey, que retribuiu. Étienne era lindo e ganhou mais pontos por não querer apodrecer de velho no museu.

— Não tenho muito tempo livre. Estou procurando outro emprego.

— De garçonete?

Ele obviamente nunca viu Audrey tentando ler um cardápio.

— Sou cabeleireira.

Tecnicamente, ela não era cabeleireira *de verdade*, mas, se ninguém fosse promovê-la, estava disposta a fazê-lo por si.

Ele pareceu intrigado.

— Ué, mas se você vai ter dois empregos, que horas vai aprender francês?

— À noite?

— Também posso ajudar você com isso, se quiser.

Audrey conseguia imaginar os dois esparramados na cama do quarto dela. Ele tentaria ajudá-la a melhorar a pronúncia, sua boca deslizaria para a dela...

Infelizmente, para que este cenário virasse realidade, ela teria que aprender francês de verdade, o que nunca aconteceria.

— Vamos ver como as coisas andam, mas valeu — agradeceu ela, ficando de pé. — Agora que você chegou, acho que já posso ir, certo?

— Claro. Vejo você amanhã. Estou ansioso.

O olhar longo que ele lhe lançou fez os joelhos de Audrey tremerem.

— Eu também.

*Patética*. Podia ao menos ter pensado em algo divertido para dizer. Tudo o que tinha era senso de humor, e ele parecia tê-la abandonado.

Subiu as escadas correndo até o quarto e gastou cinco minutos fazendo o cabelo e a maquiagem. A primeira coisa que as pessoas fazem ao entrar num salão é ver o cabelo dos funcionários, por isso Audrey precisava causar uma boa primeira impressão. Precisava de um emprego, e rápido.

Ela sabia que era boa com cabelos. Para ela, o cabelo é uma forma de arte, ainda que não do tipo que se vê no Louvre.

Pegou a escova, alguns produtos, vaporizou, espirrou e revirou o cabelo até atingir um visual que a deixasse satisfeita. Depois, analisou as roupas. No fim optou por uma camiseta larga que tinha roubado de Ron, que completou com um cinto.

Conferiu o reflexo no espelho. Estava parecendo um pouco um centurião romano, mas funcionava.

Trancou a porta e saiu da loja, rumo ao sol.

Parou diante do salão descolado.

Ah, que se dane. Por que não? No máximo, iam falar para ela dar o fora.

Empurrou a porta na expectativa da rejeição.

A dona do lugar se chamava Sylvie e falava um inglês razoável. Em vez de uma entrevista, pediu a Audrey que lavasse seu cabelo.

Pela primeira vez, Audrey teve chance de demonstrar suas habilidades. Alisou, esfregou, massageou e enxaguou, tentando não pensar no salão em Londres e nas outras pessoas ali.

Sylvie a contratou na hora.

Audrey ficou em choque. Era bom demais para ser verdade.

— Mas... eu não sei conversar em francês.

Audrey se sentiu na obrigação de evidenciar esse ponto, caso a mulher não tivesse percebido suas deficiências nesse quesito.

Sylvie deu de ombros.

— Às vezes as clientes preferem o silêncio. Uma massagem capilar é um bom momento para ficar tranquila com os próprios pensamentos. O importante é que você tem mãos delicadas e presta atenção.

Audrey não conseguia acreditar. Ela tinha conseguido um emprego. *Conseguido um emprego!* Sentia-se tão pateticamente grata e aliviada que quis abraçar Sylvie e sair dançando pelo salão pequeno mas elegante. Conseguiu se conter e apenas murmurou agradecimentos nos dois idiomas.

Algo finalmente havia saído do jeito que ela queria.

Assinados alguns papéis e acertados os detalhes, deixou o salão dando socos de alegria no ar.

Quando seria o primeiro pagamento? Tinha dinheiro o bastante para aguentar até lá?

Em clima de comemoração, foi ao hotel de Grace.

Grace tinha dito o número da suíte, então Audrey colocou seus óculos de sol enormes, alçou a bolsa sobre o ombro e atravessou a recepção de mármore como se soubesse aonde estava indo e tivesse todo direito de estar ali.

As suítes ficavam no último andar do hotel e eram identificáveis pelo nome em cada porta. Audrey estava lutando para entender um conjunto de letras quando uma das portas no corredor se abriu e Grace apareceu.

— Aí está você! Eu estava na sacada e vi você chegar.

Escondendo o próprio alívio, Audrey atravessou o corredor e entrou no quarto.

A primeira coisa que reparou era a organização do lugar. Pensou no próprio apartamento. Todas as roupas que provara ficaram jogadas sobre a cama. Teria que guardá-las para conseguir dormir. Estava certa de ter deixado dois pares de sapato no chão, e não tinha lavado a louça do café da manhã.

Seu apartamento parecia habitado. Caótico, inclusive. Aqui, por outro lado, não parecia morar ninguém.

Grace fechou a porta. Usava um vestido sob medida e parecia prestes a ir a uma entrevista de emprego.

— Fico feliz que você esteja aqui. Não sabia ao certo se você viria.

Se soubesse o estado das finanças de Audrey, Grace não teria duvidado nem por um instante.

O quanto se podia comer sem ser considerada rude?

Audrey se perguntou se conseguiria colocar uns dois pãezinhos na bolsa sem ser notada.

— Isso aqui é tipo um palácio — disse Audrey, olhando para as pinturas no teto. — Não sei se eu gostaria de ir para a cama com todos esses bebês me encarando.

— São querubins.

— Tanto faz. Dão aflição.

Grace sorriu.

— Você está com fome? Talvez fosse melhor a gente já fazer os pedidos. Pode ser que demorem um pouco se a cozinha estiver movimentada.

— Claro.

O que Audrey queria mesmo era um hambúrguer suculento completo, mas tinha certeza de que um lugar como aquele não faria hambúrgueres. Muito provavelmente serviam apenas comida chique, feita para se admirar e que dá para comer numa garfada.

— Como está o seu tornozelo?

— Não tão ruim, descansei o dia inteiro. Estaria muito pior se não fosse por você. — Grace pegou o cardápio e ofereceu a Audrey. — Dê uma olhada e me diga o que gostaria de comer.

Audrey recuou como se alguém tivesse lhe estendido uma cobra viva.

— Não entendo francês. Você escolhe.

— O cardápio é em inglês, tudo bem.

Audrey encarou a página que tinha em mãos. As palavras nadavam, embaralhavam-se diante dos seus olhos.

Era a primeira vez que podia escolher qualquer coisa no cardápio, e não era capaz de discernir as opções. Quanto mais estressada ficava, menos nítidas as palavras eram. Percebeu ali que seu pesadelo não tinha acabado com a escola. Seus problemas não tinham sido superados. Eles a acompanhariam pelo resto da vida. Sempre que conhecesse um cara de quem gostasse. Sempre que alguém lhe entregasse um cardápio. Sempre que alguém lhe perguntasse se tinha lido determinado livro...

Pensou em Étienne. *Qual é seu livro favorito?*

Ninguém ia querer ficar com alguém burro como ela.

Audrey piscou. Não ia chorar. Nunca chorava em público.

*Só arrisca algo, Audrey.*

— Vou querer um steak — disse. Devia ter algum steak no cardápio. Estavam na França. — E batatas fritas.

— Qual steak? Com que molho? — perguntou Grace, olhando o cardápio por sobre os ombros de Audrey.

Steak era steak.

Audrey devolveu o cardápio.

— Tanto faz. Você escolhe. Valeu.

— Que tal uma entrada?

— Pode ser a que você pedir.

— Vou comer escargots. Caracóis.

— Caracóis? — Audrey sentiu o estômago se revirar. — Que nojo. Quem come caracóis?

— É uma iguaria aqui na França. Sei que soa estranho, mas é muito gostoso. Vou pedir e você experimenta um.

Nem morta. Aliás, se comesse um caracol, aí sim acabaria morta.

— Uma sopa está bom.

Graças a Deus não tinha escolhido algo aleatoriamente no cardápio. Ter que encarar um prato de caracóis seria mais um ponto baixo de sua vida. E de pontos baixos Audrey já tivera sua cota.

— Dê uma olhada nos drinques.

Grace passou o menu para Audrey, que começou a desejar não ter vindo.

— Estou com bastante sede. Posso beber qualquer coisa gaseificada.

— Nesse caso, posso pegar algo do minibar. — Esperava que Grace lhe oferecesse algum tipo de refrigerante, mas, em vez disso, ela misturou suco e água com gás, acrescentou gelo picado, algumas fatias de laranja fresca e entregou a Audrey. —

Sempre acho água com gás refrescante neste clima quente, e o hotel deixa pedaços de fruta fresca nos quartos. Experimenta.

Audrey cutucou as fatias de laranja.

— Não como frutas.

Ela viu o choque na expressão de Grace.

— Você não gosta?

Audrey deu de ombros.

— É que eu, tipo, meio que não me importo.

— E legumes?

— Como tomate quando vem na pizza. E ervilha. Eu adoro ervilha.

— Certo, bem… — disse Grace, se recuperando um pouco do choque. — Experimente o drinque. A laranja só serve para adoçar.

Audrey o bebericou.

— Uma delícia. Mas e você? Estamos na França. Você não devia beber um vinho tinto bem encorpado ou algo do tipo?

Grace preparou para si a mesma bebida de Audrey.

— Não sou muito de beber.

Essa era uma das coisas incríveis de ser adulto: não fingir fazer as coisas só para ser legal. Sempre que ia a uma festa, Audrey tinha que dar um jeito de fingir estar bebendo sem beber de verdade. Admitir que não gostava de álcool a tornaria alvo de chacota.

— Chocolate — disse Audrey. — Sou viciada em chocolate. E você?

— Não sou viciada em nada.

Grace se virou um pouco, e Audrey ficou com a mesma sensação desconfortável que tinha com a mãe. Nunca sabia ao certo se o que ia dizer ofenderia, mas ela sempre dizia *alguma coisa*. O humor da mãe mudava ao sabor do vento. Com Grace era obviamente igual.

Instantaneamente na defensiva, Audrey abaixou o copo.

— Posso usar seu banheiro?

— Claro. É a porta à esquerda.

Esquerda.

O coração de Audrey acelerou. Esquerda.

Tentou adivinhar, caminhou confiantemente em direção à porta mais próxima e foi parar no closet.

*Merda. Merda, merda de merda.*

Virou-se queimando de humilhação e viu Grace franzir o cenho.

— Audrey…

— Sim, sim, sou uma idiota, eu sei. Não ouvi direito. Tive um dia longo, estou cansada, não estou conseguindo pensar direito…

Grace se levantou e caminhou até a outra porta.

— É essa aqui.

— Valeu. Eu sabia.

Audrey passou por ela. Aquilo era uma verdadeira tortura.

Trancou a porta e encarou o espelho na esperança de recuperar o autocontrole.

Tinha que ir embora dali. Diria que não estava se sentindo bem.

Ela nunca, jamais jantaria com uma desconhecida, mesmo se ela parecesse boazinha por fora. Sua mãe era boazinha de vez em quando, mas era como fazer carinho em um cachorro na rua. Nunca se sabe se ele vai morder.

Respirando fundo, saiu do banheiro.

— Na verdade, não estou me sentindo muito bem, acho melhor ir embora.

— Ah! — Grace pareceu espantada. — Por quê? Não comemos ainda.

— Olha… eu… — Audrey olhou ao redor desesperada, se arrependendo amargamente de ter ido até lá. Não valia a pena, mesmo por uma refeição grátis. — Este lugar não combina muito comigo, beleza?

Grace deu um sorrisinho.

— Nem comigo. Por que você acha que a convidei? Não tinha como jantar naquele restaurante chique sozinha de novo. Por favor fique, Audrey. É uma noite linda de verão. Vai ser divertido. Pensei em observarmos o movimento da rua da sacada. Como você gosta do seu steak?

Audrey permaneceu imóvel, dividida entre querer sumir dali e comer um bife grátis. As dores da fome venceram.

— Assado?

Grace caminhou até o telefone. Falou em um francês rápido e fluente que deixou Audrey se sentindo ainda mais fora de lugar. Em seguida, juntou-se a ela na sacada.

A vista era incrível. Audrey puxou um assunto.

— Quanto tempo você vai ficar aqui?

— Reservei um mês, mas não sei se vou conseguir ficar tanto tempo.

Grace se sentou. Tudo nela era organizado, pensou Audrey. Usava um vestido perfeitamente passado e estava de meia-calça. *Quem usa meia-calça no verão?*

— Isso aqui seria, tipo, o sonho da maioria das pessoas.

— Acho que, na companhia da pessoa certa, é mesmo.

O olhar de Grace se dirigiu para além da sacada enfeitada de flores, à Torre Eiffel. Não precisava ser um gênio para entender que ela estava pensando no marido. Quem é que ainda se dá ao trabalho de amar sabendo que amor é tão complicado?

— Então seu marido te largou e você ficou com a viagem. Não tinha outra pessoa que você pudesse trazer? — perguntou Audrey, bebericando a água. — Você tem filhos?

— Tenho uma filha da sua idade. Ela está viajando com uma amiga. Estou morrendo de saudade dela, mas não diga a ela que falei isso. Imagino que sua mãe sinta o mesmo por você.

Audrey tinha certeza de que a mãe não sentiria saudade dela. A não ser para responder uma mensagem que a filha mandou, não entrou em contato. Felizmente Ron tinha mandado um e-mail dizendo que ela não precisava se preocupar.

Audrey não sabia se era boa a notícia de que ele tinha consciência de que havia algo com o que se preocupar.

— Você deveria arranjar um namorado francês imediatamente. O cara mais gato que encontrar.

— E fazer o quê? Postar a foto dele nas redes sociais?

Audrey deu de ombros.

— É, ué. Fotos de vocês se beijando ao pôr do sol no rio Sena, olhando nos olhos um do outro, bolhas subindo numa taça de champanhe... coisa do tipo. Hashtag Vai Se Ferrar.

Grace deu um sorriso hesitante.

— Não sou esse tipo de pessoa — disse ela, recostando na cadeira. — Tenho inveja de você que trabalha naquela livraria. Mimi, minha avó, falou muito dela ao longo dos anos. Você pensa em cursar Letras?

— Não vou fazer faculdade. Vou arrumar um emprego. — Por que se sentia envergonhada em admitir isso? Que graça tinha acumular um caminhão de dívidas estudantis? Encarou Grace, na expectativa de julgamento. — Sou muito boa com cabelos, então pensei em me aperfeiçoar bastante, ficar bem boa, sabe?

Audrey esperou que Grace fizesse um comentário depreciativo sobre a carreira de cabeleireira, mas ela não o fez.

— Seu cabelo é lindo — disse ela —, dá para ver que é boa nisso. E você sabe escutar, é acolhedora. Diferente de algumas cabeleireiras, que são bem assustadoras.

Alguém bateu à porta. A comida tinha chegado.

Audrey ficou na tentação de ir lá arrancá-la da mão dos garçons.

Eles colocaram os pratos sobre a mesa e levantaram os domos dourados num floreio dramático que parecia pedir aplausos.

Audrey lutou para não revirar os olhos, mas logo captou o olhar de Grace e percebeu que ela estava rindo. Aliviada, Audrey também se permitiu sorrir.

Quando os garçons foram embora, Grace empurrou na direção de Audrey uma grande tigela de batatas fritas.

— Pedi duas porções grandes. Se você for que nem minha filha, Sophie, vai comer as duas.

— Não creio que alguém possa achar uma cabeleireira assustadora. Tipo, isso aqui é assustador. Esses garçons sérios, esses cardápios aterrorizantes, ouro brilhando em tudo que é canto... O que é isso? — Audrey apontou para algo vermelho numa pequena tigela. — Não é sangue de caracol ou coisa do tipo, né?

— É ketchup.

— Tá brincando — disse Audrey, pegando um pouco com a ponta da faca para provar. — Só comi ketchup de garrafa.

— Eu também. Fico pensando se eles contrataram alguém especificamente para decantar o ketchup nessas tigelinhas.

Audrey concluiu que Grace até podia parecer pomposa, mas não era. Ela mergulhou a batata no ketchup, se obrigando a esperar um pouco antes de devorar o steak.

— Como uma cabeleireira pode ser assustadora?

— Elas não são assustadoras como indivíduos, mas o poder que elas têm é.

— O poder?

— Sim, o poder. Elas têm o poder de fazer você ficar horrível. Um corte curto demais, uma cor berrante demais...

Grace cortou precisamente o peixe que pedira, abrindo um talho no dorso para remover cuidadosamente a espinha. Ela saiu por inteiro, que nem nos desenhos animados.

Impressionada, Audrey a encarou.

— Quero aprender a fazer isso.

— Desossar um peixe? Não é difícil.

Audrey achava difícil uma porção de coisas que as outras pessoas achavam fácil. Só se sentia à vontade falando de cabelos.

— Se a cor ficar muito forte, basta pedir para passar um tonalizante. Se ficar muito curto... Bem, nesse caso é mais difícil.

Imagino que dê para fazer um aplique, mas é um saco, sim. O melhor é ter certeza do comprimento antes de cortar. — Audrey estreitou os olhos e examinou Grace. — Você ficaria ótima de cabelo curto. Tem um rosto bonito. Destacaria o formato e faria seus olhos saltarem. No bom sentido — disse ela enquanto atacava o bife —, não que ficaria esbugalhado tipo um inseto.

— Fico aliviada. Inseto esbugalhado não é exatamente o look mais bonito. — Grace comeu uma garfada pequena de peixe. — Sempre tive medo de cortar curto.

Audrey mastigava. Nunca tinha comido algo parecido com aquele steak.

— Nunca usou curto?

— Sou bem covarde.

— Bem, se quiser eu posso mostrar como ficaria. Só preciso de uns grampos e fixador. — Audrey cortou outro pedaço. — Está delicioso. E o ketchup é o mesmo que como em casa. Aposto que tiraram da garrafa. É a primeira vez que você vem a Paris?

— É a segunda. Tinha sua idade na primeira vez.

— Sério? — Audrey percebeu que tinha comido a tigela inteira de batatas. Grace não comeu nem uma sequer. — Onde você ficou hospedada?

— Com uma família de franceses. Eles tinham uma filha da minha idade e um filho poucos anos mais velho. Ele era um pianista talentoso.

— E esse filho… — Audrey enfiava comida na boca — Onde ele está agora?

— Não sei. Faz anos que não penso nele.

Audrey viu o rosto de Grace corar e sorriu.

— Mas está pensando nele agora. Vocês tiveram um lance?

— Não, não tivemos um "lance".

*Eles tiveram um lance, sim.*

Audrey ficou imaginando se Grace tirou a meia-calça.

— Mas você gostava dele. E ele de você.

— Era complicado. — Grace empurrou na direção de Audrey a outra tigela de batatas fritas. — Come essa também, senão vou ficar na tentação.

Audrey não precisava de incentivo. Ficaria contente de comer o que colocassem em sua frente.

— Estão deliciosas.

— Seu dia foi movimentado? Como foi na livraria?

*Simplesmente um pesadelo.*

Ela quase contou a verdade, mas não confiava em Grace. Não confiava em ninguém.

— Foi ótimo, obrigada.

— Que bom. — disse Grace, ficando de pé. — Vou pedir para virem tirar a mesa para comermos a sobremesa.

O sol se punha em Paris. Tiras avermelhadas tingiam o céu crepuscular.

Audrey se perguntou o que Étienne estaria fazendo. Provavelmente um sexo francês e selvagem com alguma garota que gostasse de livros.

Depois de transar, em vez de acender um cigarro, provavelmente abririam um para lerem juntos.

Uma equipe de funcionários uniformizados apareceu na suíte e limpou a mesa.

Um dos homens entregou a Audrey outro cardápio.

— O que é isso?

— São as sobremesas, mademoiselle — disse ele, e ficou por perto esperando que ela escolhesse.

Audrey sentiu as mãos começarem a suar, e estava prestes a dizer que não queria nada quando Grace se voltou ao garçom.

— Chamaremos quando tivermos escolhido, sim? Obrigada — disse em tom leve e acompanhou o homem até a porta, que fechou firmemente em seguida.

Audrey encarava o cardápio com a sensação de que tinham voltado um holofote a ela. Sentiu a mão de Grace em seu ombro.

— É dislexia?

— O quê? Do que você está falando? — Audrey sentiu o rosto queimar e se mexeu de leve na cadeira. — Como é que você sabe?

— Uma das minhas alunas é disléxica e sofre para diferenciar esquerda e direita. Você me lembra um pouco ela, embora eu saiba que o jeito de enfrentar essas dificuldades é muito particular. Trabalhei com muitas crianças e adultos com dislexia. É algo bem comum.

Sentindo-se exposta e vulnerável, Audrey abaixou o cardápio.

— Não me incomoda muito.

*Aham, tá bom*.

Grace pegou o cardápio.

— Me diz sua sobremesa predileta.

Audrey sentiu a pressão no estômago diminuir.

— Qualquer coisa com chocolate.

— Eu adoro a *Île Flottante*. Quer dizer, literalmente, ilha flutuante. São suspiros ao creme inglês. O gosto é melhor do que o nome.

— Parece nojento.

— Pelo contrário, é delicioso. Vou pedir isso e uma *tarte* de chocolate.

Audrey deu de ombros. Sem chances de comer caracol, mas talvez conseguisse se forçar a comer uma ilha flutuante, especialmente se viesse com chocolate.

No final, as sobremesas estavam mesmo deliciosas, e ela devorou as duas.

Grace comeu uma pequena porção de cada.

— Você tem planos de fazer aulas de francês?

— Não — respondeu Audrey, raspando o prato. Será que tudo bem se ela o lambesse? Não. Isso provavelmente ia passar do ponto. — Vou procurar as palavras que precisar.

— Posso ajudar, se você quiser. Posso ensinar o básico. Ajudar com a leitura também.

Audrey abaixou a colher. Quem era aquela mulher? Primeiro, pagava o jantar dela; agora, isso. Por que motivo no mundo ela ofereceria ajuda a uma estranha?

— Em troca de quê?

Grace corou.

— De nada. Eu gosto de ajudar.

Tinha que haver algum motivo. Mesmo as professoras de Audrey, que eram *pagas* para isso, não quiseram ajudar.

As pessoas não faziam esse tipo de coisa. Não ajudavam sem um motivo.

Soava estranho para Audrey. De repente, tudo o que queria era sair dali.

— Não, obrigada. Estou bem — disse ela, se levantando. — Imagino que não preciso lavar a louça, então vou embora. Quem sabe a gente se vê por aí.

— Audrey...

— A comida estava ótima, obrigada. Fico feliz que seu tornozelo esteja melhor.

Audrey disparou em direção à porta antes que Grace pudesse impedi-la.

Aulas de francês? Ela preferiria comer um caracol.

E por que Grace ofereceria ajuda a alguém que sequer conhecia? Audrey não fazia ideia, mas devia haver um motivo, e ela não tinha intenções de ficar para descobrir.

# 10

—M esa para um, por favor.
Grace se demorou na entrada do restaurante, tentando aparentar que a mesa para um era uma escolha feliz dela. Estava hospedada ali havia quatro dias e ainda achava estranho. Talvez devesse tomar o café da manhã longe do hotel.

Quando foi a última vez que tinha comido sozinha antes dessa viagem?

A resposta era: nunca. Sempre havia alguém com ela. David. Sophie. Mimi. Mônica. Sua vida era preenchida por um pequeno círculo de pessoas que amava e nas quais confiava. E não por acaso. Ela havia escolhido uma vida segura. Tudo era planejado e agendado, das aulas aos encontros sociais. Planejava almoços e jantares para a semana inteira e deixava a roupa separada na noite anterior. O caos não tinha permissão de entrar pelas brechas da porta.

Lá estava ela, frente a frente com um mês inteiro de dias livres. Não tinha ideia do que fazer com tanto tempo. Era como nadar todos os dias numa mesma raia e, repentinamente, se ver jogada sozinha em mar aberto.

Por sorte, tinha um colete salva-vidas. Trazia na bolsa um guia de Paris que lhe permitiria planejar como gastar o tempo.

O garçom a conduziu para a mesa junto à janela e Grace sorriu para o casal na mesa ao lado. Eles não retribuíram.

Ela parecia desesperada?

Provavelmente. Devia ter convidado Audrey de novo, mas a havia espantado ao oferecer aulas de francês. Estava furiosa consigo mesma. Por que sempre tinha que se meter e tentar consertar as coisas?

Era um costume irritante e Audrey, logicamente, pensava o mesmo.

Mais uma pessoa que ela afastou.

A lista só crescia.

Deprimida, Grace aceitou o cardápio das mãos do garçom.

— Obrigada.

— Monsieur Porter irá se juntar à senhora hoje?

— Hoje não.

E em nenhum dos próximos dias. Monsieur Porter estava tomando café da manhã com outra mulher, provavelmente pelado.

Ela pediu café, colocou o cardápio sobre a mesa e, sem entusiasmo, tirou o guia da bolsa. O que faria? Normalmente àquela altura, ela e David estariam discutindo em relação ao roteiro. Grace adorava galerias de arte; ele preferia comer. Sempre que viajavam, tinham que encontrar um meio-termo.

Hoje não havia necessidade. Grace podia fazer o que bem entendesse.

Mas o que ela queria? Nunca em sua vida viveu sem ter que levar os sentimentos dos outros em consideração. Não sabia ao certo o que desejava.

Talvez começasse com o Louvre. Pediria ao *concierge* para reservar algum lugar perto para o almoço. Quem sabe ele também pudesse conseguir ingresso para algum concerto.

Com ajuda do guia, fez anotações de um plano para os próximos dias. Havia completado o quarto dia quando lhe ocorreu que estava fazendo a mesma coisa de sempre. Organizando tudo.

Na última vez que esteve em Paris, não houve planos.

Ela e Philippe foram deslizando com as horas, absorvidos um no outro tanto quanto em Paris. Grace se surpreendera ao descobrir a própria espontaneidade. Philippe evocara esse lado dela.

Grace baixou a caneta, arrancou a página do bloco e fez dela uma bolinha.

Nada de planos para hoje. Nem para amanhã.

Seu coração bateu um pouco mais rápido. Almoçaria onde e quando lhe desse na telha. Ficaria no Louvre quanto tempo quisesse. Ou talvez nem fosse lá.

O garçom voltou com o café e Grace pediu algo do cardápio.

— Ovos mexidos e mais café, por favor.

Ele inclinou a cabeça. Claramente estava se perguntando que tipo de aniversário de casamento era aquele em que a esposa não sabia quando o marido ia aparecer.

Ela fechou o guia e se virou para a janela.

O sol já brilhava, banhando as ruas com seus raios, como que decidido a mostrar Paris em sua melhor forma. Grace observou as pessoas lá embaixo caminharem pelos bulevares.

O que David estaria fazendo naquele momento? Será que pensava nela? Arrependia-se?

Foi arrastada de volta pelo burburinho no outro extremo do restaurante e pelo som de uma voz alta e estridente.

— Como assim código de vestimenta? Pelo amor de Deus, é só um café da manhã. O que vocês querem que eu vista? Uma porcaria de um pijama de seda?

A voz soou familiar. Grace espiou o outro lado do restaurante e viu Audrey encarando o garçom uniformizado de pé em sua frente.

Ela estava com as mãos na cintura.

— Eu vim ver uma amiga, está bem?

O coração de Grace se alegrou. Conforme os dias passaram sem notícias de Audrey, imaginou que a havia espantado para sempre. Talvez não fosse o caso.

Ela se levantou e atravessou apressadamente o restaurante.

— Audrey! — disse ela, sorrindo para o garçom. Mudou para o francês: — Ela está comigo.

O homem não retribuiu o sorriso.

— Temos um código de vestimenta aqui no restaurante, madame. Espero que a senhora entenda.

— Entendo, claro. — Ela mesma tinha seus códigos e regras, e raramente se desviava deles. Estava começando a perceber quão irritante aquilo devia ter sido para David. — Tenho certeza de que vocês ficarão satisfeitos em negligenciá-lo apenas nesta ocasião.

O garçom olhou para a calça jeans rasgada de Audrey.

— Eu não acho que...

— Agradeço se puder arranjar outra mesa e trazer o cardápio, sim?

Sem lhe oferecer chance de protestar, conduziu Audrey à mesa. Audrey caiu na cadeira de frente para Grace.

— Tá, isso foi animal. Não faço ideia do que você disse, claro, mas você, tipo, *murchou* o cara com os olhos. Ele ia me expulsar. Acho que não sou suficientemente elegante para esse lugar. Eles não me aprovam.

Grace ouviu a oscilação na voz de Audrey.

— É um hotel. Não precisamos de aprovação. Estou pagando uma fortuna pelo privilégio de estar aqui. O mínimo que eles podem fazer é me permitir escolher com quem vou fazer minhas refeições.

Audrey roeu a unha.

— Você deve estar imaginando por que estou aqui.

Grace sabia reconhecer uma adolescente em crise, mas isso não explicava por que Audrey veio encontrá-la no hotel. Por que não ligou para a própria mãe?

Talvez se sentisse constrangida em admitir que o sonho parisiense não estava indo muito bem. Ela examinou o rosto de Audrey e viu um leve inchaço que sugeria choro. Fez Grace pensar numa flor que foi lavada pela chuva e perdeu todas as pétalas.

— Aconteceu alguma coisa?

Audrey terminou de destruir uma unha e partiu para outra.

— Ela me demitiu.

— Ela quem?

— Élodie. A dona da livraria. — Audrey fungou e limpou o nariz com as costas da mão. — Uma mulher entrou hoje e perguntou alguma coisa em francês. Ela falava muito rápido, eu *não fazia ideia* do que ela estava dizendo. Élodie chegou no meio da conversa e a mulher reclamou de mim. Não que eu tenha entendido o conteúdo, mas não tinha como não entender o tom. Sou fluente em vozes raivosas. Depois que a mulher foi embora, Élodie veio me dizer que eu não podia mais ficar. Ela quer alguém que fale francês ou que pelo menos queira aprender o idioma. Ela me deu uma semana para encontrar outro lugar para morar. Eu consegui emprego em um salão, mas não sei se ele consegue cobrir aluguel e comida. Estou ferrada.

Havia uma ponta de soluço na voz de Audrey. Grace pegou um pacotinho de lenços na bolsa.

— Aqui… — disse, os oferecendo por cima da mesa.

Grace queria muito consertar a situação, mas, na última vez que ofereceu ajuda a Audrey, a garota fugiu. Dessa vez *não* forçaria sua ajuda a ninguém.

— Por que você não come algo?

Gesticulou para o garçom, que se aproximou hesitantemente, lançando um olhar ao chefe.

— Madame?

Grace ignorou o cardápio e a expressão de desaprovação dele e pensou no que Sophie gostava de comer quando estava triste.

— Queremos um bule grande de chocolate quente, por favor. E um prato de muffins ingleses, ovos mexidos e bacon frito também.

Ela se deteve e olhou para Audrey.

— Quer pedir algo sozinha?

Audrey balançou a cabeça.

— Gosto de tudo o que você pediu.

— Quando foi a última vez que você comeu uma fruta?

Audrey se afundou na cadeira e ergueu um dos ombros.

— Foi naquela bebida que você me ofereceu há alguns dias.

— Também queremos um prato de frutas.

Era tão bom poder cuidar de alguém… Que alguém precisasse dela, mesmo que fosse o mínimo.

O garçom se retirou e Grace voltou a atenção a Audrey. Ela quase morreu ali sem falar nada, mas ainda assim esperou.

Audrey esfregou as bochechas com as palmas da mão.

— Então, eu estava pensando… tipo, você fala francês… pensei que talvez… bem, você podia me ensinar umas frases. Só falar no meu celular que eu memorizo. Se você tiver tempo. Provavelmente não tem, então tudo bem. Eu não devia ter vindo.

Audrey ameaçou se levantar. Grace sentiu um rompante de empatia.

— Eu ficaria muito contente em ensinar algumas frases para você. Poucas ou muitas, quantas você quiser.

Audrey se sentou devagar.

— Obrigada. Daí vou poder procurar um emprego novo.

— Talvez, se você explicasse a Élodie que está aprendendo o básico de francês, ela poderia deixar você ficar.

— Ela não vai deixar.

Grace se recostou quando o garçom chegou com o chocolate quente. Esperou enquanto ele servia uma xícara para Audrey.

Audrey bebeu um gole. Sua mão tremia um pouco.

— Está ótimo.

— É a bebida favorita de Sophie quando está tendo um dia ruim e precisa de um consolo.

Audrey a observou por cima da xícara.

— Eu fui grossa com você naquela noite. É que eu não entendo por que você faria isso por mim, só isso.

Era fácil de explicar, mas Grace queria?

Expor as fraquezas nunca é fácil, especialmente a uma desconhecida. Mas, se queria que Audrey confiasse nela, não teria que confiar em Audrey?

— Minha filha fez 18 anos e está saindo de casa, meu marido não quer mais minha companhia... eu me sinto meio inútil. — Foi mais fácil dizer do que esperava. — Bastante inútil, para ser honesta. À medida que você for me conhecendo melhor, vai descobrir que tenho a tendência a organizar tudo e todos. Não a culpo por ter surtado. Às vezes sou igual a um labrador. Legal, mas desajeitada.

Audrey deu um sorriso cuidadoso.

— Meu cachorro é labrador. O Hardy. Ele é exatamente assim. Sai batendo em tudo quando balança o rabo.

— Você tem fotos?

— Sim, em algum lugar aqui.

Audrey pegou o celular e percorreu as fotos até encontrar uma do cachorro. Mostrou-a a Grace.

— Ele é lindo. Não surpreende que você o ame.

— Sinto muitas saudade dele.

O garçom trouxe a comida. Pratos com ovos mexidos macios e bacon crocante. Muffins assados em um tom marrom dourado. Grace empurrou os pratos na direção de Audrey.

— Sirva-se.

Audrey garfou uma tira de bacon e viu o guia ao lado do prato de Grace.

— Você estava prestes a sair para explorar a cidade, estou aqui atrapalhando você.

Grace percebeu algo no tom de voz de Audrey e sentiu que estava sendo testada.

— Uma das vantagens de estar sozinha é que tenho flexibilidade quanto ao que quero fazer. Tenho bastante tempo para explorar Paris.

— Bem, eu preciso avisar que ser minha professora não é divertido nem gratificante. Sou uma inútil. Se a gente levar em consideração o que dizem meus professores da escola, sou um fracasso.

Grace pensou em Sophie. Ela conhecia adolescentes bem o bastante para saber que viver com eles era uma montanha-russa. Uma hora está tudo em cima; logo depois vai tudo abaixo. A única coisa a ser feita é apertar os cintos e seguir o trajeto.

— Você teve uma manhã ruim. É natural se sentir para baixo quando as coisas não vão bem.

Audrey alcançou um muffin e Grace percebeu que suas unhas estavam roídas até o sabugo.

Ela também não tinha unhas aos 18 anos. Queria ajudar a mãe, mas não conseguira.

— Quer que eu vá à livraria com você? Talvez eu possa intermediar a conversa entre você e Élodie.

Audrey esboçou um sorriso, sem a desconfiança presente nas ofertas passadas.

— O que você é? Minha fada madrinha?

— Digamos que sou uma amiga. Quero ajudar, só isso.

— Está bem — disse Audrey, devorando os ovos com bacon e em seguida atacando os muffins. — E se você me ensinar as coisas e eu não entender?

Grace enxergou insegurança por trás da petulância. Tinha visto aquilo muitas vezes. Alunos com dificuldade para aprender, mas que tinham medo de confessar. Era especialmente difícil na adolescência, quando ninguém quer ser diferente e todos querem encontrar um lugar no mundo.

— Se isso acontecer, vamos tentar outras abordagens. Não existe só um jeito de ensinar. Podemos focar nas coisas que você acha útil aprender.

— Está bem, mas já vou dizendo que a ideia da livraria é perda de tempo. Élodie é um dragão.

— Por que não tentamos conversar com ela mesmo assim? Quero aproveitar para perguntar sobre a história da livraria e ver se alguém se lembra da minha avó.

Grace serviu mais chocolate quente na xícara de Audrey.

Audrey ficou brincando com o garfo.

— Ela está brava por outro motivo também.

— Que motivo?

As bochechas de Audrey coraram.

— Ela acha que eu roubei dinheiro.

Grace se lembrou do dinheiro que viu Audrey colocar dentro do bolso da calça.

— E você roubou?

— Não. — Audrey captou o olhar de Grace. — Bem, meio que sim, mas não de verdade. Eu só peguei emprestado, só isso. Eu consegui um emprego, mas só trabalhei algumas tardes lá e eles só vão me pagar daqui algumas semanas, então está difícil. — Audrey cutucou os restos de ovo no prato. — Eu tentei explicar. Eu tinha um dinheiro guardado, mas... bem, aconteceu um lance e agora não tenho condições, mas logo vou ter. Eu sou boa com lavagem de cabelos, então as gorjetas tendem a ser boas. Tentei falar para ela que ia devolver o dinheiro, mas ela não quis me ouvir.

Grace abriu a boca para perguntar sobre o que aconteceu com o dinheiro, mas o rosto de Audrey estava tão pálido que achou melhor não. Ela se levantou.

— Terminou de comer? Vamos subir para você se recompor e depois passamos lá juntas.

Audrey não saiu do lugar.

— E se ela mandar me prender?

— Ela não vai fazer isso.

— Espero que não. Senão você vai ter que me visitar na cadeia.

Foram até a suíte e Grace abriu a porta. Algo naquele hotel a deprimia. Talvez fosse a falta de David. Quando abriu a porta e observou o cômodo, começou a rir.

— Não acredito nisso.

Audrey espiou por cima do ombro dela.

— O que foi?

— Eu estava tentando não ser tão limpa e organizada. Deixei umas coisas espalhadas pelo quarto mesmo que isso quase me matasse. E eles limparam tudo. De novo. Fazem isso toda hora. Se deixo algo cair, eles colocam no lugar. Deixei sapatos no chão e uma camisa na cama.

Audrey pareceu confusa.

— Você quer ser desorganizada?

— Não desorganizada, na verdade. Só menos obcecada em controlar tudo.

— Não entendo você, Grace.

— Bem, você não é a única — disse Grace em tom triste, gesticulando na direção do banheiro. — Fique à vontade, ok? Tome um banho, se quiser. Tem um monte de toalhas.

— Quer que eu as jogue molhadas no chão depois que terminar? — disse Audrey, dando um cutucão. — Viu só? Talvez eu entenda você.

Grace riu.

— Talvez. Jogue as toalhas onde quiser.

— Vou jogar mesmo. E, se precisar de aulas sobre como ser bagunceira, eu posso ajudar. Quando for na minha casa você vai ver o que é bagunça de verdade.

Enquanto Audrey entrava no banheiro, Grace preparou a bolsa para a jornada.

Colocou o celular, dinheiro e outros objetos que pudesse precisar. Seu passaporte estava seguramente trancado no cofre do hotel.

Conseguiu ouvir o chuveiro, por isso mandou mensagens para Sophie e checou a caixa de entrada. Tinha um e-mail de Mimi com duas fotos do jardim.

Grace sentiu uma pontada de saudade, mas logo lembrou que, de uma forma ou de outra, o lar que ela amava não existia mais.

Audrey emergiu do banheiro com o rosto sem maquiagem e o cabelo úmido.

— Quase me afoguei no seu chuveiro. Tinha uns quarenta jatos me molhando ao mesmo tempo.

— Você está linda — disse Grace. — Vamos nessa.

As duas foram caminhando e cruzaram o rio sob o sol.

Grace foi entrando na livraria, mas Audrey se deteve e ela teve a sensação de que a garota estava prestes a sair correndo.

Uma mulher, presumivelmente Élodie, estava sentada atrás do balcão conversando com um rapaz.

— Não vamos fazer isso — murmurou Audrey. — De jeito nenhum. Aquele é o Étienne. Não preciso que ele testemunhe minha humilhação.

— Vamos fazer isso, sim.

Grace pegou a mão dela e a puxou pela porta.

Élodie ergueu o olhar quando o sino tocou. Seu sorriso de boas--vindas durou até perceber Audrey caminhando atrás de Grace.

— Olá, tudo bem? Meu nome é Grace.

Grace esticou a mão e mudou para o francês. Explicou que ia dar aulas de francês para Audrey e perguntou se Élodie consideraria dar uma segunda chance à moça.

Enquanto falava, percebeu que Étienne sorria para Audrey. Pareceu provável que Audrey tenha retribuído o sorriso, pois ele rapidamente corou e deixou cair os livros que segurava, o que lhe rendeu um olhar impaciente da parte de Élodie.

Ou Élodie não percebeu a interação entre os dois, ou não tinha interesse no assunto.

— Ela roubou de mim.

Grace explicou os problemas de Audrey com dinheiro.

— Sei que Audrey devia ter conversado com você sobre a questão. Tenho certeza de que a senhora teria lhe adiantado algum dinheiro, mas ela não conseguiu. A barreira do idioma atrapalha muito, também. Independentemente do que tenha sido, garanto que não vai acontecer outra vez.

Grace era louca por dar uma garantia dessas? Ela não conhecia Audrey muito bem, mas o que sabia era que, sem aquela garota, provavelmente estaria sem o passaporte e a maior parte do próprio dinheiro. Além disso, gostava de Audrey. Apesar de David, recusava-se a acreditar que seu instinto para sentir as pessoas a havia abandonado.

— Assumo pessoalmente a responsabilidade.

— Não sei...

Para sua surpresa, Étienne se adiantou e começou a falar em um francês rápido.

— A senhora se lembra de quando era estudante? É difícil no começo, quando a gente não tem dinheiro e só vai receber depois de ter trabalhado. Ela tem um emprego no salão. Eu a vi lá ontem.

— Se ela estava com problemas financeiros, devia ter pedido um empréstimo.

Étienne franziu a testa.

— Não é algo tão fácil de se fazer, Élodie. Tem uma questão de orgulho, para começar.

— Então é melhor roubar?

— Ela pegou emprestado — disse Étienne enfaticamente, e Grace ficou aliviada por ter uma voz a mais em apoio.

— Uma tradução aqui ia ajudar — murmurou Audrey, mas Grace sentiu que Élodie estava amolecendo e fez um último pedido.

— Ela só tem 18 anos, Élodie. Você não fez nada de que tenha se arrependido quando tinha a mesma idade?

O olhar de Élodie encontrou o de Grace, e algo cintilou em seus olhos. Ela deu um sorriso relutante.

— Talvez, mas deixar para lá o incidente do dinheiro não muda o fato de ela não ser capaz de se comunicar com os clientes. Mesmo se fizer aulas de francês, não posso deixá-la aqui sozinha.

Grace pensou rápido.

— Se eu ficar com ela, ela não vai estar sozinha.

— Não tenho como pagar duas pessoas.

— Eu fico como voluntária.

Ela devia estar louca, só podia. Quem pediria para trabalhar em plenas férias? Por outro lado, aquela era a viagem mais estranha de sua vida e talvez fosse bom fazer algo que nunca faria normalmente.

— Posso ajudar a Audrey quando tiver clientes e, quando não tiver, posso lhe ensinar francês.

Élodie pareceu curiosa.

— Como vocês se conheceram?

Grace contou tudo, e a outra mulher obviamente ficou surpresa com a história. Étienne também. Ele sorriu para Audrey.

— Você fez isso mesmo? *Incroyable*.

Élodie parecia menos apaixonada que ele. Lançou a Audrey um olhar longo e analítico.

— Vamos tentar de novo.

Grace sentiu um rompante de satisfação e finalmente se voltou a Audrey, pronta para traduzir.

— Está tudo certo. Vamos ficar aqui pelas manhãs e vou te dar aulas de francês.

Audrey pareceu desconfortável.

— Você não pode passar as manhãs aqui. Você está de férias. Com certeza desbravar Paris é mais interessante.

Isso era o que tinha planejado fazer com David, mas Grace não queria fazer sozinha as coisas que teria feito com ele.

— Trabalhar numa livraria sempre foi meu sonho.

Audrey murmurou algo sobre como as pessoas tinham sonhos estranhos.

— Bem, de toda forma, obrigada. Valeu mesmo. Tipo, sério — disse ela, e depois olhou para Élodie. — Sinto muito pelo dinheiro.

Élodie estreitou os lábios.

— Vamos esquecer isso e começar do zero, pode ser?

Ela podia estar descrevendo a vida de Grace. Ela também estava começando do zero.

— Vou começar imediatamente — disse Grace, colocando a bolsa sobre a mesa. — Vou explorar um pouco a loja para identificar em que prateleira está cada coisa.

Era boa a sensação de ter um propósito, e sem dúvidas a livraria era um charme.

— Nossos livros mais antigos ficam nos fundos. Ficção fica à esquerda, não ficção à direita — disse Élodie, que se levantou e alisou a saia sobre as pernas. — Edições mais novas ficam na frente. Temos algumas primeiras edições no armário trancado. Elas são valiosas, então nunca deixamos os clientes folhearem sem supervisão de um funcionário.

Grace vagou pelas salas menores examinando as prateleiras no nível dos olhos e abaixo. Eram cuidadosamente etiquetadas, cada livro em ordem alfabética.

Tentou imaginar sua extravagante avó passando horas ali, mas não conseguiu. Não parecia o tipo de lugar pelo qual Mimi se apaixonaria. Não fazia sentido para ela. O que não estava entendendo?

— O nome Mimi Laroche significa algo para você, Élodie?

A mulher balançou a cabeça.

— Deveria?

Era esperar demais.

— Minha avó é parisiense. Ela passou bastante tempo aqui nesta livraria, especialmente depois da guerra.

— Bem, nesse caso, ela deve ter conhecido minha avó, Paulette. Até uma semana antes de morrer ela passava metade do dia aqui, com os livros. Isso foi há cinco anos. — Élodie apontou para uma velha fotografia na parede. — Essa foto foi tirada em 1960.

Grace a examinou e puxou o celular.

— Posso tirar uma foto dela? Gostaria de enviar a Mimi.

— Claro. Se ela tiver qualquer história, eu adoraria escutar. Sua avó ainda lê bastante?

Era essa a parte estranha. Grace nunca viu a avó pegar um livro.

— A visão dela não está mais tão boa.

— Minha avó teve o mesmo problema. Felizmente não perdeu a audição, por isso se apaixonou por audiobooks — disse Élodie, pegando a bolsa. — Certeza que você não se importa em ficar aqui pela manhã? Eu adoraria conversar um pouco mais, mas estou tentando alugar o apartamento de cima e está sendo mais desafiador que de costume. Um casal bem simpático está interessado, mas só para o final de agosto, e não tenho como deixá-lo desocupado até lá. Preciso conversar com algumas imobiliárias. Se tiver alguma pergunta, é só vir falar comigo.

— Ficaremos bem. — Uma ideia surgiu na mente de Grace. Uma ideia extravagante, nada a ver com ela. Realmente poderia fazer algo tão fora dos planos? Tão impulsivo? — Seu apartamento… Imagino que você não gostaria de alugá-lo para mim, gostaria?

Élodie pareceu surpresa.

— Você está procurando apartamento?

De fato ela não estava, mas, uma vez que a ideia veio à luz em seu cérebro, percebeu o quanto queria. Até então, Grace vinha seguindo o roteiro que tinha planejado para a viagem com David. Sentia falta dele em todos os lugares, mas, se quisesse seguir em frente, ela teria que encontrar um jeito de lidar com essa ausência. Ela não era mais a metade de um casal. Ela era cem por cento Grace.

Mimi ficaria orgulhosa.

— No momento estou ficando num hotel e… bem, não está sendo como planejei. — disse Grace, sem entrar em muitos detalhes. — Eu preferiria a liberdade de um apartamento, e não consigo imaginar nada mais perfeito do que morar em cima de uma livraria.

Élodie colocou a bolsa embaixo da mesa.

— Mas você conseguiria cancelar o hotel?

Grace pensou nos termos da reserva. Talvez cobrassem a diária corrente, mas seria possível cancelar o restante.

— Aham. Quando eu poderia entrar no apartamento?

— Imediatamente. Eu já deixei tudo preparado para ser alugado em breve, por isso a cama já está feita e tem toalhas limpas no banheiro.

— Perfeito. Eu vou me mudar esta tarde, então.

Élodie pareceu surpresa.

— Talvez você devesse vê-lo antes. O apartamento provavelmente não tem nada a ver com seu hotel.

*Graças a Deus por isso.*

Grace pensou nos funcionários perguntando sem parar quando David chegaria.

— Vai ser exatamente o que preciso.

—⁓—

Grace foi com Élodie fazer uma breve visita ao apartamento. Era encantador, com o pé-direito alto e janelas grandes que davam para a rua.

Élodie escancarou a janela.

— Quem fica aqui precisa cuidar das plantas na sacada.

Havia uma sacada?

Grace seguiu Élodie até a pequena cozinha e, de fato, lá estava a sacada. Uma floresta de plantas circundava a pequena mesa com detalhes elaborados em metal. Ela se imaginou ali tomando café pela manhã ou bebericando um drinque à noite.

— É perfeito — disse ela, pegando o celular. — Vou ligar para o hotel e cancelar minha reserva e pedir para arrumarem minhas coisas.

Seria a última vez que os funcionários do hotel dobrariam suas camisas.

Depois de fazer a ligação, trataram dos valores e Élodie lhe entregou as chaves.

Grace se sentiu levemente tonta. Poucas horas antes, estava imaginando como passaria o tempo em Paris. Agora tinha um apartamento e trabalharia como voluntária numa livraria.

Podia ir e vir como quisesse.

Audrey apareceu na porta.

— Então… hum… você vai morar aqui agora?

— Aham, e tenho que te agradecer. Eu nunca teria pensado em alugar um apartamento se não fosse por você.

— Hum… de nada? Embora eu ache que não tive muito a ver com isso.

— Você teve tudo a ver com isso. E agora vai dar um jeito no seu francês, para saber pelo menos o básico. Vamos começar com os cumprimentos, assim você vai poder encantar as clientes com seu calor assim que entrarem pela porta.

Élodie finalmente sorriu para Audrey e disse:

— Eu espero ser encantada. — Ela apertou o ombro de Audrey, mais tranquilizada, talvez, por ter testemunhado a afeição de Grace pela moça. — Vamos começar do zero, está bem?

Quando a porta se fechou atrás dela, Audrey permaneceu com os braços cruzados e um olhar preocupado no rosto.

— E agora? Imagino que você queira que eu pegue caneta e papel.

— Nada disso. Não vamos escrever nem ler, pelo menos no começo.

— Pensei que você fosse me ensinar francês.

— Eu vou. Mas não vai envolver escrever, ler ou qualquer outra coisa que você ache difícil. Vamos encarar isso de outra forma.

Os olhos de Audrey se estreitaram.

— De que forma?

— Você é sempre desconfiada assim?

— Sim, chamam de sabedoria das ruas.

Grace tentou imaginar como teria sido sua vida se tivesse que ficar em estado de guarda constante.

— Nós vamos conversar. E não me venha dizer que não consegue fazer isso, porque não vi você com nenhuma dificuldade para falar. Vamos conversar em francês pelo resto da manhã.

— Nesse caso, vai ser uma manhã bem silenciosa.

Grace sentiu que Audrey ia se surpreender.

— Primeiro você tem que aprender a cumprimentar alguém e perguntar como vai.

— E se eu não estiver nem aí para como a pessoa vai?

Grace riu. Tinha dado mais risadas desde que conheceu Audrey do que na somatória dos seis meses anteriores.

— Você vai fingir que se importa.

— E se eles responderem e eu não entender?

— Vamos chegar lá. Eu vou falar e você vai repetir.

Em geral, com seus alunos nos Estados Unidos, Grace traçava um plano de aulas detalhado, mas nada em sua vida era mais como antes. Antes, ela teria pensado em técnicas que poderia usar para ajudar Audrey. Naquele momento, porém, a melhor coisa a fazer parecia ser simplesmente começar.

# 11

# *Audrey*

—Meu Deus do céu, a vista daqui é *animal*. Só não entendi o que isso tudo tem a ver com aprender francês.

Fazia cinco dias desde que Audrey quase perdera o emprego. Ela e Grace estavam no topo da Torre Eiffel.

Grace tirou uma foto.

— Você comprou os ingressos em francês.

— Verdade, teve isso mesmo. E o meu custou menos porque sou *jeune*.

*Que estranho*, pensou Audrey. Com Grace ela estava aprendendo sem se dar conta de que estava aprendendo.

Ela espiou a vista abaixo. Paris inteira estava a seus pés.

— Se uma pessoa desmaiar, quanto tempo você acha que leva até chegar ao chão?

— Audrey!

— Só estava checando se conseguia chocar você — disse Audrey, sorrindo.

— Eu me choco facilmente.

Era verdade, e Audrey concluiu que chocar Grace era seu novo passatempo favorito. Nunca pensou que pudesse gostar de aprender um idioma, mas Grace tornava aquilo divertido.

— Dá para subir aqui à noite?

— Aham, é lindo.

— Você já veio? — perguntou Audrey, notando o olhar distante de Grace. — Vocês se beijaram aqui?

— Não é da sua conta.

— Isso quer dizer que sim.

Grace recuou um passo.

— Hora de descermos.

— E agora, o que vai ser?

— Vamos fazer um tour naquele ônibus aberto.

— Eita, faltou dinheiro para pagar o teto? — disse Audrey, rindo. — Brincadeira. — Ela hesitou e em seguida envolveu o braço de Grace com o dela. — Temos um igual em Londres.

— Vou mostrar algumas coisas e ensinar como se diz em francês.

— Ah, sabia que tinha que ter uma pegadinha.

Audrey reclamava que Grace a fazia aprender palavras o tempo todo, mas, no fundo, estava gostando bastante. Fora aquele único momento no hotel, Grace era sempre centrada, o que tornava a troca agradável.

Grace era bondosa e paciente, e facilitava muito o aprendizado. Audrey não precisava dar a vida em cima dos livros, não precisava se sujar toda de tinta tentando escrever. A abordagem de Grace era prática. Ela ensinou Audrey os cumprimentos e a fez repeti-los várias vezes, sempre que um cliente entrava na loja. *Bonjour, ça va? Comment allez-vous?* Quando alguém respondia com palavras que Audrey não conhecia, Grace traduzia. Depois, gravava a palavra com o celular de Audrey e a incentivava a ouvi--la e repeti-la em voz alta antes do próximo dia.

Grace usava métodos pouco ortodoxos para ajudá-la a se lembrar das palavras. Colocou adesivos nos objetos do apartamento de Audrey. *Cama = le lit. Cadeira = la chaise.* Audrey se divertia invertendo-os, fingindo confundir as palavras mesmo quando não acontecia.

A maioria das risadas vinha quando Grace gesticulava uma palavra e fazia Audrey adivinhá-la.

— Hum... não sei — disse Audrey, observando Grace imitar um bicho com bico. — Não importa o que aconteça, *nunca* faça isso em público.

Grace tentou outra vez e Audrey caiu na gargalhada.

— Um camelo? Não, você não me ensinou a palavra para camelo.

Audrey pensou nas palavras que aprendeu.

— Hum… você é um frango?

— *En français!* — insistiu Grace, ao que Audrey deu de ombros.

— Não sei. Você precisa comprar um frango e colocar um adesivo nele para eu lembrar.

— Você sabe, sim. Uma pista…

Grace começou a pular, ao que Audrey sorriu.

— Um frango pulando corda? Ah, espera, entendi… pular… *poulet.*

— Isso! Boa!

As duas deram risada. Audrey sabia que a imagem de Grace imitando um frango não era algo de que se esqueceria com facilidade.

— Acho que você devia me ensinar a palavra para *vaca*.

— Você acha essa palavra útil?

— Não, mas queria ver você fazendo a fazenda inteira.

Entre risadas, Audrey aprendia. Grace estava tão contente com seu progresso que Audrey começava a acreditar que não era um caso perdido.

Poucos dias depois, Grace grudou uma estrelinha dourada na camiseta de Audrey.

— Parabéns. Você aprendeu cem palavras.

Audrey olhou para a estrela.

— Por acaso sou uma garotinha de 6 anos?

Era uma daquelas estrelinhas que davam no jardim de infância, só que Audrey nunca tinha recebido uma. Ela nunca havia ganhado um adesivo na vida. Decidiu mantê-la e disse a si mesma que era para não ofender Grace.

— É uma daquelas estrelas que você ganha por não morder o dentista.

— Você já sabe como dizer dentista em francês?

— Não, e nem vou precisar saber. Eu não iria ao dentista nem arrastada, então nem precisa desperdiçar seu tempo ensinando isso.

— Cem palavras, Audrey! Você aprendeu cem palavras.

— Que ótimo! Agora só faltam nove milhões.

— Aprender um idioma é uma maratona, não é uma corrida de cem metros rasos. Você está se saindo muito bem! Sua pronúncia é perfeita.

— Sempre fui boa de imitação. Aposto que consigo fazer sua voz.

Ela fez uma imitação perfeita de Grace e ficou satisfeita ao vê-la rir.

Depois de alguns dias, Audrey começou a se sentir mais confiante quando a porta se abria, o sino tocava e um cliente entrava na loja.

Agora tinham um ritual. Audrey os cumprimentava e Grace assumia sutilmente a conversa de modo que ninguém percebesse que Audrey havia encerrado sua contribuição.

Audrey começou a trabalhar no salão de cabeleireiro à tarde, mas, quando voltava à livraria, Grace estava sempre à sua espera, pronta para ensinar algo novo. Era uma pessoa de convívio fácil, e passar tempo juntas se tornou algo natural.

Além do ônibus, Audrey usava o metrô, que, em sua opinião, em nada diferia do metrô de Londres.

Grace insistia em pagar por tudo, o que deixava Audrey desconfortável, mas ela prometeu a si mesma que, assim que economizasse algumas gorjetas do salão, retribuiria tudo. Ou talvez lhe comprasse um presente. Fora comida e ingressos, Grace nunca parecia gastar dinheiro consigo mesma.

Jantaram duas vezes juntas, e nas duas Grace insistiu para que Audrey fizesse os pedidos em francês. Na primeira, Audrey quase fugiu.

— Vou pedir tudo errado, Grace — disse ela, afundando na cadeira à medida que o garçom se aproximava. — Vou pedir um polvo por acidente.

— Você sabe a palavra para polvo?

— Não.

— Então como vai pedir por acidente? O que você quer comer?

— Frango com batata frita.

— Você sabe as palavras para isso, falamos disso ontem — insistiu Grace, animada. — Se não pedir, vou fazer minha imitação de frango aqui.

— Você não seria capaz.

Audrey estava pronta para mergulhar para debaixo da mesa.

— Se você foi capaz de falar de funções corporais lá em cima da Torre Eiffel, sou capaz de fazer minha imitação de frango aqui. Faça o pedido. Com confiança. Qual é a pior coisa que poderia acontecer?

— Além de eu pedir polvo? A lista é infinita.

Sob o olhar observador de Grace e lutando contra as palavras, Audrey conseguiu pedir frango com batatas fritas. As duas ficaram surpresas e satisfeitas quando a comida chegou e era exatamente o que tinham pedido.

— Bem, enfim... Ao menos não veio nada com oito pernas.

Sentindo-se ridiculamente orgulhosa de si mesma, Audrey cutucou o frango com o garfo e viu Grace sorrir.

Com o sucesso da noite anterior, no dia seguinte foram a outro restaurante, dessa vez mais próximo ao rio. Audrey adorou aquele bistrô, com as toalhas de mesa tradicionais e garçons de avental. Pediu a mesma coisa da véspera.

— Está gostando mais do apartamento do que do hotel?

— Com certeza. O lugar é um charme.

Grace pediu a salada mais elaborada que Audrey já vira.

Audrey esvaziou a tigela de fritas ao lado do frango e colocou sal sobre elas. Ela viu Grace se remexer na cadeira.

— O que foi?

— Tem sal para caramba nisso aí. Além disso, você comeu a mesma coisa ontem à noite.

— Eu sei. É delicioso. Ou *délicieux*, como você provavelmente vai me pedir para dizer.

— Quer um pouco da minha salada?

— Não, obrigada. É verde demais.

— Verde faz bem.

— Nem tudo o que é verde faz bem. Lagartas são verdes, ainda que você provavelmente vá dizer que os franceses as comem — disse Audrey, atacando o prato. — Hoje, no salão, aprendi cinco palavras novas e amanhã vou ter um encontro, por isso preciso que você me ensine palavras muito específicas para a situação.

— Você vai ter um encontro? Que incrível! Com quem?

— É segredo, Grace. Não fico perguntando sobre sua vida sexual.

— Eu não tenho vida sexual. Sou uma mulher triste e prestes a me divorciar, esqueceu? Espero que você se divirta. Não que você queira minha opinião, mas acho Étienne muito fofo.

Audrey abaixou o garfo.

— Como você sabe que é com ele?

— Eu *torço* para que seja com ele — disse ela, captando o olhar de Audrey. — Reparei o jeito como você olha pra ele e vice-versa. Quando vocês dois estão na livraria, parece um experimento de laboratório.

— Ele olha para mim?

— Você sabe que sim. Além disso, ele partiu em sua defesa quando a Élodie quis te demitir.

— *Ela me demitiu* — disse Audrey, se atrapalhando com o garfo. — Ele me defendeu? O que ele disse? Você nunca me contou isso.

— Ele a fez lembrar como é ser estudante e ter pouco dinheiro. Fiquei impressionada por ele ter arriscado a própria relação com Élodie para apoiar você.

— Bem, estou impressionada também. — Audrey ficou pensando quão longe Étienne seria capaz de ir. — Você acha que se eu matasse alguém ele esconderia o corpo?

— Não vamos testar — disse Grace. — Aonde vocês vão? Jantar? Dançar?

Audrey reagiu ao lapso geracional com um sorriso.

— Dançar tipo um tango ou coisa do tipo? Acho que não.

Ainda que um tango pelada tivesse lhe ocorrido mais do que uma vez ao longo da semana. Grace tinha razão. Ela e Étienne trocaram olhares longos, demorados. Tinha quase certeza de que ele estava interessado. Ela com certeza estava. Nunca tinha se sentido daquela forma. Grace a viu sorrir sem motivo algumas vezes, o que parecia constrangedor e fofo ao mesmo tempo. Grace percebia coisas.

Ficou imaginando o que Étienne teria planejado para o encontro deles. Beberiam algo e voltariam à casa de Étienne para um sexo selvagem? E quanto à bebida? Audrey não bebia, mas não queria que Étienne não a achasse descolada.

Audrey começou a ficar nervosa. Até aquele momento, sua vida sexual consistia em alguns encontros profundamente insatisfatórios em cima de pilhas de casacos em festas na casa de conhecidos. No fundo, temia que pudesse haver algo de errado com ela. E se sua infância ruim tivesse estragado outras partes dela? Nunca seria capaz de relaxar. Era tão ruim naquilo que sempre acabava pensando em outra coisa ou se preocupando demais. A angústia pela mãe continuava ardendo dentro dela.

— Acho que vamos para alguma balada. Ou talvez para a casa dele.

Por outro lado, se o sexo fosse horrível, seria constrangedor.

Ainda assim, a ideia de que finalmente poderia fazer o que quisesse sem ter que pensar na mãe ou em outra pessoa lhe tirava o fôlego. Era o tipo de liberdade com a qual ela sempre sonhara. Audrey tinha um apartamento. Um emprego. Um quase namorado. Estava em Paris.

O que poderia dar errado?

— Ele mora sozinho?

— O apartamento é dos pais dele, mas eles foram passar o verão no sul.

— Espera... — Grace abaixou o garfo. — Então eles não vão estar lá?

— Não, e graças a Deus por isso. Eu o conheço há, tipo, cinco minutos. Não estamos no estágio de conhecer os pais.

Se ela não conhecesse os pais de outra pessoa, então essa pessoa também não esperaria conhecer os seus.

— Bem, ele parece ser um rapaz adorável. Tenho certeza de que vai trazê-la de volta depois, mas, se não trouxer, pode me ligar que vou encontrar você, ok?

Audrey ficou em choque. Ninguém nunca antes se ofereceu para ir buscá-la. Ela imaginou Grace sendo assaltada no caminho para salvar Audrey de ter a melhor transa de sua vida.

— Você está fazendo tudo isso porque eu te faço lembrar da sua filha?

Grace franziu a testa.

— Oi? Não. Estou fazendo isso porque você é minha amiga. Se acontecer alguma coisa, me ligue. Independentemente da hora.

Audrey assentiu. Não achava provável que fosse ligar, mas se isso fosse deixar Grace contente...

— É um encontro. Estou torcendo para que aconteça alguma coisa, Grace.

— Eu quis dizer alguma coisa errada. Você é jovem, e Paris é uma cidade grande.

— Você se preocupa assim com sua filha?

— Muito mais do que isso — disse Grace, pegando o garfo novamente. — É a maldição da maternidade.

Audrey tinha certeza de que a mãe não sofria da mesma maldição. Sentiu uma pontada.

— Sua filha tem sorte de ter você. Bem, se quer me ajudar, me ensina umas palavras bem específicas em francês? Só o essencial. O tipo de coisa que uma garota pode precisar num encontro.

— Está falando de coisas para jogar conversa fora? Tipo como está o clima, "a noite foi ótima", coisas assim?

— Não. Coisas do tipo, como dizer *camisinha* em francês.

Audrey ergueu o olhar quando Grace se engasgou com a salada.

— O quê? Você não sabe a palavra para camisinha?

— Eu sei, mas… — Grace respirou fundo. — Você nem conhece ele direito, meu bem.

— Bem, com sorte, depois de hoje à noite, vou conhecer. Sexo é uma ótima maneira de conhecer alguém, não?

— Eu… Talvez vocês devam sair algumas vezes primeiro. E se vocês não se derem bem? E se descobrirem que não querem a mesma coisa?

— Eu quero me divertir. Só isso. Mas quero me divertir com segurança, e é por isso que quero aprender como dizer camisinha. Eu me cuido, isso é bom. — Audrey se sentiu repentinamente na defensiva. Não costumava ser tão aberta com as pessoas. — Esquece.

— Me desculpe, Audrey. — Grace pegou a bebida. — Eu me preocupo com você, só isso. Não quero que você se machuque. Talvez eu esteja um pouco amargurada no que diz respeito ao amor. Não me dê ouvidos.

Audrey ficou menos tensa.

— Não precisa se preocupar comigo. Faz muito tempo que cuido de mim mesma. Sou bastante independente.

— Imagino que sua mãe deva estar morrendo de preocupação.

Audrey pensou em todas as vezes que foi sozinha à escola, conversou com professores, fez comida e tomou conta da mãe bêbada.

Lambeu o sal dos dentes.

— Aham, não deve conseguir me tirar da cabeça.

— Bem, então é só me ligar se estiver em apuros, ok?

Audrey nunca havia ligado para outra pessoa na vida. Nunca teve alguém para quem *pudesse* ligar. Tinha Meena, é claro, mas era Audrey quem costumava protegê-la, não o contrário. Ela olhou para Grace e viu bondade em seus olhos. Por um instante, sentiu-se tentada a contar a verdade sobre sua vida, mas algo a deteve. Uma vez dita, não é possível tomar a verdade de volta, e Audrey nunca a havia contado a alguém. Não queria dizer algo de que depois se arrependesse.

— Pode deixar — disse ela. — Ligo se precisar de algo.

— Ótimo. Nesse caso, não vou me preocupar com você. Mas pegue um táxi para voltar. E não use o celular na rua.

— Você está querendo me ensinar a me virar na rua? Você? A pessoa que foi roubada e quase perdeu a bolsa?

Grace pareceu constrangida.

— *Touchée*. Foi mal.

— Tudo bem. Você é uma boa pessoa, Grace. Na minha opinião, seu marido é um doido de pedra por ter deixado você.

O que tinha acontecido? Grace era boa e leal, tudo o que uma mãe devia ser, de acordo com o que se via na televisão. Era do tipo que, quando você caísse, a levantaria e abraçaria; do tipo que faria refeições saudáveis e escutaria suas reclamações.

— Como sua filha está? Com o divórcio?

— Ainda não nos divorciamos de fato, mas ela está bem triste. Ela é próxima do pai. Você é próxima do seu?

— Aham — disse Audrey, inexpressiva. — Somos inseparáveis.

— O que ele faz?

— Ah, ele faz várias coisas... — *Transa com mulheres e as abandona grávidas.* — E o seu marido doido de pedra? O que ele faz? — perguntou Audrey, mudando rapidamente de assunto.

— Ele é editor em um jornal. Trabalhou a vida inteira para a mesma empresa.

Audrey terminou a bebida.

— Está aí o porquê, então.

— O porquê do quê?

— O porquê de ele ter tido um caso. Deixou a vida ficar entediante. Por que você está franzindo a testa?

— Porque você colocou a culpa inteiramente nele.

— Em quem mais colocaria? — perguntou Audrey, dando de ombros. — O que aconteceu com a aventura? As viagens? Vocês nunca faziam esse tipo de coisa?

— Eu sempre quis estabilidade. — Grace fez uma pausa. — Tive uma infância meio caótica. Queria que Sophie tivesse uma infância tranquila, então virei professora, porque queria um emprego cujos horários batessem com os dela e me dessem o tempo livre necessário.

— Entendi. — Audrey também queria estabilidade, mas nem sequer tinha certeza se seria capaz de reconhecê-la caso a visse. — Aposto que você é uma ótima mãe. Do tipo que marcaria um dia de spa de mãe e filha no aniversário dela. Do tipo que arranjaria uma porra de um professor particular caso ela tivesse se dando mal na escola.

Grace ergueu as sobrancelhas.

— Se você for falar palavrões, pode fazer isso em voz baixa? As pessoas da mesa ao lado estão olhando de cara feia.

— Bem, elas deviam cuidar da vida delas, não ficar escutando a gente.

— Eles não têm como não escutar... sua voz vai até lá.

— Você nunca fala palavrão?

— Tento encontrar outras formas de me expressar.

Audrey sorriu.

— Quando você prende o dedo na porta ou derrama uma garrafa de vinho num tapete branco, o que você diz?

— Tento não perder o controle, mas, se for algo realmente chato, talvez eu diga "cacilda".

— Cacilda? *Cacilda?* — Audrey caiu na risada. — E quando você bebeu um pouco além da conta? Que palavrão você usa?

— Eu não bebo.

Audrey parou de rir.

— O quê? Nunca?

— Não.

— Se você não fala palavrão, não bebe, não fuma, e imagino que não goste de drogas, qual é a sua ideia de uma noite mais selvagem?

— Eu e David costumávamos sair para jantar. Ou, às vezes, fazíamos churrasco e recebíamos os amigos. Não imagino que isso conte como selvagem, mas… — Grace afastou o prato. — Imagino que minha vida pareça muito entediante para você. Falando agora, está parecendo entediante para mim também. Mas eu sou bem mais velha do que você.

— E o que idade tem a ver com isso? Idade não é uma limitação para se divertir.

— Você fala igualzinha a Mimi.

— Mimi é sua avó, né? E ela diz "cacilda" quando prende o dedo na porta?

— Não. A linguagem dela é bem mais colorida. Mas costuma falar em francês.

— Então vocês saem para jantar e fazem churrasco. Sem querer ofender, mas não me soa muito empolgante, Grace.

— Você tem razão. Talvez David não tenha ficado maluco. Nossas vidas se tornaram muito previsíveis, mesmo. Tirando as férias que eu agendava todos os anos para nosso aniversário de casamento, não fazíamos muita coisa diferente. A culpa provavelmente foi minha.

Grace pareceu perturbada, como se percebesse algo pela primeira vez.

Audrey se inclinou para a frente. Não sabia muito de relacionamentos, mas sabia bem como lidar com alguém chateado.

— Vocês eram um casal. Como a culpa poderia ser só sua?

— Sou um pouco rígida na forma de lidar com a vida. Um pouco inflexível — disse Grace suavemente.

Audrey, descrente, a encarou.

— Você está de brincadeira? Você se pendura na Torre Eiffel para me ensinar francês. Você encena as palavras. Acredite, você é a professora mais flexível e menos entediante que eu já tive na vida.

— Ensinar é diferente. Tem a ver com responder às necessidades de cada um. Outro aluno poderia ser melhor com livros e métodos mais convencionais, mas não achei que isso fosse prender sua atenção.

— Exatamente. Viu só? Você é flexível. Se consegue fazer isso com uma parcela de sua vida, é capaz de fazer com as outras. — Audrey batucou com os dedos na mesa. — Agora, talvez a sua visão sobre si mesma seja inflexível. Você não está vendo o que eu estou vendo.

— Eu gosto de ter tudo em ordem.

— Ah, é? Bem, ter as coisas em ordem é algo bom. Ordem é o que faz a gente chegar no trabalho no horário, vestida com as roupas certas. — *E, de preferência, sóbria.* — Não deixe de ser assim.

— Mas o fato é que preciso parar de tentar consertar tudo o tempo todo. Eu faço tudo sozinha, em vez de delegar funções. Preciso me empenhar em ser mais… espontânea, pelo menos um pouco.

Audrey percebeu que era hora de deixar o clima mais leve.

— Vamos colocar isso na agenda. Ser mais espontânea.

Grace sorriu.

— Colocar espontaneidade na agenda? Isso me parece um oxímoro.

— Eu não saberia dizer, mas a gente devia sair dançando pela Champs-Élysées. Arrancar as roupas e nadar no Sena. Se bem que isso seria insano… — Audrey riu da própria piada. — Sena, insano…

— Eu entendi — disse Grace, rindo também. — Não vou tirar as roupas e nadar no Sena.

Audrey pensou consigo mesma que Grace poderia, sim, tirar algumas camadas de roupa. Ela usava camisas abotoadas até em cima e calças longas que não mostravam nem um pedacinho de pele.

— Enfim… Está na hora de você começar a pensar em si mesma. Se colocar em primeiro lugar. Quando foi a última vez que fez algo só para você?

— Hum… Bem, eu estou aqui, em Paris.

— Mas você veio só porque Sophie não teria feito o lance dela no verão. Você fica o tempo todo conferindo o celular caso ela precise de você, e agora vai ficar olhando caso eu precise de você, o que, aliás, não será o caso. Você liga para sua avó… aceitou trabalhar na livraria e ensinar francês para me ajudar. Tenho a impressão de que você faz muito pelos outros, mas pouco por si mesma.

— Estou bem assim.

Grace parecia tão ansiosa que Audrey se sentiu mal por ela.

— Ei, se você vai me fazer tentar coisas novas das quais eu tenho medo, então você também vai ter que fazer, ok?

— É diferente, Audrey.

— Não é, não. Estou construindo uma vida nova aqui e você devia fazer o mesmo. Senão você vai voltar para casa para a mesma mer… foi mal, digo para a mesma situação de antes e nada vai ter mudado. Essa é sua oportunidade de fazer algo por si. — Audrey afastou o prato. — Imagino que você não goste de boates, mas deve haver outra maneira de conhecer gente. Eventos em museus, coisas do tipo. Eventos de arte. — Do que uma pessoa como Grace gostaria? — Quando você esteve em Paris pela primeira vez, conheceu alguns caras? Ah, espera… Conheceu sim, o irmão mais velho lá.

Audrey não conseguia imaginar Grace adolescente. Será que ela usava minissaias ou voltava bêbada para casa? Foi por acaso que ergueu o olhar naquele momento e viu as bochechas de Grace corarem.

— Como era o nome dele?

— Não sei do que você...

— Grace!

Grace suspirou.

— Philippe.

Por um instante, Audrey captou um relance de outra Grace. Uma Grace menos perfeita, menos composta.

— Por onde ele anda hoje em dia?

— Não nos falamos desde que estive aqui pela primeira vez, e isso foi antes de você nascer.

— Você nunca procurou ele na internet?

— Não. Tentei esquecê-lo.

— Hum, bem, vamos dar uma olhada. Pode ser que ele esteja solteiro — disse Audrey, puxando o celular. — Como é o sobrenome dele?

— Não importa se ele está solteiro. Eu sou casada.

Audrey pensou se não deveria dizer o óbvio. Grace se considerava casada, mas David obviamente não mais.

Mas quem no mundo deixaria uma pessoa boa e leal como Grace? Se Audrey algum dia conhecesse o sujeito, poderia muito bem dar um soco na cara dele. Decidiu que precisaria de uma abordagem cruel para ser boa.

— Sem querer ofender, Grace, mas pelo que estou vendo você não está casada. Casamento envolve mais do que a aliança e a papelada. Envolve a presença de uma outra pessoa e essa outra pessoa *não* está presente, o que é *justamente* o maior defeito dele.

— Faz sentido. É brutal, mas faz sentido — disse Grace, fungando. — Você tem um jeito bem claro de ver as coisas.

Com tudo o que via e ouvia no salão, Audrey provavelmente tinha mais experiência do que um terapeuta de casal mediano.

Além disso, viu a mãe penar com uma boa quantidade de relacionamentos, todos com uma coisa em comum: não deram certo. Audrey sentiu um breve pânico. Se David e Grace se separaram depois de vinte e cinco anos de casados, então obviamente não existia um ponto de estabilidade total. Em algum momento ela conseguiria parar de se preocupar com o futuro da mãe? E se Ron não vingasse? E se a mãe o estivesse deixando louco naquele exato instante? Audrey checava as mensagens no celular de hora e hora. Não conseguia aplacar o nervosismo que parecia ter se alojado definitivamente em sua barriga. Além disso, sentia-se culpada. Culpada por ter abandonado a mãe.

A angústia começou a se revirar dentro dela, e Audrey decidiu que, pelo bem das duas, era melhor mudar de assunto.

— Qual é o sobrenome dele? Philippe...? Vou encontrar ele nas redes sociais.

— Não vai, não.

— Ah, *para*. Que mal faz?

Grace gesticulou pedindo a conta e Audrey se perguntou por que ela estava tão resistente. Era mais que evidente que o marido não voltaria. Quanto antes Grace seguisse em frente, melhor.

O tal Philippe parecia um bom começo.

— Vamos ver o que ele anda fazendo. Vocês não precisam se falar.

Grace pagou a conta e se levantou.

— Vamos embora.

Audrey ficou imaginando o que poderia ter acontecido de fato entre Grace e Phillipe.

— Aonde vamos?

— Ao mercado. Aprender o vocabulário para frutas e legumes.

— Por quê? Eu odeio frutas e vegetais — resmungou Audrey. — Por que não podemos aprender francês com junk food? Hambúrguer, batatas e qualquer fritura, que são coisas gostosas pra cacete e...

— Não diga "cacete".

— Bem, pois eu me recuso a falar cacilda, Grace. Por que você não me ensina como pedir essas coisas, poxa? Eu achei que você fosse minha amiga.

— Sou sua amiga, é por isso que não vou ensiná-la a falar palavras que a ajudem a acabar com seu corpo.

— Quer dizer que também não vai me ensinar a falar "camisinha"?

— Não, essa daí eu vou ensinar. Na verdade, vamos fazer algo melhor... Vamos até a farmácia e você vai pedir sozinha.

Audrey se encolheu.

— Mas nem morta.

— Se você continuar comendo todo esse sal e esse monte de besteiras sem nenhuma fruta ou salada, vai ter que ir morta mesmo.

— Você dá bronca assim na sua filha?

— Muito pior.

— Putz, que merda... Quer dizer, que droga... Bem, não surpreende que ela tenha ido viajar — disse Audrey, mas envolveu o braço no de Grace. — Está bem, vamos à farmácia, mas você também vai ter que comprar camisinhas.

Grace emitiu um som entre engasgo e riso.

— Não preciso de camisinhas.

— Se depender de mim, vai precisar, sim.

— Você não tem nada a ver com isso, Audrey.

Audrey deu um sorrisinho convencido.

— Veremos.

# 12

## Grace

Grace colocou as flores que comprou num vaso e as dispôs sobre a mesa ao lado da janela aberta. Como prometera, regara as plantas da pequena sacada. Era um oásis verde suspenso sobre a rua parisiense que corria abaixo. Ervas cresciam numa profusão de aromas, aninhadas em potes de terracota desbotados de sol, vizinhas da explosão escarlate de gerânios e de um emaranhado de lobélias.

Era o fim da tarde, e Grace deixou as portas francesas da sacada abertas para apreciar o sussurro da brisa fresca que fluía para dentro do apartamento. Conseguia ouvir alguém treinando clarinete e a batida da ponta das sapatilhas na escola de balé do outro lado da rua, e, mais à distância, o zumbido de toda Paris.

Mesmo que estivesse ali havia poucos dias, o apartamento já era como um lar. Com seu pé-direito alto e decoração discreta, emanava uma paz que Grace achava infinitamente mais calmante do que a opulência do hotel. O melhor de tudo, é claro, era que ali ninguém lhe perguntava sobre David. Ficar no Antoinette tinha sido como andar sobre uma perna quebrada: era impossível esquecer o machucado.

Ali, em um novo mundo privativo do qual ela era a única habitante, sua antiga vida desbotava.

Havia passado a tarde explorando uma galeria. Depois voltou, suando e esbaforida, com dores nos pés, para o santuário do apartamento. Tomou um banho com os artigos de higiene que pegou do quarto do hotel e colocou um vestido. Prendeu o cabelo ainda úmido, deixando a nuca fresca.

Conseguia ouvir passos e o ranger das tábuas do piso no andar de cima. Audrey estava se preparando para sair.

Era o dia de seu encontro com Étienne.

Grace estava ansiosa com aquilo. Não porque Audrey a fizesse lembrar da filha, mas porque Audrey a fazia lembrar de si mesma.

Ela era exatamente como Audrey quando chegou a Paris pela primeira vez. Certamente não conhecia as manhas da rua como Audrey, mas sentira a mesma alegria vertiginosa de estar longe de casa. Era quase como uma fuga. Finalmente livre.

Mas essa sensação de liberdade poderia causar problemas. Era como soltar um filhotinho da coleira pela primeira vez. Por que ela estava mais preocupada com Audrey do que com Sophie?

Provavelmente porque Sophie havia herdado quase todos os traços de David. Era uma garota sensata, prática e confiável.

Por fora, Grace também era tudo isso. Só ela mesma sabia que, sob essa camada, era alguém completamente diferente. Havia enterrado essa parte de si, mas, de alguma forma, Audrey a descobrira.

Foi à pequena cozinha e desembrulhou o queijo que tinha comprado.

Tendo que alimentar apenas a si mesma, não via sentido em passar horas na cozinha, por isso comprou uma seleção de bons queijos franceses, uma baguete dourada e com casquinha crocante perfeita, algumas uvas, uma pera madura e uma garrafa de um bom vinho tinto.

Vinho.

Grace não bebia, mas naquela noite beberia.

Eis outra coisa que não teria feito na companhia de David.

Aquele era o abandono definitivo de sua antiga vida.

Colocou queijo no prato e partiu um pedaço de baguete. Serviu meia taça de vinho e a colocou de volta sobre a mesinha de bistrô submersa em uma piscina morosa e opaca de luz do sol.

Um barulho de tilintar seguido de xingamentos veio do andar de cima.

Grace espreitou pela janela aberta e cogitou checar se estava tudo bem.

Não, Audrey não era responsabilidade dela. Grace não queria ser um peso.

Fatiou o queijo e colocou alguns pedaços sobre o pão. Divino. Bastou um gole do vinho para se recordar.

Tinham feito um piquenique perto do rio. Philippe esticara um lençol e descarregara um banquete de dentro da sacola. Linguiças artesanais, figos frescos, pão ainda quente da padaria. Fora ele quem colocara a taça de vinho na mão dela, mesmo Grace tendo dito que não bebia. Até aquele dia, não havia provado uma gota de álcool sequer.

— Isso aqui não é beber — disse ele, erguendo a taça para brindar. — Isso aqui é viver. Você precisa viver, Grace. E viver muito, intensamente.

Ela não discordara.

A comida tinha um gosto diferente na França, e fora Phillipe quem a apresentara a todos aqueles sabores. Quando se beijaram pela primeira vez, ela não teve certeza se a agitação no peito vinha do vinho ou do beijo.

Ele a tinha convidado a viver uma vida muito diferente da que ela estava acostumada.

Por um breve período, Grace se perdera no mundo criado por Phillipe.

Com ele, descobrira uma Paris secreta. Não os pontos que atraíam turistas, como o Louvre e a Torre Eiffel, mas as joias escondidas sobre as quais os locais falavam baixinho, raramente mencionadas em guias. Tinham caminhado de mãos dadas pela margem do rio, desfrutado de longos e preguiçosos cafés da manhã em cafeterias charmosas, deitaram-se sob a luz sarapintada do sol nos gramados inclinados junto ao rio. Exploraram ruas sinuosas e galerias de arte pouco conhecidas.

Era como se uma cortina se levantasse, revelando uma vida alternativa. Grace via possibilidades e um mundo que desejava com tanto fervor que a sensação era como um tipo mais doloroso de fome.

Ali, anos depois, com apenas um gole de vinho, o sentimento voltava.

Sorveu outro gole e terminou de comer o queijo. Se Paris tivesse um sabor, seria aquele: o gosto forte e frutado do vinho tinto e a textura cremosa e suave daquele bom queijo de cabra em temperatura ambiente, tudo enquanto os últimos raios de sol se espalhavam pelas portas abertas.

Tinha decidido não pensar em Phillipe, mas agora não conseguia tirá-lo da cabeça. O passado revolvia em sua mente, rompendo todas as barreiras que ela havia construído.

Grace encarou o computador.

Bastava digitar algumas teclas e teria a resposta. Havia dito a Audrey que era improvável que ele tivesse redes sociais, mas sabia que não era verdade. Aquelas plataformas foram feitas para pessoas como ele. A vida de Phillipe fora povoada de gente. Amigos de escola, amigos de faculdade. Amigos dos pais, da irmã. Amigos que conhecia por causa da música. Ele era um pianista de talento e tinha tocado algumas vezes para Grace. Era um cara que levava uma vida desenvolta, encarando cada dia com confiança e esperança que ela um dia invejara.

Não foi à toa que se apaixonara por ele. Na época, Grace estava perdida e um tanto desesperada. Phillipe fora o equivalente a uma luz forte ao fim do túnel.

Será que ele pensava nela?

Ou ela teria sido apenas a garota por quem ele esperou na ponte naquela noite?

Uma batida à porta estilhaçou as lembranças e Grace se levantou rapidamente. Guardou tudo — o passado, os pensamentos, Phillipe — e atravessou a sala.

Audrey rolou porta adentro numa profusão difusa de cores, trazendo consigo um rastro de perfume e sua juventude exuberante. Estava de verde, um vestido de alcinha curto que lhe caía displicentemente até a metade das coxas. Era do tipo de vestido que se usa quando se é jovem, ousada e em perfeita forma física.

— O que você acha? Achei no mercado voltando para casa e pedi em francês. Você está impressionada?

Audrey deu um giro e o vestido se levantou e rodopiou com ela.

— Estou impressionada. — Era fácil imaginar Audrey, com olhar e fisionomia decididos, reunindo as palavras para fazer o pedido. — Seu cabelo está incrível.

— O salão estava tranquilo hoje à tarde, as meninas fizeram para mim.

O cabelo da jovem estava sempre bonito, mas naquela noite caía em espirais de cachos sobre os ombros, labaredas vermelhas contra o branco da pele. Audrey sorriu com os lábios pintados, ébria de ansiedade e expectativa. O delineador e o rímel faziam seus olhos parecerem enormes. Ela estava deslumbrante, e Grace se sentiu angustiada.

Não. Ela não lhe diria para tomar cuidado. Não era a mãe de Audrey.

Sabia que essa reação vinha mais de sua própria necessidade de controlar tudo do que de qualquer necessidade de cuidado da parte de Audrey. Ela tinha um encontro com Étienne, que parecia ser um bom rapaz. Jovem, é claro, mas jovem não quer dizer imprudente ou irresponsável. Vê-los juntos a fazia lembrar como era ter 18 anos e se apaixonar pela primeira vez.

Ela, é claro, não tivera as manhas da rua que Audrey certamente tinha.

Grace tentou não pensar nos lampejos de vulnerabilidade.

— Ele vem buscar você aqui? Você pegou tudo que precisa? Dinheiro? Celular? Ele está carregado?

*Cale a boca, Grace.*

— Estou com tudo. E ele não vem me buscar. Vamos nos encontrar em um bar.

*Que bar? Que horas? O que você vai fazer se ele não chegar? Você tem dinheiro? Não beba demais.*

Grace enterrou as preocupações sob um sorriso.

— Divirta-se. Se precisar de qualquer coisa, me ligue.

Audrey olhou ao redor do apartamento de Grace.

— O que você vai fazer hoje à noite?

— Vou ler um livro, regar minhas plantas, mandar mensagem para Sophie e ligar para minha avó.

— Você vive no fio da navalha, hein, Grace. Cuidado para não quebrar o tornozelo ou cair da sacada quando for regar as plantas. — Audrey lhe deu um leve soco no braço. — Se arranjar encrenca, me ligue.

— Muito engraçadinha.

— Você devia procurar aquele cara lá.

Grace torceu para que as bochechas coradas não a tivessem entregado.

— Você nunca desiste?

— Não. Ah, Grace. Qual é… Só uma espiadinha. Uma olhadinha de nada. Ele nunca vai saber.

O que Audrey não tinha de habilidade de leitura esbanjava em persistência.

Grace revirou os olhos e logo Audrey se foi, deixando o aroma de limão e verbena pairando pelo apartamento. Ela ouviu o barulho dos saltos batendo nos degraus, o rangido das dobradiças da porta que ninguém se lembrava de lubrificar e, por fim, uma batida firme.

Então checou o relógio e se surpreendeu com as horas. Tinha intenção de ligar mais cedo para Mimi, mas, sentada no sol, bebericando o vinho e pensando no passado, estava atrasada em pelo menos uma hora.

Os anos desbotavam os detalhes de suas lembranças, amaciavam as imagens, criavam dúvidas e cenários alternativos.

*E se... e se...*

Grace se sentou e abriu o notebook. Logo, logo faria uma chamada por Skype com Mimi, mas antes...

Seus dedos deslizaram sobre as teclas.

*Ela ia mesmo fazer aquilo?*

*Ia mesmo procurá-lo?*

Todo seu suposto autocontrole parecia tê-la abandonado. Grace tomou outro gole de vinho e digitou o nome dele.

Como imaginava, não foi difícil de encontrar. Demorou menos de um minuto para achar a foto dele e descobrir que Philippe era agora um pianista celebrado. Ele tinha um site muito bem feito, com datas de concertos, biografia e uma lista de álbuns.

Ela clicou na foto dele, não na feita em estúdio — numa pose montada e com sorriso congelado de comercial de pasta de dente —, mas em outra, tirada no meio de um concerto, com as mãos ao piano e olhar concentrado.

Música era sua principal paixão, mas havia muitas outras. Comida. Vinho. Literatura. Philippe era um homem que tomava a vida com as duas mãos e a espremia até extrair seu máximo.

Grace entrou no Facebook dele, procurando informações mais íntimas. A página era fechada, por isso tudo o que conseguiu acessar foram algumas poucas fotos de perfil. Philippe, sem camisa, com a aba do chapéu baixa sobre os olhos, de pé diante de ondas infinitas de areia. Philippe tocando no Carnegie Hall, em Nova York, e no Wigmore Hall, em Londres. Tinha esposa? Havia se casado?

Grace entrou em seu próprio perfil para tentar vê-lo com os olhos de alguém que não a conhecesse. Sua foto de perfil era uma que Mimi tirou num churrasco no quintal de casa que David fazia para os vizinhos todos os anos. Seu cabelo e maquiagem estavam muito bem arrumados. Um sorriso fixo. Controlado. Em que estava pensando quando a foto foi tirada?

Não aparentava uma mulher que tinha bebido mais vinho tinto do que deveria e beijado um francês à margem do rio.

Voltou à página de Philippe. Seria simples enviar um pedido de amizade. Qual seria a resposta dele?

*Antes tarde do que nunca.*

Quem sabe a ignorasse.

Seus dedos pairaram sobre as teclas, mas, por fim, ela fechou o notebook. Grace pegou o livro e o segurou com força, como se isso pudesse impedi-la de fazer a única coisa que ela sabia que não deveria fazer.

Do lado de fora, o céu escurecia e as tiras vermelhas de sol cediam espaço ao azul noturno. Imaginou o que Audrey estaria fazendo.

Checou o celular, mas não havia mensagens, somente um e-mail de Sophie com fotos de Roma. O Coliseu. A Fontana di Trevi.

Me divertindo até não dar mais, mãe. Como está Paris?

Ela respondeu: Paris está ótima.

Pela primeira vez, não teve a sensação de estar mentindo. Desde que tinha se mudado para aquele apartamento, vinha começando a aproveitar a viagem. Era como se tivesse deixado parte da vida para trás, no hotel.

Bocejando, levantou-se e levou o prato e a taça vazios para a cozinha.

Ligaria para Mimi e em seguida iria cedo para a cama.

Preparou um café no fogão do jeito que Philippe havia lhe ensinado e o trouxe para a mesa. O aroma bastava para que Grace cogitasse se mudar de vez para Paris. Aquele era o gosto que todo café deveria ter.

Normalmente, quando ligava, Mimi atendia de imediato, mas naquela noite ela demorou um pouco. Quando a avó finalmente atendeu, parecia nervosa.

— Grace! Como vai você?

— Como vai *você*? — perguntou Grace, ajustando a inclinação da tela. — Está sem fôlego? Não venha me dizer... que estava transando com um ex-espião russo que conheceu quando era dançarina.

Ela ouviu um ruído ao fundo.

— Tem alguém aí com você?

— O John, o jardineiro, veio trazer uns pêssegos frescos, mas estava de saída. Me conte de você. Está aí nadando em conforto e luxo?

— Melhor do que isso. — Grace cruzou as pernas no sofá e se ajeitou. Era bom finalmente ter um assunto bom para conversar. Nos últimos meses, parecia que só tinha chorado e reclamado. — Aluguei um apartamento, estou vivendo como uma verdadeira parisiense. Está impressionada?

Era uma pergunta supérflua. A avó ia ficar emocionada por Grace ter encontrado forças para ser proativa.

— Um apartamento? Grace! — disse Mimi, que abriu um sorriso. — O que aconteceu com o hotel?

— Arranjei um amante francês e o hotel reclamou do barulho. Não ficaram muito felizes quando nos penduramos no lustre. Pelo visto era antigo.

Mimi gargalhou num tom mais alto do que o normal. Seus olhos olhavam para além da tela.

Grace congelou de medo. Será que John ainda estava ali? Se sim, Grace nunca mais seria capaz de voltar à Casa de Repouso

Rio Veloz. Teria que dar as aulas de francês com um saco na cabeça.

— Mimi? Você está sozinha?

— Sim. Só estou um pouco distraída. Sua ligação me pegou de surpresa.

A avó de Grace adorava surpresas.

— Eu queria falar com você.

— Me conte do apartamento. Então você está pensando em ficar mais tempo em Paris?

A Mimi que Grace conhecia teria lhe perguntado do amante francês.

Ou quem sabe a avó sabia que era uma piada.

— Não posso ficar mais por causa da Sophie.

Mas, assim que Sophie saísse de casa, Grace poderia, sim, fazer o que quisesse. Poucos meses antes, essa ideia a teria matado de medo. Mas agora? Vinha examinando os sentimentos com atenção, como alguém se colocando de pé com dificuldade depois de um tombo, e percebeu que o pânico asfixiante que a acompanhava desde aquele horrível Dia dos Namorados desaparecera. Grace não sentia mais medo. Estava triste, sim. Mas com medo do futuro? Não. Talvez fosse o vinho. Ou talvez fosse simplesmente o fato de ter se distanciado de sua antiga vida. Sua nova vida nunca fora tocada por David. Em Paris, a perda era mais uma dor latente do que uma facada. Conseguia sentir as energias voltando.

— Aluguei por pouco tempo. Vou mandar o endereço para você. Acho que vai aprovar. Estou morando em cima da sua livraria. — Por que a avó não estava olhando para ela? — Mimi?

Os olhos de Mimi voltaram para a tela.

— Oi? Jura? Me conta sobre.

Grace tentou ler a expressão da avó, mas o sinal não estava muito bom, e a imagem estava um pouco borrada.

— Aconteceu alguma coisa?

— O que poderia ter acontecido, meu bem? Eu moro no paraíso. Agora me conte da livraria. A porta ainda é azul? O sino ainda toca como um barco prestes a naufragar?

— Aham, acho que nada mudou nos últimos cem anos. Estamos provavelmente andando sobre a mesma poeira que você andou. A dona se chama Élodie. Ela falou da avó dela, Paulette. Você conheceu Paulette?

— Não tenho certeza… — disse Mimi, soando lacônica. — Talvez. Talvez não. O passado é turvo.

Grace sabia muito bem que a memória da avó era perfeita. Se o passado estava turvo, era porque havia coisas que ela não queria dividir. O que era frustrante, porque Grace queria muito saber qual era a ligação de Mimi com a livraria.

— Adoro que ela tem várias salas, parece um labirinto. O que você mais gostava daqui?

— Da atmosfera do lugar.

A avó pelo menos não estava fingindo que era dos livros.

Grace ainda penava para imaginar uma pessoa animada e indomável como a avó passando tempo numa livraria. Seria como prender um passarinho numa gaiola.

— Fiz uma amiga. Ela se chama Audrey e tem a idade da Sophie. Você a adoraria. Ela me faz lembrar um pouco de você. Ela trabalha na livraria.

— Que ótimo. Adoro estar perto de gente jovem, embora hoje em dia todos sejam invariavelmente mais jovens do que eu.

Grace respirou fundo.

— Fiz uma coisa hoje à noite. — Se havia uma pessoa que poderia lhe aconselhar, era a avó. — Algo que eu não faria em outras circunstâncias. Procurei Phillipe na internet… Ele é um pianista. Toca no mundo inteiro. Estou pensando em mandar uma solicitação de amizade. O que acha?

— Acho um plano excelente.

— Não é exatamente um *plano*. Não tenho muitos planos hoje em dia. Acordo e vejo o que sinto vontade de fazer. Mas eu fico me perguntando se... — Ela mordeu o lábio. — Você se lembra do Philippe, certo? Que mencionei?

Mimi sorriu para a neta.

— Claro que sim! Seu primeiro amor. Lindo, charmoso, inteligente... e um amante *incrível*.

Grace quase caiu da cadeira.

— Há...

— Todos os parisienses são bons amantes. Tratam as mulheres como tratam a comida... algo para saborear e curtir. Em Paris, o amor não é algo que se faça com pressa. Você com certeza deveria entrar em contato com ele, querida. Sempre achei que algum dia você fosse voltar e se casar com ele.

— Eu me casei com David.

— Aham, uma pena. Ainda assim, todas nós tomamos decisões das quais nos arrependemos um dia.

Mimi *adorava* David. Desde quando achava que o casamento deles tinha sido um erro? E por que, de repente, estava tão decidida a empurrar Grace para outro homem?

Ela abriu a boca para dizer que não se arrependia de ter se casado com David, mas Mimi voltou a falar.

— Ligue para ele, Grace! Entre em contato.

— Você sempre diz que não podemos voltar ao passado.

— Isso depende do que está no passado. Nesse caso, você deveria. Você precisa viver a vida. Foi o que David fez, não é mesmo? Entre em contato com Philippe.

— Ele deve estar casado.

— *Bah*, e daí? Em Paris, as pessoas não se importam com essas coisas.

— Eu me importo. Mas se ele for solteiro poderia, sim, ser divertido marcar um encontro. Um drinque ou um jantar.

— Um jantar. Romântico. Com sexo. Paris foi feita para essas coisas, ok? Você não faz ideia de como estou feliz por você não estar aí se remoendo por causa do David.

— Bem, na verdade...

— Um bom sexo cura tudo, sempre achei isso. — Mimi se endireitou. — Minha aula de ioga começa daqui a dez minutos, é melhor eu ir. Me ligue de novo em breve.

Grace estava tão surpresa com a conversa toda que sequer perguntou à avó por que ela estava encurtando a ligação.

— Se cuide, Mimi.

Perplexa, fechou a tela e o rosto de Mimi desapareceu.

Grace olhou ao redor.

Havia algo de errado com a avó.

# 13

## Mimi

Mimi fechou o computador e examinou o rosto do homem pairando junto à porta.

— Era para você ter ido embora!

— Eu ia, mas então ouvi a voz dela. — David caminhou de volta ao quarto e se sentou no sofá. — Eu não esperava ouvir Grace tão… tão…

— Tão o quê? Tão feliz? Você quer que ela esteja triste, é isso?

— Não! — disse ele, e passou a mão na nuca. — Você sabe que não é isso.

— Tudo o que eu sei é que você partiu o coração de minha neta e agora apareceu do nada aqui na minha porta.

David vinha evitando Mimi, provavelmente pela vergonha de encará-la depois de ter agido como agiu. Mas ali estava ele, o que queria dizer que algo havia mudado.

— Conheço você desde sempre, Mimi. Sei que Grace está fora do país e quis passar para ver como está.

Mimi seria estúpida se acreditasse nele? Talvez devesse expulsá-lo, mas David era como um filho. Parecia impossível cortá-lo de sua vida.

David era um bom sujeito que tinha feito uma coisa ruim, ou ao menos estúpida.

— Estou bem. Nunca estive melhor — disse ela, e decidiu testar sua teoria. — E você? Onde está Lissa nesta tarde?

— Ela foi ao shopping com as amigas. Foi fazer compras.

— Imagino que seja bom para ela passear com pessoas da mesma idade.

David se encolheu.

— Que maldade, Mimi.

Era mesmo? Mimi sentiu uma pontada de culpa, mas logo se lembrou do que ele tinha feito com sua neta. Com sua Grace.

— Você espera que eu proteja seus sentimentos?

— Não. Não espero.

Ele parecia estressado. Cansado. Como um homem que não tivesse dormido uma noite inteira havia meses.

*Sexo demais*, pensou Mimi de forma brutal. Ou talvez não. Talvez houvesse algo mais. Seria possível que as coisas entre Lissa e David não estivessem um mar de rosas?

— Quer um café?

— Aceito, mas pode deixar que eu faço.

David foi para a cozinha, à vontade na casa de Mimi como se estivesse em sua própria. Antes de Grace e ele se separarem, ele visitava Mimi pelo menos uma vez por semana, no caminho para casa depois do expediente. Ele a divertia com histórias ridículas e a fazia rir. Mimi sentia saudade disso.

Sentia saudade dele.

Fazia seis meses desde que ele deixara Grace, e Mimi via as mudanças. David estava com o cabelo mais curto. A camisa era bem ajustada ao corpo. Estava nitidamente indo para a academia. Mimi imaginou Lissa o arrastando até a loja, tentando vesti-lo como um homem que não parecesse velho o suficiente para ser seu pai.

— Quem é Philippe? — perguntou ele, com certa aspereza na voz. — Ela nunca falou de nenhum Phillipe.

— Não? Bem, ele era coisa do passado, é claro. De antes de vocês dois ficarem juntos. — Mimi sentiu o coração bater forte. Ela nunca foi boa com relacionamentos, nem com os dela, nem com os dos outros. — Ela conheceu muita gente quando esteve em Paris. Era esse o propósito da viagem. Aprimorar o idioma.

E fugir. Mimi, naquela ocasião, a incentivou dizendo: "Vai, vai logo, sai dessa vida e vai lá ver como o mundo brilha fora desse lugar sombrio."

Teria feito aquilo por si mesma? Para aliviar a própria culpa? Importava?

No final das contas, não tinha sido o suficiente. Grace voltou para os Estados Unidos, para casa. E ali ficou.

David fez café na prensa francesa, como Mimi gostava. Trouxe-o até a mesinha perto do sofá, com duas xícaras de porcelana que Mimi trouxera de Paris e que sobreviveram aos anos. Uma brisa fluía da porta aberta e Mimi se sentou à sua poltrona predileta, que lhe oferecia a melhor vista do jardim.

— Ele é pianista? Grace escuta sonatas de Mozart enquanto cozinha.

— É mesmo? — perguntou Mimi, tentando parecer desentendida.

— Ela foi apaixonada por ele? Por que ela nunca falou dele?

— Ela se casou com você, David. — Mimi pressionou delicadamente o pistão da cafeteira e serviu o café. Por um instante, seu pequeno apartamento cheirava a um café parisiense. — Ela escolheu *você* — alfinetou-o, e viu David corar.

— Tenho medo de que ela esteja vulnerável agora.

Mimi bebericou o café.

— Ah, é? Ela pareceu vulnerável?

Ele percorreu o maxilar com a mão.

— Não. Ela pareceu… bem. Feliz. E como assim ela não tem um plano? Grace sempre tem um plano. Não parecia ela falando.

Mimi pensou na imagem na tela. Realmente, Grace não parecia ela mesma. Estava usando um vestido leve e esvoaçante. Havia uma taça vazia ao lado de uma garrafa de vinho. Se David tivesse visto o que ela viu, estaria fazendo ainda mais perguntas.

A própria Mimi tinha perguntas a fazer.

— Tenho certeza de que você está feliz por ela também estar seguindo em frente e reconstruindo a vida. — Mas Mimi notou que ele não parecia feliz. David não havia tocado no café. — Não precisa se preocupar com a possibilidade de Philippe machucá-la por ela estar vulnerável. Fique tranquilo. Sei que ele seria muito cuidadoso com Grace.

David não parecia tranquilo. Ele parecia querer dar um soco em algo.

Abriu a boca para dizer algo, mas seu celular tocou. Ele checou o número e fez uma careta, envergonhado.

— É a Lissa...

— Pode atender — disse Mimi em tom doce. — A coitadinha deve estar perdida no shopping.

David lançou um olhar a Mimi e virou de costas.

— Oi, Liss. O que foi?

Mimi inclinou a cabeça e, descaradamente, escutou a conversa. Ué, o que mais ela podia fazer? Ele estava conversando ali mesmo, na casa dela. Ela não tinha como ir embora, né?

— Sim. Compre, se tiver gostado — disse David, e então baixou o tom de voz. — Dou o dinheiro quando você chegar em casa.

*Ele está pagando para deixar a garota feliz*, pensou Mimi enquanto espanava a poeira imaginária da saia. Que cafona.

— Quando? Sábado agora? Que tipo de festa? Quem vai? — Ele deu de ombros. — Eu sei... sei que você acha chato ficar em casa... Sim, eu sei que está com saudade das suas amigas... Claro que a gente vai, se você quiser.

Ele a consolou mais um pouco. Babou mais um pouco de ovo. E finalmente desligou. David lançou um olhar encabulado a Mimi.

— Me desculpe.

— Não precisa pedir desculpas! Ser um *sugar daddy* é trabalho em tempo integral.

Ele deu uma risada que soou mais cansada do que divertida.

— Você nunca desiste, né? A questão não é o dinheiro, sabe? A verdade é que ela abdicou de muita coisa por mim, e sinto que preciso compensar.

Mimi não conseguia pensar numa única coisa de que Lissa tivesse abdicado. Conseguia, porém, pensar no que tinha ganhado. Um homem atraente e decente. Algo que lhe faltava desde muito antes de o traste do pai ter ido embora.

David, por outro lado, abdicara de muita coisa.

De Grace.

Triste e contrariada, Mimi enfiou a faca mais fundo.

— Deve ser divertido estar de volta aos dias de festa de sua adolescência. Faz o jantar com Grace sob o luar parisiense parecer básico.

David fez uma pausa.

— Você realmente acha que Grace vai… — Ele se deteve. — Quando falar de novo com ela, diz que mandei um oi? Pensando bem, deixa para lá. Esquece. Não diga nada.

— Duvido que eu vá falar com ela em breve. Ela está se divertindo demais em Paris para se preocupar comigo.

Estaria Mimi se intrometendo demais?

E daí se estivesse?

Mimi se levantou e pegou um copo d'água. Sua mão tremia um pouco. Sentia-se velha. Cansada.

Ela ouviu o som da cadeira sendo arrastada e passos.

— A tranca da sua porta dos fundos ainda está emperrando?

— Não ache que você vai conseguir me dobrar consertando minha casa, ok? Você acha mesmo que me importo com a porta?

Mimi estava de saco cheio do problema na porta.

— Estou com a caixa de ferramentas no carro. Posso consertar rapidinho.

Ela devia dizer para David ir embora, mas ter que dar um empurrão na porta todos os dias a estava tirando do sério. Havia chutado a porta naquela manhã mesmo, grata por ninguém ter testemunhado sua reação infantil.

— Como quiser.

Ela ouviu o som da porta da frente do carro se abrir e viu David voltar pelo caminho de frente da casa.

Mimi ficou cabisbaixa com a cena. Tinha saudade daquilo. Saudade das visitas, da conversa e da bondade de David.

Sentia-se dividida. Era deslealdade de sua parte deixá-lo consertar coisas em sua casa? Tinha também uma porta do armário que rangia sempre que ela abria.

Mas ao mesmo tempo ela estava com tanta raiva dele. Com tanta raiva.

David voltou com as mangas arregaçadas, revelando os braços fortes. Fortes. Habilidosos. Mentirosos.

Ela se endireitou.

— Não quer dizer que perdoei você.

— Eu sei.

Ele abriu a caixa e tirou uma ferramenta. Mimi não fazia ideia do que era aquilo. Ela era boa em quebrar as coisas e uma negação em consertá-las. Observou-o trabalhar. David tirou uma tranca nova do pacote e a colocou cuidadosamente.

— Ela vai procurar esse Philippe, né?

— Você entende o significado da palavra *hipocrisia*, David?

— Estou preocupado com ela, só isso.

— Você perdeu o direito de se preocupar com ela há seis meses.

Por que ela estava sendo tão dura? Talvez porque também tivesse tomado más decisões no passado. Mimi também fez coisas de que não se orgulhava.

David testou a maçaneta. Abriu e fechou a porta algumas vezes e em seguida fechou a caixa de ferramentas.

— Não sei o que aconteceu, Mimi. Não sei onde ou quando as coisas degringolaram. Fazia muito tempo que eu não sentia que Grace precisava de mim.

— Você, mais do que qualquer pessoa, devia saber o quanto ela precisava de você.

— Como? Quando? Ela organizava tudo. Planejava tudo.

— Claro que sim. Grace odeia caos mais do que qualquer coisa.

— Perdi isso de vista em meio a tudo — disse ele, suspirando. — Fui à padaria hoje de manhã. Clemmie me deu um pão velho.

*Ponto para Clemmie.*

— Ela gosta muito de Grace.

David caminhou até a janela do pequeno apartamento de Mimi e olhou para o rio.

— Aqui é lindo durante o verão.

— Não é melhor você ir embora? Não pode deixar uma criança perdida no shopping. Não seria correto.

Ele deu uma risada cansada.

— Você tem razão. É melhor eu ir. — Ele caminhou até Mimi e lhe deu um beijo na bochecha. — Até logo, Mimi.

— Não se preocupe comigo. Você vai ficar bem ocupado fazendo festa e tentando se inteirar de sei lá o quê que os adolescentes fazem hoje em dia.

Ele ignorou o comentário.

— Você vai contar à Grace que estive aqui?

— Não. Por que eu contaria? Você é parte do passado, e agora ela precisa focar no futuro.

— E se ela se envolver com ele?

— Espero realmente que isso aconteça. Ela merece ser tão feliz quanto você. — Mimi não se lembrava de ter visto homem mais triste do que David. — Agora que você sabe que ela está reconstruindo a própria vida e saindo com outros caras, pode parar de se sentir culpado e começar a aproveitar a sua nova vida.

Ele não parecia estar aproveitando a própria vida. Parecia traumatizado. Foi cambaleando até a porta.

— Eu vou… Tchau, Mimi.

— Tchau.

Quando a porta se fechou, Mimi fechou os olhos.

Ela agora tinha uma decisão a tomar.

Contaria a Grace sobre a visita dele?

Ou manteria a informação para si?

# 14

## *Audrey*

Audrey se revirou na cama e descobriu que estava sozinha. O amarrotado do lençol e relevo no travesseiro diziam que a noite anterior não tinha sido imaginação.

Sonolenta, ela se sentou. Seu vestido estava no chão. Seus sapatos, perto da porta. As roupas indicavam os eventos que se desenrolaram na noite anterior.

No final das contas, tinham ido ao bar. Étienne pedira uma cerveja chique e insistira que ela provasse. A música estava tão alta que tiveram que se sentar colados para conversar, ainda que, justiça seja feita, tenham se beijado mais do que conversado. Envolvidos um no outro, Étienne nem sequer notou que Audrey não tocou na bebida.

Étienne conhecia muita gente e todos falaram com ele em um francês rápido, ao que ele sempre respondia em inglês para que Audrey fosse incluída na conversa.

Audrey se deitou de costas e encarou o teto. Ela gostava dele. *Ela gostava dele.*

E não havia nada de errado com ela.

Sorriu ao se lembrar da noite anterior.

A porta fez barulho ao se abrir e Étienne entrou carregando uma bandeja. Ele parou junto à porta e sorriu.

— Você ainda está aqui.

— Por que não estaria?

Ele deu de ombros, fofo e desajeitado.

— É a manhã da ressaca. As coisas são um pouco diferentes à luz do dia, não?

Para começo de conversa, ele estava mais bonito do que na noite anterior.

Audrey queria ao menos ter ido ao banheiro para escovar o cabelo.

— Eu me diverti ontem à noite — disse ela.

— Eu também. Não sei o que você gosta no café da manhã, por isso fiz uma seleção.

Étienne estava sem camisa, só com um short bem baixo no quadril, e a visão deixou Audrey de boca seca.

Não tinham conversado muito na noite anterior. E se ele quisesse fazer aquilo naquele momento? E se puxasse um assunto do qual ela não soubesse nada? Audrey não queria parecer burra. Ficava mais insegura em relação a conversar do que em relação ao sexo.

Ela se sentou na cama e puxou o lençol sobre os seios.

— Seu apartamento parece um hotel.

— Não é meu, é dos meus pais.

Ele colocou a bandeja sobre a cama. O aroma do café recém-feito se mesclava ao de croissant quente. O cabelo dele caía sobre a testa e o queixo estava sombreado de barba por fazer. Étienne estava tão insuportavelmente bonito que Audrey sentiu um frio na barriga.

— Imagino que eles sejam mega bem-sucedidos — disse ela, pegando um croissant. — É melhor eu usar o prato? Não quero espalhar migalhas.

— Se espalhar, eu tiro de você com a boca. — Ele se inclinou e lhe beijou o canto da boca. — Você é incrível. Parece que seu cabelo está pegando fogo.

Ninguém nunca tinha dito a Audrey que ela era incrível. Mas a forma com que ele a olhava a fazia se *sentir* incrível.

O croissant era a melhor coisa que já tinha comido na vida. Amanteigado, folheado e ainda quente.

— Onde você comprou?

— Na padaria aqui ao lado.

Étienne tirou o short e se juntou a Audrey na cama, seguran-do o café antes que ele espirrasse para todos os lados.

— Você está cansada? A gente não dormiu muito.

— Estou ótima. Seus pais vão ficar o verão inteiro fora?

— Aham, aproveitando a praia — disse Étienne casualmente. — Meu pai é investidor, ele trabalha de casa.

Audrey não fazia ideia do que era isso, mas, a julgar pelo apartamento, claramente pagava bem.

— Me parece ótimo.

— E os seus pais? O que eles fazem?

A família dele era nitidamente normal. Se Audrey contasse a verdade sobre a dela, Étienne deixaria de achá-la incrível.

— Minha mãe é gerente de um escritório de direito. Acabou de se casar de novo.

Era parcialmente verdade. Sua vida era cheia de verdades parciais. Esconder um pedaço da vida levava Audrey a um tipo de isolamento difícil de descrever. O fato de ninguém a conhecer de fato criava uma forma aguda de solidão.

— Você tem um padrasto? Ele bate em você?

A ideia de Ron batendo em alguém fez Audrey sorrir.

— Não. Na verdade, ele é bem legal. Imagino que seus pais sejam casados há séculos.

— Sim, mas chega dessa chatice de falar dos nossos pais. — Ele tirou a caneca da mão dela e a colocou na mesa de cabeceira. — Você não vai querer pensar nos meus pais logo antes de eu fazer o que planejo fazer com você.

— Eu estava bebendo esse café! — disse ela, mas desatou de rir e bateu com as costas na cabeceira da cama. — Que horas são?

— Sei lá. Sou um estudante preguiçoso, lembra? Nunca vejo as horas de manhã.

— Mas eu tenho que trabalhar.

Àquela distância, conseguia ver a ponta dos pelos da barba por fazer e a sonolência nos olhos de Étienne sorrindo para ela. Sentiu o peso dele pressionando-a, a aspereza da perna dele contra a dela. O coração de Audrey acelerou e o desejo quase lhe expulsou o ar do corpo.

Nunca tinha feito aquilo. Nunca tinha dado risada durante o sexo. Nunca tinha acordado na cama de alguém sentindo como se pertencesse àquele lugar. Para ela, sexo sempre tinha sido uma coisa à parte. Nunca parte de algo mais. Ela nunca foi abraçada. Nunca foi aninhada, aconchegada contra outro corpo. A sensação era boa.

Ele baixou a cabeça à dela e a beijou tão gentilmente que Audrey quis chorar. Étienne não era egoísta. Demorava-se para descobrir do que ela gostava também. Não era só tesão, tinha emoção naquilo que fazia.

Ele murmurou algo em francês, abriu a boca dela com a própria e aprofundou o beijo. Audrey ficou tonta com o gosto e o deslizar erótico da língua de Étienne na dela.

Ele tinha as mãos firmes e habilidosas, muito diferentes da confusão estabanada que tinha experimentado antes. Étienne não se apressava. Não queria só "fazer aquilo" e ir embora para contar vantagem para os amigos.

— Eu gosto de você — disse ele, beijando o maxilar e pescoço dela. — Gosto muito de você.

Audrey se sentiu especial. Ignorou o fato de ele não a conhecer. Alguém, algum dia, conheceu de fato outra pessoa? Audrey sabia que havia milhões de coisas que Ron não sabia sobre a mãe dela.

— Eu também gosto de você.

Era um pouco estranho dizer isso em voz alta. O que queria dizer exatamente? Gostar não era amar. Era cedo demais para amar.

Mas gostar era algo bom. Parecia especial.

Ele rolou para cima dela.

— Estou pesado demais?

— Não.

Audrey gostava. Gostava de senti-lo. Ele era uma barreira dura de músculos que a separava da vida.

—⚬—

Audrey acordou desorientada, em pânico. Tinha pegado no sono. Como o sol entrava pela janela, soube que era tarde.

— Merda. Eu não queria pegar no sono. Que horas são? — Ela alcançou o celular e xingou de novo. — Estou atrasada. Estou ferrada. *Merda...* Quer dizer, cacilda.

Étienne bocejou.

— Cacilda? "Bosta" eu conheço. "Merda" também. Mas "cacilda" quer dizer o quê?

— Quer dizer cacilda. Você sabe... Ah, deixa para lá.

Ela saiu da cama e pegou as roupas. Étienne se apoiou nos cotovelos e, com olhos sonolentos, observou Audrey da cama.

— Pode usar meu chuveiro, se quiser.

— Não dá tempo. Já estou atrasada. Não posso dar mole com Élodie.

Como podia ser tão burra?

— Você poderia se mudar para cá, comigo.

— Não vamos colocar o carro na frente dos bois.

Ela colocou o vestido. Audrey se sentiu bonita na noite anterior. Agora, se sentia amarrotada e toda errada. Seus saltos eram altos o bastante para tornar excruciante a caminhada pelas ruas de paralelepípedos. Como podia ter perdido a noção do tempo? Quanto tempo demoraria dali até a livraria? Nem sequer sabia direito onde estava.

Ela não tinha tempo para olhar no espelho, mas sabia que a maior parte da maquiagem da noite anterior estava sob os olhos.

Achou a bolsa e olhou outra vez para Étienne.

— Obrigada.

Era a coisa certa a se dizer? Não fazia ideia.

Ele retribuiu com aquele sorriso sexy e tortinho que ela achava irresistível.

— Um amigo meu vai dar uma festa amanhã à noite. Quer vir comigo?

Audrey se deteve com a mão na porta. Uma festa na casa de alguém era diferente de beber num bar. Mas Étienne era legal, e os amigos que Audrey conheceu na noite anterior também pareciam ser.

— Claro — disse ela. — Que horas?

— Passo às oito para pegar você.

Audrey gastou suas últimas economias num táxi até a livraria e se revirou a viagem inteira no banco de trás.

Ela captou o olhar do motorista pelo retrovisor e leu nele a desaprovação.

Quando ele encostou no lado de fora da livraria, ela empurrou algumas notas na direção dele e correu para dentro.

*Por favor, que Élodie não esteja aqui, por favor.*

Nem sinal de Élodie. Havia só Grace, conversando com um senhor de cabelos brancos que estava se tornando rapidamente o cliente favorito de Audrey. Ele se chamava Toni, chegava todos os dias no mesmo horário na livraria, escolhia uma prateleira e folheava cada livro, um por um. Audrey ainda não entendia aquilo. Impossível que alguém lesse um livro tão rápido.

Naquele momento, ele estava com a mão no ombro de Grace num gesto de reconforto. Parecia estar a consolando.

— Oi, Toni. — Audrey sorriu para ele, tentando parecer natural que aparecesse com o vestido amarrotado da noite passada e salto alto. — Como vai o senhor?

— Vou bem, obrigado.

Ele abaixou a mão e sorriu para Grace como se tivesse provado ter razão. Grace se sentou na cadeira.

— Você está bem? — perguntou Grace.

— Sim. Por que não estaria?

Viu Grace examinar o vestido de Audrey e desejou ter comprado outra roupa no caminho de volta.

Grace costumava sorrir bastante, mas naquele momento sua boca era uma linha estreita.

Droga.

Audrey normalmente pouco se lixava para o que os outros pensavam dela, mas, por algum motivo, não queria que Grace pensasse coisas ruins a seu respeito.

— Sinto muito por ter me atrasado...

— Vá tomar um banho e trocar de roupa. Eu seguro as pontas aqui. — Grace se levantou e pegou uma pilha de cartões-postais de cima da mesa. — Vamos continuar com esses, Toni. Essa aqui deve ter sido tirada lá do outro lado da rua, não acha?

Toni pegou o postal da mão de Grace e o examinou.

— Sim. Tinha um café bem ali.

Audrey hesitou. Ela queria se redimir, mas não sabia o que dizer. O melhor que podia fazer naquele momento era ir se arrumar. Subiu as escadas correndo para o apartamento, tomou um banho de dois minutos, colocou uma calça jeans e uma camiseta limpa. Se gastasse tempo secando o cabelo, Élodie notaria sua falta? Sabendo como era azarada, provavelmente.

Amarrou o cabelo num coque, escancarou a janela para deixar o ar entrar e voltou rapidamente pelas escadas.

Abriu a porta e congelou.

Élodie estava bem ali.

Seu estômago apertou.

*Adeus, apartamento*. Provavelmente adeus Paris também, porque ela não conseguiria pagar outro lugar com o que ganhava no salão. Adeus, Étienne.

Essa última parte a incomodava mais do que qualquer outra.

Audrey se preparou para ser despedida e humilhada publicamente, mas, em vez da explosão da última vez, Élodie sorriu para ela.

— Obrigada! — disse ela, esticando as mãos para Audrey. — Grace me disse que você passou metade da manhã limpando as caixas de livros nos fundos. Elas estão lá há milênios. Eu nunca tive tempo para separá-los. Não surpreende que você tenha ficado coberta de poeira e precisado de um banho. Muito obrigada mesmo.

Grace permaneceu imóvel.

— Eu estava contando para a Élodie que você primeiro separou em ficção e não ficção e depois em categorias. A gente coloca nas prateleiras mais tarde.

Audrey a encarou.

Grace tinha mentido por ela? *Grace?*

Era capaz de mentir?

Deve ter sido um peso para ela, mas o fez por Audrey.

— Sim, os livros estavam... bem sujos.

Élodie abanou as mãos.

— É um trabalho que estou adiando há dois anos, fico feliz que você finalmente tenha começado. Obrigada, Audrey.

Audrey sentiu a cor fluir para suas bochechas. Sentia-se uma fraude, provavelmente porque *era mesmo* uma fraude. Ela *nunca mais* ia se atrasar.

— De nada. — Ela esperou Élodie sair da livraria e então se virou para Grace. — Obrigada. Você não precisava ter feito isso.

— Eu não queria que você perdesse o emprego.

— Sim, bem, obrigada de novo. Coloquei você numa situação difícil. Sei que você não é do tipo que mente, então não a culpo de estar brava comigo.

Àquela altura, Audrey já devia estar acostumada. Sua mãe gritava com frequência. Seus professores estavam sempre decepcionados.

— Não estou brava por ter mentido por você. Estou brava porque você quase me matou de preocupação, Audrey. Você não voltou para casa ontem à noite. — Grace aumentou o tom de voz. — Tem ideia do que senti quando bati à sua porta hoje pela manhã e você não respondeu? Seu celular estava desligado. Imaginei você jogada na sarjeta em algum canto e não sabia nem por onde começar a procurar. Eu estava pensando como pedir a Élodie o telefone de Étienne quando você entrou. Foi Toni que me convenceu a esperar. — Ela se sentou dura à cadeira e respirou fundo. — Me desculpa. Desculpa. Não quis gritar com você, mas tive tanto medo.

Audrey abriu a boca e a fechou de novo.

— Você está brava porque… estava *preocupada* comigo?

— Claro! Por que mais estaria?

— Porque eu me atrasei e você teve que mentir por minha causa.

— Fiquei muito aliviada de te ver sã e salva. E, bem, eu teria mentido milhões de vezes por você. — Grace passou as mãos no rosto. — Você deve estar achando que exagerei, o que talvez seja verdade. É coisa de mãe, eu acho. Sempre imagino o pior.

Audrey sentiu os olhos arderem. Não havia lhe ocorrido que Grace pudesse estar preocupada.

— Eu estava bem. Nós saímos e dormimos na casa dele. Eu perdi a hora. — Melhor não mencionar a transa matinal. — O apartamento dele era um pouco longe e demorou mais do que o planejado. Prometo que não vai acontecer de novo.

Grace girou o anel no dedo.

— Eu que devia pedir desculpas. Você é adulta. Sua mãe deve estar em casa lutando para não ligar a cada cinco minutos e aqui estou eu, bancando a mãe coruja, me metendo onde não devia.

Nunca ninguém cuidara maternalmente de Audrey, muito menos a mãe dela.

— Eu... eu fico feliz que você se importe. — Ela estava com um nó na garganta. Grace devia ser a pessoa mais bondosa que Audrey já conhecera. — Como foi sua noite? Entrou em contato com Philippe?

— Não.

Audrey viu um restinho de sorriso na boca de Grace.

— Por que não? Manda logo a solicitação de amizade, Grace. Não discute.

— Você não tem direito de se meter na minha vida amorosa.

— Por que não? Você se meteu na minha. — Audrey cruzou os braços. — Vamos fazer um acordo. Na próxima vez que eu sair, vou mandar uma mensagem dizendo que estou bem e segura se você mandar logo a solicitação de amizade a ele.

— Você é uma manipuladora.

— Valeu.

— Não foi um elogio.

— A vida é dura, Grace. Como é que você sobreviveu até aqui? Você é tipo... — Audrey gesticulou. — Tipo perfeita. Você não fala palavrão, não bebe...

— Bebi uma taça de vinho ontem à noite.

Audrey pressionou a mão contra o peito.

— Estou *chocada*. É isso aí. Hoje, uma taça de vinho. Amanhã, um beijo num gostosão debaixo da Torre Eiffel.

— Você tem uma imaginação selvagem.

— Anda.

Grace suspirou e pegou o celular.

— Se der errado, você vai se ver comigo.

— Vai logo.

Audrey observou Grace finalmente mandar o pedido de amizade.

— Aí! Não foi tão difícil, foi?

— Foi aterrorizante.

— É um novo começo.

— Ou talvez seja o maior erro da minha vida — disse Grace, puxando um pedaço de papel de dentro da bolsa. — Isso aqui é para você.

— O que é isso?

— Uma lista de audiobooks que acho que você vai gostar. Eu os escolhi porque imagino que você vai gostar da história, mas também porque o narrador é muito bom. Se você vai ouvir a voz de alguém por bastante tempo, ela pelo menos tem que agradar.

— Ah, saquei. Tipo, Étienne tem uma voz sexy para caramba. — Ela olhou para Grace com o canto do olho. — Foi mal. Informação demais. Juro que tomei cuidado.

— E eu perguntei alguma coisa, por acaso?

— Aham, só não com a boca. Estava bem aí nos seus olhos. — Audrey leu a lista lentamente. — Você tem uma letra bonita. É mais fácil de entender do que a da maioria das pessoas.

— Eles deixam baixar alguns livros de graça para experimentar, então você não precisaria gastar dinheiro no começo.

— Legal. Gosto de coisas de graça. Valeu, Grace.

— Você tem algo na geladeira para comer hoje à noite? Quer jantar comigo? Pode vir umas seis, se quiser.

— Sim, claro.

Audrey ficou surpresa com quanto gostava da companhia de Grace. Ela era tranquilizante. Reconfortante. Era como nadar numa piscina profunda sabendo que havia um colete salva-vidas ao alcance.

Apesar de sua obsessão com frutas e salada, ela também era uma boa cozinheira.

— Ótimo. Vou fazer alguma coisa para a gente e podemos treinar algumas palavras para pedir informação sobre endereços.

Audrey começou a reconsiderar o jantar.

— Mesmo que eu aprenda as palavras para esquerda e direita, ainda assim não vou saber para que lado ir. Sou péssima em me nortear. Sempre fui.

— Eu imaginei que sim. — Grace vasculhou a bolsa outra vez. — Comprei isso aqui para você. Espero que goste.

Entregou uma caixinha azul e, perplexa, Audrey a encarou.

— O que é?

— Abra e veja.

Ela abriu a caixa e sentiu a garganta dar um nó. O anel de prata era tão delicado que parecia feito de renda.

— É lindo. Como assim, Grace? Eu não acredito que você comprou para mim.

— Use na mão direita. Anel na mão direita, vire para a direita. Assim você não vai esquecer e se perder.

O nó na garganta de Audrey piorou. Ninguém nunca havia lhe dado algo tão bonito antes. Nem a mãe nunca havia lhe dado joias.

— Nem sei o que dizer.

— Tente dizer algo em francês.

Audrey sorriu, e a sensação estranha na garganta passou.

— *Merci beaucoup.*

O anel era bonito, mas o que a comoveu de verdade foi a lembrança por trás do presente. Grace pensava nela. Tentava achar meios de ajudar.

Ninguém nunca havia pensado em formas de facilitar as coisas para Audrey. E ninguém nunca havia lhe dado alguma coisa bonita como aquele anel.

Para demonstrar gratidão, foi ao quarto dos fundos para continuar o trabalho que Grace havia iniciado, mas começou a espirrar imediatamente. Abriu a boca para xingar, mas se impediu. Grace detestava palavrões, né?

— Esse lugar é um ninho de ácaros. O que são essas caixas?

As caixas formavam uma pilha grande e a maioria não tinha sido aberta.

— As pessoas que trazem, são doações. Às vezes vêm de uma limpeza, mas às vezes são livros de alguém que morreu. — Grace gesticulou para a pilha que já tinha colocado em ordem. — Vou botar esses na prateleira. Faça no seu tempo. Se puder dividir em ficção e não ficção, eu faço o resto. E, se alguns forem confusos, difíceis de diferenciar, forme uma pilha diferente.

— Algum deles é valioso?

— É pouco provável, mas Élodie vai conferir antes de colocarmos nas prateleiras.

Audrey passou o resto da manhã lutando contra livros velhos e poeira e pensando em Étienne. Quando ouviu o sino tocar perto da hora do almoço, seu coração acelerou, mas ela permaneceu na sala dos fundos. Como deveria agir? Diferentemente de algumas de suas amigas, Audrey não era do tipo de sair se apaixonando perdidamente, mas gostava de Étienne. Gostava muito dele. Mas será que queria que ele soubesse disso?

Decidindo ficar quieta, tirou o cabelo dos olhos e se levantou.

Conseguia ouvi-lo conversando com Grace. Os dois estavam rindo.

Ela foi para a frente da loja.

— Oi, oi.

— Oi.

Ele deu um sorriso que Audrey sabia ser só para ela. Era um sorriso que recordava a noite anterior, mas também cheio de promessas. *Amanhã. Já estou pensando nisso.*

Com o coração batendo em falso e dançando no peito, o cérebro de Audrey tentou conter as esperanças. Ela se sentia sozinha, certo? As pessoas fazem coisas estúpidas quando se sentem solitárias. Tomam decisões das quais se arrependem mais tarde.

— Eu estava separando os livros, mas, como você chegou, vou indo nessa. O salão está movimentado hoje.

Por algum motivo, o olhar que Étienne lançou em sua direção fez Audrey se sentir leve e tonta.

Audrey planou tarde afora, lavando cabelos e massageando couros cabeludos. Era fácil para ela, como se os dedos soubessem o que fazer sem qualquer ajuda do cérebro. Talvez pudesse encontrar um salão que a treinasse. Alguns faziam isso, né? Poderia aprender a cortar cabelo. Subir na carreira. Algum dia, talvez, ter seu próprio salão. Sabia que seria boa nisso.

Era bem mais tarde quando finalmente bateu à porta do apartamento de Grace.

Audrey soube que havia algo errado no momento em que Grace abriu a porta. Ela tinha tomado banho e trocado de roupa. Os botões da camisa estavam trocados.

Conhecendo Grace, era sinal de que o mundo estava ruindo.

— O que aconteceu?

Audrey entrou e sentiu um cheiro delicioso vindo da cozinha, o que era bom.

— Ele respondeu!

— Pela sua cara de pânico, imagino que esteja falando de Philippe. E aí?

— Ele aceitou meu pedido de amizade e mandou uma mensagem na hora me chamando para jantar amanhã à noite.

— Que incrível!

Grace andava de um lado para o outro do apartamento, dobrando e esticando os dedos.

— Não é incrível. Por que fui mandar aquela solicitação, meu Deus?

— Porque eu a encorajei a fazer isso, e me recuso a pedir desculpas. Eu a salvei de você mesma. Se acalme. Vai ser só um jantar. Aonde vocês vão?

— A lugar nenhum. *Óbvio* que não posso ir.

— Você precisa se alimentar. Ele precisa se alimentar. Vocês vão se alimentar juntos. Não tem segredo.

— Nós duas sabemos que é bem mais complicado do que isso.

— Sabemos? — Audrey se sentou no sofá e examinou um prato de aperitivos. — Isso é de comer? Meu cérebro funciona melhor quando está alimentado.

— Sirva-se.

— Valeu. — Audrey pegou o que parecia um quadradinho de pão com algo em cima que tinha um aroma delicioso. — Me diz, por que é complicado?

— Para começo de conversa, fiquei com o mesmo homem pelos últimos vinte e cinco anos. Não sei nada sobre encontros.

— Não tem problema. Posso ser um fracasso com verbos em francês, mas sei tudo sobre lingerie sexy. Nossa, isso aqui está delicioso… — Audrey segurou as migalhas com a palma da mão. — Nunca achei que gostasse de azeitonas antes de vir para a França.

— Minha lingerie não é uma questão. Se eu for, o que ainda não decidi, não vou tirar a roupa.

— Por que não?

— É um jantar. Um encontro com um amigo.

— Nada de jantar e sexo?

— Com certeza nada de jantar e sexo.

— Então por que você está tão estressada?

— Sei lá. Talvez porque, na última vez que o vi, tinha 18 anos — disse Grace, alisando o vestido bege sobre as coxas. — Faz muito tempo.

Então era um problema de confiança.

Audrey mastigou. Era estranho. Grace devia ter… hum… que idade? Audrey era péssima em adivinhar a idade dos outros.

Achou melhor pisar em ovos.

— Faz quantos anos desde que o viu?

— Você está perguntando quantos anos tenho? Não é algo que eu esconda. Tenho 47.

*Quarenta e sete?*

Audrey teria arriscado pelo menos 50. Quarenta anos também era bastante idade, é claro, mas não tanto quanto 50.

— Está bem, vou falar objetivamente, e você não vai ficar brava comigo, ok? Você só tem 47 anos, mas se veste… —

Audrey pegou outro pedaço do prato e acenou na direção de Grace. — Desse jeito que se veste. Por que isso?

— Eu visto o que condiz com minha idade.

— Não. Você se veste como uma avó. Preciso consertar isso.

— Você não vai consertar nada. Esse é o estilo que eu gosto de usar.

Audrey deu outra mordida na comida. Ela não queria ferir os sentimentos de Grace, mas ainda assim… às vezes, era preciso ser cruel para ser legal, né?

— Só estou dizendo que acho que você podia fazer algumas pequenas mudanças. Tipo, essa meia-calça precisa cair fora, isso é óbvio. Quem usa meia-calça no verão?

— Eu uso.

— Não usa mais. Pode tirar.

Grace pressionou as coxas, como se temesse que Audrey fosse até ela e as tirasse.

— Eu gosto delas.

— Ninguém "gosta" de meia-calça, Grace. Elas são abomináveis. Precisa que eu aprenda a dizer isso em francês?

— Não preciso. E discordo de você. A partir de certa idade, as mulheres não devem mostrar as pernas.

— Talvez não, se você tiver varizes e coisa do tipo, o que você não tem.

Audrey examinou as pernas de Grace.

— Você só precisa de um bronzeamento artificial e pronto.

— Não vou deixar minhas pernas laranjas.

Audrey suspirou.

— Elas não vão ficar laranjas. E, se você quer que eu aprenda um monte de palavras em francês, vai precisar se livrar dessa meia-calça. Esse é o acordo.

— As palavras novas são para você. Para ajudar você.

— E o jeito novo de se vestir é para *você*. Para ajudar *você*. Precisamos botar um pouco de cor nessas suas roupas. Você veste muito bege e preto. Tipo, você é linda, não me leve a mal, mas suas roupas fazem você parecer mais velha do que é.

— Bege e preto são escolhas clássicas e seguras.

— Para quem trabalha numa casa funerária, talvez. A gente tem que fazer Philippe se surpreender quando encontrar você para jantar.

— Não vou sair para jantar com ele.

— Ah, você vai sim. — Audrey se levantou. Por onde começar? — Primeiro de tudo, acho que você usa um número maior do que deveria.

— Roupas justas não ficam bem em mulheres da minha idade.

Audrey pensou na própria mãe. A pele toda de fora. Cintura tão apertada que mal conseguia respirar.

— Você tem razão. Mas tem uma diferença entre roupa apertada e roupa que cai bem. — Ela rodeou Grace, examinando-a por todos os ângulos. — Levante o vestido.

— Oi?

Audrey se aproximou e o levantou com as próprias mãos.

— Por que você sempre usa vestidos que vão até a batata da perna?

— Detesto meus joelhos.

— Então por isso a meia-calça? Seus joelhos me parecem ótimos, mas podemos escolher algo que passe do joelho, se isso for deixar você mais confortável.

— Você está pensando em me ajudar a escolher minhas roupas?

— Ajudar não. Eu vou escolher sozinha. Sem a sua ajuda. Além disso, vou fazer seu cabelo e maquiagem.

Audrey puxou um grampo do cabelo de Grace. Ele caiu sobre os ombros dela. Seus dedos coçavam de vontade de pegar a tesoura.

— Você é bonita. É do tipo que nunca sai de casa sem passar protetor solar e chapéu, então sua pele é ótima. Não tem fios grisalhos. Faz quanto tempo que você usa esse corte?

— Trinta anos.

— Você usa o mesmo corte de cabelo há trinta anos?! Put... Digo, cacilda. — Audrey pegou uma cereja do pote sobre a mesa. Se enchesse a boca de cerejas, não correria o risco de dizer o que estava pensando em dizer. — Hora da transformação.

Ela cuspiu o caroço na palma da mão e estava prestes a colocá-lo sobre o livro que Grace estava lendo quando percebeu o olhar dela.

— O lixo fica na cozinha, Audrey.

— Ótimo. Eu sabia. Valeu. — Audrey foi até lá jogar o lixo e voltou. — Estou quase adestrada. Não é o máximo? Agora sente-se e não se mexa. — Ela puxou uma das cadeiras da mesa. — Vou lá em cima pegar umas coisas em casa e volto num minuto.

Foi correndo até o apartamento, pegou o que precisava, voltou e encontrou Grace parada no mesmo lugar.

— O que exatamente você tem em mente?

— Vou mudar umas coisinhas, só isso.

— Ai, Audrey. Eu detesto mudanças.

— Você não vai detestar essa. — Audrey gesticulou na direção da cadeira. — Vou mostrar algumas cores e estilos a você. Se não gostar, não vou me ofender.

— Você não vai cortar, certo?

Grace segurou o cabelo num gesto de proteção. Com o cabelo solto e os botões trocados, ela parecia vulnerável.

— Ainda não. Mas vou mostrar como ficaria mais curto. — Ela abriu o estojo que Meena havia lhe dado de aniversário e tirou algumas presilhas de cabelo. — Feche os olhos.

— Quero ver o que você está fazendo.

— Eu por acaso falo para você como deve ensinar francês? Pode confiar um pouco em mim, por favor? Sou boa nisso, prometo. — Audrey escovou o cabelo de Grace, analisando a cor e a textura. — Você tem um cabelo bonito. Está em boas condições. Isso vai ajudar.

— Hidrato com frequência.

É claro que sim. Grace nunca faria algo irresponsável como deixar o cabelo abandonado. Audrey foi para a frente, torceu um pouco o cabelo do rosto de Grace, baixou um pouco, testou tamanhos diferentes.

— Quero tentar um negócio. — Segurando os grampos com os dentes, penteou o cabelo e o prendeu de modo a imitar um penteado curto. — Claramente ficaria melhor se você cortasse.

— Você vai me deixar ver?

— Ainda não. Onde está seu estojo de maquiagem?

— No banheiro.

— Não se mova. — Audrey voltou rapidamente com o estojo de maquiagem em mãos. — Sua maquiagem é cara.

— David me dá maquiagem de Natal e aniversário.

— Ele compra sua maquiagem?

— Não. Eu que compro.

— Ah, beleza, saquei. Você compra e ele embrulha.

— Eu costumo embrulhar também.

— Porra, Grace… Quer dizer, cacilda máxima… — Audrey escolheu um hidratante com cor. — Você também se entrega o presente e deseja feliz aniversário a si mesma? E o sexo? Você faz sozinha ou ele ajuda?

— Não vou nem me dar ao trabalho de responder.

— Ele é o único cara com quem você transou na vida?

— Você não pode me perguntar coisas desse tipo.

— Acabei de perguntar. David foi o único?

Grace hesitou.

— Não.

Audrey sorriu e deu um cutucão em Grace.

236

— Hmm, danadinha. Quem foi o outro? Não, não me diga. Foi Philippe, né? É por isso que você está nervosa em sair com ele. Você gostava dele. E aí, quem mais?

— Ninguém.

— É isso? Dois homens? Caramba, Grace, você é praticamente uma virgem. — Audrey passou uma esponjinha nas bochechas de Grace. — Por que você comprava seus próprios presentes?

— Os Natais e aniversários sempre foram imprevisíveis durante a minha infância. Para mim é importante saber que vou gostar do presente quando abrir, por isso eu mesma costumo escolher.

Então Audrey não era a única com uma infância imprevisível?

O que exatamente tinha acontecido com Grace?

Audrey respondeu de forma neutra. Se Grace quisesse conversar sobre o assunto, ela tocaria nele.

— Isso é uma droga, Grace.

— Sim, é uma droga. Um monte de coisa na vida é uma droga.

— Nem me diga — disse Audrey, aplicando o iluminador e o blush com habilidade. — Você tem as maçãs do rosto bonitas.

— Sua mãe que te ensinou a maquiar?

— Meio que sim. — Ensinar como cobrir os sinais de ressaca contava? Audrey foi tirando, checando e descartando batom por batom do nécessaire de Grace. — Seus batons são todos escuros demais. Você precisa de algo mais claro. Um *nude* ou quem sabe algum tom de rosa. E *gloss*. É verão. Mas não se preocupe. Damos um jeito nisso mais tarde. — Audrey recuou um passo. — Pronto, vai se olhar no espelho.

Grace se levantou e caminhou até o quarto.

Audrey a ouviu ofegar.

Era um ofegar bom? Um ofegar de horror? Um ofegar de "que merda você fez"?

— Ah, Audrey… — disse Grace, e apareceu à porta com os olhos brilhando. — Eu amei. Você é *tão* competente.

Ninguém nunca lhe dissera que era competente. Audrey se sentiu alguns centímetros mais alta.

— Fico feliz que tenha gostado.

— Você consegue fazer isso de novo amanhã à noite?

— Pensei que você não fosse no jantar.

Grace levantou a mão até o cabelo.

— Devo ter mudado de ideia.

— Não ficaria assim. Os grampos cairiam.

Grace hesitou e em seguida levantou o queixo.

— Então vamos cortar.

Audrey pareceu surpresa.

— Jura?

— Juro. Como você disse, é hora de mudar.

Era um bom momento para confessar que ela nunca tinha cortado cabelo profissionalmente? Não. Se o fizesse, Grace perderia a coragem. E Audrey tinha certeza de que era capaz. Tinha cortado o próprio cabelo milhares de vezes. E o de Meena também.

— Você também topa fazer umas luzes? Não muitas. Só algumas para definir e emoldurar seu rosto. Vai ficar lindo, prometo.

— Não tenho que ir a um salão para fazer isso?

— Eu tenho tudo. Minha antiga chefe me deu as coisas para pintar o cabelo da minha mãe.

— Então vamos nessa. O que você achar melhor. Estou em suas mãos.

Audrey levou uma hora para fazer as luzes e mais uma hora para lavar e cortar o cabelo de Grace usando a tesoura que foi presente de despedida de uma das colegas de salão em Londres.

Pedaços de cabelo caíram no chão, e ela sentiu uma pontada de nervosismo.

E se Grace odiasse?

De qualquer forma, já era tarde demais. Não tinha como colocar o cabelo de volta.

Ela penteou o cabelo cuidadosamente para conferir o corte. Deixou as laterais um pouco mais longas e virou na hora de secar para que enquadrassem o rosto de Grace.

— Pronto. Você está pronta — disse ela, desligando o secador.

As palmas da mão de Audrey estavam suadas. A mudança tinha sido mais dramática do que tinha imaginado inicialmente.

— Posso ver?

Grace tirou a toalha dos ombros e foi até o quarto.

Audrey fechou os olhos e cruzou os dedos.

Houve um silêncio. E mais silêncio. Por fim, ouviu um som.

— Grace?

Ela estava chorando? Merda. Que merda. Em pânico, Audrey foi até a porta do quarto. Grace estava diante do espelho e lágrimas rolavam por seu rosto. Audrey pensou que ia desmaiar.

— Me desculpa. Eu achei... eu vou consertar. Eu vou fazer um... eu...

— Não, Audrey. Eu amei. — Grace secou as bochechas e se virou para olhar Audrey. — Estou *me* amando. Pela primeira vez em meses. Mais até. Você não faz ideia. — Grace mergulhou na cama e chorou intensamente, soluçando muito. — Quando David foi embora, não levou só as roupas do armário, levou minha autoconfiança junto, sabe? Cada gota dela. A outra é tão *jovem*, e foi tudo tão brutal que sempre que eu olhava no espelho só conseguia enxergar os motivos pelos quais ele tinha me trocado por uma garota. Por isso, parei de me olhar.

Audrey permaneceu imóvel. Ela estava acostumada a ver a própria mãe chorando. Mas Grace? Era algo completamente novo. Audrey quis chorar também. Sentia um nó enorme na garganta. Colocou a mão no ombro de Grace.

— Acho você linda. Por dentro e por fora. Essa é a verdade. Você é a melhor pessoa que eu já conheci na vida, Grace.

Grace se levantou e lhe deu um abraço apertado.

— Eu tenho me esforçado ao máximo para seguir em frente. Não ser eu mesma. Ser diferente.

— Você não precisa ser diferente — disse Audrey, que nunca tinha recebido um abraço tão forte. — Você é ótima do jeito que é.

— Não. Meu eu verdadeiro é chato e faz tudo igual porque é seguro. Meu cabelo ficou do mesmo jeito todos esses anos porque eu tinha medo demais de mudar. Mas o que você fez foi incrível e me fez entender que mudanças podem ser para melhor. E quero mais disso. Preciso de uma repaginada dessas na minha vida inteira.

Audrey sentiu os olhos encherem e as lágrimas rolarem. Merda. Ela realmente ia socar o marido de Grace se um dia o encontrasse.

— Você está borrando a maquiagem. Pior ainda, está *me* fazendo manchar a *minha* maquiagem. Vamos ter que fazer tudo de novo, você sabe, né?

Grace emitiu um som engasgado que se parecia com uma risada. Em seguida, levantou-se e voltou ao espelho. Mexeu a cabeça para brincar com o corte. Sedoso e suave, o cabelo balançou a cada movimento.

— Quantas vezes você já fez esse corte?

Agora sim tinham chegado à parte constrangedora.

Audrey se remexeu um pouco.

— Talvez tenha sido a primeira vez.

— Você não costuma cortar curto assim?

— Não costumo cortar, ponto.

Huum. *Talvez você devesse ter mentido quanto a isso, Audrey.* Grace franziu a testa.

— Mas você disse que trabalhava como cabeleireira.

— Eu disse que trabalhava em um salão de cabeleireiro. Eu lavo cabelo. Faço tratamentos. Pinto. Faço massagem capilar. Esse tipo de coisa.

— Então é a primeira vez que você faz um corte de verdade?

— Aham.

Ela esperou que Grace fosse dar um chilique.

O que não aconteceu.

— Nesse caso, acho que nós duas sabemos muito bem qual carreira você deve seguir. Você tem um talento de verdade, Audrey. Amanhã vamos juntas ao salão para mostrar a eles o que você fez.

— Não posso cortar cabelo aqui na França. Eu não falo francês.

— Cabelo é uma linguagem universal — disse Grace, virando a cabeça para o lado outra vez. — O que devo usar no encontro?

Audrey finalmente relaxou.

— Você vai mesmo?

— Com certeza. — Grace se virou para olhar Audrey com uma expressão no rosto que ela nunca tinha visto. — Preciso exibir meu novo corte de cabelo.

## 15

Grace virou a cabeça de um lado para o outro, admirando o corte de cabelo no espelho.

Ela se sentia empolgada e nervosa ao mesmo tempo, o que, é claro, era uma loucura. Que motivo teria para estar nervosa?

Ia jantar com um velho amigo, só isso.

Só que... Philippe era mais do que isso, certo?

*Ele tinha sido seu primeiro amor.*

Ao ir embora de Paris sem ao menos ter a chance de dizer adeus, Grace chorou ao longo de todo voo de volta para casa. Chorou pela vida que deixava para trás e pela vida à qual retornava. Os comissários de bordo a mantiveram munida de lenços.

Ela saiu do avião de volta para o caos e os conflitos de sua vida normal. Foi como mergulhar no degelo depois de nadar nas águas mornas de um oceano tropical. Logo estava lidando com um mundo feito de ângulos cortantes em vez de curvas delicadas. Só encontraria uma coisa verdadeiramente sólida em sua vida ao conhecer David. A sensação era a de agarrar uma árvore, ciente de que ela não se moveria quando as correntezas da vida passassem por Grace.

David a recompôs peça por peça.

Com o tempo, David substituiu a peça de Philippe, até que fosse como se ele nunca tivesse existido.

— Grace?

Houve uma batida à porta do quarto e em seguida a voz de Audrey:

— O que você está fazendo aí? É melhor não estar mexendo no cabelo! Está pronta?

— Aham — disse, dando uma última olhadinha no reflexo.

Não viu a esposa de David ali: viu a si mesma.

E a beleza talvez não fosse o que via por fora, mas o que sentia por dentro.

A mulher no espelho não tinha um plano. Nunca conferia listas. Ia aonde seu impulso a levava.

Ela abriu a porta, e Audrey assoviou.

— A roupa está perfeita. Deslumbrante. Essas sandálias douradas estão na moda.

O par de sandálias douradas de tiras foi uma de muitas compras absurdas.

Grace tinha temido que Audrey a fizesse comprar roupas feitas para mulheres com a metade da idade dela, mas não foi o que aconteceu. Encontraram uma loja de bairro e a primeira coisa que Audrey pegou foi um vestido azul-mediterrâneo. A parte de cima era bem ajustada, deixava os braços de Grace à mostra e a parte de baixo caía da cintura em pequenas pregas. Audrey também a convenceu a comprar sandálias douradas de tiras e um chapéu de aba larga com fita. Enquanto Grace provava tudo, Audrey escolheu algumas blusinhas, uma calça jeans com um bom corte e uma saia branca com estampa floral que ia até pouco abaixo do joelho. Ela era clara, típica de verão, mas ainda assim sofisticada.

— Você devia ser estilista.

Grace deu uma volta com um vestido azul, adorando a sensação e o caimento dele. Era ela mesma naquele espelho? Não fazia ideia de que as roupas podiam fazê-la se sentir tão bem. Algumas de suas amigas compravam roupas toda semana, mas Grace tinha investido num guarda-roupa compacto facilmente adaptável a qualquer ocasião da vida.

Foi a primeira vez que precisou se vestir para jantar com um ex, e nada em seu guarda-roupa original atendia à situação.

Como um vestido era capaz de transmitir confiança? Grace não sabia, mas aquele transmitia.

— O que você acha?

Audrey cruzou os braços e rebateu:

— O que *você* acha?

— Eu amei!

— Ótimo. Eu também. Agora prova esses daqui…

Audrey empurrou mais alguns vestidos que Grace aceitou, ignorando a parte de si que dizia que não precisava de um guarda-roupa novo.

Se as roupas não se adequassem à sua vida, então ela mudaria de vida.

Gastou mais naquela única sessão de compras do que jamais gastara, e não estava nem um pouco arrependida.

Colocou a bolsa debaixo do braço e examinou Audrey.

— Você também está bonita.

— Eu não sabia o que vestir.

Audrey olhou para a própria calça jeans e a blusa cintilante.

— Vamos a uma festa na casa de um amigo dele. Talvez eu esteja malvestida na parte de baixo e exageradamente bem-vestida na de cima, mas acho que pelo menos metade de mim vai estar com a roupa certa.

— Que tipo de festa vai ser?

— O tipo de festa em que as pessoas bebem, dançam, vomitam no banheiro e, às vezes, transam. Não tudo ao mesmo tempo. Em outras palavras, uma festa normal. Não é à fantasia, graças a Deus. Minha amiga Meena e eu fomos a uma fantasiadas de gatinhas, e a máscara me deu coceira. Mas ter um rabo foi legal. Você está parecendo ansiosa agora. Não precisa se preocupar comigo, Grace.

— Onde vai ser a festa?

— Não sei. Como você sabe, não tenho muito senso de direção. Étienne vai vir me buscar, então graças a Deus não vou ter que me preocupar com isso.

— Você conhece esse amigo, o dono da casa?

— Hum, não? O que você quer? Uma referência?

Audrey lançou um olhar que fez Grace se sentir idiota.

— Desculpa. Você tem razão. Eu devia me preocupar comigo mesma, não com você.

Audrey deu um tapinha no ombro dela.

— E a senhorita também, não fique fora até muito tarde. Se tiver problemas, me ligue. Você tem camisinha na bolsa?

— Não vou precisar de camisinha.

— Nunca se sabe. — Audrey alisou uma mecha do cabelo de Grace. — Estou adorando esse corte. Foi fácil de arrumar pela manhã?

— Aham, mas eu queria ter descoberto esse corte anos atrás.

Nos últimos tempos, Grace sentia como se a vida estivesse acontecendo para ela. Não teve controle de nada. Não pôde escolher o que aconteceria com David. Agora, porém, tomava pequenas decisões por conta própria — seu apartamento, corte de cabelo, o jantar com Philippe —, e a sensação era boa.

— Só falta uma coisa.

Audrey entregou uma sacolinha para Grace, que abriu.

— Você comprou um batom pra mim?

Audrey pegou o batom e abriu para que Grace visse a cor.

— Experimente.

A cor não passava de pouco mais do que um leve brilho, mas era perfeita.

— Obrigada. É muita gentileza de sua parte. Deixa que eu pago.

— De jeito nenhum. — As bochechas de Audrey ficaram coradas. — Tive boas gorjetas durante a semana e você sempre me dá coisas. Onde vocês vão se encontrar?

— Em um café perto do rio. Ele reservou uma mesa na área externa, o que imagino que vá facilitar minha fuga se a noite for um desastre. — O celular dela tocou, e ela o pegou. — É Sophie. É melhor eu atender.

— Vejo você mais tarde. Ou quem sabe amanhã. Prometo não me atrasar.

Audrey desapareceu, e Grace a acompanhou com o olhar por um instante antes de aceitar a ligação da filha.

— Sophie! Tudo bem, meu amor?

— Tudo ótimo! Mãe, você não vai acreditar nas coisas que fizemos em Roma. Aqui é tão legal...

Radiante e animada, contou tudo a Grace. Era um alívio que Sophie estivesse se divertindo tanto. Quando foi a última vez que Audrey tinha conversado com a mãe? Grace tentou se lembrar de alguma vez que a tivesse visto ao telefone.

— E você, como está, mãe? Como está se sentindo?

— Estou ótima.

Havia dito essas mesmas palavras diversas vezes desde que David a deixou, mas, naquela noite, pela primeira vez, as dizia de coração.

— O que vai fazer hoje à noite?

— Meu plano é curtir Paris. Jantar e dar um passeio pelo rio.

E não ia se sentir culpada. Foi David quem quis terminar o casamento, não ela.

Ela estava apenas recolhendo os pedaços da vida, nada mais. Estava em Paris, usando um vestido que adorou e ia ter um encontro num café perto do rio.

Segurando o celular entre a bochecha e o ombro, girou a aliança de casamento no dedo. Grace se lembrou do dia em que David a colocara. Ela passara o dia todo com medo de que ele a perderia ou esqueceria, que o casamento não acontecesse.

O estado de Grace na época era deplorável. Ainda de luto pelos pais. Sentindo-se confusa e culpada. Sempre culpada. Sempre pensando nos outros.

Sophie continuava a falar.

— É melhor eu ir, mãe. Chrissie achou uma balada incrível aqui.

Outra balada? Sophie costumava gostar de museus e galerias de arte, mas, nos últimos tempos, só parecia falar de festas e pessoas que ela e a amiga tinham conhecido.

Grace abriu a boca para dizer à filha que tomasse cuidado, mas logo imaginou Audrey revirando os olhos e fazendo sons de estrangulamento. Grace ainda se sentia desconfortável em não saber detalhes da vida de Sophie. Quando os filhos são pequenos, você controla quase tudo no mundo deles. É você quem marca as brincadeiras e idas ao cinema. Nunca precisa se preocupar onde ou com quem estão. Largar as rédeas não era fácil.

— Divirta-se. A gente se fala em breve.

Orgulhosa de si mesma por não perguntar aonde Sophie estava indo exatamente, encerrou a ligação. E então tirou a aliança e a deixou sobre a mesa.

Sem olhar para trás, trancou o apartamento.

Como o restaurante ficava perto da livraria, Grace decidiu ir caminhando.

O verão havia descido sobre Paris trazendo consigo o sol e multidões de turistas. Eles tomavam as calçadas, se esparramavam pelas margens do rio, assistiam aos artistas de rua, tiravam fotos sem parar. O calor era opressivo e o ar estagnado, sem qualquer sinal de brisa.

Grata pelo chapéu de sol, Grace se inclinou na ponte por um instante e observou a luz do sol brincar sobre a superfície da água. O rio Sena se emaranhava preguiçosamente por Paris e os prédios agrupados às margens estavam refletidos em sua superfície especular.

Grace tivera medo de viajar sozinha, mas agora estava feliz por tê-lo feito. Foi a coisa certa.

Não tinha ideia de como a noite terminaria ou como seria o dia seguinte, mas, pela primeira vez, não sentia que precisava saber. Isso, por si só, já era um progresso.

Ela ouviu o som de música e risos e viu um cruzeiro passar por baixo da ponte. Quando esteve em Paris pela primeira vez, achou que pudesse ser um passeio divertido, mas Philippe o rejeitou por ser turístico demais.

O restaurante que ele escolheu ficava num pátio pavimentado e, quando Grace chegou, o lugar já estava cheio, sem mesas livres dentro ou fora.

Ela sentiu uma pontada de nervosismo. Philippe estaria bravo pela forma como ela terminara a relação entre eles?

Provavelmente não, caso contrário não teria aceitado o encontro. A não ser que quisesse a oportunidade para lhe dizer o que pensava dela.

Grace o avistou sentado sob a sombra de uma videira, lendo. Não o celular, como a maioria das pessoas ao redor dele, mas um livro. Estava com a cabeça inclinada, absorvido, perdido nas palavras. Philippe se entregava por inteiro, sempre. Nunca fazia uma coisa pela metade. O cabelo preto como nanquim não mostrava sinais grisalhos. A pele era bronzeada de sol. As roupas eram casuais, elegantemente displicentes.

Fazia anos desde que Grace o vira pela última vez, mas a cena fez parecer que havia sido no dia anterior.

Philippe sempre carregava um livro com as páginas anotadas e as quinas dobradas embaixo do braço. Discutiram se era certo ou não rabiscar os livros. Ele achava que um livro devia ter vida própria, devia mostrar sinais de idade e de uso. Era uma coisa boa, significava que alguém o tinha lido várias vezes. Melhor ainda eram as anotações em cima e à margem do texto. Acrescentava passagens, falas, palavras...

Grace ficava deitada ao lado dele, observando-o enquanto escrevia.

*Você está reescrevendo Shakespeare?*

Ele sorria. *Só as partes que ele errou.*

A lembrança era tão viva que ela prendeu a respiração. Mesmo sendo impossível que tivesse escutado os pensamentos dela, Philippe ergueu a cabeça.

O olhar dele se deteve no dela e, por um instante, uma tensão palpitou no ar. Em seguida, ele baixou o livro e se endireitou.

Ele era mais alto do que David. Não tão largo, mas mais atlético. *Pare, Grace. Pare de fazer comparações.*

David a tinha expulsado da vida dele, e era a vez de ela expulsá-lo da cabeça.

Estava pensando se deveria apertar a mão ou beijá-lo quando Philippe a puxou num abraço apertado, acabando com o peso de ter que decidir.

O gesto fez Grace pensar naqueles primeiros dias inebriantes em que os dois tinham ido juntos a toda parte.

Grace ficou hospedada com a família dele, e o plano era que passasse o tempo com a irmã de Philippe. Mas, quando ela quebrara a perna, a tarefa de entreter a hóspede americana recaíra sobre os ombros de Philippe. Certa noite, Grace ouviu a voz dele exaltada em protesto.

*Ela é amiga da minha irmã. O que eu vou fazer com ela?*

No final das contas, acharam muita coisa para fazer. A conexão surpreendeu ambos.

E ali estavam de novo, cara a cara. Algo que Grace nunca imaginou que aconteceria. A sensação era a de um primeiro encontro.

Philippe tomou o rosto dela nas mãos e olhou nos olhos de Grace de um jeito que fez as entranhas dela se revirarem.

— Passei meses planejando o que diria se a visse outra vez.

Grace engoliu em seco. Estava afundando em culpa.

— Você está prestes a gritar comigo?

— Não sou do tipo que grita, especialmente por algo que aconteceu há quase trinta anos — disse ele, então sorriu e passou o polegar pelo maxilar dela. — Que bom rever você, Grace.

Ele estava falando em francês, como sempre insistia em fazer. *Você está aqui para aprender. Como vai aprender se conversarmos em inglês?*

— Trinta anos é bastante tempo.

— Você não mudou nada. Continua linda.

Philippe usava o charme como um maçarico para derreter as defesas de Grace.

O comentário a fez sorrir, entre outros motivos, pelo sentimento de alívio por ele não a julgar pela maneira como ela terminara a relação.

— Você continua galanteador.

— O que sempre foi útil pra mim — disse ele, puxando a cadeira para ela. — Espero que esteja com fome, a comida daqui é a melhor de Paris.

— Opinião sua?

— Talvez — disse ele, sorrindo. — Mas quando o assunto é comida, minha opinião é a única que conta. — Grace pegou o cardápio, mas ele se esticou e lhe tocou o braço. — Posso pedir? Juro que não estou sendo machista, é só porque quero que você experimente o que há de melhor no cardápio. Esse lugar é uma experiência imperdível, juro.

Grace assentir era evidência de quanto havia progredido. Ela abaixou o cardápio.

— Claro.

Ele se virou para o garçom que passava e pediu vários pratos, dando instruções detalhadas sobre como os queria servidos.

Fascinada, Grace o escutou.

— Já pensou em investir na carreira de chef?

— Não, mas adoro cozinhar. — Quando o vinho chegou, ele bateu a taça contra a dela. — Aos velhos amigos.

— Aos velhos amigos.

— Então... — Philippe abaixou a taça. — Vamos começar a conversa com uma pergunta.

— Prossiga.

— Por que esperar quase trinta anos para entrar em contato? Não consigo entender. Quando você foi embora, fiquei achando que receberia notícias. Esperei seis meses, depois um ano, até que, depois de um ano e meio, me forcei a aceitar o fato de que nunca mais saberia de você.

Como Grace poderia explicar que a única forma de seguir em frente era colocar um ponto-final?

— As coisas ficaram difíceis quando voltei para casa. Meus pais tinham morrido.

— Sinto muito por isso — disse ele, suavizando a voz. — Por que você não me contou?

— Eu estava um caco. Foi... complicado.

Ela não queria tratar dos detalhes. Não queria macular a noite com essa parte de sua vida. Então, em vez disso, contou a ele sobre como a vida tinha mudado, contou de Mimi e também sobre David.

Philippe era um ouvinte atento, não prestava atenção apenas ao que ela dizia, mas também ao que não dizia.

— Ele ficou a seu lado. Foi seu porto seguro. Entendo por que você teve que me esquecer.

Grace não se esqueceu dele. Pelo contrário, guardou-o seguramente em um compartimento da mente que nunca abria.

— Eu o conhecia desde muito antes, mas não tínhamos nos relacionado antes de minha volta de Paris.

— Você tinha perdido seus pais. Precisava de alguém conhecido, alguém em quem se apoiar.

Philippe pressupunha que Grace estava vulnerável, o que era verdade, ela estava vulnerável, mas não tinha sido por isso que se apaixonou por David.

— Nós nos casamos. Tivemos uma filha. Sophie.

— E ela está aqui em Paris com você?

— Não. Ela tem 18 anos. Está viajando com uma amiga.

— E David?

Philippe fez a pergunta naturalmente, mas Grace sentiu algo subentendido que não era capaz de discernir.

— Nós nos separamos. Ele me deixou faz alguns meses.

— É um tolo, então — disse ele, e os olhos deles se encontraram. — E isso responde minha pergunta sobre por que você escolheu este momento para entrar em contato.

— Bem, falando assim você faz minha aproximação parecer horrível! Eu já estava por Paris, e essa é minha primeira visita desde os 18 anos, e...

— Pare. — Ele esticou o braço e segurou a mão dela. — Fico feliz que você tenha entrado em contato, Grace. Me conte o que tem feito desde que chegou a Paris.

Ela lhe contou toda a história e, se Philippe achou estranho que ela tivesse trocado um hotel cinco estrelas por um apartamentinho, não comentou.

— Eu conheço essa livraria. É um charme.

Conversar sobre a livraria fez Grace pensar em Audrey. Tentou imaginar como estaria a festa.

A comida chegou, trazendo o aroma de ervas e alho: frango grelhado, uma salada com azeite aromatizado com nozes e um prato delicado de batatas.

Grace recordou aquela noite no bistrô Claude. Uma sombra do que era a experiência verdadeira de um café francês.

Ela e Philippe comeram e conversaram, uma troca que fluiu fácil como o vinho, mas havia algo estranho nela. Uma estranheza.

— Dei uma olhada no seu site — disse ela, pegando mais salada. — Você tem uma agenda movimentada.

— Tenho mesmo. — Philippe serviu um pouco de frango a ela. — Experimente esse aqui. Eles marinam o frango em ervas e limão. Fica uma delícia de macio.

— Tive sorte de você estar em Paris — respondeu ela, cortando o frango.

— Vou ficar aqui por duas semanas e depois parto para Budapeste, Praga e Viena.

— Você não sente saudade de casa?

— Casa, para mim, é uma sala de concertos. O que achou?

— Está delicioso. Depois que eu fui embora... Você encontrou outra pessoa? Me diga que se apaixonou por alguém.

— Eu me apaixonei, sim, mas não por uma mulher. — Philippe deve ter visto a surpresa no rosto de Grace, porque caiu na risada. — Também não foi por um homem. Eu me apaixonei pela música. Pelo piano. Pela vida de músico.

Ela engoliu em seco.

— Você está dizendo que não se apaixonou por ninguém depois de mim?

Não era o que Grace queria ouvir. Ela queria ouvir que ele tinha se casado com o amor da vida dele e tido dois lindos filhos.

— Tive mulheres, é claro, mas nenhuma especial — disse ele, dando um meio-sorriso e erguendo a taça. — Depois de ter experimentado a coisa de verdade, o resto parece de mentira.

O coração de Grace doeu.

— Sinto muito...

— Não precisa. Você me fez um favor. Tenho a vida de agora por sua causa.

— E família? Filhos? Trabalho não devia ser tudo.

— Música não é um trabalho para mim.

Grace se sentiu nauseada.

— Então você está dizendo que a mágoa que eu causei fez com que nunca mais ousasse tentar se apaixonar de novo? Que horrível. Me sinto péssima.

— Não se sinta — disse ele em tom suave. — Você me fez um favor, Grace. É verdade que fiquei magoado, mas, por causa disso, foquei na música. Todas as coisas que aproveitei antes, as festas, encontros, bebedeiras, nada era capaz de captar meu interesse. Mas o piano o fez. Eu tocava sete, oito horas por dia na tentativa de preencher o vazio.

— Você sempre foi talentoso.

— Talento sem empenho é como cobertura sem o bolo. Você precisa dos dois. Por sua causa, fui de pianista medíocre a um bom pianista — explicou ele com os olhos brilhando. — E como você é em parte responsável pela vida que tenho, o jantar é por minha conta.

Como ele podia brincar com uma coisa dessas?

— Você está dizendo que você praticou horas a fio porque o deixei triste? Como eu poderia me sentir bem com isso?

— Não era só tempo de prática. Antes de você, faltava algo na minha performance. Não era técnica, mas paixão. Eu era jovem. Tive bons professores e todos diziam a mesma coisa… que minha música era brilhante tecnicamente, mas carecia de profundidade emocional. Amar e perder o amor fez mais por minha música do que qualquer aula.

Grace deu um jeito de sorrir.

— Eu cobro por hora de coração ferido.

Ele alcançou a taça.

— Não se sinta culpada, Grace. Tudo isso faz parte da vida. Cada experiência nos ensina algo diferente e nos leva a um lugar novo. Nada é em vão.

Seria verdade?

— Vi as críticas de seu último concerto. Não dizia "bom pianista". Dizia "eletrizante", "emocionante" e "um dos músicos mais talentosos de nossa década".

— Por que não assiste um concerto e julga por si mesma?

— Sério?

— Por que não? — perguntou ele, passando a cesta de pães para ela. — Experimente esses daqui.

— Eu não como pão.

— Não é pão convencional. É feito com alecrim e sal marinho. Experimente.

Grace quase gemeu de prazer.

Phillipe era um homem de muitas paixões, e comida estava entre elas. Grace gostava disso nele. Ele quem a havia ensinado que comida nunca devia ser uma questão de quantidade, mas de qualidade. Um queijo brie de maturação perfeita, um bife suculento. Uma taça de vinho tinto encorpado. Ele abriu para Grace a porta de uma vida que ela jamais havia visto. Quando era criança, em vez de prazer, a comida fora só mais uma fonte de caos.

Grace se sentiu deslizar de volta ao passado.

Philippe era expansivo, comunicativo e apaixonado. O tempo que Grace passou com ele era um contraste chocante com a pobreza emocional de sua infância. Em casa, ninguém queria saber como ela se sentia. Ninguém se importava. Ninguém falava com empolgação sobre livros, arte ou música. Ninguém nunca dizia "você precisa ler isso", "ouça isso aqui porque é sublime" ou "experimente isso porque nunca vai comer uma coisa tão maravilhosa".

Philippe fazia todas essas coisas. Ele a submergia em experiências e afogava seus sentidos. Ele queria saber tudo o que se passava na cabeça de Grace, o que era tão novo para ela que no começo não sabia encontrar as palavras. Quando finalmente balbuciava algo, esperava que ele a corrigisse. Que dissesse que aqueles sentimentos não eram válidos. O que ele nunca fez. Philippe não se importava que ela soubesse pouco de música. Ele estava interessado se ela estava gostando, se a música mexia com ela de alguma forma.

Mesmo quando Grace estava angustiada, preocupada com o que estava acontecendo em casa, ele a fazia rir. *Deixe isso pra amanhã. Vamos curtir o agora. Experimente isso, escute isso aqui...*

Ela pegou a taça e bebeu um gole.

— O vinho está delicioso.

— É de uma vinícola perto da casa de meu tio, em Bordeaux. O clima de lá é perfeito para a uva.

Ele falou sobre a vinícola e das semanas que passou por lá na primavera depois de uma longa turnê de concertos. Philippe a observava o tempo todo, examinando-a com aqueles olhos azuis que viam tudo. Grace tinha 18 anos novamente: estava diante de algo novo e avassaladoramente empolgante.

Ela contou a ele sobre o feriado em que visitou uma vinícola na Califórnia e conversaram sobre o clima e uvas. Grace contou sobre as aulas de gastronomia que fez e os dois riram juntos da primeira tentativa dela de fazer macarons.

— Ficaram parecendo naves espaciais. Eu fiz tudo errado! — disse ela, rindo.

— Estou impressionado mesmo assim. Eu não me arrisco com as sobremesas, sempre compro prontas.

— Sobre o concerto...

— Vou tocar Mozart.

— Posso levar uma pessoa? Ela se chama Audrey — acrescentou rapidamente, para que Philippe não pensasse que ela planejava levar um homem. — Eu a conheci aqui em Paris.

— Vou arranjar quatro ingressos. Traga quem quiser. Me dê seu endereço que vou mandar um carro buscar você, certo? E depois saímos para jantar. Mas me prometa uma coisa...

— O quê?

— Que você vai usar esse vestido de novo.

Ele a estava olhando da maneira que um homem olhava mulheres atraentes, de maneira tão abertamente interessada que

Grace ficou agitada por dentro. Ela conseguia sentir a tensão sexual correndo entre os dois.

Era algo que não teria imaginado seis meses antes. Mas agora? Sua vida havia mudado. Tudo estava diferente.

— Prometo.

Ela reparou na mulher da mesa ao lado olhando para eles. Talvez tivesse reconhecido Philippe. Que imagem os dois passavam? A de um casal num encontro. Desfrutando da companhia um do outro. Tudo na cena sugeria romance. O tremular das velas, o som sutil da música ao fundo. A forma como ele de tempos em tempos se esticava e lhe tocava a mão. A forma com que a fitava, com os olhos azuis atentamente presos aos dela.

— Você se lembra daquela noite que andamos por Paris de moto?

— Como esquecer? Estava chovendo, eu morri de medo. Você era imprevisível, irresponsável, ridiculamente imprudente... Ainda tenho pesadelos com aquele dia. E ainda escalamos o muro do palácio... Podíamos ter sido presos.

— Você era tão cuidadosa e prudente — disse ele, e bebeu um gole de vinho enquanto a encarava fixamente. — Você ainda é desse jeito, Grace?

— Me convide para subir na garupa da sua moto que eu conto.

Ele deu risada.

— Vendi minha moto há muito tempo. Hoje em dia, prefiro viajar com conforto. Mas o simples fato de você perguntar me diz que *mudou*.

— Ninguém chega aos 47 anos de idade sem mudar.

— A vida vai nos moldando, sim, mas quase sempre é para melhor. Da mesma forma que algumas videiras ficam melhores se têm tempo para amadurecer. Esse provavelmente é o motivo por que mulheres mais velhas são via de regra mais interessantes do que as jovens.

David não pensava o mesmo. Ele escolheu ficar com a mais jovem.

— Algumas pessoas acham a juventude atraente.

— Só aquelas que têm um paladar vulgar. Não há nada mais atraente do que uma mulher confiante e mais experiente.

Algo no olhar dele fez Grace se sentir deliciosamente consciente do próprio corpo. Sentiu a pele formigar, algo palpitar no ventre e a batida acelerada do coração.

Depois de tantos anos com David, era chocante perceber que podia se sentir atraída de forma tão intensa por outro homem.

— Então você gostou do vestido.

— Gosto do que está *dentro* do vestido. A idade traz uma medida de liberdade, não acha? — perguntou ele, e seu olhar desceu até a boca de Grace. — Dá para arriscar mais. Há menos a se perder.

Grace não tinha nada a perder.

Seu corpo inteiro estava eletrificado e pronto, como se estivesse ligado à tomada. Precisaria tomar cuidado. A rejeição brutal de David a deixara em um estado de necessidade, e a transformação promovida por Audrey a fazia se sentir inconsequente. Era uma combinação arriscada.

Havia uma tensão em fogo brando entre ela e Philippe. Uma tensão que Grace sentia como um aperto na garganta e na barriga.

Os dois conversaram até os garçons limparem a mesa, até o sol se pôr e a maior parte dos clientes ter ido embora.

Foi só quando sentiu frio nos braços que ela percebeu que era tarde.

— É melhor eu ir.

— Por quê? Tem toque de recolher onde você está ficando?

— Não.

— Então por que a pressa?

— Hábito, eu acho. Você mora aqui perto?

— É perto. Meu apartamento fica há dez minutos. Vamos tomar um café. — Philippe o disse em tom casual, mas não havia nada de casual em seu olhar.

E ela sabia que ele não estava oferecendo café.

— Seria ótimo.

Não fazia parte de seu plano, mas Grace não tinha mais planos. Sempre teve medo de simplesmente deixar a vida acontecer. Via a espontaneidade como falta de controle, mas agora percebia que não precisava ser assim. Ela ainda estava no controle. Ainda tomava decisões. Sempre achou importante saber tudo o que aconteceria nos mínimos detalhes, mas nunca havia curtido a diversão de não saber.

Os olhos de Philippe ficaram sérios e Grace finalmente reconheceu que o jantar nunca tinha sido a questão central. No momento em que mandou o pedido de amizade, soube que os dois talvez chegassem naquele ponto.

No fundo, ela estava se fazendo a pergunta que nunca havia feito. O que teria acontecido entre ela e Philippe se Grace não tivesse ido embora?

De certa forma, Philippe representava a vida que ela não escolheu.

Ele se levantou e insistiu em pagar a conta, mesmo sob os protestos de Grace.

Ele a silenciou, pressionando a ponta dos dedos contra a boca dela.

— Você paga a próxima.

Grace concordou, surpresa com quanto desejava que houvesse uma próxima.

Enquanto se afastavam do restaurante, ele passou o braço por cima dos ombros de Grace. Ela se inclinou contra ele e deslizou o braço em volta da cintura de Phillipe. Era como se o corpo dela despertasse repentinamente de um longo sono.

— É aqui — disse ele, parando ao lado de um edifício alto e elegante. — Moro no último andar. Deixo todo mundo acordado com meu piano.

Grace não conseguia pensar em algo que quisesse mais do que acordar ao som de piano, especialmente se fosse ele tocando.

A tensão estava quase insuportável. Imaginando se ele sentia a mesma coisa, Grace o encarou e ele a puxou contra si.

— Grace. — Segurando-a firmemente, ele murmurou o nome ao ouvido dela. — Grace. Grace.

O corpo dele era esbelto e rijo. Grace foi atravessada de desejo. Não era abraçada por um homem havia… havia quanto tempo? Tempo demais. Ela estava faminta de afeto. A atenção de Philippe rompeu um jejum emocional, como uma corrente súbita inundando um leito de rio seco.

Agarrada a ele, Grace inspirou o aroma de Philippe. Passara os últimos seis meses anestesiada. Não sentira muita coisa além de dor e pânico. E agora podia sentir tudo.

Seria por necessidade e desespero ou porque ela e Philippe sempre tiveram uma conexão intensa? Ela pousou a cabeça contra o peitoral dele, ao que Philippe virou a cabeça e a beijou ali mesmo, no meio da rua, sob a luz suave que emanava das janelas. Submersa em sensações, embalada pela paixão bruta, Grace afundou no beijo.

Ela deslizou os braços em volta do pescoço dele, e ele emitiu um gemido rouco e aprofundou o beijo, prendendo-a com as mãos e tomando-lhe a boca. Seu beijo era habilidoso, sensual e chocantemente explícito. Tinha paixão, como se Philippe estivesse decidido a sorver cada gota de prazer.

Quando ele finalmente ergueu a cabeça, Grace estava tonta e desorientada.

O celular dela tocou, estragando o momento.

— Deixa para lá — disse ele com a voz instável, pegando as chaves para abrir a porta. — Seja lá quem for, pode esperar.

260

Ele a fitou nos olhos, e Grace ficou tão inebriada com o que viu no olhar dele que quase ignorou o telefone, mas seu instinto materno havia se desenvolvido com força demais para ser tão facilmente ignorado.

— Pode ser importante.

Ela vasculhou a bolsa e encontrou o celular. O coração de Grace acelerou quando leu a mensagem. O desejo foi substituído por angústia.

— Preciso ir. Sinto muito.

Um momento antes, ela não conseguia pensar em nada além de transar no apartamento dele. Agora, não conseguia pensar em nada além de pegar um táxi o mais rápido possível.

Philippe se inclinou contra a porta, examinando-a por debaixo dos cílios bonitos e escuros.

— Está me deixando de novo, Grace?

Ela sentiu uma pontada de decepção pela vida ser tão injusta, mas o sentimento foi imediatamente eclipsado pela angústia.

— É Audrey — disse ela. — A minha amiga. A garota de quem falei, que trabalha na livraria comigo. Ela está precisando de mim...

# 16

## *Audrey*

A noite tinha começado bem.

Em Londres, Audrey tinha passado o último ano inteiro sonhando com aquilo. Com a liberdade de ir e vir quando quisesse. Ir a encontros. Rir. Dançar. Não se sentir responsável por outra pessoa além de si mesma. Não ter que ficar policiando o que dizia ou fingindo, pois as pessoas ali não a conheciam.

*Com a liberdade de ser jovem.*

De forma geral, deixaria de viver uma mentira e começaria a viver de verdade.

E lá estava ela numa festa em Paris. Não uma balada aleatória qualquer, mas uma festa de verdade numa casa de verdade com franceses de verdade.

Ela e Étienne tinham ido de táxi, espremidos no banco de trás. Ele passou o braço em volta dela, e a sensação das leves carícias que ele fazia no braço nu de Audrey era boa.

Étienne falou sobre seus amigos, irmãs e sobre Paris.

Tinha parado de falar sobre livros, o que era um alívio.

Estavam se beijando quando o táxi parou em frente a uma casa comprida numa rua estreita.

Audrey conseguia ouvir as batidas do rock e os gritinhos de risada vindo das janelas abertas. O aroma no ar era bom, mesmo que não fizesse ideia de que cheiro era aquele. Rosas e madressilvas talvez. Era o tipo de coisa que Grace saberia.

Audrey se sentiu adulta e sofisticada. Pensou em mandar uma mensagem para Meena, mas não queria parecer impressionada demais. Teria tempo para isso mais tarde.

A porta se abriu, e os dois foram sugados pela multidão de dentro. Era gente demais para uma casa daquele tamanho. Os dois foram espremidos um contra o outro. A temperatura não parava de subir sob o verão implacável.

Audrey ficou pensando se sua roupa não era casual demais, mas as pessoas estavam vestindo de tudo. E nada também. Ela viu uma garota de seios de fora subindo correndo as escadas com um homem atrás dela.

Ninguém parecia dar bola.

O ar estava tomado de perfume, fumaça de cigarro e outro cheiro que ela reconhecia. Maconha. Era permitido por lei em Paris? E se fossem todos presos?

Conversando e rindo, Étienne foi abrindo caminho na multidão. Ele parecia conhecer quase todo mundo ali e Audrey viu as garotas sorrirem para ele. Muitas se aproximavam e lhe beijavam as duas bochechas. Audrey caminhava ao lado dele, tentando parecer descolada e à vontade, mas não conseguia entender nada do que diziam ao seu redor. Tudo parecia estranho, da linguagem ao comportamento deles. Os franceses eram abertos e comunicativos, estavam sempre se beijando e abraçando.

Étienne passou os braços em volta dela e a puxou para mais perto, protegendo-a da multidão.

— Bebida?

Com sede, Audrey fez que sim. Queria um refrigerante ou algo do tipo.

Étienne não a deixou. Em vez disso, beijou-a do maxilar ao canto da boca.

Audrey sentiu um frio na barriga. Ele era tão gentil e beijava como um deus. Gostava de verdade dele. Naquele momento, nem aí para a festa, queria simplesmente voltar para a casa dele.

De repente, surgiu um homem com o aspecto relaxado e os olhos brilhando. Ele tinha algo de rebelde e um pouco perigoso. Estava bêbado ou chapado? Audrey não tinha certeza.

Ele e Étienne conversaram e riram um pouco e, em seguida, Étienne a apresentou a ele.

— Huum. — Marc se inclinou e a beijou nas duas bochechas. — Você é inglesa? Bem-vinda. Quer uma bebida? O que posso oferecer a você?

Ele estava perto demais, e Audrey recuou um pouco.

— Um refrigerante seria ótimo, obrigada.

Marc pareceu achar graça.

— Refrigerante? — repetiu ele, e olhou para Étienne. — Você está saindo com uma menininha de escola, é? Tem que levá-la às nove de volta para casa?

Audrey foi tomada de vergonha.

— Estou com sede, é só isso. Vou tomar uma vodca também — acrescentou rapidamente. — Vodca com tônica.

Não significava que Audrey teria que beber. Derramaria a bebida ou a deixaria de lado. Sem chances de admitir que não bebia. Seria uma pária na festa e humilharia Étienne na frente dos amigos.

Marc passou o dedo na bochecha de Audrey.

— Seu sotaque é uma graça. Quando se cansar do Étienne, me ligue.

Audrey fechou as mãos em punhos e as manteve firmes de lado para não virar um soco em Marc.

Étienne disse a ele algo que Audrey não compreendeu, e Marc deu um sorriso maldoso.

— Vou buscar os drinques de vocês.

Ele deu meia-volta e, rindo e conversando com algumas pessoas no caminho, desapareceu na multidão.

— Ignore — disse Étienne, puxando Audrey para junto de si. — Você é tão bonita que todos querem saber quem você é. Vamos dançar?

— Claro.

Pelo menos assim poderia esquecer que era a única pessoa incapaz de falar mais de uma língua. Ainda assim, importava?

A música estava alta demais para conversar. Uma festa é uma festa em qualquer lugar do mundo. Aonde quer que olhasse, havia gente rindo, bebendo e se beijando.

Muitas pessoas pareciam mais velhas do que ela. Tinham o quê, uns 20 e tantos anos?

Étienne segurou firme a mão dela e os dois se espremeram no meio da multidão até chegarem numa sala onde todos estavam dançando.

Audrey se soltou ao ritmo da música. Quando dançava, todos os problemas eram varridos à margem da consciência. Ela ergueu os braços acima da cabeça e se mexeu ao ritmo pulsante da batida pesada.

Étienne também dançava bem, com movimentos fluídos e sensuais.

Ela dançou até alguém lhe tocar o braço. Era Marc com um drinque em mãos.

— Valeu.

Com um sorriso de agradecimento, ela o tomou e quase se engasgou ao primeiro grande gole.

Era vodca pura. Os olhos de Audrey lacrimejaram. Imaginou que ele tinha se esquecido da tônica e do refrigerante dela, mas então viu o brilho nos olhos de Marc e percebeu que não tinha se esquecido.

Ele estava à espera para ver o que ela faria.

Audrey tomou outro grande gole da bebida e quase se engasgou. Nojenta. Parecia fluido de isqueiro. Como a mãe dela conseguia beber aquilo? Como alguém conseguia?

Pouco acostumada a beber, sentiu os efeitos quase imediatamente. Um calor se espalhou por seus membros e a cabeça girou um pouco, mas Audrey conseguiu lançar a Marc um olhar descolado.

— Está delicioso. Valeu.

Marc deu risada.

— Vou pegar mais um.

Ela queria lhe dizer que não se desse ao trabalho, mas Étienne o dispensou com um gesto. O álcool fez tudo parecer mais leve e brilhante.

— Tem comida aqui?

— Não. Só bebida.

Étienne pareceu achar graça da pergunta e, como Audrey não queria cortar o barato, deu risada também, culpando-se por dentro por não ter comido algo substancial antes de sair de casa.

Não era como se tivesse experiência em lidar com os efeitos do álcool. Sempre tinha que forçar a mãe a comer algo para diluir a bebida.

Étienne levantou o cabelo dela, beijou-a na nuca e lhe disse algo em francês.

Ela fechou os olhos.

— Não faço ideia do que você está dizendo, mas me soa ótimo.

Alguém passou esbarrando pelos dois, empurrando-os para mais perto um do outro.

Protegendo-a, Étienne a puxou para si.

— Estou dizendo que você é linda.

Conforme a multidão ia se adensando, os dois eram prensados contra a parede.

— Quanto a isso, tenho que confiar em sua palavra — disse ela, passando os braços em torno dele. — Você poderia estar dizendo qualquer coisa. Poderia estar dizendo "sua bunda está enorme nessa calça" e eu nunca saberia.

Ele tomou o rosto dela nas mãos.

— Você está incrível nessa calça.

A boca dele tocou a de Audrey e tudo ao redor sumiu. Havia apenas o pulsar do sangue dela, o deslizar da língua de Étienne e o toque das mãos dele.

Quando ele finalmente ergueu a cabeça, ela se sentiu tonta.

O calor do verão entrava pelas janelas abertas, e Audrey sentiu o suor brotar na pele. Sua boca estava seca e sentiu sede como nunca na vida.

Marc apareceu com mais bebidas.

Ele ergueu a sobrancelha quando viu que Audrey ainda estava segurando o primeiro copo.

— Bebe!

Ela bebeu e, por algum motivo, o gosto não foi tão ruim quanto da primeira vez. Pelo menos era um líquido, talvez ajudasse a matar a sede.

Marc trocou o copo vazio por outro cheio.

Audrey o pegou. Não era como se ela tivesse pedido, mas que se dane. Beber por uma noite não faria mal, certo?

Pensou no que Grace estaria fazendo e se o jantar tinha transcorrido bem.

Em seguida, pensou na mãe, o que estragou seu bom humor, por isso logo afastou o pensamento.

Ligaria para ela no dia seguinte e, se ela não atendesse, ligaria para o Ron. Tecnicamente, agora ele era seu padrasto. Audrey tinha permissão de ligar para ele.

Ela bebeu e dançou e em seguida foi com Étienne para o fundo da sala, que não estava tão cheia. As portas se abriam para um pequeno quintal. Havia luzinhas em volta de plantas e vasos.

— Parece uma cena de *Sonho de uma noite de verão*, não acha? — perguntou ele, tomando um gole da cerveja.

Audrey nunca tinha lido ou visto *Sonho de uma noite de verão*, mas pela primeira vez não parecia importar. Seu cérebro estava anestesiado de vodca. Sempre que tentava beber mais devagar, Marc aparecia a seu lado e preenchia o copo.

— É um jardim lindo.

— Você quer dar uma volta?

Não, ela não queria dar uma volta. O cérebro de Audrey estava nadando, e os pés doendo. Começava a achar que devia ter preferido o conforto à vaidade. Os sapatos faziam suas pernas parecerem mais longas, mas, depois de uma hora dançando, a impressão era de que seus pés tinham sido mastigados por um grande tubarão branco.

Por outro lado, o jardim era pequeno, e um pouco de ar fresco talvez lhe fizesse bem.

— Pode ser, mas estou com sede depois de dançar tanto. Tem água aqui? Pedi para o Marc, mas ele fica me trazendo vodca.

— O Marc é um idiota — disse ele, rindo, como se estivesse acostumado ao amigo. — Vou pegar. Espere aqui.

Ele sumiu e deixou Audrey lá, desconfortável, tentando parecer à vontade ali, de pé sozinha numa casa cheia de gente falando uma língua que ela não entendia.

Ela pensou que, saindo de Londres, deixaria para trás pressões e inseguranças, mas elas pareciam tê-la seguido. *Sua aparência estava ok? Estava dizendo as coisas certas? As pessoas a achavam burra por não conseguir falar francês fluentemente?*

Audrey certamente se sentia estranha, como se o cérebro girasse. Devia ser por causa de toda aquela vodca. Deveria ter achado um jeito de derrubar o copo, mas, até aí, decerto Marc simplesmente teria pegado outro.

Onde estava Étienne? Por que estava demorando tanto?

Ela virou a cabeça para procurá-lo e alguém esbarrou forte nela. Audrey deixou a bolsa cair e o que tinha dentro se espalhou pelo chão.

Droga. Audrey se inclinou para pegar as coisas: tubos de brilho labial, velhos recibos e dinheiro. Abaixar a fez se sentir ainda pior.

Marc apareceu com outra bebida, mas dessa vez ela não a pegou.

— Preciso ir ao banheiro — gritou ela mais alto que a música, ao que ele gesticulou na direção da escadaria.

— É à direita.

Direita. Esquerda. Audrey checou as mãos atrás do anel que Grace havia lhe dado e percebeu que elas pareciam tremer.

Por que estava se sentindo tão mal? Não tinha bebido muito. Ou tinha? Sua mãe bebia garrafas daquele negócio e nunca passava mal. Devia ser outra coisa.

Subiu cambaleando as escadas, agarrando-se ao corrimão, se acotovelando entre as pessoas, murmurando *excusez-moi*. A porta do banheiro estava fechada e, na visão de Audrey, não parava de se mexer. Tentando abrir a maçaneta, sentia-se pior a cada segundo.

Teriam colocado algo na bebida dela? Audrey tentou se lembrar dos copos que aceitara. Todo mundo sabia que era preciso ficar de olho na bebida em baladas e lugares do tipo, mas aquela era uma festa particular. Será que o Marc tinha mesmo colocado algo na bebida dela?

Um casal passou por ela e, com a visão turva, ela os encarou.

— Vocês viram Étienne?

Eles balançaram a cabeça e sumiram nas escadas.

A porta do banheiro finalmente se abriu e um casal desgrenhado saiu por ela.

Cambaleando para dentro, Audrey bateu o braço com força na porta. A dor fez seus olhos lacrimejarem. Desde quando era tão descoordenada? Com muita dificuldade, conseguiu fechar a porta antes de se jogar no chão.

A cabeça talvez parasse de girar se ela se deitasse um pouquinho. Mas não parou. Em vez disso, piorou. Audrey se sentiu tonta e, do nada, estava encharcada de suor. A náusea sobreveio como uma enxurrada, mas pelo menos alcançou a privada antes de passar muito mal.

Vomitou repetidamente, até o estômago ficar vazio, e em seguida, imaginando se morrer era daquele jeito, deitou-se no chão do banheiro. Cada movimento era doloroso, parecia que sua cabeça tinha sido esmagada.

Se tivesse um treco ali mesmo, quem saberia?

Quem se importaria?

Grace.

Grace tinha perguntado aonde Audrey ia, e Audrey não foi capaz de responder.

Tentando se mexer o mínimo possível, pegou o celular e mandou uma mensagem para Grace. Ela provavelmente estaria ocupada demais em seu encontro com o amigo músico para checar o celular, mas pelo menos saberia onde encontrar o corpo de Audrey quando enfim visse a mensagem.

Permaneceu deitada, com a cabeça numa toalha, ignorando as pessoas que batiam à porta querendo entrar.

Por que não tinha recusado a bebida?

Ela era igual à mãe.

A próxima coisa de que se deu conta foram mais batidas, mas dessa vez não pôde ignorar, pois a porta se escancarou e Grace entrou por ela segurando a faca que usou para destravar o trinco.

Audrey nunca viu ansiedade em estado tão bruto no rosto de alguém.

— Oi Grace não tô me sentindo bem. — As palavras saíram emaranhadas, sem pontuação.

— Ah, querida…

Grace se ajoelhou ao lado dela. Audrey sentiu a mão dela, firme e fria, tocar-lhe a testa.

— Bebi demais. Foi mal…

— Shh. Não fale. Você está segura agora. Vamos pra casa.

Audrey estava levemente ciente de que não tinha uma casa de verdade, mas as palavras soaram tão bem que não quis discutir. "Casa" soava como um lugar onde se está seguro e é amado.

Grace molhou o canto da toalha em água fria e limpou o rosto e nuca de Audrey.

— Você consegue se levantar?

— Étienne… — murmurou ela. — Embora.

Ela não conseguiu se ater ao pensamento com firmeza suficiente para terminar a frase. As palavras iam e vinham como flashes de imagem. Ela sentia como se uma banda de rock estivesse tocando dentro do crânio.

— Não se preocupe com isso agora. Vamos descobrir o que aconteceu depois. Você consegue se levantar?

Audrey não achava que conseguiria, mas, com a ajuda e apoio de Grace, ficou de pé. No final das contas, se mexer não era nada bom.

— Vou vomitar de novo.

Então foi até o vaso e botou tudo para fora com violência. Seu estômago queimava. A garganta ardia. Audrey odiava vomitar.

Mas lá estava Grace, segurando-lhe o cabelo, fazendo carinho em suas costas e murmurando palavras de reconforto.

Ninguém nunca antes dera apoio a Audrey quando ela passou mal. De alguma forma, isso fazia com que a situação toda não parecesse tão ruim. Ela caiu de novo no chão do banheiro e fechou os olhos.

— Num consigo andar. — As palavras saíram todas tortas. — Me deixa.

— Não vou deixar você.

Grace abriu a porta do banheiro e Audrey ouviu sua voz tranquila dando ordens.

Imediatamente, dois caras entraram no banheiro e ajudaram Audrey a ficar de pé. Eles a carregaram escada abaixo e a colocaram no táxi que esperava do lado de fora.

Audrey descobriu ali que a bebida anestesiava a humilhação.

Ainda não sabia onde estava Étienne, mas imaginou que ele tinha batido em retirada. Quem poderia culpá-lo? Ela também teria feito o mesmo se fosse capaz de colocar uma perna na frente da outra.

Caiu no banco de trás do táxi, ouvindo pela metade as instruções que Grace dava ao motorista.

— Como você soube onde eu estava?

— Sua localização veio na mensagem.

Audrey ficou de olhos fechados.

— Então você agora é uma bruxa das tecnologias?

— Eu sou. Fique quieta aí. Já estamos chegando em casa.

— Grace.

— Oi.

— Você está brava comigo?

— Nunca. Mas talvez eu esteja com Étienne.

Audrey se virou de lado e disse de maneira arrastada:

— *Num* foi *gulpa* dele. Não me deixe...

— Não vou deixar, querida. Estou aqui.

A viagem passou como um borrão, mas de alguma forma chegaram em casa e Grace ajudou Audrey a subir as escadas. Ela se segurou à parede para ter apoio.

Lutava para andar em linha reta. Não tinha condições de subir o último lance de escadas até o quarto dela. Do jeito que estava, ficaria satisfeita em dormir na escadaria.

— Não é meu apartamento.

— Você vai dormir no meu, vou cuidar de você. Vou fazer um café forte, você vai tomar um banho e beber litros de água.

— Preciso me deitar.

— Aham, mas vai tomar um banho antes.

Grace a levou ao banheiro, e Audrey se segurou à parede enquanto Grace lhe tirava as roupas.

— Vou me afogar.

— Você não vai se afogar.

Grace ligou a água e colocou Audrey debaixo do jato d'água.

Jorros gelados de água caíram sobre Audrey que, com a mente um pouco menos confusa, arfou de frio.

Em seguida, Grace a envolveu numa toalha grande e macia e a conduziu ao sofá.

— Sente-se um pouco aqui.

Tremendo como Hardy depois de um banho, Audrey se sentou. Nunca havia se sentido tão mal em toda a vida.

Mas lá estava Grace, incentivando-a a beber um copo grande de água e, depois, uma pequena xícara de café puro tão forte que Audrey quase se engasgou outra vez.

— *Disgulpa.* Eu não queria ter bebido.

— Não pense nisso agora — disse Grace, que pegou a xícara da mão dela e colocou alguns travesseiros no sofá. — Você consegue se deitar ou a cabeça ainda está girando?

Audrey tentou se deitar e concluiu que era suportável. Fechou os olhos e, um instante depois, foi envolvida em suavidade quando Grace a cobriu com uma manta.

— Grace?

— Oi, querida.

— Sei que você usa meia-calça em pleno verão e se veste que nem uma vovó, mas você é muito gentil.

Foi a última coisa da qual se lembrava.

—m—

Quando acordou, dedos de sol entravam pelas persianas. Grace estava sentada diante de Audrey. Ela parecia pálida e com olheiras.

Audrey gemeu e ergueu a cabeça.

— Que horas são?

— Dez.

— Dez! — Audrey tentou se sentar, mas, como a cabeça quase explodiu, se deitou de novo. — Estou atrasada de novo. Élodie vai me demitir.

— É domingo. Só abrimos meio-dia.

— Ah. — Ela fechou os olhos, o que fez tudo girar ainda mais, por isso os reabriu em seguida. — Lembro que você me deu água ontem à noite. Você ficou aí o tempo todo?

— Achei que você pudesse precisar de mim. Como está se sentindo?

— Como se minha cabeça tivesse sido esmagada por algum objeto pesado. — Tentando minimizar o movimento, ela se endireitou. — Eu me lembro do Marc e da vodca. De estar no banheiro daquela casa e de você com uma faca na mão.

— Marc?

Audrey gemeu e afastou o cabelo do rosto.

— A festa era dele. Ele ficou me empurrando bebida.

No final das contas, era igualzinha à mãe. Quantas vezes a mãe não dormiu no sofá pois não estava em condições de chegar ao quarto?

Audrey afastou o cabelo do rosto outra vez. Suas mãos tremiam. As emoções cresciam dentro dela, e não era capaz de contê-las.

— Sinto muito. — Com lágrimas rolando pelo rosto, ela despejou as palavras. — Sinto muito por tudo. Por ter ficado bêbada. Por ter mandado mensagem para você. Por ter deixado você acordada a noite inteira de preocupação. Por tudo isso.

— Não foi nada de mais, querida. Deixa isso pra lá.

— N-não consigo — disse Audrey, soluçando. — Você provavelmente não vai acreditar em mim, mas eu nunca tinha ficado bêbada na vida. Eu não bebo. Ontem à noite, bebi porque todo mundo estava bebendo, e eu não queria ser diferente. Marc olhou para mim como se eu fosse criança ou algo do tipo, e achei que o Étienne fosse ter vergonha de estar comigo. Daí aceitei a bebida, e eu nunca aceito.

— Isso se chama pressão social, Audrey. Acontece.

— Não comigo. Você não entende. Eu perdi o controle. A única coisa que eu nunca permito acontecer, aconteceu. Eu tinha tanta certeza de que nunca aconteceria. Eu sou que nem ela.

Que nem a mãe. Ficou jogada no chão do banheiro que nem a mãe. Vomitou. Audrey foi tomada de pânico. A mãe deve ter começado daquele jeito. Uma bebida, depois outra. Era algo que sempre a deixou com medo, a possibilidade de algum dia acontecer o mesmo com ela. Não queria isso. Não queria ser essa pessoa.

Enxugou as bochechas com as costas da mão, mas, acompanhadas de soluços, as lágrimas continuavam vindo. Mas então Grace a abraçou. E a ninou.

— Você está triste porque não dormiu bem e está com uma baita dor de cabeça. Não pense nisso agora.

— Não, Grace. Você não entende... — Audrey soluçou no colo de Grace. Por que não tinha uma mãe como ela? Por quê? — Você não sabe como é em minha casa. Ninguém sabe.

— Já passou, querida. — disse Grace, tirando o cabelo do rosto de Audrey. — Você quer me contar como é?

Audrey fungou o choro. Não tinha como dividir as coisas que lhe passavam pela cabeça. Eram horríveis demais.

— Nunca falei sobre isso com ninguém.

Grace lhe deu um aperto no ombro.

— Você não precisa contar nada que não queira, mas, se quiser, estou aqui.

Audrey respirou fundo.

— Minha mãe bebe.

Pronto. Finalmente dissera aquilo. Audrey sentiu como se alguém tivesse tirado dos ombros um peso que a esmagava havia séculos. Aquelas três palavras abriram as comportas para muitas outras.

— Ela bebe muito. Nem sei como consegue manter o emprego, porque ela passa a maior parte do tempo tão bêbada que nem consegue esconder. Ela é uma festeira de carteirinha. Todo mundo a acha divertida, mas não sabem como é estar com ela no resto do tempo. Nunca consigo me situar com ela. Uma hora ela me abraça e diz que me ama, depois começa a gritar. Quando sugiro que ela converse com um terapeuta ou passe uma noite sem beber, ela diz que não tem nada de errado e que sou eu quem tem problema.

Audrey ergueu o olhar, esperando ver surpresa ou desgosto no olhar de Grace, mas nada viu além de empatia e bondade.

— Sua mãe é alcoólatra?

Triste, Audrey confirmou com a cabeça que sim.

— Eu me sinto mal em dizer isso. Eu a amo, de verdade. Mas é difícil. Nunca contei isso a ninguém. — Ela pegou um lenço da caixa que Grace segurava perto e assoou o nariz com força. — Talvez não devesse ter contado a você. Não conte a ninguém, por favor. A nenhuma alma viva.

— Prometo. — Grace a abraçou. — Agora há pouco você disse que era que nem ela, mas você sabe que não é verdade, né?

Audrey esfregou o rosto com a mão.

— É assim que começa, né? Todo alcoólatra começa com um drinque. E depois outro.

— É por isso que você está triste? Porque está achando que é alcoólatra também?

Devia soar ridículo para outra pessoa. Ninguém entenderia a sensação.

Na defensiva, vulnerável, ela saiu do abraço de Grace.

— Esquece. Não espero que você entenda.

— Eu entendo perfeitamente.

— Ah, Grace. — Ela pegou o copo de água em frente e o terminou. — Você só está tentando fazer com que eu me sinta melhor. Como você poderia saber?

Grace tomou o copo vazio da mão dela.

— Minha mãe também era alcoólatra. Entendo perfeitamente como você se sente.

# 17

## Grace

Grace bateu os ovos numa tigela. Ela acrescentou alguns temperos dos vasinhos da varanda, uma pitada de sal e pimenta, e em seguida despejou a mistura numa frigideira. Quando os ovos frigiram, Grace desgrudou as bordas, mexendo a frigideira até a base da omelete adquirir um tom dourado. Era uma rotina que a tranquilizava.

Deslizou a omelete para o prato, acrescentou fatias de pão de fermentação natural e um pouco de ketchup.

Audrey estava sentada à mesa na varanda com óculos de sol, sob uma ressaca avassaladora. O cabelo ainda estava molhado do banho e ela estava usando uma das camisas de Grace. Tinha as pernas e os pés nus.

Parecia jovem e vulnerável, e Grace se condoía por ela.

Entendia tudo o que Audrey estava sentindo. Tudo, incluindo a agonia vergonhosa de compartilhar a verdade de sua situação com alguém de fora da família.

— Pronto — disse Grace, colocando o prato de ovos diante da jovem. — A primeira coisa é comer bem. Vai fazer você se sentir melhor.

Audrey olhou dubiamente para os ovos.

— Não quero passar mal de novo.

— Você não vai.

Grace lhe entregou o garfo e Audrey o usou para cutucar a comida no prato.

— Você costumava fazer isso para sua mãe?

— Sempre. E você?

— Aham, quando tem comida em casa. Faço torrada na maioria das vezes.

Audrey pegou um pedaço pequeno, depois outro. Comeu como passarinho, bocadas pequenas e delicadas que mastigava devagar.

— Sempre disse a mim mesma que não seria como ela. Que nunca beberia. Costumava me controlar melhor.

Grace compreendia o medo da jovem.

— Você não é como ela, Audrey.

— Não é o que sinto neste momento — disse Audrey, e remexeu a comida. — Você também não bebe, né? Eu notei, mas nunca pensei que tivesse um motivo.

Grace se sentou diante dela com a caneca de café nas mãos.

— Não toquei em uma gota de álcool por décadas. Como você, tinha medo de não conseguir me controlar. A bebida era uma das muitas coisas que tentei manter sob controle. Eu achava que essa era a única forma de me manter segura, porque eu não confiava em mim mesma. Achava que a única coisa que me impedia de ser como ela era um simples gole. Um gole, e eu começaria a perder a reunião de pais e mestres, deixaria o chão da casa sujo, pararia de fazer as compras…

Audrey largou o garfo.

— Eu falhei.

— Você bebeu um pouco, e isso não faz de você alcoólatra. — Grace, porém, já teve a mesma preocupação. — Tomei uma taça de vinho ontem à noite, no jantar. E tomei anteontem também. Quando estava aqui sozinha.

Audrey ergueu a sobrancelha.

— Mas você não é lá muito vulnerável a pressão social, então por que bebeu? Você queria ou foi só para provar algo?

— Os dois. — Grace se revirou na cadeira. — Eu sempre fui muito rígida e inflexível com minha família. Em teoria eu sempre soube que saborear uma taça de vinho não fazia de mim alcoólatra, mas tinha medo mesmo assim. Tive medo de muita coisa na vida. Mas, desde que meu casamento acabou, andei pensando em muitas coisas. A verdade é que gastei tanta energia tentando provar a mim mesma que era capaz de viver uma vida controlada e em ordem que me esqueci de me perguntar se essa vida era boa. Se era uma vida que eu estivesse curtindo. Acho que, na minha cabeça, eu confundia espontaneidade e caos.

— Você cresceu rodeada de caos? — A comida em frente de Audrey estava esquecida. — Comigo é assim também. Lá em casa, as regras mudam de um dia para o outro. As promessas nunca são cumpridas. Parei de chamar minha mãe para os compromissos da escola porque eu nunca sabia se ela apareceria ou não ou, se aparecesse, se estaria bêbada.

— Aham, eu sei como é isso.

Grace ouviu a voz da mãe. *Prometo que vamos fazer algo especial no seu aniversário, Gracie.*

— E a sua mãe... começou quando? Você tinha um pai, não? Por que ele não resolveu?

Grace nunca falou sobre o assunto, nem mesmo com Sophie.

Mas Sophie era sua filha, e o instinto de Grace era protegê-la em qualquer idade. Audrey era sua amiga.

Era diferente.

Ela não precisava se preocupar com o que Audrey pensaria ou qual seria o efeito disso na família. Ela e Audrey tinham se tornado incrivelmente próximas.

— Não consigo me lembrar de uma época em que minha mãe não estivesse bebendo. — Com sorte, compartilhar sua experiência ajudaria Audrey, nem que fosse a se sentir menos sozinha. — Ela era uma ótima anfitriã. A alma da festa.

Grace viu a imagem da mãe rodopiando pela casa num vestido novo. *Olhe para mim!*

— Parece que você está descrevendo a minha mãe.

— Quando eu era mais nova, imaginava que era assim que as pessoas viviam, que era normal, mas logo percebi que as mães dos outros não bebiam como a minha. Tentei conversar com meu pai, mas ele sempre me dizia que não havia nada de errado. *Sua mãe está bem, Grace.*

O sentimento de dor e confusão ainda estavam lá, e Grace viu o mesmo refletido nos olhos de Audrey.

— Aham, essa é a parte difícil. Você começa a achar que quem tem algo de errado é você.

— Mas à medida que eu crescia, fui percebendo que não estava nada bem. Não entendia como meu pai não enxergava. Até que em determinado momento eu percebi que ele enxergava, sim, mas tinha escolhido ignorar. Esse era o maior mistério de todos. Eu achava que, se ele a amava, ia querer vê-la bem. Ele era médico.

— Que droga. Bem, se o marido não consegue resolver, ficamos perdidas, né?

— Exatamente. Ainda não consigo entender. — Com a mente vagando no passado, Grace olhou para a varanda. — Ele a amava muito. Imagino que achou que a estava protegendo. Ela era uma pessoa importante em nossa comunidade. Participava de todas as arrecadações de fundos e reuniões de comitê. Acho que foi assim que começaram as bebedeiras. Mas, como lá em casa ninguém via isso como um problema, nunca parou. Meu pai nunca pediu ajuda. Ele criava desculpas. Passava pano. Quando eu tocava no assunto, preocupada com a saúde dela, ele ficava com raiva. Me dizia para nunca discutir assuntos de família fora de casa, então aprendi que não apenas teria que conviver com aquela situação horrível, como também nunca poderia conversar com alguém sobre ela.

Audrey pareceu chocada.

— Sempre senti um pouco de pena de mim mesma, por ter que lidar com essa situação sozinha, mas estou vendo que para você foi ainda mais difícil. Você tinha um adulto em casa, e ele também não lidava com a situação. Era como se você precisasse dar conta dos dois.

Conversar com Audrey era tão fácil...

— Como você se tornou tão inteligente?

Audrey deu um sorrisinho.

— Acho que nasci assim, mas tento esconder. Não quero que as pessoas se sintam inferiores.

Grace deu risada.

— Mas você tem razão. Esse tipo de situação cria uma forma de isolamento. Eu só queria uma família normal. Os piores momentos eram quando socializávamos. Como ela era boa em esconder os próprios problemas, todo mundo a achava intensa e divertida, mas eu nunca conseguia ficar tranquila, estava sempre morrendo de medo de que ela passasse dos limites.

— Você tinha que fazer todas as tarefas de casa?

— Aham, meu pai trabalhava direto. Minhas notas despencaram.

Audrey se inclinou para trás.

— O que aconteceu? Porque você é professora hoje, então não se deu mal.

— Minha avó veio visitar um dia. Ela e minha mãe tinham uma relação difícil. Minha avó era uma mulher muito independente.

Onde Grace estaria se Mimi não tivesse aparecido tantos anos antes?

— Ela foi mãe solo, o que, para a época, imagino que era pouco comum. Minha mãe a culpava de não ter sido presente durante a infância dela. Acho que minha avó se culpava da mesma coisa. É por isso que estava decidida a ajudar. Ela foi morar com a gente e assumiu as tarefas domésticas. Foi então que as coisas mudaram. Mimi é como uma força da natureza. Ela carregou o fardo da minha mãe e me incentivou a seguir com a minha vida.

Foi por causa dela que vim a Paris com 18 anos. Acho que Mimi tinha esperanças de que eu ficasse aqui.

— Mas você não ficou.

Grace se levantou e olhou por sobre os telhados.

— Eu estava indo me encontrar com o Philippe quando recebi a ligação dizendo que meus pais tinham morrido no caminho de volta de uma festa. Bateram com tudo em uma árvore.

Houve um silêncio.

— Sinto muito, Grace. — Audrey suspirou as palavras. — Eles estavam... sua mãe estava...

— Bêbada? Quase certeza. Ela que estava dirigindo? Ninguém sabe. Eles derraparam na pista, bateram numa árvore e saíram voando pelo para-brisa. Nenhum dos dois estava usando cinto de segurança. Passei muito tempo me perguntando se meu pai a teria deixado dirigir. Espero que não, mas ele vivia fingindo que nada estava acontecendo, então não era impossível. Eu me senti muito culpada. Fiquei achando que talvez devesse ter me empenhado mais em ajudá-la. Achei que, se eu não tivesse vindo a Paris, nada daquilo teria acontecido.

— Não foi sua culpa.

Grace acenou com a cabeça.

— Eu entendi isso com os anos, mas demorou bastante tempo, e parte de mim ainda se questiona se eu não poderia ter feito mais.

— A única pessoa que sabia das bebedeiras era sua avó?

— E David. Ele era meu melhor amigo. Fizemos o jardim de infância juntos, depois o colegial. Nós coordenávamos o jornal da escola, ainda que naquela época não tivéssemos nenhum tipo de relacionamento romântico. Ele era a única pessoa com que conversei. Quando recebi a ligação e voltei de Paris, ele estava me esperando no aeroporto. A coisa toda passou como um borrão. David ficou a meu lado o tempo todo. — Ela se sentou. — E teve outra coisa… algo que nunca contei a alguém, nem mesmo a Mimi.

— Você não precisa me contar se não quiser.

— Eu quero. — Era um alívio compartilhar. — Na época, David estava trabalhando para o jornal local. Era um estágio de verão antes da faculdade. Ele estava trabalhando na noite em que meus pais sofreram o acidente e, como os chefes dele sabiam que ele tinha uma conexão especial comigo, enviaram ele para ver a cena. Queriam que ele encontrasse o lado humano da história. Que cavasse um pouco.

Audrey estreitou a boca.

— Queriam que ele mostrasse a sujeira, você diz.

— O que David poderia ter feito. Ele sabia que minha mãe era alcoólatra. Podia muito bem ter contado isso aos chefes, mas não fez isso.

Recordar isso fez Grace sentir um nó na garganta. David sempre se orgulhou de noticiar a verdade, mas, nesse caso, ele não o fez. Tudo por causa de Grace. Porque a amava.

— A notícia relatou um acidente trágico, ponto, e sempre fui grata a ele por isso.

— Mas foi um acidente trágico mesmo.

Grace olhou para ela.

— Sim, foi.

— E que bem faria se as pessoas soubessem do resto? Nenhum. Não é algo de interesse público. Falar algo além disso seria de puro interesse mórbido, como quando tem um acidente e as pessoas param para ver. Nunca entendi isso.

— Eu também não.

A honestidade compartilhada as aproximou.

— Nunca vou contar isso a ninguém, Grace, não precisa se preocupar. — Naquele momento, Audrey parecia pelo menos uma década mais velha do que seus 18 anos. — E entendo muito por que você se sentiu culpada, mesmo que nada tenha sido culpa sua. Eu me sinto culpada direto. E sinto raiva.

— A gente acha que eles mudariam se nos amassem o bastante. Mas, como eles nunca param, a gente imagina que é porque não nos amam.

Audrey a encarou.

— É isso. Exatamente isso.

Grace sentiu uma pontada de compaixão.

— Acredite, senti as mesmas coisas, todas elas. Ajuda lembrar que o alcoolismo é uma doença, não uma escolha. Não é tão simples. Com quem você já conversou sobre o assunto?

— Com você.

— Só? Você tem carregado isso sozinha todos esses anos?

Audrey deu de ombros.

— Você sabe como é. A gente não quer que as pessoas saibam. É constrangedor. Fora isso, a gente também se sente mal. Desleal. Se ela consegue manter a farsa, eu também sou capaz, certo? Mas me sinto responsável por ela. É horrível. É a pior parte.

Grace carregou o mesmo sentimento por anos.

— Mas você não é. Você sabe disso, né? Ela é adulta.

— Falar é fácil.

Grace confirmou com a cabeça, pensando em todas as vezes que teve que deitar a mãe em posição de segurança. Pelo menos tinha o pai, ainda que ele fosse tão útil quanto lenha em brasa num dia de calor.

*Sua mãe não está se sentindo bem, Grace.*

— E aquela sua amiga? Aquela de que você falou algumas vezes.

— Meena? Eu a amo, mas não tenho como contar sobre minha mãe.

— Por que não?

— Sei lá. Talvez porque a família dela seja perfeita. Talvez porque, quando estou com ela, consigo fingir que as coisas estão normais. — Audrey fez uma pausa. — Minha mãe se casou mês passado. Meu padrasto se chama Ron.

— Você não gosta dele?

— Gosto bastante dele. Esse é o problema. Tenho medo de que ele vá embora. E que isso destrua minha mãe. Ela teve outros namorados. Na verdade, ela se casou várias vezes, mas nenhum casamento durou. Só que Ron é diferente.

— Você acha que ele não sabe?

— Ele sabe que ela bebe, mas não sabe a dimensão do problema. E eu não disse nada. Todo dia fico na expectativa de receber uma ligação bombástica. — Audrey engoliu em seco e perguntou: — É errado ter meus próprios sonhos? É egoísta? Às vezes, fico deitada pensando *por favor, por favor, que eu não tenha que ir embora de Paris.*

Grace sentia um nó na garganta. Como Audrey tinha conseguido sobreviver? Grace, pelo menos, teve o pai e David. Tinha Audrey em alta conta desde o primeiro dia, quando ela recuperou sua bolsa, mas sua opinião agora era inestimável. Sentia apenas admiração por aquela jovem corajosa, ousada, calorosa e amorosa.

— Você tem direito a mais do que sonhar. Você tem direito a viver a vida que quiser.

Uma lágrima rolou pela bochecha de Grace, e Audrey pareceu chocada.

— Merda. Fiz você chorar.

— Essa primeira palavra não acrescenta nada a sua frase.

Grace secou os olhos, envergonhada pela incapacidade de controlar as emoções.

— Está bem, *cacilda*, fiz você chorar — disse Audrey, mas fez uma careta. — Foi mal, mas isso não funciona para mim. Não tem outra alternativa?

Apesar de tudo, Grace riu.

— Não xingar?

— Eu explodiria. As palavras se acumulariam dentro de mim e, com o tempo, acabariam saindo todas de uma vez e não seria nada bonito. Provavelmente seria pior do que eu bêbada — explicou Audrey, rindo. — Por que você está chorando?

— Porque acho você uma pessoa muito especial — disse Grace, assoando o nariz. — Que, apesar de tudo, continua sorrindo e dando risada.

Audrey corou.

— A vida parece mais fácil quando a gente faz piada dela. E você também é muito especial. Você se mostrou uma grande amiga ontem à noite. Eu não sabia para quem ligar.

— Fico feliz que tenha me ligado.

Grace sempre achou que boas amizades levassem tempo para se estabelecer. Que era a duração de uma relação o que lhe dava profundidade. Mas tinha se enganado. Ela conhecia Mônica havia quase duas décadas, a considerava uma boa amiga, mas nunca se sentira próxima dela como se sentia de Audrey, que conhecia havia poucas semanas.

Era bom saber que novas amizades podiam surgir em qualquer momento da vida. Era um lembrete de que sair do círculo seguro e previsível da vida podia trazer recompensas.

Audrey arfou e cobriu a boca com a mão.

— Meu Deus! *Seu encontro!* Como esqueci? Como é que foi?

— Foi bom.

— Ah, é? Vocês fizeram um sexo incrível e selvagem? — O rosto de Audrey mudou da animação para a preocupação. — Por favor não me diga que mandei a mensagem no meio do…

— Não mandou. — Ainda que Grace não duvidasse que, se Audrey não tivesse mandado a mensagem naquele momento, o resultado teria sido outro. — Estávamos a caminho da casa dele quando você mandou a mensagem.

Audrey soltou um grunhido.

— Então eu estraguei, *sim*, sua noite.

— Não. Nossa noite foi ótima.

— Vocês vão sair de novo?

Grace pensou na química entre os dois. No fluxo leve da conversa. Nos olhares que trocaram. Nos toques sutis.

— Com certeza. Ele me convidou para um concerto no qual vai tocar.

— Que legal. — Audrey pegou o garfo e comeu uma garfada do café da manhã já frio. — O crédito é meu. Foi o corte que eu fiz. E o vestido, é claro.

— Tenho entradas para você também, se quiser vir.

— Eu? Num concerto de música clássica? E se eu não gostar? Não conheço nada de música. Você vai me odiar?

— Claro que não, contanto que você não faça barulhos durante a apresentação. Você não precisa saber de música para apreciar — disse Grace. — Mas e você? Vai ligar para o Étienne?

— Sem chances. Foi vergonhoso. Estou com ódio de mim mesma — disse Audrey, puxando o prato mais para perto. — Por que deixei que me pressionassem na noite passada? Por que não disse simplesmente *eu não bebo*?

— Imagino que foi porque você gosta dele de verdade.

— Sim, tem isso. E as pessoas julgam quem não bebe. Acham que a gente é estranha ou chata. Mas eu juro que não entendo. Não entendo por que é preciso beber para ser descolada. Enfim, é óbvio que ele não me acha descolada, porque saiu pra pegar bebida e não voltou mais. Então toda essa enxaqueca e todo aquele vômito foi por nada. Ele deve ido embora com alguém que fala francês fluente e sabe beber.

Ela se levantou e levou o prato à cozinha.

Vendo a tensão nos ombros de Audrey, Grace a seguiu.

— Você não sabe se foi isso o que aconteceu.

— Bem, mas é isso que os homens fazem, não é? Eles fogem quando as coisas ficam feias. Tipo, o seu marido tecnicamente não fugiu, mas ele foi embora. Isso é mais fácil do que ficar.

Grace peneirou as palavras e tentou descobrir o sentido mais profundo delas.

— Você viu isso acontecer com frequência?

Audrey lavava o prato.

— Vi, mas tudo bem, eu não os culpo. Não é fácil conviver com minha mãe. O amor não é sempre um mar de rosas, né?

Grace preparou mais café.

— Não, não é. Como está sua dor de cabeça?

— Quase passando. Você é um gênio. — Audrey olhou ao redor. — Merda… quer dizer, cacilda. Acho que perdi minha bolsa ontem à noite.

— Eu guardei.

Grace colocou o café diante dela e tostou pedaços de pão. Colocou-os na mesa ao lado da manteiga cremosa e uma pequena tigela de geleia de damasco.

— Você quase não tocou nos ovos. Come mais um pouco se puder.

— Você achou minha bolsa?

— Estava no chão do banheiro.

— Eu nem lembrava disso… Mas obrigada. — Audrey se sentou à mesa e passou manteiga e geleia na torrada. — Acho que estamos quites. Uma bolsa por uma bolsa. Olha só, falei que nem o Shakespeare!

Grace deu risada e entregou a bolsa.

— Não me parece que ninguém mexeu nela.

— Ah, por sinal, a torrada está deliciosa. — Audrey comeu a torrada com uma mão e tirou o celular da bolsa com a outra. — Eita, tenho dezesseis ligações perdidas. Que merda. *Dezesseis?* — Ela captou o olhar de Grace. — Foi mal. Eu não tinha *nenhum* motivo para xingar, mas escapou. O que posso dizer? Estou tentando melhorar e é improvável que vá competir com Shakespeare em breve. Espero que não seja minha mãe.

Audrey checou o celular e balançou a cabeça.

— São? — perguntou Grace.

— Não, são todas do Étienne. Dezesseis ligações perdidas.

— Pelo visto ele não fugiu.

Quando disse isso, alguém bateu à porta.

Grace olhou para Audrey, que engoliu em seco.

— Será que é ele?

— Se ele tiver um pingo de decência, sim. E, se for, eu talvez o perdoe por ter deixado você sozinha. Você quer atender?

— Você ignoraria a porta por mim?

Grace descobriu que faria qualquer coisa por Audrey.

— Se você quiser.

— Ah, é? — disse Audrey, sorrindo — Você roubaria um banco?

— Tenho limites.

— Bom saber. Talvez seja melhor acabar logo com isso. — Audrey esfregou as bochechas e percorreu o cabelo com os dedos. — Como estou?

— Linda, o que é bem irritante, tendo em vista a noite passada.

Grace caminhou até a porta e a abriu. De pé diante da porta, parecia que Étienne teve uma noitada pior que a de Audrey. Seu cabelo estava despenteado e a pele, pálida.

— Senhora Porter. — Tentando desesperadoramente soar respeitoso, Étienne falou em francês. — Sinto muito incomodá-la, mas estou procurando a Audrey. Ela não está no apartamento dela e não atende o celular. Não sei onde está. Estou preocupado, e é tudo culpa minha...

Ele parecia tão angustiado que Grace quase teve dó dele; ela, porém, logo se lembrou de Audrey deitada no chão do banheiro. Vulnerável. Sozinha.

E se tivesse deixado o celular cair ou não quisesse incomodar Grace?

E se estivesse bêbada demais para ligar?

Grace dirigiu-lhe o mesmo olhar que dava a seus alunos de 11 anos quando se comportavam mal.

— Como você não sabe onde ela está? Vocês não estavam juntos?

Envergonhado, ele corou.

— Fui pegar uma bebida e encontrei um conhecido. Demorei um minuto e, quando voltei, Audrey tinha desaparecido.

— Um minuto?

Ele a encarou.

— Pode ter sido mais do que um minuto. Mas estou preocupado, sra. Porter. Quando voltei, Audrey tinha sumido. Alguém disse que a viu com uma mulher mais velha. Sei que você e Audrey são próximas, por isso achei que tinha sido você… — A cor desapareceu do rosto dele. — Mas se ela não está com você, preciso ligar para a polícia.

Ele pareceu tão assustado que Grace amoleceu.

— Ela está aqui, Étienne. Pode entrar, mas… ah…

Suas palavras foram cortadas pelo abraço de Étienne. Sentiu o corpo desengonçado dele e lembrou que ele também era pouco mais do que um adolescente. Era uma idade tão complicada.

— Obrigado por tomar conta dela. — Desajeitado e envergonhado, ele a soltou. — Me desculpe, é que imaginei que…

— Oi, Étienne.

Audrey surgiu na sala, o avermelhado do cabelo revolto enfatizando a brancura da pele e as olheiras.

— Audie! — Étienne deu dois passos na direção dela e em seguida, incerto de como seria recebido, se deteve. — Me desculpa. Eu fui pegar a bebida e, quando voltei, você tinha sumido.

— Você demorou séculos.

Ele pareceu desolado.

— Eu sei. Fiquei conversando com uns amigos. Perdi a noção do tempo.

Grace deu créditos pela honestidade. Ciente de que não devia ficar ali escutando descaradamente, limpou a mesa, recolheu as coisas do café da manhã e fechou a porta da cozinha.

Um momento depois, a porta abriu. Envergonhada e desconfortável, Audrey apareceu.

— Vou no meu quarto me trocar e eu e Étienne vamos dar uma caminhada rápida antes de ele abrir a livraria.

Grace reprimiu o impulso de lhe dizer que tomasse cuidado.

— Divirtam-se. Seu celular está carregado? Leve com você.

Audrey hesitou.

— Você vai ficar bem? É que falamos de um monte de coisas e...

— Vou ficar bem.

Grace ficou comovida que ocorreu a Audrey perguntar.

— Tem certeza de que não está triste? Quais são seus planos pra hoje?

— Não tenho planos. — E isso, percebeu Grace, não era nem um pouco assustador, como teria imaginado. Teve uma ideia. — Que tal eu cuidar da livraria hoje à tarde? Assim você e Étienne podem passar a tarde juntos.

Audrey negou com a cabeça.

— Você não pode fazer isso.

— Eu gostaria de fazer. Posso continuar a triar aquelas caixas que estão juntando poeira há séculos. Eu gosto.

Audrey engoliu em seco.

— Você é a pessoa mais bondosa que conheci na vida, sério. Não achava que gente como você existisse de verdade.

Não havia sinal da jovem irritadiça e defensiva que conhecera no primeiro dia em Paris.

Grace a trouxe para perto e a abraçou.

— Você vai ficar bem.

Ela sentiu os braços de Audrey apertarem-na.

— Você é demais. Estou tão feliz por ter conhecido você, Grace. Tão feliz que sejamos amigas.

— Também fico feliz que sejamos amigas.

Audrey fungou e recuou um passo.

— Merda… quer dizer, cacilda, você está deixando meus olhos vermelhos.

Grace balançou a cabeça.

— Os meus também estão. A diferença é que você fica linda quando chora, e eu pareço um tomate seco.

Sem Audrey, o apartamento parecia silencioso.

Grace levou o café para a varanda.

Abrir-se com alguém teve um efeito terapêutico inesperado. No início, Grace só tinha a intenção de incentivar Audrey a falar sobre a mãe, mas, no final, estava contando coisas em benefício próprio também. A conversa fez Grace se sentir mais leve. Era como jogar fora coisas que vinha acumulando havia anos. Roupas que não serviam mais. Coisas que você nunca na vida vestiria.

Era como fazer uma faxina mental.

Ela terminou o café e checou os e-mails.

Sophie tinha mandado uma mensagem com fotos de Siena e Mimi tinha mandado fotos do jardim. Ela respondeu a ambos e encarou a tela por um instante.

Nada de David. Nenhum e-mail. Nenhuma ligação. Ele parecia tê-la cortado de sua vida.

Grace fechou o notebook e se levantou.

Devia se sentir aliviada por ele não ter feito contato. Era mais fácil seguir em frente assim.

Ela trancou o apartamento e desceu para a livraria. Havia algo no silêncio do lugar que se infiltrou nela. Do lado de fora, Paris era assolada por uma onda de calor, mas a grossura das paredes mantinha as salas frescas.

Assim que abriu a livraria, o sino tocou e Toni entrou. Aos domingos, a livraria abria durante um curto período à tarde, mas ele nunca faltava um dia.

Grace ficou contente em vê-lo. Gostava do jeito antiquado e da bondade no sorriso dele.

Será que vivia sozinho? Era por isso que passava tanto tempo na livraria? Talvez fosse viúvo.

Tanta coisa em nossas vidas são hábitos… A pessoa se acostuma a viver de um jeito, com determinada companhia e, quando uma relação acaba, é preciso encontrar outra forma de ser. Criar novos hábitos.

— Eu estava prestes a fazer um chá — disse ela. — O senhor toma comigo?

— Se você tiver tempo, gostaria, sim.

— Os domingos costumam ser tranquilos. — Grace entrou na minúscula cozinha dos fundos e preparou chá, conversando através da porta aberta. — Meu plano é triar mais uma parte dos livros nos fundos. Tem caixas e mais caixas. Élodie diz que alguns estão lá há décadas.

— Vai fazer sozinha? Onde está Audrey? Saiu com Étienne?

Estava na cara que Toni enxergava muito mais do que transparecia.

— Sim.

— E você está preocupada.

— Uma loucura, né? — Colocou duas xícaras de chá sobre a antiga escrivaninha de couro que Élodie usava para os trabalhos burocráticos. — Eu me preocupo com ela como se fosse minha filha.

— Você tem filhos?

— Sophie. Ela tem 18 anos, está viajando pela Europa neste momento.

— Você se preocupa e ainda assim a deixa viajar.

— Não podemos prender pessoas. — Ela havia tentado prender David, sem sucesso. — O senhor mora aqui perto?

Ele disse onde vivia e Grace fez um cálculo rápido.

— Deve dar uma meia hora de caminhada até aqui.

— Vinte e cinco minutos.

— Uma bela distância.

Por que ali? Por que aquela livraria, se Paris estava cheia de tantas alternativas?

Ele se concentrou no chá.

— Eu gosto de caminhar.

Ela teve a sensação de que havia mais.

— Bem, adoramos ter o senhor aqui todos os dias.

Ele sorriu para ela.

— Você parece melhor, Grace.

— Melhor?

— Quando a vi pela primeira vez, você parecia trazer fantasmas nos olhos. — Ele bebeu um gole de chá. — Os fantasmas foram embora.

— Minha vida estava um pouco complicada. — O eufemismo quase a fez rir. Grace sentiu a necessidade urgente de contar tudo, mas conseguiu se segurar. Uma coisa era se abrir; outra era se expor. Toni era agradável e carinhoso, mas isso não implicava que ele quisesse escutar detalhes sórdidos da vida dela. — Felizmente as coisas se ajeitaram. E você, Toni? Você tem família?

— Sou viúvo, e você não faz ideia de como não gosto dessa palavra. É um convite à piedade, e detesto isso. — Ele se levantou. — Obrigado pelo chá. Vou deixar você em paz na sua tarefa enquanto dou uma olhada.

Com um sorriso gentil, ele entrou numa das salinhas no fundo da livraria e escolheu uma prateleira.

Grace não pôde se conter.

— Está procurando algo em especial, Toni? Posso ajudar de alguma forma? Quatro olhos funcionam melhor do que dois.

Ele amansou o olhar.

— Obrigado, mas é melhor eu fazer isso sozinho.

Que tipo de pessoa pegava cada livro de cada prateleira e o folheava? Mas, para Grace, o que ele fazia não era bem folhear. Parecia que ele estava metodicamente buscando algo específico.

De qualquer maneira, não era problema dela. Se ele quisesse ajuda, pediria.

Ela caminhou até a sala dos fundos onde as caixas estavam empilhadas e tratou de trabalhar.

Conferiu cada livro, separou-os em pilhas para colocar nas estantes, certificando-se de que não houvesse nada particularmente valioso. Élodie lhe contou que tinha encontrado pelo menos duas primeiras edições nos últimos anos.

Depois de uma meia hora, Toni se despediu e foi embora. A livraria estava vazia, e a mente de Grace se voltou a Philippe. Se Audrey não tivesse ligado naquele instante, Grace teria dormido com ele?

Ela se equilibrou sobre os saltos e encarou o livro que tinha em mãos.

Sim. Provavelmente teria. Tinha gostado da noite. A química entre os dois era espetacular, e ela teria que deixar aquilo rolar mais cedo ou mais tarde. Philippe, talvez, fosse exatamente aquilo de que precisava.

Teria se sentido culpada? Só havia um jeito de descobrir.

Fazendo uma pausa no trabalho de triagem dos livros, esticou-se e pegou a bolsa. Era velha demais para joguinhos. Não é porque ele não tinha ligado que Grace não poderia ligar.

Antes que mudasse de ideia, mandou uma mensagem.

Adorei a noite. Desculpa por ter ido embora cedo. Tive que ajudar Audrey, mas agora já está tudo bem. Ansiosa para o concerto.

Pronto. Feito.

A resposta veio quase instantaneamente.

Também adorei. Vou deixar os ingressos na bilheteria. Traga seus amigos.

Sentindo-se zonza, pegou outro livro da caixa. Quando foi colocá-lo na pilha para as prateleiras, uma fotografia foi voando para o chão. Ela a pegou, tirou a poeira com os dedos e a examinou. Era um casal grudado. A foto era em preto e branco e tinha vincos na superfície, como se tivesse ficado dobrada no bolso de alguém. Havia algo familiar na mulher. Grace a segurou mais perto e seu coração saltitou como uma criança num parquinho.

Levou a foto para a frente da loja, onde a luz era melhor.

Era Mimi. Grace tinha visto fotos da avó na faixa dos 20 anos e a reconheceria em qualquer circunstância. Ela tinha um corpo elegante e esguio de bailarina.

Na foto, ela segurava firmemente a mão do homem a seu lado. Sem dúvidas os dois estavam apaixonados.

Mas sua avó nunca esteve apaixonada, esteve?

Grace encarou com atenção. A mulher da foto com certeza estava apaixonada.

Quem era o homem na foto e por que ela estava escondida dentro de um livro?

Grace voltou até os fundos da livraria e pegou o livro, mas não tinha nada de mais. Era um livro de não ficção sobre a geografia dos Alpes. Não havia pistas de por que a foto estava dentro daquele livro em especial.

Ela abaixou o livro e encarou a foto por bastante tempo.

Quem era o homem que a avó dela olhava com tanta devoção? E por que ela nunca falou dele?

# 18

## Audrey

Ela nunca tinha sentido tanta vergonha na vida.

Em sua tentativa de impressionar Étienne, havia estragado tudo. O que ele estaria pensando dela?

Enquanto desciam os degraus que conduziam ao rio, ela colocou as mãos nos bolsos e decidiu começar de uma vez a conversa.

— Olha, sobre ontem à noite. Eu sinto muito, tá?

— *Você* sente muito? — Étienne parou de caminhar e segurou o braço dela. — Poxa, Audie, sou eu quem sente muito. Fui eu quem deixei você sozinha. Juro que não quis demorar tanto.

— Você não tinha obrigação de cuidar de mim. Posso fazer isso sozinha.

Tecnicamente, Grace tinha feito isso por ela, mas Audrey não ia divulgar o fato aos quatro ventos.

— Você era minha convidada. Além do mais… — Ele deu de ombros. — Eu conheço o Marc. Ele não sabe o que são limites. Nunca sabe a hora de parar.

— Ele ficou enchendo meu copo…

Audrey parou no meio da frase. Era o que a mãe dela fazia, não era? Dava desculpas. *Você não entende. Tive um dia ruim.* Como se a garrafa de vinho se abrisse sozinha e pulasse na mão dela sem qualquer participação ativa.

Marc ficou enchendo o copo dela, mas ele não despejou a bebida goela abaixo, né? Foi ela quem bebeu. Podia ter dito não. Culpar Marc era uma saída fácil, mas a verdade era que ela só precisava ter dito "eu não bebo", e não disse. Audrey tinha tentado se encaixar, parecer descolada.

Tinha sido covarde.

— Não sei como vai ser agora, Étienne, mas, se sairmos outra vez, não vou beber. Preciso que você saiba disso.

— Eu entendo. Sua cabeça está doendo, você está de ressaca... — disse ele, gesticulando expressivamente. — Você nunca mais vai beber na vida etc.

Ele não tinha como entender, certo? Étienne não lia mentes, e Audrey não havia compartilhado nada de pessoal com ele. Parte do motivo para estar um caco naquele momento.

Se não consertasse as coisas, aconteceria outras vezes, o que não queria.

— Não, Étienne. Eu não bebo — disse ela de forma clara e firme. — Não bebo álcool.

Ele franziu a testa.

— Mas ontem à noite... você disse que vodca era sua bebida predileta.

— Ontem à noite eu fui uma idiota. Eu devia ter recusado quando Marc me ofereceu bebida, mas... — Ah, que *vergonha*. — Eu gosto bastante de você, mas não vou beber mais, nem por você. Se isso te incomoda, é melhor que você me diga agora.

Ele pareceu confuso.

— Você bebeu por mim?

— Todo mundo estava bebendo! É algo legal de se fazer numa festa. Se você não bebe, as pessoas acham que você é uma chata, uma estraga-prazeres. A gente estava com seus amigos, eu quis causar uma boa impressão. Quis que gostassem de mim. Ridículo, né?

Os olhos de Audrey encheram de lágrimas, e ela piscou rapidamente. Ótimo. Para coroar a situação, ia chorar. Não deveria ter saído para passear com Étienne.

— É melhor eu voltar.

— Espera... — pediu ele, segurando-a pelo braço. — Você está dizendo que bebeu por minha causa?

— Não quis que você passasse vergonha na frente dos seus amigos.

Dito em voz alta, parecia algo incrivelmente idiota.

Étienne ficou em silêncio por tanto tempo que Audrey presumiu que ele também achava aquilo idiota. Devia estar procurando um jeito de dizer isso.

Ela puxou o braço.

— Bem, é melhor eu ir e...

— Não. — Ele soltou o braço dela, mas só para puxá-la num abraço em seguida. — Eu quero te dizer tantas coisas que nem sei por onde começar.

Ele a segurou apertado por um instante, em seguida a soltou e segurou o rosto dela nas mãos.

— Em primeiro lugar, como alguém poderia não gostar de você? Você é divertida, inteligente, linda e muito interessante...

— Não sou inteligente. Não acredito que vou dizer isso, mas também é melhor você já saber logo que eu não gosto de livros. Sou disléxica.

— Eu sei.

— Como você sabe?

— Minha irmã mais nova é, e você me lembra ela. Eu vi como você ficou panicada quando falei de livros. Ela é igual.

Ele *sabia*?

— Por que você não disse nada?

— Porque *você* não disse nada! Achei que você teria tocado no assunto se quisesse conversar sobre isso. Eu também gosto de você, Audrey. Tive medo de estragar tudo e afastar você.

— Foi por isso que você parou de falar de livros?

— Aham. Percebi que você ficava desconfortável.

— Mas você ama livros.

— Amo um monte de outras coisas também. Meu ponto é que você não é a única que tem medo de estragar tudo. Vamos sentar? Estamos bloqueando o caminho. — Ele pegou a mão dela e os dois se sentaram à margem do rio. — Olha, meus amigos adoraram você, mas, mesmo que não tivessem gostado, não faria diferença, porque *eu* gosto de você. Muito.

— Certo.

Audrey tinha criado todo aquele problema para não envergonhar Étienne e agora descobria que ele não dava a mínima para o que os amigos pensavam? Ela queria se atirar no Sena. Era *tão* burra.

— Sinto muito por ter demorado tanto para voltar ontem à noite. Eu fiquei me sentindo péssimo por causa disso.

— Deixa pra lá.

— Ontem foi a primeira vez que você ficou bêbada?

— Foi a primeira vez que bebi na vida.

Audrey contou a ele. Tudo. Começou aos trancos e barrancos, falando sobre a mãe. Sobre os porres, as oscilações de humor e o fato de que em Londres toda a sua vida girava em torno do álcool.

Étienne escutou com cuidado, absorvendo cada palavra.

Em determinado momento, ele segurou a mão dela como se pudesse impedi-la de escorregar de volta a um lugar sombrio e assustador.

As palavras foram saindo sem filtro. Audrey sabia que deveria calar a boca, mas, agora que tinha começado, por algum motivo não conseguia parar. Quando gaguejou um pedido de desculpas, ele simplesmente apertou sua mão com mais força e pediu que continuasse falando. E ela o fez. Audrey contou a ele ainda mais do que havia revelado a Grace. Contou sobre a vez que encontrou a mãe inconsciente no chão do banheiro e achou que estivesse morta. Sobre as conversas caóticas em que nada parecia fazer sentido e que a deixavam com a sensação de que o problema era ela. Sobre como se sentia responsável, e a solidão que isso trazia. Sobre como morria de medo de que as coisas com Ron dessem errado e elas terminassem numa situação ainda pior.

Em algum ponto Audrey deve ter começado a chorar de novo, mas não percebeu até sentir Étienne abraçá-la. O toque dele transmitia segurança e gentileza. Audrey nunca teve um namorado que se preocupasse. Nunca teve um relacionamento com sentimentos. Poder contar tudo fazia a relação parecer especial. Ela nunca achou que se abrir dessa forma pudesse trazer tanto alívio.

— Shh.

Étienne acariciou o cabelo dela e a puxou para o colo. Em francês, ele falou palavras que Audrey não compreendeu, mas que mesmo assim a fizeram se sentir melhor.

No fundo, sabia que tinha acabado. Se havia uma coisa que um cara detestava mais do que uma garota desembuchando seus problemas era uma garota chorando em cima dele. Quem ia querer um relacionamento com uma pessoa complicada como ela? Era verão, estavam em Paris. Era para ser algo leve e divertido, mas Audrey o afogou com a história de sua vida. Era como descarregar um caminhão de lixo. Ela poderia ter dado a Étienne apenas um vislumbre dos problemas, mas não, ela despejara todos os detalhes sórdidos.

Morrendo de vergonha, ficou com o rosto enfiado na nuca dele. Não sabia o que dizer. Como imaginou que tinha dito mais do que o suficiente, ficou quieta. Ela podia sentir o calor da pele dele bronzeada de sol e a aspereza da barba por fazer no queixo. De olhos fechados, respirou fundo. Étienne estava sempre cheiroso. Audrey poderia ficar ali para sempre.

As pessoas caminhavam aproveitando o sol de Paris, mas Étienne não parecia se importar. Ele mudou levemente de posição, mas, em vez de tirá-la do colo, segurou-a mais perto.

— Quer ir lá pra casa?

Audrey achava que ele ia dispensá-la. Talvez não quisesse fazer isso em público, à beira do rio, com o perigo de Audrey fazer uso da água.

Ela ergueu a cabeça e olhou para ele.

Étienne estava sério. Com o cabelo escuro desarrumado e aquelas maçãs do rosto lindas, ele parecia um ator sombrio. Não surpreendia que todas as garotas estivessem olhando para ele na festa. Ele era absurdamente bonito.

— Tá tudo bem — disse ela, engasgando nas palavras. — Você não precisa pisar em ovos. Pode dizer de uma vez, eu vou ficar bem.

— Dizer o quê?

— Que você acha que não vai dar certo entre a gente, que não quer mais me ver.

Ela tentou se esgueirar dos braços dele, mas ele a segurou com mais força.

— É isso que você quer? Quer terminar?

— Não! Mas acabei de despejar um monte de lixo em você e molhei sua camisa inteira de lágrimas. Imagino que você esteja pensando na rota de fuga mais rápida. Um relacionamento é para ser simples, divertido. Você deve estar me achando complicada demais.

— Nada disso. Eu estava aqui pensando… Depois de ter lidado com tudo isso… — Ele deslizou a mão até a bochecha dela e virou o rosto de Audrey para ele. — Você veio pra cá sozinha, arrumou um emprego… Eu acho você incrível.

Incrível? Sério? Além de Grace, ninguém a achava incrível. Nem mesmo a mãe dela, e as mães meio que eram para ser programadas para achar isso, né?

— Nah, você só gosta das minhas pernas. E da minha bunda.

— De fato, mas também gosto de você — disse ele, sorrindo e chegando perto dela. — Eu realmente acho você incrível.

— Mas eu não sou.

Étienne finalmente a afastou do colo, mas apenas para que os dois pudessem se levantar.

— Vamos lá pra casa e vou mostrar como você é incrível.

Audrey viu um casal lançar a eles um olhar de desaprovação.

— Acho que você acabou de anunciar o que vamos fazer para cidade inteira.

— Não estou nem aí. Não me importo com ninguém além de você.

Étienne pegou a mão de Audrey e seguiram andando a curta distância até o bairro dele.

O apartamento estava fresco e silencioso, e Audrey se sentiu subitamente envergonhada.

— Sinto muito por… bem, por tudo. Minha vida é meio bagunçada, para ser bem honesta.

— Pare de pedir desculpas. A minha também é. — Ele deu um sorrisinho divertido e torto que fez coisas estranhas com as entranhas de Audrey. — O quê? Você achou que era a única com uma família complicada?

— Ah, Étienne. Sei lá. A sua família é perfeita e é meio constrangedor assumir que a minha é toda ferrada.

— Minha família não é perfeita. Não que estejamos competindo, mas aposto que minha família é mais bagunçada que a sua. Ou ao menos bagunçada de um jeito diferente.

Ele foi até a cozinha e pegou dois copos.

— O quê? Você está de brincadeira? Vocês têm esse apartamento de revista e eles estão numa casa de veraneio na Côte sei lá de onde.

— Minha mãe está lá com minhas duas irmãs mais novas. Não sei onde meu pai está, mas posso apostar que com alguma mulher.

Havia um tom amargo na voz dele que Audrey não reconheceu.

— Seus pais não são casados?

— Em público, sim, eles são bons em manter as aparências. Mas, nos bastidores, as coisas são bem diferentes. Eu queria muito que vivessem separados, porque as coisas que dizem um ao outro são horríveis. Eles fecham as portas como se fizesse diferença. — Étienne abriu a geladeira e pegou uma garrafa de água gelada. — Eles se odeiam tanto que fico pensando como conseguiram ficar juntos. Tipo, em algum momento será que eles chegaram a se amar ou foi um erro desde o começo?

Audrey olhou para ele. Ela não fazia ideia. E ela, de todas as pessoas, devia ser a primeira a saber que o que se vê na superfície nem sempre reflete o que há em profundidade.

Audrey viu que Étienne também sofria. Que, por baixo daquele sorriso fácil, ele também tinha problemas sobre os quais não costumava falar. Ela sabia muito bem o que era isso.

— Sinto muito — disse ela, tocando no braço dele. — Por que você não me contou na primeira noite que passei aqui?

— Provavelmente pelo mesmo motivo pelo qual você não me contou sobre sua mãe. Não é a primeira coisa que se conta a alguém, né? É pesado, e o clima era outro.

— Não me parece pesado. Parece... — Audrey tentou compreender. Qual era a sensação? — É bom poder ser honesta, acho. Colocar para fora. Poder compartilhar de verdade. Traz um alívio.

Ela aceitou o copo d'água que Étienne lhe oferecia.

— Minha mãe queria que eu fosse com elas, mas não consegui. Foi por isso que aceitei o trabalho na livraria. Foi meu jeito de fugir.

— Entendo. Foi minha fuga também. A diferença é que eu não gosto de livros.

Étienne riu.

— Vamos consertar isso aí.

O coração dela pesou.

— Você não tem como *me* consertar.

— E eu nem quero. Você é ótima do jeito que é. Quero consertar só essa história de você achar que não gosta de livros. Por que está olhando para a porta?

— Estou pensando na minha rota de fuga. É o que acontece quando alguém planeja torturar você.

Ele se inclinou para beijar o pescoço dela.

— Me dá uma hora. Só isso. Uma hora para eu provar que você gosta, *sim*, de livros. Talvez só não goste de ler sozinha. Uma hora. Feito?

— Acho que sim.

Ela preferiria fazer outra coisa com essa hora a mais, mas não ia discutir. Étienne a levou ao quarto e pegou um livro da estante.

— Deite-se e feche os olhos.

Observando-o, ela tirou os sapatos e se deitou.

— E agora?

— Você não fechou os olhos.

— Eu gosto de ver o que está acontecendo.

— Tudo o que vai acontecer vai ser dentro da sua cabeça. Feche os olhos.

Ela suspirou e fechou os olhos.

— Está bem. E agora?

Ela sentiu o colchão se mexer enquanto Étienne se deitava ao lado dela, depois o barulho das páginas e então a voz dele, profunda e suave como veludo, lendo para ela.

No começo, Audrey achou aquilo meio estranho, e era difícil relaxar. Mas em pouco tempo uma mudança aconteceu; em vez de escutá-lo lendo e de sentir a própria presença ali, Audrey entrou na história e se viu em cena com as personagens. Perdeu a noção do tempo e, quando ele parou, ela abriu os olhos incomodada.

— Por que você parou? Quero saber o que acontece depois.

— Foi por isso mesmo que parei. — Ele abaixou o livro e se aproximou. — Já posso dizer "eu avisei"?

— Não.

— Você pode não gostar de ler — disse ele, dando um beijo nela. — Mas gosta de livros e de histórias.

— E daí? Você vai ler para mim todos os livros do mundo em voz alta? Vai demorar um pouco.

A boca dele pairou próxima à dela.

— Você está com pressa?

— Hum, não.

Audrey poderia passar o resto da vida deitada ali, escutando Étienne ler, mas estava desesperada pelos beijos.

Ela se contorcia de expectativa. Seu coração batia forte. Quando Étienne olhou nos olhos dela, Audrey viu algo diferente e perdeu o fôlego ao se dar conta de que ele sabia tudo a seu respeito. Não tinha mais nada a esconder.

Ela sempre havia achado que intimidade era algo físico, mas agora percebia que era muito mais complexo do que isso. Intimidade era conhecer alguém. Conhecer uma pessoa *de verdade*. Não apenas o corpo, mas o que se passa em sua cabeça.

Ele inclinou a cabeça e a beijou delicadamente, ao que ela retribuiu, saboreando, inalando, agarrando, desbravando. Étienne tirou as roupas dela e ela fez o mesmo com as dele. Os ombros dele eram largos e bronzeados, e Audrey se perguntou se era superficial de sua parte gostar tanto da aparência dele.

— Eu adoro seu corpo.

Ele deslizou a boca sobre a pele dela, ao que Audrey ficou contente por estar deitada, caso contrário teria perdido o equilíbrio. Ela se sentiu flutuar quando foi tocada por ele, não da forma como o álcool fez, mas com uma tontura difícil de descrever. Étienne a fazia se sentir frágil mesmo depois de tantos anos se convencendo de que era inquebrável. Audrey, a durona, sentia como se fosse feita de gelatina. Sentiu a cabeça ir se esvaziando até sobrar apenas a sensação da língua dele na dela, o toque das mãos e as palavras que ele sussurrava em seu ouvido.

Étienne a fazia sentir algo que nunca havia sentido.

Era perfeito, não só por ele ser habilidoso e inteligente, mas por ser *Étienne*. Audrey o abraçou e naquele momento não ofereceu só o corpo, mas o coração também. Pela primeira vez na vida, estava com alguém que a conhecia de verdade e que se importava com ela.

Pela primeira vez na vida, sentia-se feliz de verdade.

Se aquilo ao menos pudesse durar para sempre…

# 19

—Nunca fui a um concerto. Quer dizer, fora os concertos da escola, mas esses não contam.

Audrey se revirou no assento e Étienne lhe entregou uma garrafa d'água.

Grace percebeu que os dois não paravam de se tocar. Com ombros, braços, ponta dos dedos. Era como se precisassem estar em contato físico o tempo todo. Algo havia mudado, era visível.

— Quando você disse que o nome dele era Philippe, eu não tinha me tocado que era *o* Philippe — disse Étienne, ajeitando os óculos e lendo o programa. — Eu o ouvi tocar aqui em Paris faz alguns anos. Minha mãe adora ele. Comprei o disco natalino de Mozart para ela.

— Ora, ora. Quem diria que você é esse poço de cultura, hein? — disse Audrey, bebendo um gole de água. — Grace também gosta dele, né, Grace?

Grace ignorou o sorrisinho provocador de Audrey.

— Adoro a música dele.

— Não foi isso o que eu quis dizer.

— Eu sei que não.

Ela levantou o olhar quando a orquestra começou a ocupar os assentos. Ela assistira a Philippe tocar quando ele ainda era estudante de música, e ele já era bom na época. Grace sabia que a experiência agora seria completamente diferente.

— Tem certeza de que você não gosta de mais coisas nele além da música? Porque você anda sorrindo bastante desde que jantaram juntos. E eu percebi que está usando o vestido azul de novo. — Audrey lhe deu um cutucão e esticou o pescoço. — Aquele ali é ele? Por que ele entrou por último? Está atrasado. Será que vão demitir ele por isso?

— Ele não está atrasado. Como é o solista, entra por último.

— Ah, entendi, para todo mundo prestar atenção nele. Tipo chegar mais tarde na festa para uma entrada triunfal. Uma das garotas da minha turma faz isso. Na verdade, é *super* irritante. Tudo bem se a gente acenar?

— Não.

Grace se juntou ao público no aplauso quando Philippe caminhou até o piano, fez uma leve reverência em agradecimento ao público e se sentou.

— Grace, ele é bonito pra caramba — sussurrou Audrey, mas então captou o olhar de Étienne. — Quer dizer, para um cara mais velho, *óbvio*. — Étienne começou a beijá-la. — Ei, espera, espera. Acho que você não pode me beijar aqui. Não é que nem a última fileira do cinema e...

— Eu estou impedindo você de falar.

— Vou parar de falar quando a música começar.

Apesar dos murmúrios de reprovação das pessoas na fileira de trás, Grace não conseguiu evitar o riso. Os dois estavam tão encantados um com o outro que quase doía de ver.

Ela e David tinham sido assim em algum momento? Tinham, sim. Grace se lembrou de um concerto que tiveram que deixar no intervalo porque os dois não conseguiam tirar as mãos um do outro.

O que o futuro reservava a Audrey e Étienne?

Grace respirou fundo.

Ela não faria aquilo. Não viraria a divorciada chata e amargurada que pensa que todos os relacionamentos estão fadados ao fracasso. Era preciso encarar a vida com otimismo e esperança, senão o que restava? Onde ficaria a diversão? Era melhor esperar pelo melhor e lidar com o pior do que esperar o pior e perder o melhor.

Os dedos de Philippe voaram sobre as teclas, acariciando, convencendo, seduzindo o piano a emitir cada nota. Grace sabia que ele não estava pensando nela. Não estava pensando em coisa alguma. Estava perdido na música, desconectado do que acontecia ao redor. Grace também estava longe.

Sua mente vagava junto às notas. Tinha escutado aquele concerto milhares de vezes na cozinha, mas havia se esquecido de como era diferente ouvir música ao vivo. De repente, não suportou mais a ideia de voltar para sua cidadezinha em Connecticut. Não parecia mais segura e pacata, parecia sufocante. Parecia vinculada a uma vida que havia ficado no passado, que não era mais a sua. A ideia de ir embora, de morar em outro lugar, nunca havia lhe passado pela cabeça, mas agora passava. Por que não? Uma vez que ela e David vendessem a casa, poderia fazer o que quisesse. Sophie iria para a faculdade e Grace sabia que Mimi ficaria feliz em saber que ela estava seguindo em frente com a vida. Sentiria saudade dos colegas de trabalho na escola, mas poderia dar aulas em outro lugar. Quem sabe ali mesmo, em Paris.

Revigorada pela música, ela endireitou os ombros.

Por que ela estava esperando que David trouxesse o assunto do divórcio? Por que ela mesma não tomava a iniciativa?

O concerto passou num piscar de olhos e, quando os aplausos explodiram no auditório, Audrey se inclinou na direção de Grace.

— Isso foi tipo a música que você coloca para tocar quando cozinha.

— *É* a música que coloco para tocar quando cozinho.

Ainda batendo palmas, Audrey piscou para ela.

— Então você nunca esqueceu ele, mesmo tendo se casado com David...

As pessoas ao redor estavam se levantando e começando a se retirar. Audrey também se levantou e puxou Grace.

— Foi legal. Gostei desse cara, Mozart. O que me deixa passada. É uma pena que não é permitido dançar aqui, porque eu super teria dançado. A música é bem legal. Gostei do ritmo, é meio que feliz.

— Tenho certeza de que Mozart ficaria feliz e orgulhoso em saber que conquistou você.

Audrey soltou uma risada abafada.

— Bom, com certeza ele ficaria, porque sou exigente em matéria de assuntos intelectuais.

— Pare com isso, Audrey. É só música. Você pode curtir do mesmo jeito que aprecia outros ritmos.

— Sem brincadeira, se eu contasse para o pessoal da minha escola que gosto de Mozart, seria uma tragédia. Já é suficientemente ruim o fato de eu ser ruiva e não beber. Agora, ser ruiva, não beber *e* gostar de Mozart? Seria tipo um suicídio social. — Audrey bateu palmas com mais força. — Acho que ele está procurando você, Grace. Está vendo como ele olha para o público? Aqui, ela está aqui!

Audrey parou de bater palmas e acenou com a mão, bem quando Philippe encontrou o olhar de Grace e abriu um sorriso. Ele fez uma pequena reverência na direção dela antes de deixar o palco antes da orquestra.

Grace sentiu calor de repente.

— Está bom, chega. Minhas mãos estão doendo. — Audrey parou de bater palmas e sacudiu as mãos para que esfriassem. — E agora? Está supercedo. A maioria dos shows de rock estaria começando agora. Vamos pra alguma boate ou coisa assim?

Grace pegou o xale e a bolsa.

— Philippe e eu vamos sair para jantar. Você e Étienne podem ir com a gente.

— De jeito nenhum. Não queremos nos intrometer, né, Étienne?

Étienne foi mais respeitoso.

— Você combinou de encontrar com ele lá, sra. Porter? Podemos deixá-la por lá antes de irmos para casa.

— Obrigada, mas marquei de encontrar com ele em uma das saídas menos movimentadas nos fundos. Ele tem motorista.

— Ah, então nesse caso vamos indo.

Audrey se inclinou e beijou a bochecha de Grace.

— Esse é um daqueles momentos que *dispensa* companhia. Divirta-se, Grace. Mas acho que isso está garantido, porque dá para ver que esse cara sabe usar as mãos.

— Audrey!

— O que foi? Vai me dizer que você não queria ser aquele piano? É claro que queria. — Audrey abraçou Grace apenas para poder lhe sussurrar ao ouvido. — Arrasa.

— Não sei do que você está falando.

Sorrindo, Audrey se afastou.

— Eu te amo, Grace. Especialmente quando você está toda dura e certinha. Mas eu vi você sem meia-calça, lembra?

Grace deu um puxão leve na orelha dela.

— Vocês vão para casa do Étienne?

— Aham, preciso saber o que vai acontecer com aquela menina do livro. A vida dela estava uma mer… uma porcaria. Quase faz a minha vida parecer tranquila.

— Você está lendo?

Grace deve ter parecido surpresa, pois Audrey deu de ombros.

— Tecnicamente, não estou lendo *de verdade*, Étienne é quem está lendo para mim. Ele sabe que sou disléxica. Eu contei tudo. Todos os meus segredinhos sujos. Nunca pensei que ler fosse algo divertido de se fazer na cama, mas foi uma surpresa.

Grace olhou para Étienne, que estava roxo de vergonha.

Ele era um rapaz adorável, de verdade.

— Você está lendo para ela?

— Gosto de ler em voz alta. Fiz um módulo de artes cênicas.

— Viu só? — disse Audrey, com um cutucão em Grace. — História *com ação*. Vou pedir para ele ler algo erótico da próxima vez, para ver se ele consegue sem ficar vermelho. Agora vai lá escrever a sua história e não se esqueça da ação.

Audrey e Étienne se mesclaram à multidão e Grace foi no sentido oposto, lutando para chegar até a entrada.

Muitas pessoas já haviam dispersado quando Philippe apareceu. Ele a puxou para si e lhe deu um beijo, ignorando todos ao redor.

— E então? Foi bom? — perguntou ele.

— Precisa perguntar? Não ouviu os aplausos?

— Não quero saber o que a plateia achou — murmurou ele contra os lábios dela. — Quero saber o que *você* achou. Eu toquei para você.

— Foi primoroso. Você é brilhante.

———

Grace e Philippe entraram no carro que os esperava na rua.

Philippe tirou o paletó e puxou a gravata-borboleta. Sem tirar os olhos dela, colocou a gravata no bolso.

— Você está linda. E veio usando o vestido.

— Você pediu.

E por que não? Grace não se imaginava usando aquele vestido quando voltasse para casa. Conseguia imaginar a cara de Clemmie se entrasse na loja com o vestido azul e as sandálias de tiras douradas.

Ali, em Paris, ela era a Nova Grace. E gostava disso. A Nova Grace não se sentia intimidada em caminhar sozinha por Paris. A Nova Grace estava contente sem planejar cada segundo do dia. De vez em quando, ela até deixava os sapatos no chão, onde os tirava, e, naquela noite, a Nova Grace estava saindo para jantar com um homem.

A Nova Grace tinha nocauteado a Velha Grace.

E o crédito disso era de Audrey. Quem imaginaria que uma garota de 18 anos seria sua inspiração para que se desafiasse?

O carro rumou silenciosamente pelas ruas de Paris, e Grace olhou pela janela.

À noite, a cidade cintilava como uma mulher vestida para uma grande ocasião. Pensou em como era linda e em como sentiria saudade quando voltasse para casa.

Por fim, o carro parou perto do rio.

— Vamos a outro de seus restaurantes prediletos?

— Não vamos a um restaurante hoje.

— Ah, pensei que fôssemos comer algo…

— E vamos, mas pensei em algo mais íntimo. Você gosta de piqueniques?

Ela começou a dar risada.

— Está tarde. Está escuro…

— E não há vista como esta.

O motorista sacou do nada um cesto de comida e, com as pernas balançando à beira do Sena, comeram desfrutando da vista perfeita da catedral de Notre-Dame. No coração da cidade, estavam rodeados de turistas e locais.

Grace descobriu que, para Philippe, um piquenique não consistia em algumas fatias de presunto do supermercado, mas em comida fresca comprada nas delicatéssens mais finas de Paris.

— Imagino que você não tenha preparado isso tudo sozinho.

— Tive uma ajudinha — disse ele, desembrulhando a comida. — Como precisei tocar piano, deleguei.

Grace não ia reclamar, pois a comida estava deliciosa.

Comeram *tartes* saborosas, frios, queijos e azeitonas carnudas. O pão estava fresco e crocante, e a vista era, de fato, imbatível. Aquele piquenique era mais romântico do que qualquer jantar que Grace já tivera, em qualquer restaurante.

Ou talvez essa impressão fosse fruto de como ela se sentia naquele momento.

Era uma noite perfeita para a sedução, e Grace estava pronta para ser seduzida. E para seduzir, também.

Testou para ver se pensava em David, mas nem sequer conseguiu evocar seu rosto. Era como apertar uma velha ferida e descobrir que ela não doía mais.

Quando Philippe lançou o braço em volta dela, ela se inclinou em sua direção.

Por perto, havia grupos de jovens com os braços de fora e pernas bronzeadas de sol. O suave marulho da água contra a margem ficava submerso pelo som de risadas e conversas. Alguém perto deles tocava violão baixinho.

Grace se deu conta de que tinha sentido falta desse aspecto da juventude.

Pensou na própria vida em duas partes: antes e depois da morte dos pais. Nenhuma dessas partes tinha piqueniques à beira do rio em que apenas a perfeição do momento lhe vinha à mente.

Aquilo era a perfeição.

Quando se virou para Philippe, foi inevitável que ele a beijasse. Ou foi ela, talvez, quem o tenha beijado. Não tinha certeza.

Em determinado momento, ele ficou de pé e estendeu a mão para ela. Foram caminhando pela margem do rio até o apartamento dele.

Estava tão quente que as primeiras gotas de chuva os pegaram de surpresa. Aos poucos, as gotas foram virando uma batida regular e em seguida uma enxurrada que varreu as ruas aquecidas pelo sol do dia que se fora. Philippe apertou a mão dela com mais força e, rindo, os dois correram a breve distância até o apartamento dele.

Sem fôlego, entraram com tudo pela porta.

O cabelo de Grace estava grudado na cabeça e o vestido ensopado.

Molhada, a camisa branca estava agarrada ao peitoral e ombros de Philippe e os cílios escuros grudados uns aos outros.

Grace sentiu um frio na barriga. Não achava possível desejá-lo mais do que já desejava.

Mas então Philippe sorriu:

— Paris precisava de um refresco.

Ela também precisava de um refresco, mas nada parecia funcionar.

Grace tirou o cabelo molhado do rosto.

— Estamos encharcando o seu chão. Você tem uma toalha?

— Claro. Mas, mais importante, tenho champanhe na geladeira.

Champanhe.

A primeira e a última vez que Grace bebera champanhe tinha sido com aquele mesmo homem.

E agora ia fazê-lo outra vez.

Philippe sumiu e reapareceu pouco depois com uma garrafa e duas taças.

— A toalha pode esperar.

Grace observou as bolhas subirem na taça que ele lhe entregou. Ela tomou um gole e fechou os olhos. Gelado, seco e absolutamente delicioso.

O apartamento de Philippe era impressionante, com grandes janelas e piso de madeira encerada. As paredes eram cheias de livros e obras de arte belíssimas, mas o ponto alto da sala de estar era o piano de cauda.

Imenso, lustroso. Grace teve a impressão de que todo o apartamento revolvia em torno daquela única peça.

— Há quanto tempo você mora aqui?

— Dez anos.

Philippe abriu as portas da sacada para deixar entrar o ar fresco. As gotas de chuva batiam contra as telhas e a mesa de ferro forjado. Pendiam de folhas e encharcavam plantas ressequidas.

Ela ouviu o rumor distante de um trovão e esfregou os braços molhados.

— É fabuloso.

— Passo menos de cem noites por ano nesse apartamento. Morei aqui por oito meses sem sequer tirar as coisas das caixas.

Grace tentou imaginar uma vida em que passasse mais tempo em hotéis do que na própria casa.

— Você deve sentir saudade da sua cama.

Ele deu um sorriso malicioso.

— Sinto. Na verdade, acho que devíamos ir até ela para dar um oi.

Ele baixou a taça e pegou Grace no colo. Ela arfou de surpresa e murmurou algo sobre ser pesada demais para aquele tipo de coisa, mas ele não deu ouvidos e fez um volteio para que ela não batesse com as pernas na porta ao passarem.

No quarto, Philippe a devolveu ao chão e Grace reparou que o cômodo tinha vista para o rio. Pelas janelas era possível avistar as curvas suaves do Sena, a água pontilhada pela força da chuva, a luz dançando sobre a superfície.

Grace estava pensando *que romântico* quando Philippe a beijou.

Não havia nenhuma hesitação. Nenhuma dúvida ou cautela. Aquele era um beijo que só podia levar a um fim.

A boca dele pulsava quente na dela e a mão de Philippe foi direto para o zíper do vestido. O tecido estava molhado, agarrado ao corpo de Grace, mas Philippe o tirou, deixando-a apenas de roupa de baixo.

Grace tinha se perguntado se sentiria-se desconfortável quando o momento chegasse, mas, no final das contas, seus pensamentos não chegaram perto disso. Seu vestido azul caiu no chão com a camisa dele e o restante das roupas.

Como Philippe não abriu as janelas do quarto, os pingos batiam contra o vidro, aumentando a sensação de intimidade. Havia apenas os dois, aconchegados ali dentro, protegidos da chuva. Protegidos do mundo.

Ele continuou a beijá-la, cada vez mais profundamente, mais intensamente, como se estivesse disposto a compensar todo o tempo perdido. Grace sentia-se arder. Ele manteve uma mão na nuca e a outra na lombar dela, prendendo-a junto a si. Grace sentiu o calor da pele e a pressão íntima do corpo dele. Philippe a deitou na cama, ao que Grace o envolveu com os braços, sentindo as ondulações e os movimentos dos músculos dele quando se apoiou sobre ela.

Por fim, ele afastou o rosto, mas só para poder beijar outras partes. O maxilar, a curvatura do pescoço, os ombros dela. O tempo todo murmurando palavras delicadas em francês, dizendo-lhe quanto a desejava, como ela era bonita, como tinha um sabor incrível.

Ele explorou o corpo dela de tantas formas íntimas que Grace perdeu a conta. Ela sentiu a carícia aveludada da língua e o habilidoso deslizar dos dedos dele. Grace se revirou e se contorceu, mas cada movimento aumentava sua fome, trazendo-o ainda mais para si. A sensação erótica era tão intensa que Grace suspeitou que, independentemente do que estivesse fazendo, tocando piano ou fazendo amor, Philippe se entregava de corpo e alma. Não era alguém que usasse de meias medidas e, no final das contas, ela tampouco. O desespero dela se igualava ao dele.

Quando Philippe finalmente mergulhou para dentro de seu corpo, Grace gemeu. Com a respiração ofegante, segurando-a, ele se deteve um instante, dando-lhe tempo para se ajustar. Foi ela quem o apressou, levada por uma necessidade feroz que não reconhecia. Ele a beijou novamente e penetrou de forma tão profunda que Grace sentiu a mente esvaziar. Nenhum pensamento, apenas aquela sensação. Força contra delicadeza, seda contra aço. Comprimindo o membro dele, ouviu o ronronar voraz e entrecortado de Philippe e sentiu uma explosão de sensações. O orgasmo dela desencadeou o dele e, enquanto gozavam, beijaram-se o tempo todo, compartilhando cada espasmo, cada pulsação. Foi a experiência mais íntima e arrebatadora possível. Terminada, Grace se deixou amolecer nos braços dele, ouvindo a chuva bater contra o telhado. Uma brisa entrava pela porta que Philippe deixara aberta, refrescando a pele quente de Grace.

Fizeram amor mais algumas vezes até que Grace finalmente caiu no sono. Quando acordou, o ar parecia mais fresco. A chuva tinha parado e o sol já estava no céu.

Com os olhos sonolentos, Philippe se remexeu e olhou para Grace.

— Que horas são?

Ela conferiu:

— Seis e pouco.

Ele soltou um grunhido e se deitou de barriga para cima.

— Tenho um ensaio agora cedo, mas você não precisa ir embora.

— Vou fazer um café para você. Posso usar seu chuveiro?

— Depende — disse ele, se virando para olhar para ela. — Posso entrar junto?

— Pensei que você estivesse com pressa...

— Hoje vou me atrasar.

Ele a tirou da cama e foram para o chuveiro.

Grace fechou os olhos enquanto a água escorreu por seu corpo e gemeu aos toques de Philippe.

Meia hora depois, ele finalmente foi embora, mas voltou cinco minutos depois, porque tinha esquecido algo.

— Ficar com você fritou meu cérebro.

— Você vai do ensaio direto para o concerto?

— Não. Vou passar aqui antes. Vai me esperar?

— Preciso ir à livraria. Por que você não me liga mais tarde?

— Ligo, com certeza. Quem sabe hoje à noite você não traz uma muda de roupa? Se chover, você não vai precisar perambular pela casa de vestido molhado.

Ele queria que ela levasse uma muda de roupas.

A sugestão a fez se sentir ridiculamente feliz. Grace ficou contente que não passariam apenas uma noite juntos.

Philippe se inclinou e a beijou demoradamente.

— Me desculpe ter que ir assim. Não tem nada que eu queira mais do que passar o dia com você.

— Não tem problema. — E não tinha mesmo. Ela não estava acostumada a perder uma noite inteira de sono, e tinha planos de voltar para a cama assim que ele fosse embora. — Eu posso cozinhar algo hoje à noite, se você quiser.

— Quer ir de novo ao concerto ou me encontrar depois?

— Você tem ingressos?

— É claro — disse ele, dando um sorriso. — Eu sou a estrela, lembra?

— Nesse caso, sim. Nunca me canso de ouvir Mozart.

Philippe colocou a mão no peito.

— Ai, ai... E eu achando que você queria ir para me ver.

— Por que você acharia isso?

Ele se inclinou para beijá-la:

— Vá dormir mais um pouco. Ligo mais tarde.

Ao som da porta se fechando, Grace sorriu.

Ela gostava mesmo da Nova Grace. A Nova Grace se divertia.

Fez um café e voltou com ele para a cama. A chuva tinha se dispersado e o céu estava azul outra vez. Depois do trabalho, ela iria ao mercado e compraria tudo para preparar um jantar especial. Mas precisava decidir o que vestir à noite, pois não tinha como usar o vestido azul de novo.

Pensar na história de vida daquele vestido até aquele momento a fez sorrir, e ela ainda estava sorrindo quando o celular tocou.

Não reconheceu o número, mas imaginou ser o de Philippe.

— Oi. Já estava com saudade — disse ela com a voz rouca e sugestiva, mas logo se deteve ao não ter resposta. — Alô?

— Grace?

Não era Philippe.

— *David?*

— Oi, Grace. Estou em Paris.

## 20

— E aí? O que ela disse?

Mimi caminhou pelo quarto do hotel, tentando aliviar a ferrugem das juntas. Ela havia tomado algumas decisões bem erradas em sua época, mas aquela talvez fosse a pior de todas. Será que Grace a perdoaria por interferir? Por não a ter avisado?

— Ela pareceu irritada?

— Ela disse que já estava com saudade. Mas como não sabia que era eu, é óbvio que não era de mim que estava com saudade — disse ele em um tom casual, mas Mimi ouviu as oscilações na voz. — Eu deveria ter ligado antes. Não devia ter esperado tanto tempo.

— Eu me lembro de ter sugerido algo do tipo.

Mimi estava velha demais para isso. Estava com dor na cabeça, nos ossos e no coração.

— Depois de tudo o que aconteceu... De tudo o que eu fiz... Achei que minha única chance era no cara a cara. Eu teria esperado até ela voltar de Paris, mas daí ela começou esse papo sobre esse tal de Philippe e... — Ele passou a mão no rosto e lançou a Mimi um olhar desesperado. — Eu vou consertar as coisas, Mimi. Vou dar um jeito.

Sentindo-se repentinamente tonta, Mimi perdeu o equilíbrio. Fazia muito tempo que não viajava de avião.

David a amparou rapidamente.

— Você está bem?

— Preocupe-se com você mesmo.

— No momento, estou preocupado com você. Foi uma péssima ideia, um voo tão longo. Grace vai me matar só por isso.

A bondade de David era uma das muitas qualidades que tornavam difícil odiá-lo, apesar de tudo.

— Não me lembro de ter pedido sua opinião sobre eu vir ou não. — De jeito nenhum permitiria que David viesse sem ela. Queria estar presente para, se necessário, dar apoio a Grace. — Estou bem. Se preocupe em como vai lidar com a situação.

Ela sentiu o braço firme e seguro de David ao redor dela.

— Você precisa se deitar, Mimi. — Ele a ajudou a ir à cama e lhe tirou os sapatos. — Tem uma porta que conecta os dois quartos. Vou deixar aberta. Se precisar, me chame. Vou ficar com o ouvido ligado, ok? Agora feche os olhos.

Ele ajustou os travesseiros atrás dela e puxou o cobertor.

David tinha passado os últimos meses confuso e em conflito. Mimi tinha permanecido forte. Naquele momento, os papéis se invertiam. Era como se David soubesse finalmente, exatamente, o que queria. Ela era quem se sentia instável e incerta.

Talvez não fosse apenas o voo e a viagem. Era estar ali, em Paris.

Mimi tinha selado muito bem a tampa de seu passado, mas agora estava aberta outra vez.

— Ela vai vir aqui?

— Sim. — David serviu um copo de água. — Mas não por minha causa, e sim para ver você. Grace está furiosa por eu ter te trazido. Ela está a caminho.

David ergueu o copo e Mimi percebeu que sua mão tremia um pouco. Ele não estava nem perto da estabilidade que tentava demonstrar.

— Você está nervoso.

— Vou dar conta.

Ela segurou a mão dele.

— Não faça Grace sofrer, David.

— Tarde demais para pedir isso, não acha, Mimi? O que quero fazer agora é consertar as coisas, e vou correr atrás disso nem que leve até o fim da minha vida. — Ele entregou a água a Mimi. — Não espero que você entenda. Você nunca fez algo do tipo, olhou para trás e percebeu que foi um completo idiota.

— Todos nós tomamos decisões erradas, David.

Talvez por isso ela estivesse tão disposta a perdoá-lo. Ela sabia como era tomar uma decisão ruim.

— E se Grace não te der ouvidos? — perguntou Mimi.

— Vou continuar tentando. Não quero que você se preocupe.

— Eu já estou oficialmente preocupada.

O que mais a preocupava era a possibilidade de que Grace estivesse envolvida com outro homem. E se fosse tarde demais?

Mimi tomou alguns goles da água e devolveu o copo a David. A angústia formou um inchaço sólido em seu peito. Ela de fato estava velha demais para tudo aquilo.

Achara que voltar a Paris pudesse ser emocionante, mas só estava sendo exaustivo.

Talvez fosse aquele quarto de hotel asfixiante.

— Me faça um favor, David. Abra as janelas.

— Certeza? — perguntou ele, franzindo a testa. — Está bem barulhento lá fora. Você não vai conseguir descansar.

— Eu gosto do barulho — disse Mimi, fechando os olhos ao som das buzinas dos carros. — Me faz voltar no tempo.

Ele serviu outro copo de água e o colocou na cômoda ao lado, perto de Mimi.

— Descanse mais um pouco, eu acordo você quando Grace chegar.

Ela sabia que provavelmente devia fazer mais perguntas sobre o plano dele, mas não tinha energias. Mimi precisava dormir um pouco.

Algum tempo depois, acordou ao som de batidas à porta e, em seguida, vozes.

A de David, profunda e uniforme, e os tons mais suaves de Grace.

Mimi abriu os olhos. Por um instante, não conseguiu lembrar onde estava. Estava sonhando e, nos sonhos, tomava decisões diferentes. Se a vida ao menos fosse fácil assim.

— Grace?

A porta que separava os quartos se abriu, e Mimi quase não reconheceu Grace.

Seu cabelo estava curto e fazia uma curvatura elegante. Ela usava um vestido de verão branco que a deixava décadas mais nova.

A única vez que Mimi tinha visto Grace usar branco fora no dia do casamento. Não era uma cor prática, e a neta era a pessoa mais prática do mundo.

A regra era essa, ou pelo menos tinha sido no passado.

A roupa que Grace estava usando naquele dia gritava autoconfiança e havia um brilho inesperado na pele dela.

*Ah, David, David*, pensou Mimi. *Você está encrencado.*

— Mimi. — Com os olhos iluminados de felicidade, Grace cruzou o quarto deixando um rastro de perfume e sorrisos. — Não acredito que você está aqui!

Ela se sentou à beirada da cama e envolveu Mimi com os braços, balançando-a de leve. Havia, no abraço, a força e a energia que Grace tinha perdido nos meses antes de partir.

— Senti tanta saudade.

Mimi sentiu alívio e medo ao mesmo tempo. Aquela não era a Grace vulnerável e maleável. Como ela reagiria ao que David tinha a dizer?

— Também senti saudade, querida — disse Mimi, fechando os olhos. — Você está linda e está com um perfume incrível. Paris te caiu bem.

Grace deu risada e afrouxou o abraço.

— Estou amando isso aqui.

Era Paris ou outra coisa? Outra pessoa?

Mimi a examinou.

— Acho que nunca vi você tão bonita. Adorei seu cabelo. Você nunca usou curto.

— Decidi que estava hora de mudar. Minha amiga Audrey que cortou. Lembra que falei dela? Por que você está aqui? Tentei convencê-la tantas vezes a vir a Paris. Você sempre dizia que não tinha motivos.

— Você me deu um.

— Você ao menos devia ter me dito que viria.

— Culpa minha — falou David, da porta. — Eu queria ver você, falar com você.

Ele disse com a voz firme e uniforme, mas Mimi viu o desespero nos olhos dele.

Será que Grace também via?

— Você veio até aqui para conversar? — perguntou Grace, o tom indo de caloroso a bem-educado, beirando a frieza. — Não podia ligar ou mandar um e-mail?

— O que eu tenho a dizer precisa ser dito cara a cara.

O sorriso de Grace desapareceu.

— E por isso você arrastou minha avó por meio mundo?

Mimi mudou de posição na cama. Ela não fazia ideia do que ia acontecer, mas não queria estar no meio.

— Ninguém nunca me arrastou a lugar algum em toda a minha vida. Estou aqui porque quero.

Ela achou que poderia dar apoio a Grace, mas a neta não parecia uma mulher que precisasse disso no momento. Onde estava a mulher que tinha chorado e soluçado em seu colo poucos meses antes?

Ignorando David, Grace pegou a mão da avó.

— Você está se sentindo mal? Devo chamar um médico?

— Não preciso de médico. Só preciso de um pouco mais de tempo para me recuperar do voo. Você pode pedir um chá para mim? Eu bebo enquanto vocês dois conversam.

— Não vou deixar você sozinha aqui, Mimi. O que David quer dizer pode esperar.

A força nela fez Mimi se sentir aliviada e receosa ao mesmo tempo. Aliviada por Grace. Receosa por David.

Mimi não conhecia essa versão de Grace.

Tinha a sensação de que David tampouco, o que só podia significar problemas.

# 21

## Grace

Abalada pelas próprias emoções, Grace encarou David do outro lado do cômodo. Não esperava se sentir assim. Não *queria* se sentir assim.

Tinha sentido saudade dele. Muita saudade.

Ouvi-lo no outro lado da linha já tinha sido um choque, mas vê-lo pessoalmente era estarrecedor. Grace tinha tentado tirá-lo da cabeça ou ao menos diminuir a frequência com que pensava nele, mas ali estava David, com seus ombros largos e fortes, de pé, observando-a com a decoração tranquila e neutra do quarto de hotel ao redor.

Vê-lo a transportou ao passado, e Grace tentou resistir, determinada a não ser arrastada. Era como navegar em um mar bravio e se ver lançada às pedras. As pedras eram o que ela sentia por David. Ela não arriscaria ir de encontro a isso outra vez.

Grace abriu a boca para lhe perguntar como ele estava e se estava lembrando de ir às consultas médicas, mas logo recordou que esse não era mais seu papel.

Tinha que manter a conversa breve e cirúrgica para seu próprio bem.

— Você está… — O olhar de David deslizou por Grace. — Diferente. Deslumbrante.

David não podia pensar que essa mudança tinha a ver com ele, certo? Mas talvez pensasse, e isso a irritava. Ainda assim, ficou contente por ter tido tempo de passar o batom novo e colocar o vestido branco leve que Audrey escolhera para ela em uma loja famosa perto do salão.

— O que você queria me dizer, David?

A atmosfera estalava de tanta tensão. Era estranho estar no mesmo quarto que ele. Se alguém, um ano antes, lhe dissesse que acharia estranha a companhia de David, Grace daria risada. Não era possível achar estranho a presença de alguém que você conhecia tanto quanto a si mesmo. Alguém que conhecia todos os seus segredos. Exceto pelo fato de que David não sabia mais os segredos dela. Havia coisas, coisas íntimas, que ele não sabia.

Philippe.

A culpa deu um tapinha nos ombros de Grace, mas ela logo a afastou. David quem terminara o casamento, não ela. Ela só estava reconstruindo a própria vida.

— Me desculpe por ligar do nada — disse ele, e enfiou as mãos nos bolsos em um gesto de vergonha. — Devo ter arruinado seus planos para hoje.

— Não tinha planos para hoje.

Dava para ver que ele não acreditou. E por que acreditaria? A versão de Grace que ele conhecia planejava cada segundo do dia. Nunca havia sido apresentado à versão que ficava na cama para ver o sol nascer sobre Paris ou que ia ao mercado por impulso.

Ela só vias as horas quando estava trabalhando na livraria ou quando ia se encontrar com Philippe.

— Você se mudou para um apartamento? Não gostou do hotel que escolheu para a gente?

— O hotel era bom.

Grace não estava no clima para conversa fiada. Tinha entendido por que ele estava ali. Queria o divórcio. Era típico dele querer fazer as coisas cara a cara. Que ironia. David deve ter achado que era a forma mais suave e decente de machucá-la. Grace desejou que, pela primeira vez, ele tivesse escolhido a opção fácil e dito o que precisava por telefone ou e-mail.

Vê-lo era desconcertante, e ela não queria se sentir assim.

— Passei o último mês e cada segundo do voo pensando em como te dizer isso — disse ele, e respirou fundo. — Testei milhões de formas diferentes, mas nenhuma pareceu a certa.

Lá estava a bondade dele outra vez. No passado, Grace tinha amado isso nele; agora, parecia uma tortura.

— Não perca tempo pisando em ovos para dizer o que você veio até aqui dizer. Concordo que devemos nos divorciar. Pode seguir com o processo, eu assino o que precisar. — Grace ficou orgulhosa de como conseguiu soar objetiva e fria apesar de as entranhas estarem se remexendo. Aquilo era apenas um eco do choque anterior. O verdadeiro terremoto em sua vida acontecera meses antes. — Vou contratar um advogado quando voltar, ou posso fazer tudo daqui por procuração, caso você queira acelerar o processo.

— Advogado? — Ele inclinou a cabeça para trás como se tivesse tomado um tapa. — Você quer se divorciar?

— Você também, oras. Por isso que veio até aqui, não?

— Não! Por que você acha que eu iria querer uma coisa dessas?

David parecia assustado e confuso, da mesma forma que Grace.

— Oi?? Olha, David, de um modo geral, quando você passa a viver com uma mulher que não é sua esposa, isso indica que o casamento chegou ao fim. Lissa veio com você?

— Claro que não. Eu nunca traria… Como você pode achar que eu seria capaz de algo assim?

Grace quase recuou, mas logo imaginou o que Audrey faria naquela situação. Ela com certeza não recuaria.

— Como? Talvez porque você tenha me pedido as passagens? Seria a primeira viagem dela para Paris, se me lembro bem.

Grace disse isso em tom cortante e levemente sarcástico. Diferente de seu tom costumeiro. Estava um pouco admirada consigo mesma. Quase foi capaz de ouvir a voz de Audrey dizendo "Acaba com ele, Grace!".

David pareceu tão surpreso quanto ela.

— Você está com raiva de mim.

— Não estou com raiva de você. Eu *tive* raiva, é verdade. Senti raiva e tristeza. Mas superei e agora, para ser honesta, quase não penso em você. Fiquei surpresa com sua ligação. Ainda não entendo por que você está aqui se não foi para falar de divórcio.

— Vim com Mimi. Visitei ela algumas vezes enquanto você esteve fora. — Ele deu um sorrisinho. — Consertei aquela porcaria da porta do armário que ficava emperrando. Sabe qual?

*Não faça isso, David. Não me lembre de todos os motivos pelos quais eu amo você.*

— Não precisava. Eu estava em contato com ela.

Ele respirou fundo.

— Acabou, Grace.

— Sei que acabou. Você me disse isso há seis meses.

Ela não conseguia acreditar que ele tinha viajado até lá para enfiar a faca pessoalmente.

— Eu quero dizer com Lissa, minha relação com ela acabou. Não estamos mais juntos. Terminei faz algum tempo.

De todas as coisas que ela achou que ele pudesse dizer, aquela não estava na lista.

Grace sentiu a terra tremer sob os pés.

— Você...

— Eu terminei tudo, Grace.

Ela queria que ele não tivesse contado. A informação acrescentava outra camada de intimidade a uma relação da qual ela estava penando para se desvincular.

— Eu... Tem tanta coisa que eu queria te dizer... — Ele caminhou na direção dela, ao que Grace recuou vários passos.

Ele teve um caso. Ele transou com Lissa. Não tinha como apagar isso.

— Você me disse que a amava...

— Eu passei um tempo achando que amava, mas era loucura. Sei lá. — Ele passou os dedos pelo cabelo. — Eu cometi um erro estúpido e horrível por causa de todos aqueles clichês sobre os quais você já leu. Sophie saindo de casa. O fim de uma era. Eu me senti velho. Redundante. Isolado. Você parecia tão bem...

Grace engoliu em seco. Ela tinha sentido o mesmo, mas não conversara a respeito com ele. Estivera determinada a fazer com que Sophie deixasse o ninho feliz, sem qualquer senso de responsabilidade em relação aos pais.

— Você já deixou bem claro que a culpa disso tudo é minha.

— Nunca achei isso.

— Você acha que a ideia de Sophie sair de casa não me afetou?

David a conhecia melhor do que isso, não?

— Você lidou tão bem com a situação, Grace. Sempre tão otimista, falando do futuro... Você não parecia nem um pouco abalada com a partida da nossa filha.

Grace tinha ficado mais abalada do que gelatina, mas guardou para si. Tentou ser forte.

Por que não tinha compartilhado esses medos tão íntimos com ele?

Bem, porque parte dela temia que, se reconhecesse em voz alta o que sentia, o medo aumentaria.

— Eu também senti coisas, David, mas decidi focar no futuro.

— Você faz parecer fácil. Você é tão competente, organiza tudo tão bem, que não me senti necessário... Não que eu a esteja culpando — acrescentou ele rapidamente. — Aí a Lissa apareceu e...

Lissa, cujo pai foi embora de casa quando ela tinha 7 anos. Lissa, que nunca teve um homem adulto com quem pudesse contar na vida.

Grace ficou surpresa com os próprios pensamentos. Estava passando pano para a Lissa? Não! Não faria isso. Lissa tinha idade o bastante para saber o que estava fazendo. *David* com certeza tinha idade o bastante.

Ela levantou o queixo.

— Não estou interessada nos detalhes. Não sei por que você acha que eu gostaria de ouvi-los.

O celular dela tocou e Grace checou, achando que talvez fosse Sophie.

Era Philippe.

Nunca na vida achou que receberia uma ligação do amante em frente ao marido.

A Nova Grace tendo que encarar a Velha Grace.

Sua vida estava virando um pastelão.

David a observou sem se abalar.

— Se precisa atender, atenda.

Ela imaginou como seria a conversa com Philippe com David escutando.

— Eu ligo depois — disse ela, rejeitando a ligação. — Ainda não entendo por que você está aqui. Você veio até Paris para me contar que terminou com a Lissa?

Machucava o fato de Mimi não a ter avisado. A vida toda, Mimi foi a única pessoa com quem Grace pôde contar. Sabia que ainda podia, mas a sensação era a de uma pequena traição por Mimi ter acompanhado David sem avisar Grace antes.

— Fiz Mimi prometer que não contaria a você. Eu queria contar pessoalmente. E queria dizer que eu… — A voz dele soou áspera e embargada. — Que sinto sua falta, Grace. Sinto muito a sua falta.

No começo, ela quisera muito ouvir essas palavras vindo dele, mas ele não as disse. E ele as estava dizendo agora, quando ela finalmente tinha conseguido dar alguns passos adiante?

Ele estava achando que ela se jogaria nos braços dele e o perdoaria?

A crueldade da situação quase a despedaçou.

— Você partiu meu coração, David. Você quase *me* partiu em duas.

— Eu sei, e nunca vou conseguir compensar isso, mas mesmo assim vou tentar.

Ela recuou um passo e quase caiu em uma cadeira.

— Espera, espera. O que você está querendo dizer com isso?

— Estou dizendo... Estou perguntando... Se de algum jeito você puder me perdoar. Se, em alguma circunstância, você não consideraria... — Ele engoliu em seco. Lambeu os lábios. — Tentar de novo...

Grace sentiu como se tivesse entrado num universo paralelo. Naquela mesma manhã, estava na cama com Philippe. E agora David lhe perguntava se não podiam tentar outra vez.

— Você transou com outra pessoa. — Grace ignorou a vozinha que lhe dizia que ela também tinha transado com outra pessoa e seguiu em frente: — Você disse que nosso casamento tinha acabado.

— Eu sei, foi loucura. Você é minha melhor amiga, Grace. Não sei como pude perder isso de vista.

— Talvez as pernas de Lissa possam ter tido algo a ver com isso?

Grace olhou para a porta, imaginando se Mimi não estava ouvindo. A avó sabia o que David ia dizer? Se sabia que a relação dele e de Lissa tinha terminado, por que não a alertou?

Ele passou a mão na nuca.

— Você não quer jantar comigo hoje à noite? Podemos conversar...

— Não posso. Tenho planos.

— Pensei que você não tivesse planos.

— Você me perguntou sobre o dia. Tenho planos para a noite.

Seria por isso que Philippe estava ligando? Ela se sentiu estranha por estar com David, o que era ridículo, pois Philippe nunca demonstrou qualquer interesse pelos detalhes domésticos de sua vida.

Philippe não ligava para esse tipo de coisa. Vivia de país em país, de cidade em cidade, cultivando seu único grande amor, que era o piano. Nunca quis qualquer coisa que o enraizasse num lugar.

David apoiou as mãos no encosto de uma cadeira. Os nós de seus dedos estavam pálidos.

— *O que* você vai fazer hoje à noite?

Grace resolveu contar porque não queria que David achasse, nem por um instante, que ela ficaria em casa choramingando por ele.

— Não que seja assunto seu, mas vou a um concerto.

David a encarou.

— Sozinha?

— Não. Não vou sozinha.

Grace alcançou a bolsa e começou a caminhar na direção da porta que conectava os dois quartos, mas ele a alcançou e a fez virar para encará-lo.

Com a proximidade, ela sentiu o perfume familiar de David.

— Com Philippe? Me desculpe, Grace… — Ele a soltou, erguendo as mãos em um pedido de desculpas. — Sei que não tenho o direito de perguntar.

— Você não tem mesmo.

Ela não questionou como ele sabia de Philippe. Mimi, presumivelmente. Talvez Grace devesse se sentir culpada, mas não se sentia. Naquele momento, sentia raiva. Tinha amado aquele homem. Adorado. Talvez ainda sentisse isso, mas, depois que, sem o menor cuidado, ele havia destruído o que tinham, ele esperava mesmo que Grace fosse simplesmente aceitá-lo de volta?

Ela abaixou o olhar para não encontrar aqueles olhos azuis que sempre fizeram seus joelhos fraquejarem. Grace não era mais aquela mulher.

— Não se preocupe com Mimi. — Ela abriu a porta com tanta violência que quase perdeu o equilíbrio. — Vou levá-la para jantar hoje à noite. Tenho certeza de que você vai achar um jeito de se distrair.

— Então que tal um almoço amanhã?

David pareceu tão calmo e sensato, tão parecido com o David de antigamente, que Grace se sentiu tentada por um instante. Sair só para conversar. Por que não ouvir o que ele tinha a dizer?

Imediatamente lhe veio a imagem de Audrey de queixo caído. *Você aceitou? Você é um capacho ou coisa do tipo?*

Não, ela não era um capacho. Estava tão brava consigo mesma por *considerar* aceitar o convite que os níveis de raiva triplicaram dentro de si e ela lançou as brasas vivas dessa emoção na direção de David.

— Eu não quero almoçar com você, David. Não quero reatar nada. Não tivemos uma briguinha de adolescentes. Você terminou nosso relacionamento de vinte e cinco anos no dia do aniversário de nosso casamento, em público! Você me *largou*. Você deixou Sophie. Nossa filha. — Grace escavou todos os motivos que tinha para estar brava com ele e os colocou na cara dele, onde ela poderia vê-los bem. Quase conseguia ouvir Audrey vibrando. — Não quero mais você na minha vida de maneira alguma. Volte para casa.

Antes que pudesse mudar de ideia e fazer algo de que se arrependesse, afastou-se dele e voltou ao quarto de Mimi.

Grace havia passado os últimos seis meses aprendendo a viver sem David, e agora ele estava forçando a entrada na vida dela outra vez?

Estava furiosa e um tanto temerosa, porque parte dela também sentira saudade, o que a tornava vulnerável a decisões equivocadas. Eles tinham sido amigos a maior parte da vida. Não era algo que simplesmente pudesse desligar.

Um dia talvez virassem amigos de novo, mas, naquele momento, ela não conseguia cogitar isso. Não ousava cogitar isso.

Fechou a porta entre os quartos e ficou de costas para ela.

Mimi parecia ansiosa e um pouco culpada.

— Grace, como foi?

Estava dividida. Grace adorava a avó, mas por que Mimi não a alertara da vinda de David ou do término com Lissa? De qualquer forma, com David do outro lado da porta, o momento não era adequado para aquela conversa.

— Quer ir a um concerto hoje à noite, Mimi? É Mozart.

— Nós três?

— Nós duas. — Grace soltou a maçaneta da porta. — Você e eu. Tenho dois ingressos. Você só precisa de um vestido.

— O vestido eu tenho, o que me falta é energia.

Mimi esticou a mão e Grace atravessou o quarto voando, morrendo de raiva de David.

— Ele não deveria ter arrastado você até aqui, e você não deveria ter recebido ele em casa.

— Você me conhece, Grace. Conhece David também. Eu queria ver você. Queria ver Paris. E vou aproveitar melhor a cidade se descansar essa noite. Vou jantar alguma coisinha aqui no quarto, cedo, e quem sabe amanhã você pode me mostrar seu apartamento. Vá você ao concerto. Se tem um ingresso sobrando, convide David.

Grace tentou imaginar o rosto de Philippe se aparecesse lá com David. *Constrangedora* não daria conta de descrever a situação.

— Não vou convidar David.

Mimi segurou a mão dela com firmeza.

— Ele estava desesperado em ver você e conversar.

— Por que você não me avisou?

— Porque ele me pediu. Ele achou que, se eu viesse junto, seria mais difícil que você se recusasse a vê-lo. Mas você ficou chateada. — Mimi lhe acariciou a mão. — E com raiva. Nunca a vi com tanta raiva.

— Não gosto de ser manipulada. Ele usou você, Mimi. Ele sabia que, com você aqui, eu viria.

— Fui eu quem insisti em vir a Paris — disse Mimi, e acrescentou: — Ele ainda ama você, Grace.

— Você está defendendo ele?

— Não — argumentou Mimi, soando cansada. — Mas quero ter certeza de que você sabe o que está fazendo. Vai doer conversar com ele?

— Acabei de conversar, e já foi suficientemente doloroso.

Grace tinha ido até ali na expectativa de que ele terminasse o casamento. A última coisa que esperava era que David tentasse salvá-lo.

Ela beijou Mimi.

— Quer vir comigo e ficar no meu apartamento? Adoraria que você conhecesse a Audrey. Ela é divertidíssima.

— Você tem ar-condicionado?

Grace sorriu.

— Não.

— Nesse caso, vou ficar aqui. Mas gostaria de visitar amanhã, sim. E a livraria também. E gostaria de conhecer Audrey. Talvez ela possa fazer meu cabelo...

— Com certeza. — Grace se levantou. — Eu trabalho pela manhã, então descanse que venho buscar você na hora do almoço, ok?

Mimi esticou o braço e segurou a mão dela.

— Passe algum tempo com o David.

— Não posso prometer isso.

Grace não conseguia acreditar que avó estivesse tomando o partido de David. Ela realmente achava que havia esperança para a relação deles?

Pelo amor de Deus, David tinha tido uma amante. O caso talvez tivesse acabado, mas isso não mudava o fato de que acontecera. De que ele havia jogado fora o que tinham como um guardanapo usado.

Grace devia se esquecer disso?

Num casamento, o que exatamente pode ser perdoado?

# 22

## *Audrey*

Audrey bateu à porta do apartamento de Grace. As duas tinham uma hora antes de precisar abrir a livraria. Assim que começassem o turno, Grace insistiria que Audrey falasse em francês, mas seria impossível contar tudo o que queria em francês. Não sabia nem se conseguiria contar em seu próprio idioma.

— Ei, Grace? Tá aí? Trouxe seu café da manhã. *Petit déjeuner*.

Segurando a gola do roupão, Grace abriu a porta.

Audrey sorriu.

— *Ça va? Vous allez bien?* Viu só? Sou quase fluente.

Audrey estava tão empolgada em mostrar todas as frases que Étienne havia lhe ensinado na noite anterior que levou alguns instantes até perceber que Grace parecia diferente.

Descabelada e exausta.

Audrey congelou. Uma vez, entrou no quarto enquanto a mãe estava transando e a lembrança não a abandonou.

— Você está acompanhada. Eu devia ter imaginado…

— Não estou — disse Grace, abrindo mais a porta. — Não tive uma noite muito boa ontem, vou me atrasar um pouco hoje. Você pode preparar um café enquanto tomo um banho rápido?

Audrey tentou entender o que havia acontecido.

— Eu passei na padaria — disse, balançando a sacola. — E não apenas pedi tudo em francês, como também me entregaram exatamente o que pedi. Uma beleza! Não foi como na semana passada, quando pedi pão e me deram aquele negócio estranho cheio de queijo. Que tal?

— Incrível.

Grace deu um sorriso amarelo, ao que Audrey estreitou os olhos.

— Tá, chega. O que aconteceu?

— Nada.

Audrey colocou a sacola sobre a mesa.

— Sei que não é verdade.

— Estou bem. Por que você não pega os pratos para podermos comer assim que eu sair do banho? O dia está lindo. Vamos comer na varanda.

— Calma aí, calma aí. — Audrey segurou Grace pelo braço. — A gente não tem dessas coisas.

— Dessas coisas o quê?

— Não falamos "estou bem" quando não estamos. Não é assim que funciona entre a gente, ok? Essa amizade aqui é de verdade. O tipo de amizade em que não dizemos que está tudo bem quando não está. Eu estava supertensa quando cheguei a Paris. Às vezes, sinto que fui tensa assim a vida inteira, mas compartilhar resolveu isso, sabe? Agora, se sinto que estou entrando em pânico por algum motivo, basta pensar *posso falar com a Grace* e fico mais calma. Você tem ideia do que isso significa para mim? Não quero que isso acabe, Grace, mas isso precisa funcionar para as duas, senão vou ser apenas uma chata que sobrecarrega você com problemas. O que aconteceu? E não venha me dizer que não foi nada outra vez, senão vou ficar ofendida.

Audrey viu os olhos de Grace brilharem.

— Que lindo você dizer isso.

— Bem, é tudo verdade. Agora me conta.

Grace fungou.

— É complicado.

— Complicado é minha especialidade. — Audrey levou Grace até a varanda. — Senta aqui, o banho pode esperar. Sei que você não funciona sem café, então vou passar um e aí você me conta o que aconteceu.

— Não posso ficar sentada na varanda de camisola. Alguém pode me ver.

— Quem se importa? Se solta, Grace.

Grace hesitou, mas obedeceu. Audrey teve a sensação de que a amiga estava cansada demais para protestar.

Fez o café rapidamente e então voltou com pratos e croissants quentes.

— Foi alguma coisa com Philippe? Aqui, bebe. — Ela serviu café numa xícara e o colocou em frente a Grace. — Vocês foram do concerto para a casa dele?

— Eu não fui ao concerto — disse Grace, que tomou um gole de café, mas não tocou no croissant. — Aconteceu uma coisa.

Audrey engoliu a piada que lhe ocorreu. *Não é uma boa hora, Aud.*

— Mas você adorou o concerto, adorou ouvir ele tocar… — Audrey arrancou o canto do croissant. — O que impediu você de ir?

— Meu ex-marido.

— O quê? — Audrey se deteve com o croissant a meio caminho da boca. — Ele mandou e-mail ou coisa do tipo?

— David me ligou. Ele está em Paris.

— Eita, que merda… quer dizer, cacilda. Por quê? Você vai se encontrar com ele?

— Já encontrei. Fui ao hotel dele ontem à tarde. Minha avó veio junto e eu queria vê-la. Fiquei brava por ele a ter trazido, mas, sendo sincera, nunca ninguém conseguiu forçar Mimi a fazer algo que não quisesse, então não deve ter sido culpa dele.

— Vamos fingir que foi culpa dele, vai ajudar a dar mais raiva. E aí, o que aconteceu? — Audrey caminhava cuidadosamente sobre os cacos das emoções de Grace. — Ele quis pedir divórcio? Não, não pode ter sido isso.

Grace tomou outro gole do café.

— Como você sabe?

— Porque, se fosse isso, ele teria ligado ou mandado um e-mail. Se ele veio até aqui é porque deve ter tido algo importante a dizer. Algo que achou que você não fosse ouvir a não ser pessoalmente. — Audrey parou de mastigar. — Ele quer reatar, né?

— Quer — disse Grace, afundando na cadeira. — Foi… inesperado.

— Para dizer o mínimo. O que você disse?

— Eu nem me lembro direito. Acho que eu disse que ele estava delirando e fui embora.

— Mas depois ficou se sentindo mal e por isso cancelou com Phillipe. Pois você não tinha como se divertir depois de ver seu ex.

— Como você sabe tanto?

— Cabeleireiras são como padres e psicólogos. Temos experiência em assuntos humanos — disse Audrey, e se inclinou para a frente. — Você vai perdoar?

— Não! Com certeza não. Quer dizer, acho que não. Não. — Grace encarou o prato com tristeza. — Achei que estava me saindo tão bem. Pensei que tinha seguido em frente. Mas quando vi David ali, tudo o que quis foi sair correndo e abraçá-lo.

Audrey pensou na própria mãe. No quanto ainda a amava, apesar de tudo.

— O amor não é simples — disse Audrey. — Pelo menos foi o que você me disse, e acredito em cada palavra que você diz.

Foi premiada com um lampejo de sorriso.

— É claro que sim. Especialmente quando falo de moda e da sabedoria das ruas.

— Mas é estranho, não é? É possível odiar algumas coisas em alguém e ainda assim amar a pessoa. É assim que me sinto em relação à minha mãe. Odeio que ela beba. Odeio o que isso faz com ela e as coisas que ela diz quando bebe. Mas isso não me impede de amá-la. É possível odiar as atitudes da pessoa sem odiar *a pessoa*. Isso é o mais difícil. Se fosse possível simplesmente desligar o que a gente sente seria bem mais fácil, né?

Grace conseguiu sorrir.

— Como você é tão sábia?

— É porque pareço ter 18 anos por fora, mas por dentro tenho tipo uns 1.500 — disse Audrey, e então empurrou os croissants na direção de Grace. — Pedi isso aqui em francês. É melhor você comer um, caso contrário vou ficar ofendida.

— Não estou com fome.

— Quando fico triste, você sempre me faz comer, então pode ir comendo.

Grace colocou um croissant no prato dela.

— Como ele pôde achar que eu o perdoaria tão fácil assim? Nunca pensei que ele fosse tão insensível.

— Ele talvez esteja desesperado. Talvez queira tanto você que esteja disposto a tentar de tudo. E, sejamos honestas, não é o tipo de conversa que rolaria por telefone. — Audrey se inclinou para a frente, partiu um pedaço do croissant e o segurou diante da boca de Grace. — Abra a boca e mastigue.

Grace suspirou e comeu o croissant.

— Como ele pode me amar e no momento seguinte não amar mais?

— Talvez ele sempre tenha amado você, mas teve, tipo, um treco na cabeça, sei lá. — Audrey fez um gesto com as mãos. — As pessoas fod… quer dizer, estragam as coisas o tempo todo, né?

— Imagino que sim.

Audrey olhou para o relógio.

— Preciso abrir a livraria.

Grace arfou e se levantou.

— Nossa, nem percebi que já era tão tarde.

— Não precisa ir agora, fique aqui pelo tempo que precisar. Eu dou conta. Vou descer agora para que Élodie não queira demitir você. Não me importo em salvar sua pele de novo… — Audrey deu uma piscadinha. — Mas esse é seu último aviso, ok?

Ela disse tudo em tom leve, mas não gostou do olhar de Grace. Um olhar perdido e vulnerável.

— Por que você não tira ele da cabeça pelo resto do dia? Desce um pouco, faz mais uma triagem de livros poeirentos, toma um chá com o Toni e tira o dia para não pensar nisso.

— Philippe me chamou para jantar hoje. No apartamento dele.

— Ótimo. Vou fazer seu cabelo e maquiagem.

— De repente, tudo isso me parece errado.

— Não tem nada de errado, Grace. David foi embora. Você juntou os cacos da sua vida. Você vai jogar tudo para o alto agora só porque ele mudou de ideia?

— É, talvez eu deva sair com Philippe, como planejado. Você não me acha péssima?

— Acho você brilhante em todos os aspectos.

Ela deu um abraço em Grace, que retribuiu o gesto.

— Obrigada. Você é uma pessoa incrível e uma boa amiga.

Audrey sentiu a garganta embargar. Grace era tão inteligente, sábia e bondosa. Ser amada por alguém como ela fazia Audrey se sentir como se tirasse notas máximas em todas as matérias. E Grace a inspirava. Ela tinha sofrido tanto, e mesmo assim não economizava em bondade e afeto.

— Ei — disse ela dando um tapinhas nas costas de Grace —, por que estamos falando tudo isso em inglês? Não é permitido.

Grace se afastou.

— Nem perguntei a você sobre o Étienne! O que rolou?

— Mais tarde eu conto.

— Conta agora. Você parece feliz, então imagino que tenha sido uma boa conversa.

— Foi mesmo. Eu contei tudo a ele. No final das contas, a família dele também não é perfeita. — Audrey não deu mais detalhes, porque isso seria trair a confiança dele. — Fizemos uma longa caminhada pelo rio, compramos uma baguete e uns queijos. Foi legal. Daí voltamos para a casa dele. Coloquei três despertadores para não me atrasar hoje de manhã.

— Você veio aqui para me contar um monte de coisas, e eu só falei de mim mesma.

— Sim, bem, a amiga com a crise maior tem prioridade, certo? Na próxima vez que minha vida desmoronar, você vai ter que aturar. Agora tenho que ir, senão Élodie vai me olhar feio.

Audrey beijou Grace na bochecha, pegou a bolsa e desceu as escadas para abrir a livraria.

Mesmo preocupada com Grace, Audrey ficou aliviada pelo fato de David, aparentemente, não achar fácil jogar vinte e cinco anos de casamento fora. Audrey não sabia por que ficava conectando tudo com a própria situação, mas ficava. A questão era a esperança. Se há esperança para o outro, dá para acreditar que existe esperança para você.

Não havia sinal de Élodie, e Grace juntou-se a Audrey meia hora depois, com o cabelo lavado e a pele impecável. Estava com um vestido de linho fresco e os braços de fora.

— Você está linda — disse Audrey, lhe entregando um copo de água gelada. — Bonita demais para mexer nesses livros poeirentos.

— Fizemos progresso. Vamos ver o que precisa ser feito hoje.

As duas foram à sala dos fundos. O número de caixas empilhadas estava diminuindo aos poucos.

Grace pegou um livro e arfou.

— O que foi? — perguntou Audrey.

— Enquanto separava os livros, achei uma foto de minha avó. Quis mostrar para a Mimi, mas esqueci completamente quando fui lá ontem. Ainda está na minha bolsa.

— Você encontrou uma foto dela dentro de um livro?

— Sim.

— Para falar a verdade, isso é meio estranho e assustador. Não sei se quero pensar muito no assunto. Pode ter sido um fantasma que colocou a foto lá, sei lá.

Audrey se ajoelhou e terminou de esvaziar a caixa aberta no chão.

O sino da porta retiniu, e as duas deram um pulo de susto.

— Essa cacilda de sino é um risco para nossa saúde. — Audrey se levantou. — Uma de nós vai ter um infarto qualquer hora. Ou você vai estar com seu chá quente na mão, vai jogar para o alto e queimar a pele inteira. Ou quem sabe vai dar um pulo e bater a cabeça numa viga. Tem muitos jeitos de morrer nessa loja e nenhum deles é muito glamoroso. Fique aqui. Vou lá fazer essa coisa chamada atendimento ao cliente e, se eu precisar de algo, te aviso.

Ela voltou à loja.

O homem em frente ao balcão era um estranho.

Os toques grisalhos no cabelo sugeriam que estava na casa dos 50 anos, mas isso não o impedia de ser bonito. Ele tinha os olhos de um azul intenso e algumas linhas no rosto sugeriam que sorria bastante.

Ela soltou sua saudação francesa mais calorosa.

— *Bonjour. Je peux vous aider, monsieur?*

— Estou procurando a Grace.

David.

*Merda.* O que Audrey deveria fazer? Fingir que a amiga tinha saído? Grace gostaria de vê-lo? Por que não tinham bolado um plano para aquele tipo situação?

— Hum…

— Você fala inglês?

Audrey tentou fazer um olhar vago e francês, ao que David deu um sorriso caloroso e amigável. Era um sorriso tão envolvente e atraente que Audrey quase retribuiu. Mas logo se lembrou de que ele tinha sido um merda com Grace e que não estava ao lado dele na briga.

Audrey lhe lançou um olhar frio, tomando por modelo o olhar que Élodie deu quando a demitiu. Para falar a verdade, Audrey estava um pouco abalada.

David não era nem um pouco como ela havia imaginado.

Havia imaginado um cara de meia-idade desesperado e envelhecido. David provavelmente *era* de meia-idade, mas não se parecia nada com um rato traidor. Ele parecia firme e confiável, um pouco como o pai de Meena. O tipo de pessoa que poderia carregar os problemas de outra pessoa sem se dobrar sob o peso deles.

Grace apareceu atrás dela.

— David. O que você está fazendo aqui?

Parecendo inseguro, ele colocou as mãos nos bolsos.

— Podemos tomar um café?

— Estou trabalhando.

— Só meia hora — disse ele, e se virou para Audrey. — Você poderia cobri-la?

— Não, não poderia — disse Grace, dando de ombros. — Nós trabalhamos juntas. É nosso acordo.

Audrey se sentiu como um sanduíche sendo torrado entre duas chapas quentes.

Ela abriu a boca, mas então David avançou um passo na direção de Grace.

— Por favor. Só meia hora — disse ele com voz suave, olhando para Grace como se ela fosse a única mulher no planeta.

Audrey engoliu em seco e lembrou a si mesma que ele não a havia tratado como a única mulher no planeta. Grace olhou na direção dela, ao que Audrey respondeu com um dar de ombros resignado.

— Quinze minutos — disse Grace. — Vamos no café aqui da rua. Audrey, se precisar de algo, ligue para mim.

— Claro.

Isso queria dizer que Grace queria que ela ligasse, para lhe dar uma desculpa para se desvencilhar de David? Ou só em caso de emergência?

Ah, cacilda, cacilda máxima suprema. Se as duas fossem usar um código, que ao menos entrassem em acordo antes.

Audrey observou os dois irem embora e despencou na cadeira.

Devia jogar uma corda para resgatar Grace? Naquele momento, ela que queria se enforcar na corda.

Cinco minutos depois, Toni entrou na loja.

Audrey ficou tão aliviada em ver um rosto amigo que quase o abraçou.

— Olá, bonitão. Como este mundão cruel está tratando você hoje? Eu poderia convidá-lo para uma xícara de Earl Grey? Ou algo mais forte, quem sabe? Acho que temos um Darjeeling, se estiver se sentindo mais ousado.

Os olhos dele brilharam.

— Me parece perfeito. Grace não está aqui?

— Ah, ela acabou de sair.

*Para conversar com o quase ex-marido, bem normal*, pensou Audrey enquanto preparava o chá.

Imaginar o que os colegas de escola diriam se a vissem bebericando um Earl Grey numa livraria fez Audrey sorrir.

— Como vai, Audrey? Como vão as coisas com Étienne?

Ela se sentou de perna cruzada numa das cadeiras, contou-lhe do último encontro e Toni a escutou atentamente.

Audrey concluiu que ele seria um avô perfeito. Seria paciente, bondoso e provavelmente leria para os netos. Com certeza amava livros.

Ela havia se acostumado ao hábito dele de passar meia hora vasculhando os livros nas prateleiras. Talvez os estivesse memorizando.

Os dois ficaram papeando até Toni ir embora e Audrey foi lavar as xícaras.

Era quase uma da tarde quando Grace voltou. Audrey quase pulou em cima dela.

— E aí? O que rolou?

Ela buscou pistas, mas Grace parecia tão fria e elegante como quando saiu. O batom não estava manchado.

*Com certeza não deu nenhum beijo*, pensou Audrey.

— Não aconteceu nada.

— Você ainda vai sair com Philippe hoje à noite?

— Claro que sim — disse Grace, largando a bolsa. — O que você acha que devo vestir?

Se estava perguntado, era de se supor que não voltaria com David.

Audrey queria perguntar um milhão de coisas, mas segurou tudo dentro si.

— Aquele vestido verde-claro com botõezinhos de concha.

— Você acha?

— Com certeza. Vou fazer seu cabelo.

— Você gostaria de conhecer minha avó, Audrey? Vou até o hotel dela agora à tarde e sei que ela adoraria conhecer você. Você poderia treinar o francês.

— Tenho certeza de que sua avó não ia querer conversar sobre assuntos tipo camisinhas.

— Você está enganada — disse Grace com um sorriso leve. — Minha avó não se enquadra em nenhum estereótipo.

— Nesse caso, com certeza quero conhecê-la. Ela parece ser divertida. Não conheci minhas avós.

Quanto mais Audrey pensava no assunto, mais percebia como tinha poucos parentes de verdade. Não que não gostasse de Ron, pois gostava, mas eles não tinham parentesco de sangue, então nada o impedia de ir embora assim que descobrisse o segredo que a mãe dela escondia. Audrey não queria se afeiçoar para não correr o risco de perdê-lo quando ele ficasse de saco cheio e fosse embora. Impedindo o sentimento, ela se poupava de meses de tristeza no futuro.

Ainda assim, decidiu que conheceria Mimi, pois Grace não tinha parado de falar nela.

— Ela é incrível — contou Audrey a Étienne mais tarde, entrelaçados na velha cama do apartamento de Audrey. As janelas estavam abertas e uma brisa leve vagava pelo quarto. — Tão cheia de vida e empolgada com tudo. E é uma pessoa superinteressante. Fez tantas coisas. Espero ser assim quando tiver 90 anos.

Era tão fácil passar tempo com Étienne. Não ter que esconder nada significava que ela não precisava tomar cuidado com o que dizia, significava que podia relaxar totalmente.

Ele também era honesto com ela. Os dois conversaram sobre a situação na casa dele.

— Família é um negócio estranho e complicado — disse ela, se aconchegando mais perto. — Você acha que seus pais vão se divorciar?

— De verdade, espero que sim. Enquanto isso, me sinto mal por minhas irmãs que continuam vivendo ali. Os adultos acham que os problemas deles não nos afetam, como se a vida deles fosse separada da nossa. Eles acham que basta fechar a porta ou sussurrar que não vamos saber o que está acontecendo. Mas isso só faz com que a gente acabe sentindo que não pode conversar com eles, porque supostamente não deveríamos saber nada a respeito. E não podemos contar a mais ninguém, porque isso seria como uma traição, temos que lidar sozinhos com a situação, o que é uma droga.

Ela deslizou a mão sobre o peitoral dele.

— É uma droga mesmo, mas agora não chega perto da droga que era antes, porque ao menos podemos compartilhar as coisas entre nós.

— Verdade. E, por causa disso, vou hoje até lá passar dois dias com minha mãe e irmãs. Conversei com Élodie e ela vai cobrir as tardes na livraria. Volto na sexta-feira. — Ele mudou de posição para olhar para ela. — Sinto muito por ficar longe, Audie. Tudo bem por você?

— Claro. — Ela sentiria saudade, óbvio, mas não seria egoísta. Apreciava o fato de ele querer estar com a família. — Eu queria poder ir com você, mas sem chances de Élodie me dar folga e, além disso, não quero deixar Grace sozinha. Que horas você vai?

— Vou pegar o último voo de hoje à noite. Tenho mais duas horas antes de ter que sair para o aeroporto.

— Tenho uma boa ideia para preencher essas próximas duas horas.

Ele sorriu e se inclinou para beijá-la. Audrey retribuiu o beijo e passou os braços ao redor da nuca dele. Seriam apenas dois dias. Aquilo não era nada. Nesse meio-tempo, ela talvez pudesse aprender mais um pouco de francês. Para surpreendê-lo.

— Me liga, tá? Para contar como está. Tudo, não só as coisas boas.

Uma relação de verdade era assim, certo? Dividir tudo. Coisas boas e coisas ruins.

Audrey passou toda a vida se sentindo sozinha, mas agora tinha Étienne e Grace.

Sabia que tinha sorte. Esse talvez fosse o lado positivo de passar por tantas situações difíceis. Você aprende a reconhecer as coisas boas quando as vê.

Ela pensou nisso quando se despediu de Étienne e saboreou as coisas boas quando se deitou à cama e ouviu os sons noturnos de Paris.

As coisas ruins vieram às três da madrugada, quando o celular tocou.

Ron.

# 23

— Grace?

Grace piscou os olhos e se deu conta de que não tinha escutado uma palavra sequer do que Philippe dizia. Estava pensando em David.

— Desculpa. O que você disse?

Ela o encontrou no apartamento dele depois do concerto. Ele ainda estava vestindo a camisa branca, mas com as mangas arregaçadas e gola solta. A calça social preta estava colada ao quadril esbelto, e ele estava descalço.

Estava lindo e mortalmente sexy.

Poucas noites antes, ela o agarraria e sugeriria que esquecessem a comida, mas agora tudo havia mudado.

— Eu estava contando sobre minha turnê de concertos em Budapeste e Praga. Estava convidando você para vir comigo. Você vai temperar a salada ou só vai ficar olhando para ela?

Salada?

Grace tinha se esquecido do que estava fazendo.

— Desculpa. Eu estava em outro planeta.

— Eu percebi. — Ele a examinou por um instante e logo em seguida voltou a atenção aos steaks que estava preparando. — Você pode ir aos concertos, é claro, e podemos passear pelas cidades nos dias que eu não tiver ensaio.

Budapeste. Praga.

Tentou imaginá-las enquanto fazia o molho para a salada, mas David continuou abrindo espaço em seus pensamentos.

Ela o afastou outra vez e, em vez disso, imaginou-se com Philippe, atravessando a Ponte Carlos em Praga.

Parecia idílico, e talvez fosse a coisa certa. Se David podia chegar sem avisar, ela podia ir embora do mesmo jeito. Talvez fosse exatamente o que precisava fazer. Daria a ela espaço para pensar.

— Quando você vai?

— Amanhã.

— Sério? E você me avisa com essa antecedência?

Ele abaixou o fogo, segurou o rosto dela nas mãos e a beijou, sorrindo contra os lábios dela.

— Minha Grace. Uma grande planejadora.

O beijo dele a deixou tonta, mas, bem no fundo, Grace se pegou pensando por que todos os homens de sua vida achavam planejamento um pecado mortal.

— Sem planejamento você não teria a passagem de avião e o hotel.

Ele deu de ombros e ela serviu a comida nos pratos.

— Outras pessoas que fazem isso por mim.

Grace resistiu à tentação de revirar os olhos. Philippe não era capaz de ver a ironia nisso?

— Vou pensar no assunto.

— Pense rápido.

Comeram na varanda com vista para o pequeno jardim no pátio dos fundos do prédio.

Ela notou que outras pessoas faziam o mesmo.

— Seus vizinhos devem vender ingressos para seus ensaios de piano.

— Não fico aqui o bastante para irritá-los — disse ele, cortando a carne.

Grace não conseguia se imaginar não ficando em casa.

— Você não sente falta de se fixar? Deve ser difícil ter que viajar o tempo todo.

Ele deu de ombros.

— Pra mim "difícil" é estar num único lugar sem poder mudar.

Eles eram muito diferentes. Isso talvez fizesse parte da atração. Philippe representava uma existência alternativa.

Comeram e flertaram, sempre pairando em temas superficiais, sem nunca se aprofundar em algo sério ou importante.

Philippe estava falando de uma jovem pianista que julgava ter um futuro brilhante. Depois de terminarem a comida, ele tocou algumas peças que queria muito que Grace ouvisse, porque achou que ela as adoraria. Grace de fato as adorou, mas, principalmente, adorou a paixão que ele colocava em tudo.

Teria sido uma noite adorável se ela tivesse conseguido tirar David da cabeça.

Estaria sendo injusta em não lhe dar uma segunda chance? Ou seria tola de sequer considerar isso?

Acreditava mesmo no que havia dito ou estaria se aproveitando para puni-lo um pouco?

Philippe ergueu a taça.

— Sua cabeça está em outro lugar hoje. Quer me contar onde?

Seria difícil dizer que estava pensando no marido, por isso simplesmente sorriu.

— Eu estava pensando no quanto estou feliz com essa noite. A comida estava deliciosa, obrigada.

Ele abaixou a taça, levantou-a e a beijou. O toque de Philippe era habilidoso, experiente, mas, de alguma forma, não surtiu o mesmo efeito da última vez. Era como se parte dela estivesse decidida a permanecer desconectada do momento.

Independentemente de quanto quisesse negá-la, parte dela sempre pertenceria a David.

E Grace estava furiosa consigo mesma. Por que não podia simplesmente seguir em frente? Por que não era simples?

Philippe a conduziu ao quarto e a beijou novamente, primeiro com delicadeza, depois com mais e mais paixão.

Sem parar de beijar, ele deslizou as alças do vestido dos ombros dela e o puxou para os quadris. A boca dele foi dos lábios, passou para o maxilar, até chegar no pescoço de Grace.

Grace fechou os olhos e tentou relaxar.

O que ela estava fazendo? Estava ali pela atração que sentia por Philippe ou havia algo mais? No fundo, ela temia que seus motivos pudessem ser um pouco mais complicados do que mera atração física. Estava tentando provar algo a si mesma?

Na última vez que ela e Philippe estiveram juntos, ela havia se sentido feliz, e um pouco inconsequente. Tinha sido capaz de tirar David da cabeça. Agora, porém, ele retornara e Grace não conseguia deixar o pensamento de lado.

E não apenas porque se sentia um pouco culpada. Era mais do que isso.

Ela não *conhecia* Philippe de verdade, não é?

Os dois tiveram intimidade, mas não eram próximos.

Quando se conheceram, aos 18 anos, isso não importava. A família dela era como um par de algemas, acorrentando-a a uma vida que detestava. A última coisa sobre a qual ela queria falar na época era sobre eles. Mas e agora?

De alguma forma, só química não bastava.

Ela e Phillipe conversavam sobre arte, música, viagens, literatura, mas, sempre que ela tentava falar de algo mais pessoal, ele encerrava a conversa. Audrey sem dúvidas daria risada e provocaria Grace, chamando-a de antiquada. O que talvez ela fosse. Se essa era a pessoa que era, que problema havia nisso?

Relutante, Philippe ergueu a cabeça.

— Por algum motivo acho que não tenho sua atenção completa.

Grace permaneceu com a mão no peitoral dele. Se iria considerar de verdade ir com ele a Budapeste e Praga, então precisavam tem uma relação honesta, certo?

— Podemos conversar?

Philippe ergueu uma sobrancelha.

— Conversar não era o que eu tinha em mente — disse ele rindo —, mas, se é o que quer fazer, então claro, vamos conversar. Sobre o que você quer falar?

— Quero saber mais de você. Conte sobre sua família. Sobre seus pais. Sua irmã.

— Não acho que essa seja uma conversa das mais eróticas.

— Sinto que não *conheço* você.

Philippe deslizou os dedos por entre o cabelo dela e a beijou suavemente.

— Depois daquela noite? Você me conhece, Grace.

Ela pensou na primeira vez que transara com David. Tinha sido depois do funeral dos pais dela, o que pode parecer uma ideia horrorosa, mas que, na verdade, não foi nem um pouco horroroso. David morava numa quitinete na cidade onde os dois cresceram e a levara para lá, cuidando de Grace como quem cuida de um animal ferido.

Colocou-a no sofá velho e esfarrapado, preparou um chá e escutou todos os pensamentos e sentimentos que a boca de Grace despejou.

David sabia escutar, é claro. Sempre soubera. Era uma das coisas que o tornavam um bom jornalista. A maioria das pessoas escutava e pulava fora quando havia uma pausa na conversa, mas David escutava porque estava interessado de verdade no que lhe era dito.

Tinham conversado a noite inteira sobre toda e qualquer coisa e, mesmo em meio à dor, Grace se vira rindo. Fizeram amor ao raiar do dia. Tinha parecido o começo de algo, não o fim.

Grace se mudara para a casa dele no mesmo dia.

No começo, aquilo pareceu um impulso nada típico de Grace, mas logo percebeu que o momento vinha se aproximando havia muito tempo. Ela e David eram melhores amigos desde a infância. Toda a vida dos dois estava conectada. Amava-o já fazia muito tempo, ainda que tenha sido necessária uma tragédia para se dar conta de que o amor era muito mais profundo do que pensava.

Mas era justamente da amizade e da intimidade que sentia mais saudade. Acordar ao lado de alguém que a conhecesse de verdade.

Sentiu uma dor atrás das costelas.

Philippe passou os dedos na bochecha de Grace.

— Você parece cansada.

— Não tenho dormido bem.

Não revelou o motivo, pois, é claro, ele não teria interesse. Ele sorriu.

— Deite-se um pouco.

— Philippe...

— Vou fazer uma massagem nos seus pés, só isso.

Ela se deitou e fechou os olhos. Preocuparia-se com tudo no dia seguinte. Tomaria decisões no dia seguinte. Por ora, só precisava descansar. Estava absolutamente exausta.

Grace adormeceu em questão de minutos. Acordou ao som de sinos. No começo, achou que fosse o alarme, mas logo percebeu que era o celular.

Ao lado dela, Philippe murmurou algo em francês e a puxou para seus braços. Ele também tinha caído no sono em algum momento.

— Ignora. Você retorna depois.

Ela quase o fez. A pessoa podia mandar mensagem.

Mas e se fosse Mimi? Ou Sophie?

Sentindo-se culpada, apesar de não ter feito nada, ela saiu dos braços dele.

— Preciso ver. Pode ser importante.

Ele deslizou a mão ao quadril dela.

— Mais importante do que isso?

— Possivelmente.

Não era o momento para ensinar que não era possível viver o tempo todo no aqui e agora. Que algumas pessoas tinham laços e responsabilidades.

Ela procurou o celular e, no momento em que o encontrou, ele parou de tocar.

Viu uma ligação perdida de Sophie.

Uma ligação casual, ou seria algo mais?

A pergunta de Grace foi respondida assim que o celular tocou novamente.

Ela lançou um olhar de desculpas a Philippe.

— Preciso mesmo atender.

— Não pode ser depois?

Ela quase explicou que era a filha dela, mas percebeu que não fazia sentido. Ele não tinha família. Não compreenderia o impulso que a fazia colocar a família acima de tudo.

A própria Grace era, em parte, responsável por isso. Tinha partido o coração de Philippe.

— Não, mas vai demorar só um minuto. E depois vou te compensar por ter pegado no sono ontem.

Philippe deu um sorriso preguiçoso, ao que Grace, tomando uma decisão, retribuiu.

Quando terminasse de falar com Sophie, diria a Philippe que sim, iria com ele a Budapeste e Praga. Só por uma noite ou outra. Audrey daria conta de cuidar da livraria, não? Ela sabia várias palavras e frases em francês e poderia ligar para Grace se tivesse algum problema.

Fazendo uma lista mental de itens para a mala, atendeu ao telefone.

— Oi, querida.

— Mãe?

A voz de Sophie saiu do telefone em um tom agudo e choroso. A névoa do sono desapareceu imediatamente.

— O que foi?

— Mãe.

Como Sophie estava chorando e não conseguia pronunciar as palavras, Grace lutou para permanecer calma.

— Querida, você precisa se acalmar. Não consigo entender o que você está dizendo. — Ela pressionou o celular contra o ouvido e se virou de costas para Philippe. — Fale devagar.

— É a Chrissie.

Entre fungadas e soluços, Grace conseguiu entender as palavras *hospital, internada* e *drogas*.

Chrissie tinha usado drogas? Chrissie, que fora criada sob uma dieta de vegetais orgânicos e nunca tomou um antibiótico na vida? Não, não era possível.

O coração de Grace batia forte.

— Alguém colocou na bebida de vocês ou algo do tipo?

— Não, mãe. — A voz de Sophie era quase incompreensível. — Chrissie surtou desde que começamos a viajar. Festas, meninos, essas coisas. Ela disse que queria experimentar drogas só uma vez, porque a mãe dela nunca a deixaria fazer algo assim.

Grace se sentiu nauseada.

— Você estava com ela?

— Sim. Ela também queria que eu usasse, mas eu recusei, mas daí ela disse que eu era a pessoa mais chata do mundo, então tomei também, me desculpa, mãe. — Sophie se engasgou. — Me *desculpa*. Foi burrice, mas ela ficou dizendo que eu estava estragando a diversão. Ela é minha amiga, e eu não soube dizer não. Não queria estragar a viagem dela.

Grace sentiu como se tivesse mergulhado em gelo.

Lembrou-se de Chrissie com 6 anos e rabo de cavalo, brincando com Sophie. De Chrissie pulando na piscininha no jardim.

De Chrissie recusando bolo de chocolate porque a mãe não permitia que ela comesse.

E Chrissie agora, incentivando Sophie a usar drogas. E Sophie não recusando.

*Foco, foco.*

Grace respirou fundo para dissipar a raiva.

— Primeiro me diga onde vocês estão. Você está bem? O que você sentiu?

— Nada, eu cuspi quando ela não estava vendo.

Ela se encheu de alívio.

— E Chrissie? Qual é o estado dela? Que droga era, você sabe? Aconteceu... — Grace quase temia fazer a pergunta. — Alguma outra coisa? Alguém se aproveitou dela, Sophie?

Ela pensou em Audrey sozinha no banheiro da festa.

— Não, n-nada do tipo — disse Sophie em tom entrecortado. — Chamei uma ambulância e vim com ela ao hospital.

— Boa menina. — Forçando-se a ficar calma, Grace fechou os olhos. — Você ligou para Mônica?

Sentou-se na beirada da cama, se lembrando do quão preocupada Mônica tinha ficado. Foi Grace quem lhe reconfortara, quem lhe dissera que estaria por perto, em Paris, caso algo acontecesse, mas não pensou que de fato algo aconteceria. Como a amiga reagiria quando descobrisse que a filha que só comia coisas saudáveis tinha enchido o corpo de substâncias químicas? Grace sentiu um rompante de raiva por Chrissie não apenas ter usado drogas, mas também ter pressionado Sophie a fazê-lo.

— Liguei para você primeiro. Não liguei para Mônica ainda. Mãe, e se a Chrissie *morrer*? Mônica vai me culpar por não ter evitado e... — Sophie continuou falando, mas o resto do que disse foi praticamente incompreensível.

Grace tremia. Sentia-se enjoada.

— Não é culpa sua.

— Você pode ligar para a Mônica, mãe? Não sei o que dizer.

— Claro. Deixa comigo, querida.

Era boa a sensação de poder ajudar de alguma forma.

Atrás dela, sentiu a cama se mexer e ouviu Philippe deixar o quarto.

Ela não conseguia deixar de pensar que, se David estivesse ao lado dela na cama, estaria ajudando. Estaria tão preocupado quanto ela. Com certeza estaria com os braços em torno dela.

Grace estava com tanta saudade dele que sentia uma dor quase física no peito.

Ele quis conversar, e o que ela fez?

Ela o rejeitou. Duas vezes.

Nem sequer ouviu o que ele tinha a dizer. Não lhe deu uma segunda chance. Não foi o que ele fez com ela? E ela o criticara por isso...

— Preciso que você se acalme e me dê detalhes sobre o hospital. Vou pegar o primeiro voo disponível, ok? Mando uma mensagem com os detalhes assim que os tiver. Vou ligar para Mônica agora.

— Está bem. Obrigada. E me desculpa, mãe. Eu sinto muito, mesmo. Tenho me sentido tão mal desde que papai foi embora, e com a coisa toda do Sam... — A respiração dela oscilou. — Não quis perder minha melhor amiga também. Sei que não é uma desculpa, sei que tomei uma decisão errada. Você está brava comigo?

Se estava brava? Talvez um pouco. Grace estava chocada. E com medo.

*Tenho me sentido tão mal desde que papai foi embora.*

Aquilo era culpa dela e de David? Foram eles que indiretamente causaram aquilo? A filha deles tinha ficado tão emocionalmente carente a ponto de fazer qualquer coisa para não perder uma amiga?

Não era o momento certo para pensar nisso.

— Não estou brava, Sophie. Estou feliz que você tenha me contado. Vamos superar isso, prometo.

— Também tentei ligar para o papai, mas ele não atendeu.

— Ele está aqui em Paris. Trouxe Mimi.

Um suspiro veio do outro lado do telefone.

— Vocês vão voltar? Ah, meu Deus, seria a melhor coisa do mundo. Você pode ligar para ele, mãe? Pode contar para o papai? Ele vai vir com você?

*Papai.*

Quando foi a última vez que Sophie tinha chamado David de papai?

Grace encarou o nada. Não estivera planejando ligar para David, mas sabia que ele ficaria horrorizado quando soubesse e descobrisse que ela não o avisou.

Os dois sempre lidavam com tudo juntos.

Era chocante descobrir que ela *queria* ligar para ele.

— Eu ligo para o seu pai, pode deixar. Vá lavar o rosto e volte para ficar com Chrissie. Chego aí assim que possível.

Ela encerrou a ligação, virou-se e viu Philippe de pé ali.

Ele entregou a ela uma xícara de café.

— Imagino que você não vá a Budapeste comigo.

Budapeste? A única coisa em que Grace não pensou ao longo da ligação foi Philippe.

— Não, não vou. Estou com um problema de família. Minha filha… — Ela parou assim que Philippe ergueu a mão.

— Não precisa explicar.

Grace estava tão cansada e tomada de emoções que achou difícil falar.

— Sinto muito.

— Por quê? Foi divertido, Grace.

Era tudo o que ele ia dizer?

— Esses últimos dias… — disse ela, engolindo em seco. — Pensei que talvez…

— A gente pudesse ter algo mais? — perguntou ele, e então balançou a cabeça. — Não quero algo mais. Poderíamos ter prolongado a diversão, mas nunca haveria algo mais do que isso. Não para mim.

— É culpa minha. — Ela percebeu que tinha lágrimas nas bochechas. — Me sinto péssima por ser o motivo de você não ter alguém especial em sua vida. Por você preferir ficar sozinho. Eu machuquei tanto você…

— Não é verdade.

— Você disse que…

— Você não está me entendendo, Grace. Estou feliz com essa vida. Essa é exatamente a vida que quero. Não é o que sobrou. Não vivo desse jeito porque estou machucado, vivo assim pois gosto de ser livre.

— Mas e uma família? E o amor?

— A música é meu amor, Grace. Eu viajo por ela. Vivo por ela. É isso.

Ele não perguntou sobre a ligação. Conseguia ver que ela estava triste e angustiada, mas não fez qualquer tentativa de reconfortá-la.

A relação deles não era assim.

Foi quando Grace compreendeu que o que eles tiveram não tinha sido de verdade. Nunca seria algo além de uma transa maravilhosa. Era como jantar num restaurante chique. Uma experiência incrível e passageira que seria lembrada para sempre, mas que não se quer ter todos os dias.

Grace sempre achou que tinha se apaixonado por Philippe aos 18 anos, mas talvez tivesse se apaixonado pelo contraste que ele oferecia em relação à vida que tinha. Naquela época, estava desesperada para sair de seu mundo e entrar no dele.

Agora, porém, o mundo dele não lhe atraía.

Ela apoiou a xícara de café e se vestiu rapidamente.

— Você sabe como faço para conseguir o voo mais rápido para Roma?

Grace devia ter dito algo quando Sophie falou das festas? Tinha medo de ser estraga-prazeres. O que mais as meninas andavam fazendo que Grace não sabia?

— Esqueceu que não sou eu quem faz meus planos de viagem?

Ela sentiu um rompante de irritação. Aquele homem não vivia no mundo real. O que antes tinha achado glamoroso e empolgante agora via como imaturidade.

— Não se preocupe. Vou descobrir sozinha. — Ela recolheu as próprias coisas e passou por ele. — Obrigada pelo jantar, pelos ingressos para os concertos e por esses dias incríveis.

Grace se sentia grata a ele pela distração, por fazê-la se sentir bem consigo mesma, mas, acima de tudo, se sentia grata por recordá-la do que realmente era importante.

— Minha Grace — disse ele, dando um sorrisinho. — Sempre fazendo a escolha segura e confortável.

Grace pensou na família. Em David.

— Você está errado — disse ela. — Não tem nada seguro no amor. O compromisso demanda coragem, porque as chances de se machucar para valer são altas. Nunca se envolver, ficar indo de experiência em experiência… *essa* é uma escolha segura. — Ela se aproximou e lhe deu um beijo na bochecha. — Se cuide, Philippe. Se tiver planos de tocar em Nova York, me avise.

Ela pegou um táxi de volta ao apartamento e, no caminho, ligou para David.

O celular talvez estivesse desligado, mas ela sabia onde ele estava hospedado e iria até ele se fosse necessário.

Sonolento e desorientado, ele atendeu pouco depois.

— David, sou eu. — Quando pararam do lado de fora da livraria, Grace pagou o motorista e saiu do carro apressadamente. — Sophie está em apuros. Você precisa vir.

Ele respondeu exatamente da forma que Grace esperava que o fizesse. Calmo, acolhedor e forte. Não fez perguntas desnecessárias. Não entrou em pânico nem perdeu tempo.

Em vez disso, disse as palavras que ela esperava ouvir:

— Já chego aí.

# 24

## *Audrey*

Audrey enfiou as roupas na mochila. Precisava pegar tudo? Sim, provavelmente. Paris, Étienne, o apartamento, a livraria… tudo já parecia um sonho distante, e ela nem sequer tinha ido embora.

Tinha sido tão feliz.

Como a vida poderia voltar a ser uma merda tão rápido?

Queria ligar para Étienne para contar, mas não queria ser egoísta. Ele tinha os próprios problemas, por isso fora ver a família no sul. Ele não precisava lidar com os problemas da família dela também.

Assim que terminasse de fazer a mala, Audrey falaria com Grace.

Grace entenderia. Provavelmente teria algum bom conselho.

Nesse meio-tempo, ligou para Élodie. Não que a chefe pudesse convencê-la de alguma forma a ficar, mas Audrey não queria faltar com o profissionalismo. Élodie lhe dera uma segunda chance, então Audrey precisava lhe contar que estava indo embora e por quê.

Ela estivera preparada para uma conversa difícil, mas Élodie se mostrara acolhedora e preocupada, o que fez Audrey se sentir ainda pior.

Tendo colocado tudo na bolsa, deu uma última olhada no pequeno apartamento.

Puxou o celular e tirou algumas fotos. Não que algum dia fosse se esquecer do lugar, mas as fotos talvez lhe dessem esperança, em algum dia em que estivesse se sentindo mal, de ter seu próprio lugar.

Chorosa, trancou o apartamento e desceu as escadas para a livraria pela última vez.

Iria direto à estação e pegaria o primeiro trem a Londres. Com sorte, teria dinheiro para uma passagem só de ida.

A última coisa que esperava ver ao entrar na livraria era Grace nos braços de David. Audrey congelou no lugar. Que momento inoportuno.

Foi quando viu que não estavam se beijando e que o abraço não parecia apaixonado ou coisa do tipo.

Parecia um abraço de reconforto.

A cabeça de Grace estava afundada no ombro dele e ele a abraçava com firmeza, falando-lhe com voz calma e segura.

— Vai ficar tudo bem, querida. O voo só leva duas horas. Vamos estar lá na hora do almoço.

Audrey deixou a mochila atrás do balcão.

— Onde? O que aconteceu?

Grace se virou, e Audrey viu que os olhos dela estavam vermelhos.

— Ah, Audrey, que bom que você está aqui. Sophie ligou. A amiga com quem ela está viajando está internada, em Roma. Estamos indo para lá. Não sei quanto tempo vamos nos ausentar, mas espero voltar amanhã mesmo. Sinto muito por deixar você sozinha na livraria. Você vai ficar bem?

Audrey sentiu um peso sólido no peito. Conteve as palavras que estava prestes a dizer.

— Claro. Vou ficar bem.

Sophie era a filha de Grace. Ela teria prioridade acima de qualquer coisa. Acima de Audrey também, é claro. Grace era tudo que uma mãe deveria ser.

Audrey notou a forma como Grace se amparava em David, aceitando o apoio que ele oferecia, e sentiu uma pontada de solidão.

Ela queria alguém que a abraçasse e segurasse daquele jeito. Desejava alguém quem lhe dissesse que ficaria tudo bem.

Grace olhou para ela.

— Aconteceu alguma coisa?

— Não. Nada. — Audrey mentiu um milhão de vezes na vida sobre como estava. Por que agora era tão difícil? — Tem algo que eu possa fazer? O que aconteceu com Sophie?

Ela escutou Grace contar os detalhes.

Não era uma história fora do comum, mas Grace estava devastada, e David parecia surpreso com a abertura entre ela e Audrey.

— Ela vai ficar bem — disse Audrey, focando em Grace. — Ela cedeu à pressão, acontece.

— Sempre achei que ela recusaria. Ela conhece os perigos.

— Nunca subestime a pressão social.

Audrey pensou em todas as vezes que fingiu beber álcool e na vez que *bebeu* álcool. Simpatizava com a situação de Sophie.

David continuava abraçando Grace.

— Ela tem razão. Vai ficar tudo bem, Grace, eu prometo. Vamos resolver tudo juntos. Isso talvez a ensine a não ceder tão facilmente à pressão quando for para a faculdade.

Havia nele uma calma contagiante. Ainda que David tivesse agido como um merda total, Audrey conseguia entender por que Grace o amava.

Ele tinha olhos bondosos e ombros fortes.

Não conseguia imaginá-lo perdendo as estribeiras por nada.

Audrey deu de ombros.

— Escolhas erradas fazem parte da vida, não é? Não significa que a próxima escolha não possa ser certa.

Grace fungou.

— Você tem razão. Vejo você amanhã.

Ela saiu dos braços de David e abraçou Audrey.

Audrey retribuiu com um abraço forte. Não queria soltá-la.

Aquela provavelmente era a última vez que se veriam. Ela não tinha o endereço de Grace nem dinheiro para viajar para os Estados Unidos. Audrey sentia como se sua vida estivesse sendo arrancada dela.

Pensou em quando Grace tinha tomado a iniciativa e ajudado a salvar seu emprego. Em Grace lhe ensinando francês. Em Grace resgatando-a bêbada. *Em Grace a escutando enquanto falava da mãe pela primeira vez na vida.*

Tentando não chorar, afrouxou o abraço.

— Se cuida.

Ela queria contar como aquela amizade tinha feito diferença em sua vida, como parecia que Grace a tinha salvado, mas não seria capaz de dizer nada disso sem revelar que algo estava errado. Não disse nada, e Grace e David partiram.

Audrey se encolheu na hora que a porta se fechou.

Soltou o ar dos pulmões num único suspiro.

Então era assim que terminava.

Por um instante, Audrey os observou enquanto se afastavam. Em seguida, pegou a mochila e foi até a Gare du Nord para pegar o Eurostar. Era difícil imaginar que em poucas horas estaria de volta a Londres. Nos últimos tempos, sua velha vida parecia a milhares de quilômetros de distância, mas a impressão agora era de que estava se reaproximando.

Ligou para Ron de novo, mas caiu na caixa postal.

Ela não tinha ideia de como estava a mãe.

Na estação, comprou um bilhete e se sentou para esperar o próximo trem. Étienne ligou duas vezes, mas ela não atendeu. Não queria enterrá-lo em mais problemas e não confiava na própria capacidade de dizer "estou bem" de forma convincente.

Audrey estava sozinha nessa.

Piscou. Fizera as coisas sozinha a vida inteira, então por que, de repente, tudo parecia diferente?

Ela girou o anel no dedo e pensou em Grace.

Pensou nas conversas que tiveram, nas longas horas que passaram na livraria. Relembrar de Grace fazendo mímica das palavras em francês devia tê-la feito rir, mas, em vez disso, Audrey começou a chorar.

Ela nunca se sentiu tão sozinha na vida.

Ter amigos e perdê-los era pior do que não ter. Ainda assim, não teria desejado o contrário. Aquelas últimas semanas com Grace e Étienne haviam sido as mais felizes de toda sua vida.

Ela tivera pessoas com quem compartilhar pensamentos e problemas, o que de alguma forma tornara mais fácil lidar com eles.

Tivera amigos em quem confiar. Amigos que sabiam a verdade.

Devia ter tirado mais fotos para guardar aquelas lembranças para sempre.

Droga. Esfregou o rosto com os dedos e olhou para o homem que a observava preocupado.

Ela era uma sobrevivente. Superaria aquele momento também. Estava sendo mais difícil do que o normal, mas e daí?

Ela era durona. A vida que tentasse.

Para se distrair, Audrey colocou os fones de ouvido e começou a ouvir um audiobook, mas, como isso a fez pensar em Grace e Étienne, tirou-os e ficou encarando o vazio.

Por fim, os passageiros embarcaram no trem. Ela abriu caminho até achar um assento e afundou nele.

Dois minutos antes de as portas do trem se fecharem, alguém se sentou ao lado de Audrey. Ela manteve o rosto virado. A última coisa que queria era ter uma conversa educada com algum estranho.

— A gente não faz isso, faz? — disse uma mulher.

Ao se virar, Audrey viu Grace sentada a seu lado.

— Grace? O quê? O que você está fazendo aqui, meu Deus?

— Não falamos "estou bem" quando não estamos. Não é assim que funciona entre a gente. Essa amizade aqui é de verdade. O tipo de amizade em que não dizemos que está tudo bem quando não está. O que aconteceu, Audrey? Por que você está nesse trem?

Audrey foi inundada de muitas emoções, entre elas o pânico.

— Merda, Grace, o trem vai sair em, tipo, trinta segundos! Você precisa sair, senão vai parar em Londres quando precisa ir a Roma ficar com Sophie.

— Você poderia ter dito "Grace, o trem vai sair em trinta segundos". A parte do xingamento não acrescentou nada à sua frase.

Audrey sentiu uma onda de frustração.

— Pelo amor de Deus, você não entendeu? Você vai ficar presa aqui.

— Eu ensinei como falar trem em francês? Espero que tenha comprado a passagem em francês.

As portas se fecharam, trancando as duas dentro, e Audrey se recostou contra o assento.

— Bem, agora você está encrencada. Você vai para Londres, onde, aliás, está chovendo. De qualquer forma, como você soube que eu estava aqui?

— Eu percebi que havia algo errado, mas estava tão tomada pelos meus próprios problemas que levei cinco minutos até cair a ficha. Eu estava a meio caminho do aeroporto quando pensei em ligar para Élodie, que me contou que você tinha ligado para ela e explicado que precisava voltar para casa por conta de uma emergência familiar. Ela estava preocupada com você. O que houve, Audie? — perguntou ela com a voz gentil. — Aconteceu alguma coisa com sua mãe?

Os olhos de Audrey se encheram de lágrimas. Ela tentou conter as lágrimas, mas logo lembrou que se tratava de Grace, que com ela não precisava fingir.

— Ron me ligou ontem de madrugada. — Ron, que falou com a voz incrivelmente bondosa que as pessoas só usam quando precisam dar más notícias. — Minha mãe está no hospital. Ela foi atropelada por um carro. Vai passar por uma cirurgia.

— Meu Deus, Audie… — Grace pegou a mão dela. — Sinto muito. Eu imagino a sua preocupação.

— E se ela morrer? — Foi quando lembrou que os pais de Grace haviam morrido assim, e se sentiu péssima. — Sinto muito. Foi insensível da minha parte.

— Para com isso. Não precisa medir palavras comigo. Lembre-se de que eu sei exatamente pelo que você está passando.

— Me sinto uma péssima filha.

Grace apertou as mãos dela.

— Nada disso! Você é uma ótima filha. Você é cuidadosa, amorosa e forte.

— Mas eu fico tão decepcionada com ela.

— Claro que fica, mas isso não faz de você uma filha ruim, meu bem. Você está frustrada porque ama a sua mãe e detesta vê-la fazendo isso consigo mesma. Tenho certeza que ela entende tudo isso.

Grace sempre, sempre, a fazia se sentir melhor.

— Não acredito que você esteja aqui comigo.

— É isso que as amigas fazem.

— Isso o quê? — Audrey assoou o nariz. — Sacrifícios?

— Elas ficam juntas nas dificuldades.

— David deve ter ficado bravo por você tê-lo deixado sozinho para lidar com Sophie.

— Ele não fica bravo nunca. É muito moderado. Ele sabe a importância de priorizar alguém que a gente ama. Ele fez isso por mim mais vezes do que consigo lembrar.

— É… Eu estava pronta para odiar ele pelo que fez com você, mas ele não ajuda muito. Você ainda o ama, né?

— Infelizmente sim. Amor não é algo que se possa ligar e desligar facilmente.

— Eu sei. — Audrey pensou na mãe. — E se ela morrer sem saber que eu a amo de verdade, Grace? Às vezes fico tão brava com ela. Uma vez, disse que a odiava. — As lágrimas rolavam pelas bochechas. — Mas não era verdade. Não foi verdade.

— Ah, Audrey. — Grace lançou o braço ao redor dela e puxou-a para perto. — Para começo de conversa, posso garantir que sua mãe sabe que você a ama.

— Você não tem como garantir isso. Nem sei se algum dia eu o disse em voz alta.

— O amor não é algo que a gente precisa dizer em voz alta, querida. É algo que se demonstra. Você esteve ao lado dela o tempo todo. Você vai ver como ela está, se importa com ela e tenta convencê-la a cuidar de si mesma. Seus sentimentos estão praticamente estampados em você.

Audrey fungou.

— Estão?

— Sim. Quanto a ter dito que a odiava... isso é normal, coisa de adolescente no calor do momento.

— Aposto que Sophie nunca disse que te odeia.

— Na verdade, ela já disse sim. Ela levou um cachorro para casa pensando que estava abandonado, mas era de alguém. Quando devolvi ao dono, ela ficou arrasada. Não falou comigo por dois dias.

— Se você lembra da história, deve ter ficado magoada.

— Fiquei, sim, mas isso não me fez duvidar do amor que ela sente por mim. Ela só estava demonstrando que estava triste. — Grace a abraçou. — Você devia ter me dito que estava triste. Devia ter me ligado na hora.

— Para falar a verdade, eu fiquei bem abalada. Fiz minhas malas e pensei que pudesse falar com você antes de ir embora, mas, no final das contas, você também estava lidando com problemas. Sophie precisa de você e devia ser sua prioridade. Não sei por que você está aqui.

— Estou aqui porque sou sua amiga — disse Grace. — No momento que Élodie me disse que você teve uma emergência familiar, pensei que você precisaria de uma amiga. David foi ajudar Sophie.

Audrey abriu um sorriso frágil.

— Você, delegando tarefas?

— Prefiro dizer que estou dividindo. É o que um casal faz.

Audrey trocou de posição no assento de modo a olhar melhor para Grace.

— Vocês são um casal?

Grace suspirou e tirou o braço dos ombros de Audrey.

— No sentido que você está pensando? Não sei. Mas temos uma filha juntos e sempre teremos isso em comum, não importa o que aconteça. David foi se encontrar com Sophie, e recebemos uma ligação dizendo que Chrissie, a amiga dela, está se recuperando. Falei com Mônica, a mãe da Chrissie, e ela vai vir para cá em breve. David vai trazer Sophie a Paris. Vou me encontrar com eles em poucos dias, quando eu e você voltarmos para cá.

— Não sei se vou voltar.

— Vamos ver o que vai acontecer, ok? Élodie vai tomar conta da livraria por alguns dias e vai segurar os dois apartamentos para nós. Poderemos tomar uma decisão assim que soubermos melhor o estado das coisas. Seu celular está tocando. Não vai atender?

— Não posso. É Étienne. Ele vai passar os próximos dias com a família. Como não quero mentir para ele, estou ignorando as ligações.

— Tem outra alternativa — disse Grace —, que consiste em atender e contar a verdade.

— Vou pensar no assunto.

— Eu também liguei para você, mas seu celular caiu na caixa postal.

— Provavelmente eu estava tentando ligar para o Ron.

— E o que você sabe? Quais são os detalhes?

— Não muito. Quer dizer, sei o hospital, mas não muito mais do que isso. — Ela sentiu uma dor atravessar-lhe o peito. — Ela deve ter caído porque estava bêbada. Você está preparada, né? Não vai ser algo bonito…

— A vida nem sempre é muito bonita, mas a amizade faz a gente superar essas partes feias. Vou estar ao seu lado e, se você não quiser que eu vá junto ver sua mãe por ela não me conhecer, posso esperar no corredor. Você pode vir conversar comigo quando precisar.

O fato de Grace estar disposta a esperar num corredor frio e impessoal de hospital quase fez Audrey cair no choro.

— Não acredito que você fez isso. Nunca ninguém me priorizou.

— Nós somos amigas. E é no espírito da amizade que digo a você para pôr uma maquiagem nesse rosto, caso contrário sua mãe é quem vai ficar preocupada. Você parece figurante num filme de fantasmas. — Grace pegou a bolsa. — Você comeu antes de sair? Se não, vou dar um pulinho no vagão de restaurante.

Audrey não tinha pensado em comida.

— Não acho que eles vendam salada no bufê. De verde só deve ter o mofo no pão.

— Não me soa muito apetitoso. Posso comprar umas barras de chocolate.

— Grace Porter, isso não parece uma boa escolha.

— Não mesmo, mas sei que você ama. Não temos como fazer boas escolhas o tempo todo. Fique aqui, ok? Volto rapidinho.

Audrey a observou sair. Ainda estava angustiada pela mãe, mas, com Grace ali, sentia-se mais forte. Tinha se preocupado com a possibilidade de não dar conta da situação, mas agora sabia que seria capaz.

O trem chegou a Londres, e ela ficou feliz por Grace estar ali para tomar a dianteira. Estava chovendo, mas Grace conseguiu um táxi. Audrey mandou uma mensagem a Ron para dizer que estavam quase lá e, quando chegaram ao hospital, ele as esperava na entrada, driblando o fluxo de pessoas que entrava e saía no hospital.

Ele deu um abraço constrangido em Audrey e apertou a mão de Grace depois de Audrey apresentá-los.

— Obrigado por ter vindo com ela, Grace. É muita gentileza da sua parte. Não esperei que você fosse chegar aqui tão rápido, Audie.

— Eu peguei o primeiro trem disponível — disse Audrey, ajeitando a bolsa no ombro. — Como ela está?

— Saiu da cirurgia. Correu tudo bem, ainda que tenha que ficar parada algum tempo por conta da perna e do braço quebrados. — Ron coçou a cabeça. — Ela estava dormindo, mas sei que vai ficar contente em vê-la. Achei que você pudesse querer tomar um café antes. Assim poderíamos conversar um pouco.

Conversar?

*Ele vai dizer que está indo embora.*

O coração de Audrey disparou. Batia tão forte que ela mal conseguia respirar direito.

— Está bem. Um café. Pode ser.

Ela segurou a mão de Grace enquanto entravam na pequena cafeteria no andar térreo do hospital.

Ron escolheu uma mesa e foi comprar as bebidas.

Audrey se sentiu pior do que quando tinha que esperar por resultados de provas.

— É isso. Ele vai me contar que está indo embora.

Grace franziu a testa.

— Acho que não, querida.

— Por que ele me trouxe aqui então?

— Imagino que queira contar mais detalhes sobre sua mãe antes de você ir vê-la.

Audrey não teve tempo para responder, pois Ron voltou com uma bandeja com três cafés e dois pedaços de brownie.

O café estava turvo e não parecia algo que alguém beberia sem estar desesperado.

— Muito bem, achei que eu podia dizer algumas coisas para não termos que conversar sobre elas na frente de sua mãe. — Ele abriu três sachês de açúcar e os despejou no café. — Não me julgue. É o único jeito de engolir esse negócio. Ah, comprei isso aqui também porque sei que você gosta.

Ele enfiou a mão no bolso e tirou duas barras do chocolate predileto de Audrey.

Ela ficou comovida. Como não queria ferir os sentimentos dele dizendo que já estava cheia de chocolate, comeu um e pensou que, se havia uma maneira de curar seu vício em um chocolate, era se empanturrando dele até enjoar.

As mãos dela tremiam sobre a mesa.

— Você vai embora, né?

Ron piscou devagar.

— Não, ainda que eu esteja aqui desde a meia-noite e precise de um banho. Mas vou esperar.

— Eu quis dizer que você vai embora no sentido de deixar minha mãe.

Audrey sentiu a garganta dar um nó e foi atravessada de horror. Antes da estadia em Paris, nunca chorava. Nunca. Agora parecia ter virado um ser aquático.

Ron pareceu surpreso.

— Deixar? Por que eu faria isso, Audie? Eu acabei de me casar com ela.

Audrey pensou em Grace e David.

— Casamento não significa nada.

— Significa, sim, oras. Significa que eu quero estar com ela. Não me casei com sua mãe por capricho, Audie. — Ron mexeu o café, tomou um gole e fez uma careta. — Putamerda, que negócio ruim — disse ele, e olhou para Grace. — Perdão pelo linguajar.

Grace sorriu.

— Tudo bem.

Audrey teria gargalhado se o maxilar não estivesse grudado pelo chocolate. Por que Ron podia xingar, mas ela tomava sermão? Grace certamente tinha gostado dele o bastante para lhe dar um passe livre.

Ela engoliu o resto do chocolate.

— O que aconteceu com a minha mãe?

— Não sei muito bem. Ela ficou no trabalho até mais tarde para tomar uns drinques. Ela faz isso às vezes, como você bem sabe.

Ele desviou o olhar para Grace, ao que Audrey assentiu.

— Grace é minha amiga. Ela sabe de tudo.

— Certo. — Ron deu a Grace um breve aceno de cabeça. — Bem, como eu dizia, ela ficou para tomar uns drinques. Daí recebi uma ligação da polícia. Deve ter sido por volta da meia-noite. Eu já vinha tentando ligar para o celular dela e estava preocupado. Eles me disseram que ela tinha sido atropelada por um carro e que estava no hospital.

— O motorista estava bêbado?

Não era loucura que Audrey estivesse torcendo para que fosse o caso?

— Não, meu bem — disse Ron com a voz gentil. — Sua mãe que estava bêbada. O motorista ficou em choque. Ele disse que ela apareceu do nada. Não teve nem tempo de desviar.

Audrey conseguiu imaginar a cena, o que a chocou.

— Ela poderia ter morrido.

— Poderia — disse Ron, tomando outro gole do café. — Precisamos conversar sobre o que vamos fazer agora, Audie.

— M-mas você disse que não vai embora… Achei que… se você soubesse… tipo, ela não bebe muito…

Audrey não conseguia juntar as palavras direito, e Ron lhe deu um tapinha envergonhado na mão dela.

— Sei como ela é, Aud. Sei sobre o problema com a bebida. Sempre soube. Eu a amo mesmo assim. Eu também tive alguns problemas do tipo. Estou sóbrio há dez anos. Ainda frequento as reuniões do AA.

O barulho ao redor de Audrey sumiu. Ela se esqueceu de Grace sentada ali. Ela esqueceu tudo.

Ron?

Audrey o encarou.

— Eu não sabia.

— Quando conheci sua mãe, ela só ficou falando de você — disse ele, e empurrou um dos brownies na direção dela. — Ela ama muito você, mas imagino que você já saiba isso.

Audrey não sabia. Não de verdade.

Ignorou o brownie. Se comesse mais açúcar, também teria que ser internada no hospital.

— E-eu também a amo.

— Eu disse isso a ela, mas a bebida confunde um pouco as ideias.

Audrey ainda não conseguia acreditar.

— Você ainda vai às reuniões do AA, mesmo depois de dez anos?

— Aham. E sua mãe já prometeu que virá a uma reunião comigo.

Audrey sentiu uma pontada de esperança.

— Sério? Uau… Bem, espero que aconteça.

— Me sinto mal por você ter voltado correndo. Eu talvez não devesse ter ligado. Erro meu? — perguntou ele, então terminou o café e amassou o copo. — Nunca tive uma filha. Não que eu esteja fingindo ser seu pai ou coisa do tipo, mas achei melhor ligar. Não me achei no direito de privar você dessa informação.

— Fico feliz que você tenha ligado.

Audrey desistiu do café. Tinha gosto de veneno, especialmente depois do café de Grace. O estômago de Ron devia ser feito de chumbo ou coisa do tipo.

— Fico feliz que tenha me contado tudo. Podemos ir vê-la agora?

— Se você quiser — disse Ron, e se levantou. — Mas aviso logo que o aspecto dela não está muito bom. Ela ficou um pouco machucada. Não quero que você se preocupe.

Audrey jurou internamente manter a preocupação dentro de si.

— Estou bem.

Ron lhe deu um aperto no braço.

— Essa é minha garota. Sei que não parece, mas vai ficar tudo bem. Vamos resolver tudo. Você sabe o que sempre digo…

— "Contanto que ninguém morra, vai ficar tudo bem".

— Exatamente. Se todo mundo estiver vivo, podemos fazer algo.

Audrey se engasgou de tanto rir. Aquela resposta era totalmente o Ron. Ele era tão tranquilo que parecia ter tomado calmante. Era perfeito para a mãe dela. Por que Audrey não tinha percebido isso antes?

Grace conversou com Ron enquanto pegavam o elevador para a enfermaria. *Ela precisa de roupas? Posso fazer alguma coisa? Alguma questão prática a resolver enquanto os dois visitavam Linda?*

— Gostei da sua amiga — disse Ron quando Grace saiu para ligar para David.

— Ela é a pessoa mais bondosa que já conheci na vida. — Ocorreu a ela que Ron devia estar exausto. — Você passou a noite inteira aqui, devia descansar. Vá para casa, vá dormir.

— Vou poder dormir bastante depois — disse ele, parando junto à entrada da enfermaria. — Vou ficar por aqui, se estiver tudo bem por você. Somos uma família agora, certo?

— Sim. Sim, nós somos.

Audrey sentiu uma pressão no peito. Família. Era surpreendente como era bom o som da palavra. Como era boa a *sensação* dela.

Uma enfermeira apareceu e mostrou onde Linda estava. Audrey se sentiu grata por Ron ter lhe avisado, porque o machucado no rosto era assustador.

— Oi, mãe.

Ela se inclinou para beijá-la e, quando a mãe começou a chorar, o estômago de Audrey deu um nó. No começo, a sensação foi a mesma das outras vezes. Logo, porém, ficou claro que dessa vez era diferente. Dessa vez, não era um choro alcoolizado, mas lágrimas verdadeiras de arrependimento e desamparo. E, ainda que estivesse vendo a mãe chorar copiosamente, Audrey não sentia mais a sensação terrível de que toda a situação fosse sua culpa. Era uma das coisas que Grace havia lhe ensinado. Ela não era uma filha ruim. Não contribuíra em nada com aquela situação. A única pessoa responsável pelos problemas de Linda era ela mesma.

— Não chore, mãe — pediu, abraçando-a delicadamente. — Não chore.

— Estou com tanta vergonha — disse Linda, agarrando-a com força. — Eu queria ter bebido só um drinque, mas daí um virou dois e dois viraram três.

— Está tudo bem, mãe. Não precisa explicar. Estou contente que você vá tentar tomar uma atitude quanto a isso.

Um olhar de pânico atravessou o rosto de Linda, que se virou para Ron.

— Você contou?

— Sim, eu contei. Ela precisa saber o que vamos fazer. Não podemos ter segredos.

— Mas e se eu falhar?

Linda soltou um soluço sufocado e Audrey lhe tomou a mão.

— Não é tudo ou nada, mãe. Basta continuar tentando. Como eu com aquelas provas idiotas. Não é um fracasso até que você pare de tentar. Não desista.

— Ah, querida. Eu sei que tenho sido uma péssima mãe. Sinto muito, Audie, mesmo.

Ela havia dito essas palavras antes, mas apenas quando estava bêbada e triste. Era a primeira vez que Audrey ouvia remorso genuíno da parte dela.

— Você não é uma péssima mãe. Você não está bem, só isso.

— Você cuidou de mim tantas vezes, quando era eu quem devia cuidar de você. Eu me sinto tão culpada por isso... Sei que não posso mudar o passado, mas posso mudar o futuro. Vou ser melhor. — A mãe pegou um lenço que Ron oferecia e assoou o nariz. — Vou compensar tudo — acrescentou. — Vou ser uma mãe para você, não um fardo. Quero que você tenha orgulho de mim.

— Eu tenho orgulho de você. Tenho orgulho de que esteja tentando parar.

Audrey sentia alívio também. Um alívio profundo por a mãe finalmente admitir que tinha um problema.

— Quando você tiver alta e estiver recuperada, vamos encontrar um programa — disse Ron.

Linda parecia magra e pálida.

— Já conversei com os médicos. Sinto muito ter tirado você de Paris, Audie. Você não precisava ter vindo.

— É claro que eu precisava. Você é minha família — disse Audrey, engolindo em seco. — E o seu trabalho?

— Meus chefes estão me dando todo apoio. Vou ter emprego quando puder ficar de pé outra vez. Os médicos disseram que eu provavelmente vou ter alta amanhã ou depois de amanhã. Vou ter que voltar para algumas consultas, é claro, mas nada tão grave como ficar numa maca. Mas agora chega de falar de mim. Nos conte de Paris. Quero saber tudo.

Era a primeira vez que a mãe demonstrava interesse em como Audrey estava passando o verão.

Audrey falou da livraria e do apartamento com vista para os telhados. Contou sobre Étienne e sobre Grace. A mãe fez perguntas e até riu um pouco das histórias que Audrey contou. Pela primeira vez, Audrey sentiu uma conexão.

Quanto mais conversavam, mais ela percebia o quanto sentia saudade de Paris. Sentia falta da cidade e das pessoas. Sentia falta até do cheiro de poeira dos livros. Acima de tudo, sentia saudade de Étienne.

Tentou imaginar como ele estaria com a mãe e as irmãs. Queria conversar com ele e contar tudo o que tinha acontecido. Audrey pensou em como família é um negócio que estraga a nossa cabeça, mas ao mesmo tempo é a melhor coisa que existe.

Quando Grace reapareceu à porta, Audrey e Ron apresentaram-na e Grace foi perfeita com Linda, dizendo todas as coisas certas.

Audrey ficou imaginando se era difícil para Grace ver Linda ter uma segunda chance enquanto sua mãe não teve.

Foi Grace quem incentivou Audrey a ligar para Meena assim que deixaram Linda dormir. Foi Grace quem incentivou Audrey a contar a verdade.

Audrey o fez, e Meena chegou ao hospital uma hora depois, trazendo comida feita pela mãe e ofertas de ajuda do resto da família.

No começo, Audrey sentiu vergonha, mas foi só Meena a abraçar para que se sentisse aliviada.

— Agora você sabe — disse ela, hesitante. — Bem-vinda à minha vida. Imagino que seja um choque.

— Na verdade não é — disse Meena, apertando-a com força. — Eu sempre soube que havia algo errado.

Audrey afrouxou o abraço, aterrorizada com o nó que sentia na garganta.

— Sério? Por que não me disse nada?

— Se você quisesse me contar, teria contado. Não quis forçar a barra. Passei horas tentando achar um jeito de dizer que eu estaria a seu lado se precisasse, mas não sabia como fazer isso sem te afastar.

Audrey tinha se sentido tão sozinha, mas pelo visto não esteve tão sozinha quanto imaginara.

Parte dela queria ter confidenciado antes a Meena, mas sabia que só o fazia agora por causa de Grace. Se as duas não tivessem se conhecido e ficado amigas, Audrey provavelmente teria guardado tudo para si.

Grace estava planejando reservar um quarto de hotel para si, mas a mãe de Meena insistiu que ficasse com eles e o pai de Meena foi buscá-las no hospital.

Espalhou-se a informação de que Grace falava francês e as duas primas de Meena se juntaram a eles para o jantar para que Grace pudesse ajudá-las com a lição de casa e o francês.

Meena ficou com medo de que fosse um incômodo, mas Grace pareceu contente em ajudar.

— Não ensine como se diz *camisinha* para elas — murmurou Audrey, enquanto levavam para a mesa o que parecia um banquete.

A mãe de Meena sempre cozinhava para um batalhão.

Em vez de voltar para casa, Audrey ficou no quarto com Meena e as duas passaram a noite conversando.

Audrey descobriu que confiar em alguém e deixar essa pessoa entrar em sua vida afastava a terrível sensação de solidão com a qual teve que conviver a vida inteira.

Linda recebeu alta no dia seguinte.

Ela mesma insistiu que Audrey voltasse imediatamente a Paris.

— Você tem um emprego.

— Dois empregos, na verdade. Trabalho na livraria pela manhã e no salão à tarde.

— Então é lá que você precisa estar — disse Linda, deitada no sofá com uma xícara de chá na mão. — Você tem responsabilidades. Vou demorar algum tempo até me recuperar, mas vou chegar lá.

— Eu devia ficar aqui para cuidar de você.

— Eu estou aqui para isso — disse Ron, lhe dando um tapinha no ombro. — Grace tem planos de voltar amanhã a Paris, a filha e o marido dela estão lá. Você deveria ir com ela.

A mãe de Meena tinha prometido ficar de olho em tudo e Meena deixaria Audrey a par de toda a situação.

— Senti saudade de você. — A amiga a abraçou apertado enquanto esperavam o pai de Meena chegar para levá-las à estação de trem, onde embarcariam de volta a Paris. — Vai me visitar em Oxford.

— Eu vou. E não se esqueça da Meena-má.

Meena deu risada.

— Estou trabalhando nisso, prometo. Só pedi desculpas uma vez à mulher que reclamou de mim ontem. Há algumas semanas, eu teria pedido desculpas pelo menos umas seis vezes.

De volta ao trem, Audrey estava tão exausta que dormiu quase o caminho inteiro apoiada ao ombro de Grace. Ela acordou quando o trem freou.

— Onde estamos?

— Chegando em Paris. Faltam dez minutos.

Audrey bocejou.

— Me desculpa por ter dormido. Que bela companheira de viagem que eu sou.

— Fiquei feliz por você ter descansado. Você estava exausta. Física e emocionalmente. Espero que esteja se sentindo melhor agora.

— Estou.

E se tudo desse errado outra vez, agora pelo menos tinha ajuda de verdade. Tinha amigos com quem poderia ser honesta. Pessoas que a ajudariam. Não estava sozinha. Era a melhor sensação de todas.

Ocorreu a Audrey que Grace também devia estar exausta, mesmo que não tenha comentado nada. Ela se dedicou cem por cento a Audrey.

Audrey apoiou a cabeça contra o ombro de Grace outra vez.

— Obrigada, Grace. Eu não teria sobrevivido a essa viagem sem você. Ter você junto fez toda diferença.

— Bem, eu não teria sobrevivido a minha estadia em Paris sem você. Você é uma pessoa muito especial.

Audrey sentiu os olhos pinicarem.

— Você vai fazer meu rímel sair.

— Nesse caso, não esfregue o rosto em minha camisa branca nova.

Audrey fungou e levantou a cabeça.

— Vou sentir tanta saudade quando você for embora. Podemos manter contato?

— Que tipo de pergunta é essa? É claro que vamos manter contato. Você vai me visitar e eu vou vir visitar você aqui em Paris, ou Londres, ou qualquer outro lugar. Vamos nos falar pela internet e vou poder continuar ensinando francês para você. — Grace enfiou a mão na bolsa e entregou um lenço à Audrey. — Toma.

Audrey assoou o nariz e fingiu estar irritada.

— Francês? Não vou ganhar férias por meu bom comportamento?

— Não.

— Fico feliz por ter uma amiga como você. É bom ter alguém que se importe comigo.

À medida que entrava na estação, o trem ia diminuindo a velocidade. Algumas pessoas se levantaram e pegaram as malas.

— Tem muita gente que se importa com você. Incluindo sua mãe. Ela ama você de verdade, Audrey.

— Eu sei. Antes, não sabia, mas agora eu sei.

— E ela não é a única — disse Grace, lhe dando uma coto-veladinha. — Agora é um bom momento para olhar pela janela.

Audrey virou a cabeça e viu Étienne de pé na plataforma, vasculhando o trem com o olhar.

Seu coração se alegrou, e Audrey foi tomada de uma empolgação proximamente seguida de terror.

— Meu Deus do céu — disse Audrey, se afundando no assento. — O que ele está fazendo aqui?

— Acho que deve ter ficado entediado em casa e resolveu dar um passeio na estação.

— Rá-rá, muito engraçada. — Audrey não tinha forças para rir. — Sério, Grace, por que ele está aqui? Tipo, como é que ele sabe que estou neste trem?

— Ele me mandou uma mensagem — disse Grace —, e eu disse que chegaríamos neste trem. Confesso que eu não sabia que ele tinha planos de vir.

Audrey olhou para Grace.

— Ele mandou mensagem para você?

— Eu devia ter contado, mas você estava com um monte de problemas e ele me pediu para não falar nada. — Grace a encarou com firmeza. — Ele está aqui por sua causa, Audrey. Você não está contente?

— Sim! Não… quer dizer… eu quero vê-lo, é claro. Morri de saudade dele, mas é um péssimo momento — disse Audrey, esfregando as bochechas com a mão. — Estou uma merda.

— Olha a língua.

— Foi mal, mas "cacilda" não funciona nesse caso. Não dá para dizer que estou parecendo uma "cacilda".

Grace abriu a bolsa e tirou dela um estojo de maquiagem.

— Você está linda. Mas é melhor tirarmos essas manchas de rímel. Fique parada.

— O que você vai fazer?

Rapidamente, ela passou um algodão para limpar o rosto de Audrey.

— Bem melhor. Agora vamos botar uma cor.

— Não me deixe parecendo uma vovó. — Audrey fechou os olhos e Grace passou um blush em seu rosto. — Você não vai passar um batom?

— Não, porque o Étienne vai tirar em cinco segundos. É desperdício.

Audrey sentiu um frio na barriga.

— Grace, como você sabe quando está amando alguém? Tipo, amando de verdade, não só com vontade de tirar a roupa o tempo todo...

— É uma pergunta difícil. — Grace colocou a maquiagem de volta na bolsa. — Deve ser diferente para cada pessoa, mas acho que quando você quer passar mais tempo com aquela pessoa do que com qualquer outra é um bom indício. E quando você se importa com a felicidade dela. Isso é importante também. Imagino que Étienne esteja aqui pois se preocupa e quer cuidar de você.

— Eu penso nele o tempo todo. Sinto como se eu estivesse chapada. Como se tivesse tomado uma tonelada de refrigerante ou comido seis barras de chocolate. A sensação é boa, mas um pouco assustadora. Um pouco boa demais para ser verdade, sabe? É tão fácil estar com ele. Conversamos muito, nos divertimos, nunca achei que um relacionamento pudesse ser tão fácil. — Observar as experiências da mãe e as próprias deixou Audrey achando que se relacionar era algo vergonhoso e difícil de dar certo. Era uma surpresa descobrir que não precisava ser assim. — Com ele, eu sinto que posso ser eu mesma.

— Bem, essa, é claro, é a melhor coisa. Pois fingir ser outra pessoa não funciona a longo prazo.

— Ele sabe que eu adoro filmes de animação. Até assistiu a um comigo, mas não conte a ele que eu falei isso. Não acho que ele tenha gostado, mas assistiu por mim.

Grace deu risada.

— Com certeza é amor. Agora vamos lá, hora de acabar com a tristeza dele.

Ela pegou a bolsa de Audrey e a dela.

Audrey abraçou Grace com força.

— Eu te amo. Não de um jeito estranho, só bebi água, não estou sob efeito de nada além de gratidão.

Ela sentiu Grace retribuir o abraço.

— Eu também te amo. E você vai me dar notícias da sua mãe e do Étienne. Se precisar de mim, sempre estarei aqui.

— E eu estarei aqui se você precisar — disse Audrey, recuando um passo e lançando a mochila sobre os ombros. — Sempre que precisar de conselhos de moda, de um novo penteado ou de novos xingamentos…

O trem parou e ela viu o momento em que Étienne a achou.

Ele sorriu na hora.

Grace lhe deu um empurrãozinho.

— Vai lá. Dou cinco minutos para vocês gastarem toda a saliva que quiserem.

Audrey ia atravessando o trem quando Grace a chamou outra vez.

— Audrey.

— Oi.

— *Poulpe*.

Audrey franziu o cenho.

— Como assim?

— É *polvo* em francês. Caso você queira encontrar em algum cardápio.

Audrey deu risada e ajeitou a mochila no ombro.

Então, com um último aceno de mão, ela desceu do trem. Nos minutos seguintes, Étienne agarrou, beijou e falou, tudo ao mesmo tempo. Audrey amava o jeito de ele abraçá-la… como se ela fosse algo precioso que ele quase perdeu.

— Élodie me contou que sua mãe estava no hospital — disse ele, tirando a boca dela apenas para ter tempo de falar. — Por que você não atendeu minhas ligações? Quase enlouqueci.

— Não quis incomodar. Como vai sua família?

— A mesma de sempre. Nunca, jamais esconda as coisas de mim outra vez, ok? Quero saber quando você tiver problemas. — Étienne a beijou outra vez. — Eu te amo, Audie. Eu te amo de verdade.

— Eu também te amo.

Audrey concluiu que o amor era a coisa mais excitante, mais intoxicante que tinha experimentado na vida. Era como uma droga sem os efeitos colaterais. Mas também era reconfortante. O sentimento vazio de solidão que a acompanhou por tanto tempo se desfez.

— Eu te amo muito.

Ela lançou os braços em volta dele e em seguida sentiu Grace lhe dar um tapinha no ombros.

— *En français* — disse Grace, ao que Audrey revirou os olhos para Étienne.

— Como se diz "não enche o saco" em francês?

# 25

## Grace

Grace foi direto para o hotel e deixou Étienne e Audrey cuidando da livraria. Estava desesperada para ver Sophie. Escolher dar apoio a Audrey em vez da própria filha tinha sido uma das decisões mais difíceis de sua vida, mas seguir os instintos maternos e ir atrás de Sophie seria abandonar Audrey no momento em que ela mais precisava de um amigo. Grace não foi capaz de fazer isso, ainda mais sabendo que David tinha a mesma capacidade do que ela teria de ajudar a filha deles.

Como tinha recebido uma mensagem dele pela manhã dizendo que almoçariam num restaurante, foi direto para lá, mas, antes de chegar, o celular tocou.

O nome de Lissa apareceu no identificador.

*Ah, só pode ser brincadeira.*

Grace encarou o telefone. Ia mesmo aceitar uma ligação da amante do marido antes de entrar no restaurante? Teve uma época em que Grace havia amado Lissa como uma filha, mas o sentimento estava no passado.

Poderia ignorar a ligação, mas, se o fizesse, passaria o dia inteiro pensando nisso. Seria como uma pedra no sapato. Precisava se livrar daquilo imediatamente.

Com um suspiro, atendeu a ligação e permaneceu num canto silencioso da recepção.

— Lissa.

— Senhora Porter? Gr-Grace?

Lissa soava como uma criança, e Grace quase revirou os olhos.

Não deixaria aquela oscilaçãozinha na voz amolecê-la.

A garota teve idade o bastante para seduzir David. Teve idade o bastante para ser ao menos cinquenta por cento responsável pela ameaça ao casamento de Grace.

— O que você quer, Lissa?

— Quero conversar com você. Eu queria dizer... — A respiração dela saiu entrecortada. — Queria dizer que lamento.

Lamenta? *Lamenta!*

Grace segurou o celular como uma arma. Estava furiosa e surpresa ao mesmo tempo. Aquela garota realmente achava que conseguiria consertar tudo e ser perdoada com uma única ligação?

— Você não amassou meu carro ou passou por cima do meu canteiro de flores, Lissa. Você transou com meu marido. Não é algo para se *lamentar*.

Lissa estava chorando.

— Eu sei, eu sei. Estou tão envergonhada... Você sempre foi tão boa comigo, sra. Porter. E depois que meu pai foi embora...

— Chega. Não quero ouvir isso.

Principalmente porque, se Lissa continuasse, Grace talvez pudesse começar a sentir pena dela. E não queria sentir pena dela.

— Eu amei ser babá para vocês. Eu amo a Sophie. Sempre quis uma família como a sua. Você e David ainda se beijam quando ele chega em casa do trabalho, vocês ainda se sentam à mesa para jantar, riem o tempo todo...

— E? Daí você decidiu destruir isso?

— Não! É só que eu gostava de como me sentia quando fiquei com vocês.

— Aí você pensou que poderia se mudar e entrar para a família?

Grace sabia que seu tom era sarcástico e mordaz, mas não conseguia evitar. Não estava se sentindo boazinha. Era a influência de Audrey aparecendo outra vez.

— Não sei o que pensei. Fui burra e egoísta e... — disse Lissa, e fungou de choro. — É que sua família é tão calorosa e perfeita, o David me fez sentir segura.

Grace encarou o outro lado do lobby.

David também a fazia se sentir segura.

Ele a havia protegido das ventanias fortes da vida. Com exceção do furacão pelo qual foi responsável e que passou por cima de Grace. E a força e solidez foram para o brejo. Grace percebia agora que precisava construir os próprios muros.

Grace não precisava se esforçar para compreender como alguém como Lissa, cujo pai nem sequer lutou para ter sua guarda, poderia se atrair por aquelas características. David nunca entrava em pânico. Sempre enfrentava os problemas em busca da melhor solução. Como alguém que cresceu em meio ao caos, Grace achava esse pragmatismo reconfortante. Conseguia entender por que Lissa o achou irresistível.

Ela franziu a testa. Estava fazendo a mesma coisa de sempre. Dando desculpas para o que era indesculpável.

Nossa, que confusão.

— Você não precisa dar desculpas para justificar o que fez, Lissa — disse Grace. — Ser adulto, em parte, é assumir a responsabilidade.

E Grace, é claro, também precisava assumir a dela.

Não tinha sido tudo culpa de David.

— É isso que estou fazendo. — Lissa falou num tom baixo, cansado. — Estou assumindo a responsabilidade. Estou me afastando. Mas, antes de ir embora, eu queria dizer uma coisa. David nunca me amou, Grace. Ele estava procurando algo, com certeza, mas não era a mim pessoalmente. Sim, machuca admitir que, no final das contas, eu não fui especial. Acho que ficar comigo o fez se sentir jovem, mas ele poderia ter tido um caso com qualquer outra. Foi tudo pela emoção, pela adrenalina. É que nem quando você vai numa montanha-russa sabendo que, em troca de alguns minutos de emoção e medo, você vai sair se sentindo mais viva.

— Eu não...

— Por favor, me deixe terminar, e prometo que nunca mais vou incomodar você. David saiu um pouquinho da própria vida. Quem, de vez em quando, não quer isso? Mas ele te ama. Sempre amou. Mesmo quando fomos morar juntos, ele não deixou de ter saudade de você. Ficou triste. No final, passamos mais tempo conversando sobre como ele poderia salvar o casamento e compensar você por tudo do que sobre nosso próprio relacionamento.

*Ele saiu um pouquinho da própria vida.*

E Grace não tinha feito o mesmo?

— Não entendo por que você está me dizendo isso.

— É porque quero consertar um erro antes de ir embora.

— Aonde você vai?

— Vou ficar com minha tia em Seattle. Vou procurar emprego por lá.

Lissa estava de mudança para Seattle? Então não estaria na cidade quando Grace voltasse para casa.

Não haveria encontros constrangedores no mercado. Grace não ficaria na tentação de jogar melões nela em público ou rachar sua cabeça com uma frigideira.

Lissa voltou a falar.

— Vou começar do zero por lá. Mas saiba que tenho inveja de você, Grace. Ter um homem que a ame do jeito que David ama... — A voz dela embargou. — Você tem sorte.

Sorte? *Sorte?*

Grace olhou para o outro lado da recepção do hotel. David a tinha humilhado. Tinha abandonado Grace. Que tipo de sorte era essa?

— Adeus, Lissa.

Com as mãos e pernas tremendo, ela encerrou a ligação.

Esperou algum tempo até se acalmar e em seguida entrou no restaurante.

David e Sophie estavam sentados à mesa perto da janela.

Sophie parecia mais abatida do que o normal, mas se levantou quando Grace chegou.

— Mãe! — disse ela, e examinou Grace. — Seu *cabelo!* E seu vestido... Você está tão diferente. Você está incrível. Não acha, pai? Está linda.

David corou.

— Está mesmo. Mas sua mãe sempre está linda.

Não linda o bastante para impedi-lo de escolher Lissa.

*Ah, Grace, pare com isso.*

A amargura era capaz de consumir uma pessoa, e ela não permitiria que isso acontecesse.

— Uma mudança de circunstâncias pedia uma mudança de visual — disse ela, abraçando Sophie. — Você está bem?

Sophie agarrou-se à mãe.

— Estou. Me desculpe por tudo.

Grace fez carinho nas costas da filha, ciente de que David a perscrutava com o olhar.

— Está tudo bem?

— Está tudo bem.

Ele sabia que Lissa ia ligar? Não, provavelmente não. Grace talvez contasse da ligação em algum momento, mas não agora.

Sophie afrouxou o abraço.

— Mônica está brava comigo?

— Não. Ela está grata por você ter lidado com tudo de forma madura.

Era verdade que Grace temera que Mônica pudesse culpar Sophie, mas não foi o caso. Mônica digeriu os fatos com coragem e encarou com honestidade a relação com a própria filha, sem jogar culpa em ninguém.

Grace decidiu não dar detalhes da conversa em que a pobre Mônica culpou a si e à criação que tinha dado à filha pela súbita rebeldia de Chrissie.

*A culpa é minha, Grace. Eu a controlei demais.*

Grace conseguia simpatizar com a amiga, porque, de alguma maneira, tinha feito o mesmo com David. Olhou rapidamente para o marido, que conversava baixinho com Sophie. Teria Grace encarado o relacionamento *deles* com honestidade? Estaria disposta a admitir que tinha sido em parte responsável pelo que acontecera? Era muito mais fácil jogar toda a culpa em outra pessoa do que assumir a própria responsabilidade.

Ela se sentou ao lado oposto da mesa, de frente para David e Sophie.

Os olhos de Sophie transbordavam de lágrimas.

— Foi uma burrice tão grande. Chrissie pirou, e eu não quis dizer não a ela. Morri de medo quando ela teve o treco. Como eu não falava italiano, ninguém conseguia me entender.

— Não seja tão dura consigo mesma. Você ficou ao lado de sua amiga — disse Grace —, e é isso que importa. Se você não estivesse lá, Chrissie talvez não estivesse viva, voltando para a mãe.

Um garçom apareceu ao lado da cadeira dela.

— A senhora gostaria de fazer o pedido?

— Só um café, por favor.

David pediu o mesmo para si.

— Como foi em Londres? Como está a mãe de Audrey?

— Está se recuperando. Audrey voltou para Paris.

— Vou poder conhecê-la? — perguntou Sophie, parecendo curiosa. — Você falou bastante dela. Vocês vão manter contato quando voltar para casa? Está na cara que ela é importante para você.

Grace tentou imaginar o que teria sido o último mês sem Audrey.

Teria perdido a bolsa e todos os itens de valor logo de cara.

Teria tido coragem de entrar em contato com Philippe se Audrey não a tivesse pressionado? Provavelmente não. Com certeza não teria mudado o cabelo. Audrey a fez questionar tudo. Audrey a inspirava.

— Sim, vocês vão se conhecer. Nós vamos manter contato.

Conversaram um pouco sobre a viagem de Sophie e, quando David pediu licença para ir ao banheiro, a filha se inclinou para a frente.

— Você está linda *mesmo*, mãe. Quando você me disse que estava bem, achei que estivesse mentindo, mas não. Você parece ter aproveitado esse tempo em Paris.

— Aproveitei mesmo.

Se David não a tivesse deixado, seu verão em Paris teria sido muito diferente. Não teria trabalhado na livraria. Não teria conhecido Audrey.

Pensou em Audrey e Étienne e sorriu.

A relação dos dois iria para a frente? Era impossível saber, mas certamente ia bem no momento. Quando o assunto era relacionamento, não havia garantias. Nem depois de vinte e cinco dias, nem depois de vinte e cinco anos. Às vezes, estar bem no momento era bom o bastante.

Um pouco nervosa, Sophie pegou a xícara.

— Você acha que você e o papai vão dar certo juntos?

— Não sei. É cedo demais para pensar nisso.

— Ele te ama, mãe. Ele te ama de verdade. Ele fez uma besteira, que nem a Chrissie. E que nem eu.

— Tomar um comprimido de ecstasy não é a mesma coisa do que ter um caso depois de vinte e cinco anos de casamento.

Por outro lado, talvez não fosse tão diferente assim. Ambos ofereciam a promessa de aventura. Um instante longe da vida cotidiana. Emoção. Como é que Lissa chamou isso mesmo?

*Alguns minutos de emoção numa montanha-russa.*

Sophie parecia pedir algo.

— É você quem sempre diz que todo mundo faz burrices de vez em quando. Que se pode odiar a atitude, mas não a pessoa, né?

— Não odeio seu pai. Mas isso não quer dizer que estou pronta para confiar nele de novo.

David chegou à mesa ao mesmo tempo que o café de Grace.

A mulher na mesa mais próxima à deles lançou a ele um olhar demorado e, por um instante, Grace o viu como outra mulher o faria.

Cabelo escuro. Ombros fortes. Aquele sorriso de matar.

Ele era bonito para valer, mas não tinha sido isso a primeira coisa que a fez se sentir atraída por ele. O que a arrebatou foram os valores. O senso de responsabilidade. A bondade. David era um homem que manteria a palavra e nunca a decepcionaria. Pelo menos foi o que Grace tinha achado.

Estaria disposta a deixar esse único erro no passado? Estaria *apta* a superá-lo ou ficaria desconfiada para sempre? Não queria um casamento em que não confiasse no marido.

Por outro lado, quando foi que, antes disso, David a decepcionara? Nunca. Quando ela ligou por causa de Sophie, ele foi ao encontro dela imediatamente, mesmo Grace tendo sido tão grosseira nos dois encontros anteriores.

David lhe ofereceu reconforto e segurança sem tentar tirar vantagem da vulnerabilidade dela para tratar dos próprios assuntos. Manteve o foco em Sophie.

No fundo, ele ainda era uma boa pessoa.

E Grace acreditava no amor dele.

Grace percebeu que a mulher lançou outro olhar demorado a David e se sentiu repentinamente possessiva. Se aquilo era ridículo? Sim, provavelmente era, dadas as circunstâncias.

Ele costumava ser inteiro dela. Poderia ser de novo, se Grace quisesse.

Mas queria?

Ela poderia ver o que ele fez como algo humano, e não algo imperdoável?

Ela soprou o café e escutou enquanto Sophie contava da pizza incrível que tinham comigo em Florença e de como o *gelato* deles era o melhor do mundo.

David ficou levemente surpreso por Sophie se concentrar na comida, quando o principal de Florença era a arte e a cultura. Eles rememoram a viagem para Nova York, da qual Sophie só se lembrava da pizza.

Fazia muito tempo que não se sentavam à mesa e riam juntos daquele jeito. Eram uma família outra vez.

Grace teve saudade disso.

— Mimi almoçou no quarto?

— Sim. E foi à livraria, para conhecer.

Grace abaixou a xícara.

— Ah, não acredito! Eu quem ia levar ela até lá. Ia fazer isso hoje.

— Eu falei para ela, mas ela insistiu.

— Verdade — disse Sophie, partindo em defesa do pai. — Você sabe como é a Mimi. Quando quer algo, ela vai e faz. Não liga para o que os outros acham.

Por que Mimi tinha ido sozinha à livraria?

Por que não tinha esperado Grace?

— Só não gosto da ideia de minha avó idosa andando sozinha de táxi.

— Ela não foi sozinha — disse David. — Fui com ela para me certificar de que chegaria bem e que a loja estaria aberta. Esperei no táxi até ela entrar e depois voltei ao restaurante para me encontrar com Sophie. Vou lá buscá-la daqui a duas horas.

Ele tinha ido no táxi com a avó dela.

Era tão típico de David. Grace sentiu uma pressão no peito e um nó na garganta.

— Obrigada — disse ela com a voz embargada. — Obrigada por isso.

Grace vinha se esforçando tanto para deixar de amá-lo, mas agora percebia que nunca tinha conseguido, mesmo com raiva, mesmo machucada.

Ela seria capaz de confiar novamente nele? Seria capaz de confiar em *alguém* outra vez?

Ainda não sabia.

# 26

## Mimi

A livraria não havia mudado nada. Era como voltar no tempo. Havia o mesmo cheiro de poeira e couro, e a mesma sombra que oferecia um respiro do calor implacável de Paris.

Ela conhecia cada canto e recanto.

— *Bonjour.*

Com um sorriso no rosto, uma mulher elegante avançou um passo, e Mimi presumiu que fosse Élodie.

Ela se apresentou em francês e explicou que costumava visitar a livraria quando morou em Paris e que gostaria de dar uma volta.

Élodie foi simpática e educada, ofereceu-se a fazer um chá, mas Mimi não estava no humor para conversar.

Ela queria ver o lugar que permaneceu em sua mente a vida toda.

Era o momento de confessar que não tinha viajado por causa de David. Nem sequer o tinha feito por Grace. Ela o fizera por si mesma.

Recordando, percorreu lentamente sala por sala.

Tinham se conhecido ali, ainda que, ironicamente, ela não viesse à livraria pelos livros. Na ocasião, estava tirando fotos de Paris, tentando capturar a realidade da vida cotidiana.

Estava empoleirada numa escada, escolhendo o ângulo da câmera para fotografar uma das prateleiras altas, tentando capturar o espírito da livraria. O lugar era como uma cápsula do tempo, um oásis de calma em um mundo de caos. Ela exagerou um pouco na inclinação e teria caído, se não fosse por ele.

Ele a segurou pela cintura e a pegou no colo como se não pesasse nada.

A grande câmera dela balançou e o atingiu no queixo, mas ele deu risada e a colocou de pé no chão.

Mimi teve muitos casos, mas apenas um de amor. A coisa mais assustadora que experimentou na vida.

Na época, Mimi tinha planos, muitos planos, mas soube desde o primeiro toque das mãos dele que aquilo poderia fazê--la abandonar todos. Se desse prosseguimento, seria o fim das aventuras.

O tilintar do sino anunciou outro visitante e a arrancou do passado.

Mimi piscou e quase perdeu o equilíbrio.

Por que tinha ido até lá? No que estava pensando? Era como enfiar uma faca numa ferida. Muitas vezes, tentou imaginar como teria sido a vida se tivesse tomado outras decisões.

Ela se virou, decidida a ir embora. E lá estava ele. De pé diante dela.

Por um instante, achou que sua mente o havia invocado. Que as lembranças eram tão vivas que pareciam reais.

Mas então ele avançou um passo na direção dela:

— Mimi? — perguntou ele com a voz rouca. — Mimi?

Ela foi inundada pela tontura. Esticou o braço e se segurou à estante mais próxima.

— Antoine.

Mimi não sabia ao certo como tinha ido parar ali, mas de alguma forma estava nos braços dele e teve a sensação de que nunca tinham se separado. Ele ainda abraçava da mesma forma. Tinha até o mesmo cheiro.

As bochechas de Mimi ficaram molhadas. Devia estar chorando, ou talvez tenha sido ele.

— Sinto muito. — Falando em francês, ela pressionou os lábios contra a bochecha dele. — Sinto muito por tê-lo machucado. Eu queria tantas coisas. Tinha tantas ambições que eu sentia queimar por dentro como a gasolina de um foguete, e eu sabia que se nós...

— Shh. — Ele cobriu os lábios dela com os dedos. — Eu sabia o que você queria. E eu sempre soube quem você era.

— Se eu fosse outro tipo de mulher...

— Talvez eu não tivesse me apaixonado por você. Sempre soube que você precisava ir embora. Que precisava fazer todas as coisas que queria fazer. Por que eu a impediria de se tornar quem você queria ser?

Os olhos dela se encheram de lágrimas.

— Você é tão altruísta, e eu tão egoísta.

— Não. Eu amei quem você era, Mimi. Você era intensa e corajosa, apaixonada pelas possibilidades da vida. Só me diga uma coisa... — Ele perscrutou o olhar dela. — Sua vida foi tudo o que você quis que fosse?

Ela pensou em todas as aventuras que vivera. E depois pensou em todos os momentos ruins. No vício de Judy, em sua morte. Momentos em que foi tragada tão fundo pela escuridão que achou que nunca veria a luz novamente.

Mas a vida era assim mesmo, não? Se seu trabalho como fotógrafa havia lhe ensinado algo, era que a dor fazia parte da condição humana.

— Minha vida foi interessante — respondeu ela por fim.

Mimi devia lhe contar tudo. E contaria, mas antes queria aproveitar o momento.

Ele tomou o rosto dela entre as mãos e ela ergueu o olhar a ele, pensando como era estranho que a idade não mudasse uma pessoa por dentro. A embalagem até mudava, mas o conteúdo era essencialmente o mesmo.

Ele continuava bonito. Mesmo com o cabelo grisalho e a pele envelhecida, ele era bonito. Os ossos do rosto bem marcados. Olhos calmos e bondosos. Sorriso vagaroso.

O sino tilintou outra vez, mas Mimi não prestou atenção até ouvir a voz de Grace. Um momento depois, a neta apareceu e olhou surpresa para Mimi e Antoine.

— Mimi? *Toni?*

Mimi engoliu em seco e saiu dos braços de Antoine. Agora era a hora.

— Antoine, gostaria de lhe apresentar minha neta, Grace.

— Nós dois nos conhecemos bem. — Sorrindo, mas intrigada, Grace avançou um passo. — Como vocês dois…?

— Mimi foi o amor de minha vida — disse Antoine, segurando a mão de Mimi com firmeza. — Foi aqui que nos conhecemos. Passamos um verão glorioso juntos.

*Um verão em Paris*, pensou Mimi. O melhor verão da vida dela.

Grace parecia surpresa.

— E o que aconteceu?

Antoine deu um sorriso cansado.

— Se você conhece bem sua avó, sabe que ela tem um espírito aventureiro. Para ela, se comprometer com um homem era como ser trancada por um cadeado. Estou errado, Mimi?

Mimi confirmou com a cabeça. Não conseguia falar.

Deveria dar justificativas? Pedir desculpas pela pessoa que era àquela época?

Não. Uma pessoa nunca deve pedir desculpas por ser quem é.

— Eu não estava pronta — disse ela. — Não estava pronta para a vida que construiríamos juntos. Eu precisava de outra coisa. Por isso terminei.

— Ela me deixou um bilhete e uma foto — disse ele, retorcendo os lábios. — Carreguei aquela foto comigo por anos. Coloquei-a dentro de um livro para que ficasse segura. Eu tinha centenas de livros. Seis meses atrás, me mudei para um pequeno apartamento. Um velho amigo me ajudou a mudar e me livrar de alguns livros e trouxe as caixas todas pra cá. Então, um dia, fui pegar a foto e percebi que tinha colocado o livro no meio dos outros. Minha memória não é mais a mesma. Ou talvez a foto tenha caído enquanto minha faxineira estava limpando tudo e ela tenha colocado a foto dentro de outro livro. Não sei o que aconteceu, mas não consegui encontrar a foto. Venho aqui todos os dias desde então, para procurar.

Grace pareceu surpresa.

— Todos os dias, você percorre livro por livro de todas as prateleiras. É por isso?

— A foto está perdida.

— O quê? Não! Não está, não. Meu Deus, como eu me esqueci de algo tão importante? Ah, *cadê*? Sei que está aqui... — Grace abriu a bolsa e a vasculhou. Ela tirou um mapa do Louvre, seguido por recibos perdidos e um e-mail impresso. — A-há! Achei. — Ela tirou a foto e, triunfante, sacudiu-a. — Encontrei enquanto fazia a triagem dos livros. Eu ia entregar para Mimi outro dia, mas esqueci. Acho que andei meio distraída.

Mimi não tinha dúvidas de que David era a causa dessa distração.

Ela pegou a foto e sentiu uma súbita pressão no peito.

Recordava o dia em que foi tirada. Os dois parados sobre a Pont Neuf, cegados pelo sol. Mimi sabia ali que tinha uma escolha a fazer. A escolha mais difícil de sua vida.

— Era tudo o que me sobrou de você — disse Antoine, pegando a foto das mãos de Grace. — Essa foto e o bilhete. Foi o fim de tudo.

Agora. Ela precisava lhe contar agora.

— Não foi o fim — disse Mimi, engolindo seco. — Eu tive uma filha. *Nós* tivemos uma filha. Judy. Eu já estava em Nova York quando descobri que estava grávida.

Antoine ficou em silêncio por um momento.

— E você não tinha como entrar em contato comigo?

Ela poderia mentir, mas o momento para isso já havia passado.

— Eu não tentei entrar em contato com você. Você ia querer se casar, e eu não tinha como virar uma esposa, uma mulher caseira, Antoine. Não tinha. Eu não estava pronta para nada daquilo. Fiz a escolha que me pareceu certa à época.

Ele ficou em silêncio. Tinha um brilho nos olhos.

— Uma filha?

— Espera… — Grace colocou a mão no braço de Mimi. — Você está dizendo que Toni… Antoine… é meu avô?

— Exato.

Antoine pareceu surpreso.

— E Judy…?

— Ela morreu. — Mimi sentiu o toque da mão de Grace no braço. Um toque reconfortante. — Vou contar a você. Vou contar tudo.

Tudo? Ela contaria a ele dos momentos sombrios em que duvidou da própria decisão? De quando duvidou de tudo na vida?

Grace apertou o braço dela.

— Mimi, por que você e Antoine não conversam em particular? Vocês podem usar meu apartamento. É só subir as escadas — disse ela, entregando-lhe a chave. — Acho que vocês precisam de um tempo juntos.

Antoine queria isso?

Mimi acabara de confessar que teve uma filha e que não lhe contou.

Talvez fosse algo que ele não pudesse perdoar.

Mimi se sentiu perdida e vulnerável, e foi Antoine quem pegou a chave da mão de Grace.

— Agora que sei que somos parentes, você vai ser obrigada a manter contato quando voltar para casa.

Ele deu um beijo quente e gracioso na bochecha de Grace, ao que ela retribuiu com um abraço.

— Sempre tentei imaginar a identidade de meu avô. Fico muito feliz que seja você.

Antoine se virou para Mimi.

— Temos muito que conversar. Muito que colocar em dia. Também tenho algo para lhe dizer.

Ela encarou o rosto dele com medo de encontrar ali condenação ou raiva, mas tudo o que viu foi amor.

Parecendo preocupada, Grace observou a avó. Mimi sabia que teria muito que explicar também, mas, por ora, estava contente pelo simples fato de estar com Antoine.

Tinha imaginado que era velha demais para uma nova aventura, mas talvez estivesse enganada.

## 27

— Eu deixo você sozinha por cinco minutos e você me aparece com um novo parente — disse Audrey, procurando a chave da livraria. — Não acredito que Toni é seu avô. Isso é muito bizarro e muito legal. Para ser honesta, estou com um pouco de inveja. Nunca tive avô. Pelo menos um que fosse presente em minha vida e que eu pudesse abraçar.

— É tão romântico.

A cabeça de Grace ainda estava girando. Que dia. Não conseguia nem imaginar sobre o que Mimi e Toni estariam conversando no apartamento dela. Depois de revelações como aquela, por onde começar?

Audrey fechou a livraria e virou a placa na porta para "Fechado".

— Mimi nunca falou sobre ele?

— Nunca. Ela sempre me fez acreditar que nunca se apaixonou. Eu não fazia ideia de que ela guardava um segredo desses.

— Todo mundo guarda — disse Audrey, e sorriu para Grace. — Menos a gente, é claro. Você sabe meio que tudo sobre mim. E eu sei onde todos os seus esqueletos estão enterrados.

— Nunca diga isso em público. Você me faz parecer uma assassina em série.

— Quis dizer que temos uma grande amizade. Toni ficou bravo? Tipo, deve ter sido um choque descobrir que ele teve uma filha e que ela morreu... — Audrey fez uma careta. — Foi mal.

— Tudo bem. Você tem razão, deve ter sido mesmo, mas ele não pareceu bravo. Tampouco pareceu surpreso. Era como se ele conhecesse Mimi tão bem e a amasse tanto que nada precisasse ser explicado. Como se ele estivesse disposto a aceitar tudo o que ela fizesse como parte de quem ela é.

Audrey deixou a chave sobre o balcão.

— Bom, acho que é o que todo mundo quer. Alguém que ame a gente mesmo quando a gente está fod… ferrado. Você viu só? Não xinguei. Está orgulhosa de mim?

Grace sorriu.

— Muito.

— Parece que Ron perdoou minha mãe e que Toni perdoou Mimi, então só resta você decidir se vai perdoar David. — Com os olhos em Grace, Audrey mordiscou o canto da unha. — E aí, o que você acha?

— Não sei, de verdade. Nós vamos nos encontrar na ponte daqui a meia hora e não tenho ideia do que dizer.

— Bem, se quiser conversar… — disse Audrey, dando de ombros — É só me ligar. Pois sou uma expert em relacionamentos, caso não tenha percebido.

Grace deu risada.

— Ah, é?

— Ora, mas é claro. Foi por minha causa que você entrou em contato com Philippe, não? Ok, talvez não tenha dado muito certo, mas você se divertiu e conseguiu uns ingressos para concertos. E eu também ganhei uns ingressos. E agora minha família está mais normal do que nunca. O que não quer dizer muito, é claro.

— E Étienne?

Audrey corou.

— Ele vai me levar para o sul da França para conhecer a mãe e as irmãs dele. Não sei se estou feliz ou com medo, só sei que é chique. Estou pensando na melhor hashtag. Élodie disse que tudo bem eu tirar alguns dias de folga, então não se preocupe. Não vou ser demitida pela segunda vez. A sobrinha dela vai estar por aqui na semana que vem e vai cuidar da livraria, então está tudo certo.

— Ótimo — disse Grace, sentindo uma pontada. — Vou sentir saudade sua.

O sorriso de Audrey desapareceu.

— Eu também vou sentir saudade. Mas vou mandar e-mail direto, e mensagens, e ligações, e vou aparecer na sua porta até você querer me xingar.

— Esse dia nunca vai acontecer — disse Grace, a abraçando. — Obrigada, meu bem. As últimas semanas foram... Bem, acho que você me salvou.

— Acho que salvamos uma à outra. — disse Audrey, que apertou o abraço e o afrouxou em seguida. — Agora vai lá, senão vai se atrasar, David vai achar que você não vai aparecer e vai se jogar no rio ou coisa do tipo.

Grace fungou e alisou o cabelo.

— Como estou?

— Você parece uma mulher que sabe o que quer da vida. É só ir lá e pegar.

❦

— Ele era o amor da vida dela e eu nunca soube.

Grace se apoiou à ponte e olhou para o rio. David permaneceu a seu lado com o braço roçando no dela. Estivera procurando por ela observando as multidões de turistas, obviamente com medo de que ela não aparecesse. Grace viu o alívio no rosto dele quando a encontrou.

— Todo mundo tem segredos.

— Mas por que ela não me contou?

— Talvez doesse demais tocar no assunto. Talvez ela se arrependesse da própria escolha. Quem sabe? Nem todas as escolhas são fáceis e óbvias. O que parece certo uma hora pode não parecer certo depois, em retrospectiva.

Grace conseguia sentir o olhar de David nela. Sabia que ele estava falando de si mesmo tanto quanto de Mimi.

— Não acredito que tenho um avô. E não é só isso... um avô que já amo. Ele vinha todos os dias à livraria. Nós tomamos chá juntos. Conversamos.

— Fico feliz que você tenha se divertido por aqui.

Ela virou a cabeça e olhou para ele.

— Sério?

— Sério. Pensei o tempo todo em você. Fiquei preocupado. Tentando imaginar se você estava bem sozinha.

Grace pensou em Audrey e sorriu.

— Eu não estava tão sozinha. Vir para cá foi bom para mim. Fiz coisas que não faria se estivéssemos juntos. Mudei algumas coisas em mim.

— Também estou pensando em mudar algumas coisas — disse David, e respirou fundo. — Decidi sair do jornal.

— Você pediu demissão?

Grace não poderia estar mais surpresa.

— Não, ainda não. Queria falar com você antes.

— O que isso tem a ver comigo?

— Espero que muito. — Ele acariciou o rosto dela delicadamente. — Tive muito tempo para pensar nos últimos tempos e percebi que todas as coisas que eu disse... Bem, eu me enganei, Gracie. Eu estava numa situação ruim e foi mais fácil culpar você do que assumir minha própria responsabilidade. O problema nunca foi você. Fui eu. O homem que me tornei. A vida que eu estava vivendo. A saída de Sophie de casa me fez questionar tudo. Fui esmagado pelas responsabilidades. Não havia mais surpresa nem mistérios, todos os dias estavam programados, e eu conseguia ver toda a estrada para a velhice diante de mim. Fiquei apavorado.

— E Lissa ofereceu surpresa e emoção a você. — *A sedução do proibido*, pensou Grace, refletindo sobre como conseguia, de repente, ser tão analítica. — É a natureza humana, não é mesmo? O que não podemos ter é sempre mais atraente do que aquilo que já temos.

David deu um sorriso pesaroso.

— Eu queria ter a sua clareza de pensamento. A vida parecia difícil para mim, sabe? Por um instante, foi mais fácil largar tudo do que mudá-la. A emoção de estar com Lissa acabou assim que começamos a ficar juntos o tempo todo. Quando eu ainda estava casado com você, eu tinha a segurança do nosso casamento e a emoção de um caso. Acontece que um caso não é tão emocionante quando vira o relacionamento principal.

— Por que você não conversou comigo? Por que não me disse que estava achando difícil?

— Porque você estava implacavelmente otimista com a partida de Sophie. Eu fiquei me sentindo errado por não estar tão otimista quanto você. Sua forma de lidar com tudo foi tão saudável, tão madura. Você estava bem com a situação.

— Não, eu não estava. Não me senti nem um pouco assim. Por dentro, eu estava de coração partido, devastada, mas achei que, se mantivesse as aparências e dissesse que as coisas estavam bem, com o tempo começaria sentir o que eu queria sentir. — Grace respirou fundo. — Eu poderia fingir que não percebi que você estava diferente e precisava conversar, mas a verdade é que percebi, sim, e tive medo de começar essa conversa, porque o que eu estava sentindo era tão enorme que temi não poder guardar tudo de novo depois. Eu não queria que Sophie, na idade dela, se sentisse culpada e responsável pelo que eu estava sentindo.

— Eu fui fiel a você por mais de duas décadas. Nunca na vida pensei que eu fosse ter um caso. É contra meus valores e contra tudo o que sinto por você. Não sei o que me fez dar esse passo, Grace, mas não foi nada que você tenha feito.

— Acho que Lissa ofereceu a você algo que eu não estava em posição de dar naquele momento. Fez você se sentir jovem. Também tenho minha parcela de culpa.

Grace conseguia ver com clareza agora. Sua breve porém intensa experiência com Philippe lhe dera mais empatia por David. O caso dele teve pouco a ver com sexo ou amor, e tudo a ver com a necessidade do imprevisível, do diferente, do emocionante. Por um curto período de tempo, ele jogou para o alto as responsabilidades da vida adulta. E quanto ao lance breve que ela teve com Philippe? Em seu caso, a motivação foi a necessidade de atenção. A necessidade de recuperar parte da confiança que as ações de David destruíram.

— Algumas coisas que você disse sobre nossa vida estavam certas. Eu confundi caos com espontaneidade. Me agarrei com tanta força à vida que quase a estrangulei.

— É compreensível.

— Talvez, mas não certo. Como você diz, era a minha vida. Se permiti que ficasse chata e previsível, a culpa é minha.

O olhar dele demorou no dela.

— Não parece que as últimas semanas foram previsíveis. Eu quase não a reconheço. — David hesitou. — A transformação no visual foi para o tal Philippe?

— Não. Foi para mim. Não fiz mudanças o bastante em minha vida, e esta era uma delas. — Quanto Grace deveria contar? — Sobre Philippe...

— Não me conte. — Ele cobriu os lábios dela com os dedos.

O coração dela bateu forte.

— Mas...

— Não podemos deixar o passado no passado, Gracie?

David deslizou a mão para a nuca dela e olhou Grace fundo nos olhos, procurando neles a verdade.

— Se eu a tivesse conhecido hoje, pela primeira vez, você ainda seria a mulher com quem eu gostaria de passar o resto de minha vida. Você acha que seria capaz de me perdoar? Se me der outra chance, juro que nunca vou dar motivos para não confiar em mim.

O coração dela batia forte contra o peito.

Perdoá-lo?

Seria capaz de fazer isso? Se alguém lhe perguntasse antes se seria capaz de perdoar uma traição, com certeza responderia que não. Agora, porém, sabia que a escolha não era tão fácil assim. É impossível saber o que você faria numa situação até passar por ela. A vida é caótica e complicada. O que é o amor, senão suportar quando as coisas ficam difíceis? Se uma pessoa é importante para você, o amor não é algo pelo que vale a pena lutar?

— E se você tiver outra crise de meia-idade?

— Então vou ter uma crise de meia-idade ao seu lado.

— Você está sugerindo que a gente comece a fazer academia e compre um carro esportivo?

— Não, mas, agora que você colocou dessa forma, não me parece tão ruim.

Ele sorriu para Grace, mas tinha nos olhos uma preocupação, como se não ousasse acreditar que aquilo pudesse ter um final feliz.

— O que você diz? Podemos esquecer o passado ou ele sempre será uma barreira entre nós?

Grace pensou em Mimi passando todos aqueles anos sozinha, pensando em seu amor perdido.

E pensou em David.

Viu a vida deles em câmera lenta. O trabalho na revista da escola. A primeira vez que se beijaram. A morte dos pais dela. A dificuldade com as contas. A compra da primeira casa. A noite que descobriram que ela estava grávida. A noite do nascimento de Sophie, quando David dirigiu como um maníaco até o hospital. David dançando com Mimi e consertando as coisas na casa dela. A forma como ele acalmava cada tempestade. O Projeto das Lembranças Felizes que ele criou. As cataratas do Niágara. Florença. Roma. Os altos e baixos. Todo casamento não tinha altos e baixos?

Sim, foi um momento ruim. Pior do que ruim. Mas algo ruim não implica que seja o fim. Às vezes, o que é ruim nos leva a aproveitar o que é bom.

— Não acho que a gente deva esquecer o passado, David. — Ela pousou a mão no peitoral dele. — Acho que devemos usar o que temos para nos fortalecer. Tratar o que aconteceu como uma fundação, não como uma barreira. Devemos enxergar o que está faltando e, de alguma forma, preencher o espaço entre nós.

— Então… temos um futuro?

— Nós temos um futuro.

Mal disse essas palavras, David puxou-a contra si, murmurando com os lábios entre o cabelo dela que a amava, que dedicaria o resto da vida a fazê-la feliz.

Pouco depois, quando David afrouxou o abraço, Grace viu alívio e respeito nos olhos dele. Ela viu amor.

— Mônica, as outras pessoas da cidade… — disse ele, tomando o rosto dela nas mãos. — Todo mundo vai achar você uma louca por me dar uma segunda chance. Vão dizer a você que não faça isso.

Grace sabia disso. Sabia também que um casamento e a felicidade dele não eram fáceis de julgar de fora. Grace teve raiva do pai por ele facilitar o vício da mãe, mas sabia agora que não tinha o direito de julgar. O pai amava a mãe. Ele fez o que considerou ser melhor, mesmo que de fora não parecesse. Um casamento é algo tão singular quanto uma pessoa. O que mantém duas pessoas juntas varia de casal para casal. Não existe fórmula.

— Não importa o que eles vão achar. Só importa o que nós achamos.

Ela apoiou a cabeça no peitoral dele e sentiu os braços de David envolverem-na.

— Eu te amo, Gracie.

Um calor se espalhou pelo corpo dela.

— Eu também te amo.

413

De verdade.

Sim, ela estava machucada. Sim, parte dela ainda sentia raiva. Mas, apesar do terrível pesadelo que atravessou, nunca deixou de amá-lo. Não teria sido um pesadelo se não o amasse.

Ninguém toma as decisões certas o tempo todo, ainda que Grace tentasse bastante. Ela tinha controlado cada aspecto da vida dela e de David.

Isso estava prestes a mudar.

Ela levantou a cabeça para olhá-lo.

— Se você vai pedir demissão, o que vai fazer?

— Vou atuar como freelancer. Finalmente terminei meu livro, também. Vou encaminhar para alguns agentes literário, mas duvido que vá acontecer alguma coisa. Estou pronto para a rejeição.

— Você terminou o livro?

— Achei que era hora de parar de falar e ir para a ação. Comecei a escrever à noite. Era melhor do que ficar deitado, sem sono, com saudade de você. Pensei que poderíamos viajar um pouco. Ir para a Califórnia ajudar Sophie a se estabelecer. Talvez descer de carro pela costa. Ir a Monterey. A Carmel. Quem sabe parar na zona das vinícolas. — Ele se deteve. — Mas é claro que, se você preferir ficar em casa e seguir a rotina…

A velha rotina de Grace não era mais atraente. Ela havia achado confortável saber tudo o que aconteceria, mas não era mais o caso.

— Tenho uma pergunta… O carro que você quer alugar é esportivo?

Ele sorriu.

— Com certeza.

— Nós devíamos beber champanhe juntos. Nunca fizemos isso.

— Você quer beber champanhe? — perguntou ele, erguendo uma sobrancelha. — Quem é você? O que você fez com a minha Grace?

*Minha Grace.*

— Estou pronta para viver um pouco, é só isso.

— Quer dizer que você aceita o convite para a viagem?

— Acho que, comparado a outras crises de meia-idade, essa está ótima. Fico feliz em me juntar a você.

Grace desejou que aquele verão fosse algo do qual lembrassem para sempre, e sabia que assim seria. Houve coisas ruins, mas também houve coisas boas, e haveria ainda melhores por vir. Além disso, novas pessoas entraram em sua vida. Antoine, seu avô. Audrey, que seria sua amiga para a vida toda.

Um verão em Paris havia lhe ensinado muito sobre si mesma. Agora, estava prestes a renovar seu relacionamento com David.

O que construiriam juntos dali para a frente seria melhor e mais forte. Seria, talvez, ainda mais precioso do que antes, porque o que compartilhavam tinha sido ameaçado.

David a apertou mais forte.

— Podemos planejar a viagem com cuidado, se você quiser. Cada detalhe.

Grace deslizou os braços ao redor do pescoço dele e sorriu:

— Não quero. Por que nós simplesmente não vemos o que acontece?

Este livro foi impresso pela Lisgráfica, em 2022,
para a Harlequin. O papel do miolo é
pólen natural $70g/m^2$ e o da capa é
cartão supremo $250g/m^2$.